Stefanie Gerstenberger
Marta Martin
Blind Date in Paris

Weitere Bücher von Stefanie Gerstenberger
und Marta Martin bei Arena:
Zwei wie Zucker & Zimt. Zurück in die süße Zukunft
Muffins & Marzipan. Vom großen Glück auf den zweiten Blick
Summer Switch. Und plötzlich bin ich du!
Ava und der Junge in Schwarz-Weiß

© Marion Koell

Stefanie Gerstenberger und *Marta Martin*
sind Mutter und Tochter und legen mit *Blind Date in Paris* ihren
fünften gemeinsamen Roman vor. Stefanie Gerstenberger wurde 1965
in Osnabrück geboren und studierte Deutsch und Sport. Nach Stationen
in der Hotelbranche und bei Film und Fernsehen begann sie, selbst
zu schreiben. Ihre Italienromane sind hocherfolgreich.
Marta Martin, geboren 1999 in Köln, ist eine junge Nachwuchs-
schauspielerin und wurde durch ihre Rolle in »Die Vampir-
schwestern« bekannt. Die beiden leben in Köln.

Blind Date in Paris

Stefanie Gerstenberger & Marta Martin

Wie sieht Liebe aus?

Arena

1. Auflage 2019
© 2019 Arena Verlag GmbH, Würzburg
Alle Rechte vorbehalten
Dieses Werk wurde vermittelt durch die Literarische Agentur
Thomas Schlück GmbH, 30161 Hannover.
Umschlaggestaltung: Uta Krogmann, unter Verwendung eines
Fotos von © Getty Images/AleksandarNakic
Innenvignetten: Uta Krogmann
Vektorgrafiken: PinkPueblo/Shutterstock
Gesamtherstellung: Westermann Druck Zwickau GmbH
ISBN 978-3-401-60480-0

Besuche uns unter:
www.arena-verlag.de
www.twitter.com/arenaverlag
www.facebook.com/arenaverlagfans

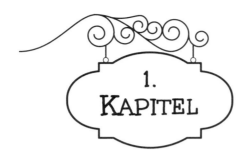

1. KAPITEL

Ich hatte hingeschaut!

Es war nur ein Versehen, aber es war nun mal passiert.

Völlig in Gedanken war ich am Zug entlanggelaufen und hatte einen Blick in die verspiegelte Fensterscheibe geworfen. Oh, bitte nicht! Sofort hatte ich den Blick wieder abgewandt. Ich sah immer noch so schrecklich aus wie an diesem Morgen, als ich in Bremen in den Zug gestiegen war. Natürlich. Was hätte sich auch ändern sollen?

Ich biss die Zähne zusammen und sah mich hektisch um. Gleis 6! Wo war Gleis 6? Wenn der Zug nur nicht diese verdammte Verspätung gehabt hätte. Nun wurde es knapp. Meine Augen irrten über den Bahnsteig auf der Suche nach dem blauen Schild mit der verdammten Zahl darauf. Endlich entdeckte ich es. *10!* Der Zug war auf Gleis 10 eingelaufen, ich musste also erst einmal die Treppe hinunter. Wo war die Treppe? Da vorne vermutlich, wo die Menschenmenge sich staute. Noch sieben Minuten, das schaffst du, beruhigte ich mich. Du bist schon in unzähligen Städten gewesen, du bist viel gereist, kein Grund, so nervös zu werden. Einen kleinen Moment kam ich mir dennoch verloren vor, so allein in dieser riesig hohen Halle mit den vielen Menschen um mich herum, die alle zielstrebig aussahen und irgendwohin wollten. Der rote Koffer rollte neben mir, der Rucksack drückte auf meinem Rücken. Alles in Ordnung, alles richtig gemacht, Gleis checken, wissen, wo man hinwill, Gepäck immer schön dicht bei sich halten, wegen der Taschendiebe, hörte ich Papas Stimme in meinem Kopf. Unzählige Städte, unzählige Turnhallen, ebenso viele Pokale – und dennoch hatten wir immer Zeit gehabt, die Sehenswürdigkeiten zu besichtigen und uns umzuschauen. Meine Trainerin legte viel Wert darauf, dass wir in der Gruppe zusammenhielten, gleichzeitig sollten wir aber auch selbstständig sein. So ein Sport ist doch die beste Vorbereitung auf das Leben, sagte Papa immer. Der Koffer schlug schwer gegen mein rechtes Bein, als ich ihn die Stufen hinunterwuchtete, ich heftete meinen Blick auf meine Füße in den Nikes. Jetzt bloß nicht umknicken oder an den Kanten abrutschen, nicht noch ein Unfall!

Die Leute, die mir auf der Treppe entgegenkamen, sahen mir ins Gesicht – auch ohne hinzuschauen, bemerkte ich das. Ja, glotzt nur. Sieht blöd aus, ich weiß! Nein, es war keine Schönheits-OP! Gott sei Dank waren Sommerferien, in die Schule musste ich also nicht mehr. Aber da, wo ich hinfuhr, würde es auch nicht besser sein.

Tante Aurélie hätte mich eigentlich am Hauptbahnhof treffen sollen, weil sie zufällig an diesem Tag in Köln etwas zu tun hatte, zusammen wären wir dann in den Thalys nach Paris gestiegen. Das war der Plan, aber dazu würde es nicht kommen. Auf der Höhe von Hagen hatte ich eine endlose und wirre Nachricht erhalten, die mit *Ma chérie!* begann. Ich hatte nicht alles verstanden, warum war mein Französisch denn auch so verdammt schlecht? Was ich kapiert hatte: Tante Aurélie war noch in Paris, würde also nicht vor dem Dom stehen. *Mais oui, bien sûr,* hatte ich in meinem miesen Französisch zurückgeschrieben, *schaffe ich auch so, die Tickets habe ich ja.* Warum hatte ich Papa eigentlich nie geantwortet, wenn er als Kind mit mir Französisch gesprochen hatte? »So eine verpasste Chance«, sagten die neuen Mütter beim Training, wenn sie an Papas Akzent erkannten, dass er Franzose war. Tja, diese Chance hatte ich also auch verschwendet. Irgendwann hatte er das mit der Zweisprachigkeit dann bei mir aufgegeben.

Mein Herz klopfte schneller, jetzt war ich doch ein bisschen aufgeregt. Noch sechs Minuten bis zur Abfahrt. Wenn ich doch erst im Zug auf meinem reservierten Platz saß, ab da würde alles gut! Vom *Gare du Nord* sollte ich ein Taxi nehmen, in die *Rue* … keine Ahnung. Aurélie hatte mir die genaue Adresse per WhatsApp geschrieben, sie liege krank in ihrer Wohnung, unfähig, auch nur einen Schritt nach draußen zu machen. Schaffst du das? »Klar, schaffe ich das«, sagte ich vor mich hin. Erzähl es aber nicht Matthieu, hatte die Tante mich gebeten.

Ich kannte Aurélie nicht besonders gut, das letzte Mal hatte ich sie mit acht Jahren gesehen. Sie schien aber ebenso viel Respekt vor ihrem älteren Bruder zu haben wie ich vor meinem Vater. Kein Wunder, er konnte sich wirklich ganz schön aufregen. Unnötig also, ihm die Sache mit dem Alleine-Umsteigen in Köln zu erzählen. Nicht dass er es mir nicht zugetraut hätte, er mochte es einfach nicht, wenn Verabredungen nicht eingehalten wurden.

Endlich, Gleis 6! Keuchend wuchtete ich den Koffer die Stufen empor. Meine Nase und der ganze Kopf taten bei jedem Aufwärtsschritt weh, aber das war egal, denn hier stand er ja schon! Erleichtert lief ich auf das Dunkelrot des Zuges zu, der ganz vorne am Gleis stand. Es sah fremd, französisch und gleichzeitig abenteuerlich aus. Ich kontrollierte zur Sicherheit noch einmal die Anzeigetafel. *Paris. Gare du Nord. Abfahrt 12:20*, stand dort oben. Ich war richtig, hatte es geschafft. Das erste Mal seit dem Unfall durchzuckte mich so etwas wie Freude. Ich fuhr nach Paris!

Die letzten Wochen waren echt ... schwierig gewesen. Papa hatte sich erst totale Sorgen um mich gemacht, aber nur kurz, dann getobt und gebrüllt und später kaum noch mit mir gesprochen. Das hatte ich anscheinend (wie auch seine dunklen Augen) von ihm geerbt: Wenn eine Enttäuschung richtig fett und groß war, schnürte sie mir einfach die Worte ab. Ich hastete am Zug entlang, mein Blick huschte über die Waggons.

»Immer langsam, *Mademoiselle*, wir nehmen Sie schon noch mit! In welchen Wagen müssen Sie denn?«

Ach typisch, ich rannte hier wie ein kopfloses Huhn herum und wusste noch nicht mal die Wagennummer. Hastig nahm ich den Rucksack ab, holte die ausgedruckte Seite hervor und reichte sie dem Schaffner, ohne ihn dabei anzuschauen. Vielleicht fiel ihm dann nicht so auf, wie entstellt ich war. Der Typ räusperte sich nur und tat so, als bemerke er nichts: »Zwei Plätze im Waggon *nümmero* 28, da sind Sie schon dran vorbei!« Plötzlich schob er das Kinn vor und fragte mit seinem französischen Akzent: »Und Maman oder Papa kommen noch?«

»Nein.« Ich schaute noch immer auf den grauen Boden. Neben meinem Fuß flatterte eine Papiertüte von *McDonald's* davon. »Hat nicht geklappt.«

»Aber alleine fahren dürfen wir doch schon, oder?«

Aha, kaum schaute er mich näher an, schon war es vorbei mit der Siezerei, dafür gab es ein gemeinschaftliches

Wir. In der übergroßen Jeanslatzhose wirkte ich für ihn wahrscheinlich wie ein Kind. Ein dünnes Kind, mit einem Gegenstand im Gesicht, der da nicht unbedingt hingehörte. Pff. Ich stemmte meine Daumen gegen die Träger, diese Hosen sind jetzt in, du Otto, hätte ich ihm am liebsten gesagt. Bei der Hitze waren sie außerdem schön luftig. »Ja, ich bin sechzehn!«

»*Voilà!*«

»*Merci!*« Ich schnappte mir das Ticket, ratterte mit dem Rollkoffer zurück und bestieg das Abteil. Puuh. Ich atmete tief ein und aus. Hier war alles schön plüschig, samtig rot, stellte ich mit einem Blick fest. Mit letzter Kraft bugsierte ich den Koffer in das Fach vorne neben der Tür. Wenn er nun geklaut wurde? Papa würde sich aufregen. »Hast du ihn etwa nicht ständig im Blick gehabt?«, würde er fragen. Ich zuckte mit den Schultern. Erst einmal den Platz finden, die beiden Plätze besser gesagt, die Papa für mich und auch Tante Aurélie gebucht hatte. Jedenfalls konnte niemand neben mir sitzen und mich von der Seite neugierig anstarren. Wenn die Leute wenigstens nachfragen würden, aber nein, sie glotzten nur. Egal. Ich würde französische Vokabeln üben, ab und zu nach meinem Koffer schauen und meine Ruhe haben.

Der Gang war eng, rechts und links von mir machten sich die Leute breit, verstauten ihr Gepäck in den schmalen Fächern über den Plätzen, einige packten sogar schon ihren Proviant aus. Ich suchte meine Sitznummern und blieb schließlich stehen.

Och nee! Ein Viererplatz, mit Tisch in der Mitte. Und beide Fensterplätze belegt. Unverschämtheit, einer davon, nämlich Platz 56, gehörte mir! Auf dem saß aber ein Hund, durfte der das? Das durfte der doch gar nicht! Er war ziemlich groß mit einem dicken Kopf und Augen, die zu lachen schienen, denn er kniff sie ein bisschen zusammen. Sein Fell war kurz und hell, ungefähr die Farbe von – keine Ahnung, einem Lamm? Einem sehr großen Lamm. Und das saß da, total zufrieden, als ob es absolut dorthin gehörte. Sein Herrchen schien nichts dagegen zu haben, er schaute kurz hoch, sah mich gar nicht richtig an, sondern grinste nur nickend, dann wandte er sich wieder seinem Smartphone zu, auf dem er wie wild herumwischte.

Ich hielt die Luft an und ließ mich zögernd neben dem Hund nieder. Der hob interessiert den Kopf und beschnupperte meine Haare, die ich, wie immer, in einem großen Knoten im Nacken trug, und dann meinen Rucksack. Wahrscheinlich roch er das letzte Salamibrot. Dass der Typ nicht merkte, wie sein Hund mich belästigte! Konnte er ja nicht, denn er hatte auch noch einen Kopfhörer im Ohr, der andere hing an seiner Schulter herunter. Ich traute mich nicht, etwas zu sagen, denn ich hatte ein bisschen Angst vor Hunden. Vor solchen großen allemal.

Ich rettete meinen Rucksack vor dem lammfarbenen Monster, indem ich ihn auf den Boden legte, mein Kopf tat weh und ich bekam immer noch nicht gut Luft durch die Nase. Nach den drei Stunden von Bremen nun also noch drei nach Paris, die es zu überstehen galt. Reiß dich ein bisschen zusammen, hörte ich die Stimme meines Vaters. Er hatte ja recht, drei Stunden, was war das schon? Die würde ich nach dem Unfall, der OP und den blöden Tagen im Krankenhaus auch noch aushalten! Selbst neben einem unerzogenen Hund wie diesem. Und einem Gegenüber, das mich nicht mal anschaute und grellbunte Sachen trug, die er wahrscheinlich »richtig geil Achtziger« fand. Sein Hemd war nicht nur ein viel zu farbiges Durcheinander, sondern auch noch komisch weit geschnitten, und waren das etwa Hosenträger? Nicht dein Ernst, sagte ich in Gedanken zu ihm, du bist doch höchstens achtzehn. Ich war froh, dass er so sehr von seinem Handy in Anspruch genommen wurde und mich nicht beachtete, denn ich sah immer noch furchtbar aus, das wusste ich selbst. Stattdessen starrte er ausdruckslos, mit glasigen Augen in die Luft und hörte gebannt dem zu, was aus dem einzelnen Kopfhörer über sein Ohr in sein Hirn drang. Gut, er machte auf schwer beschäftigt, umso ungestörter konnte ich mich etwas strecken und ihn dabei richtig in Augenschein nehmen. Wow, sagte ich mit einem kurzen Blick zu dem Hund neben mir, dein Herrchen sieht eigentlich echt gut aus, aber das weiß er auch. Die dunklen Haare waren vorne etwas zu lang, sodass sie ihm links etwas über die Augen hingen, aber ziemlich cool geschnitten, wie frisch vom Friseur gestylt, damit es aussah wie absolut nicht gestylt. Schöner Mund, gerade Nase und irgendwie sehr selbstbewusst. Sogar das blöde Hemd passte perfekt zu ihm, musste ich zugeben. Ist der ein Schauspieler oder Sänger oder so was? Sag doch mal! Der Hund sah immer noch so aus, als ob er lachte. Ihm war zu heiß, er hechelte, hatte die Vorderpfoten brav nebeneinander auf dem roten Polster und schaute nun weg von mir, aus dem Fenster, denn der Zug setzte sich in Bewegung.

Das Tier war also keine Hilfe. Und ich hatte keine Ahnung von Stars, denn ich war schon ewig nicht mehr im Kino gewesen, ich sah keine Serien und kannte mich überhaupt nicht mit YouTubern aus, ich hörte zwar oft Musik, ging aber nicht in Konzerte. Und gut aussehende Jungs kannte ich auch nicht näher. Warum nicht? Nicht weil es mich nicht interessierte, oh doch, ich hatte nur einfach keine Zeit!

Ich rutschte vor und zurück auf meinem Platz. Meine Beine sehnten sich danach, gedehnt zu werden. Es war ein dringendes Bedürfnis, wie bei manchen Menschen, die von Zeit zu Zeit mit den Fingergelenken knacken mussten. Hier im Zugabteil konnte ich dem aber nicht wirklich nachgeben. Hyperflexibilität nannte man das; Bänder und Gelenke waren bei mir viel beweglicher als bei normalen Menschen. Für meinen Sport war das natürlich superpraktisch. Ich streckte das rechte Bein aus und ließ es so weit wie möglich über den Gang grätschen. Die Leute vom Nebentisch merkten nichts, die hatten sich allesamt hinter Laptops und Kopfhörern verschanzt. Ich zog das Bein wieder heran und verbot mir, es hochschnellen und neben mir in die Höhe wippen zu lassen. Etwas, was ich gerne zu Hause auf dem Sofa tat, wenn ich dort saß, um Vokabeln zu lernen. Schon komisch, Wanda, sagte ich mir. Hier könnte der absolute Promi vor dir sitzen, der ein normales Mädchen zum Kreischen oder Hyperventilieren bringt, du würdest ihn nicht erkennen.

Vielleicht kommt das daher, dass du die letzten fünf Jahre mit deinem Vater in hübschen Turnhallen verbracht hast. In allen Stadtteilen von Bremen, wirklich allen … in Stuttgart, in Berlin, Düsseldorf, Leverkusen. Ich nickte vor mich hin. Ich war schon auf Turnieren in Polen, Wettkämpfen in Italien, ja sogar in Sofia, Madrid und Moskau gewesen! Aber so alleine wie heute war ich noch nie gereist, und das alles nur, weil ich …

Eine Durchsage aus den Lautsprechern riss mich aus meinen Gedanken. Der Zugchef begrüßte uns auf unserer Fahrt nach Paris. Dann wiederholte er alles noch mal auf

Französisch, danach auf etwas, was wohl Flämisch sein sollte. Verstohlen sah ich hinüber zum *Superstar*, so hatte ich ihn getauft. Immerhin, mit seinem Handy war er fertig, nun legte er es vor sich auf den Tisch und ordnete ein paar Sachen darum. Eine Butterbrotdose, eine zusammengedrehte, lederne Hundeleine, eine kleine Schachtel, vermutlich für die Kopfhörer. Er hörte interessiert der Durchsage zu und er schien gerne Ordnung zu haben, denn er rückte die Dinge dabei mehrfach hin und her, wie so ein alter, tattriger Mann. Ich konnte gar nicht hinschauen, es war irgendwie peinlich.

»*Lädies änd dschentel-män*«, begann der Zugführer seinen ewig gleichen Text nun auf Englisch. Ich betastete mein Gesicht. Unter den Augen war es immer noch angeschwollen und in der Mitte prangte dieser auffällige weiße Buckel, dennoch wagte ich es, dem *Superstar* schräg gegenüber für eine Sekunde zuzulächeln, als er zu mir herüberschaute. *Dschentel-män* klang witzig, hatte er das nicht gehört? Doch *Superstar* sah mich zwar flüchtig an, reagierte aber nicht. Kein Lächeln, kein freundliches Schulterzucken. Na, dann eben nicht. Blöder Angeber, dachte ich. Sei bloß froh, dass ich nichts sage, dein Hund darf hier eigentlich gar nicht sitzen. Wenn der Thalys-Schaffner das sieht … Aha, kaum brauchte man ihn, kam der Schaffner auch schon durch den Gang. Und richtig, erst wollte er in seiner Uniform an uns vorbeieilen, doch dann stoppte er scharf seinen federnden Gang ab. Ich schaute unbeteiligt zu Boden, garantiert würde der Beamte sich nun über den Hund aufregen.

»Wenn Sie … wenn Sie etwas trinken wollen …«, sagte er zu meinem Gegenüber. »Einen Kaffee oder so? Melden Sie sich, ja? Ich bringe Ihnen gerne was!«

Ich schüttelte unmerklich den Kopf und verschränkte die

Arme vor meinem Körper. Ich hatte es gewusst, er war ein Promi, eingebildet und berühmt, für was auch immer, und konnte sich alles erlauben!

Doch *Superstar* schüttelte den Kopf und sah zu dem Schaffner hoch: »Danke! Aber den hole ich mir auch gerne selber. Beine vertreten und so …«

Ich konnte seine Augen sehen. Braun mit einem beträchtlichen Schuss Dunkelgrün darinnen, ich hatte noch nie eine solche Augenfarbe gesehen. Die Augen passten gut zu seinen dunklen Haaren und dem leicht gebräunten Gesicht. Ich gab es ungern zu, aber er sah total süß aus, meg*acute*, wie Laura aus unserer Gruppe gesagt hätte. Aber er sah mich immer noch nicht an! Entweder wollte er mich nicht verlegen machen, indem er mich ignorierte, oder er fand mich einfach nicht meg*acute*, sondern megalangweilig und war noch nicht mal neugierig genug, mich darauf anzusprechen, was mit meinem Gesicht passiert war.

Mein Handy klingelte. *Papa*, verkündete das Display und ein kleiner Angstblitz fuhr mir in den Magen. Mist. Was sagte ich ihm bloß? Ich erhob mich und wollte mich schon über den Gang entfernen. Beim Lügenerfinden war ich lieber unbeobachtet und ungehört. Doch dann setzte ich mich wieder, denn mir war eingefallen, was ich ihm erzählen konnte. »Hallo, Papa!«

»Hallo, Wanda, hier ist Mama! Wir sind am Flughafen, ich muss gleich durch die Sicherheitskontrolle, aber ich wollte unbedingt noch mal deine Stimme hören!«

Ich atmete erleichtert auf. Mit Mama konnte man viel besser sprechen.

»Ist alles gut gegangen, sitzt ihr schon im Zug nach *Pari*?« Mama sprach die Stadt immer aus, wie die Franzosen es taten. Sie hatte Papa dort nach einem ihrer Konzerte kennengelernt. Einfach so, auf der Straße. Erst war ich nur in die Stadt verliebt – und dann auch noch in ihn, erzählte sie oft.

»Wie geht es mit Aurélie?«, fragte sie jetzt, als ich nicht antwortete.

»Gut! Alles super. Ja, wir fahren schon. Aurélie ist nett, sie holt gerade Kaffee im Speisewagen.« Ich sah verstohlen zu *Superstar* hinüber. Sollte er doch ruhig mithören, was ich sagte. Aber der starrte gemeinsam mit seinem Hund aus dem Fenster, beide taten so, als ob sie das Gespräch nichts anging.

»Will Papa mich nicht sprechen?« Meine Stimme klang verschnupft und leise, fast als ob ich geweint hätte. Dabei lag das nur an meiner Nase.

»Mhmmmm, ach, na ja … Der beruhigt sich schon. In drei Wochen komme ich direkt von Boston nach *Pari* geflogen und hole dich ab. Dann fahren wir zurück nach Bremen und ihr macht zusammen da weiter, wo ihr aufgehört habt!«

Wenn Mama das sagte, hörte es sich so leicht an. Ich zog mühsam die Luft durch die Nase. »Sag ihm, dass es mir leidtut und …«

»Das sage ich ihm nicht«, unterbrach mich meine Mutter, »er weiß es nämlich bereits!«

»Dann sag ihm, dass ich alles … also dass ich seinen Plan für Paris genauso einhalten werde, wie er ihn für mich aufgeschrieben hat.«

Mama seufzte. »Vergiss den Plan, halte dich lieber an Aurélie, die ist momentan die Lustigere in der Familie! Erhol dich von den ganzen Strapazen und genieße die Stadt, ach ja, Aurélie soll mit dir zu einem Arzt gehen, den Verband wechseln lassen. Ich melde mich aus San Francisco!«

»Hab dich lieb, Mama. Flieg vorsichtig! Und ganz viele schöne Konzerte!«

»Danke, mein Schatz! Dicken Kuss!«

»Und sag Papa …« Aber da hatte Mama schon aufgelegt. Ich schluckte. Wieso rief *er* mich nicht an? Dieses Schweigen von ihm war unerträglich!

»Na, Papa wollte wohl nicht mit dir reden?«

»Was?« Ich sah erstaunt zu *Superstar* hinüber. Das wirre Muster seines Hemdes leuchtete grell im Sonnenlicht, das jetzt schräg auf die Fensterplätze fiel. Er hatte plötzlich eine überdimensionale Sonnenbrille auf und sah mich damit wie eine große Fliege an. Der Typ war unmöglich! Er belauschte mich und gab es auch noch offen zu: »'tschuldigung, konnte nicht weghören. Hat er dir Hausaufgaben aufgegeben? Einen *Plan* für Paris, den du einhalten musst? Wow.«

Auch der Hund hatte sich jetzt mir zugewandt, er beschnüffelte mein Gesicht und beugte sich dann mit der Schnauze hinunter in meinen Schoß. Vergeblich versuchte ich, seinen dicken Kopf wegzuschieben, also schoss ich einen wütenden Blick zu Insekt *Superstar* hinüber, doch der tat, als sähe er mich hinter seinen schwarzen Gläsern nicht.

Ich rutschte, so weit es ging, zur Seite, um den Hund loszuwerden. »Mein Vater kennt sich nun mal in Paris aus. Er ist Franzose!« Ich klang so stolz, wie ich mich fühlte.

»Vätern sollte man nie zu viel zutrauen …« Jetzt nahm er die Brille wieder ab, seine Lider schlugen wie wild und scheinbar unkontrolliert auf und zu, ein Tick wahrscheinlich, es sah ziemlich unheimlich aus und ich guckte schnell weg. Aber auch wenn man wegschaut, sieht man was … Nun presste er sich beide Fäuste vor die Augen, und als er sie hinunternahm, hatten sich seine Lider beruhigt. Doch er hielt sie geschlossen, sah aus, als ob er in sich hineinhorchte, und war für ein paar Sekunden still. Dann redete er weiter, als ob nichts wäre: »Du bist doch wahrscheinlich auch nicht viel älter als achtzehn, sind Väter nicht für die meisten Mädchen 'ne Zeit lang richtig nervig?« Nervig? Nein?! Mein Vater war sowieso eine Ausnahme. Und, bitte was? Er schätzte mich auf achtzehn? Wenn er annahm, dass ich achtzehn war, dann dachte er bestimmt auch … »Das hier war übrigens keine Schönheits-OP. Nicht dass du das denkst!«

»Denke ich nicht. Wieso, was ist passiert?« Er wandte sich mir mit seinem ganzen Körper zu. Er schien groß zu sein und nicht gerade untrainiert, zwei muskulöse Oberarme schauten unter den kurzen Ärmeln seines Hemdes hervor, von dem ich immer noch nicht wusste, ob ich es schrecklich oder doch ganz cool fand.

»Tja, was ist passiert? Du stellst ja tolle Fragen. Nach was sieht's denn aus?«

»Keine Ahnung. Du sprichst ein bisschen verschnupft.«

Ich schüttelte den Kopf. Ach ja? Das war die Untertreibung des Tages und sollte wahrscheinlich lustig sein. Ich hatte einen hässlichen Verbandshöcker auf der Nase, an den Seiten mit Pflastern fixiert, unter meinen Augen schillerte es gelb, grün und blau, der reinste Regenbogen. Wieder beugte sich der Hund zu mir und wühlte mit der Schnauze in meinem Schoß. Verdammt, jetzt reichte es: »Äh, kannst du deinem Hund mal sagen, dass das nervt?!«

»Barbie!?« Er richtete sich auf, zog die Augenbrauen hoch und ein paar Sorgenfalten erschienen auf seiner Stirn. Er guckte mich nicht an, sondern hielt mir sein Ohr entgegen, wie meine Oma in Bremen, die hörte mit dem anderen nämlich nichts mehr. »Hat sie dich geärgert? Tut mir leid, ich dachte, es wäre okay, dass sie da oben sitzt. Wir lieben es beide rauszuschauen.« Er lachte über diesen besonders tollen Witz und bewegte die Füße unter dem Tisch, als ob er etwas suchte. »Barbie, Fuß!«

Barbie? Was für ein lächerlicher Name für einen Hund! Doch Barbie gefiel ihr Name anscheinend, sie senkte sofort den Kopf, sprang von dem Sitz und verschwand unter dem Tisch. Ich atmete erleichtert aus, doch ich war immer noch sauer über das, was er über meinen Vater gesagt hatte. »So, jetzt kannst du mir auch verraten, woher ich dich kennen müsste. Sorry, ich weiß, sogar der Schaffner hat dich erkannt, aber ich habe keine Zeit für irgendwelche Shows oder YouTube-Stars oder Bands.«

»Ich habe keine Ahnung, was du meinst.«

»Ach komm. Immerhin hat er deine *Barbie* dort sitzen lassen.« Ich schnaubte verächtlich durch die Nase, was keine gute Idee war, denn sie tat gleich wieder weh. »Wie bist du denn auf diesen Namen gekommen?«

»Ich heiße Ken, also eigentlich Kenneth, aber alle nennen mich Ken. Ich dachte, das passt gut zusammen.«

Barbie und Ken. Alles klar. Unter dem Tisch raschelte und grunzte es leise. Ich traute meinen Augen kaum: Barbie steckte mit dem Kopf komplett in meinem Rucksack und machte sich anscheinend gerade voller Freude über mein letztes Salamibrot her.

»Ey, Ken! Deine Barbie-Freundin frisst sich hier gerade satt ... mach doch was!«

»Barbie, aus!« Sofort hielt die Hündin inne, ihr Kopf kam hervor, mit treuen Augen schaute sie zu ihrem Besitzer hoch. Was ist los?, schien sie zu fragen und leckte sich die Schnauze.

»Wie sie guckt!« Ich musste trotz meines Ärgers lachen.

»Schau dir das an! Ist sie sehr jung und noch nicht richtig erzogen?«

»Sie ist zwei Jahre alt und super erzogen, aber momentan nicht im Dienst, dann macht sie manchmal ein bisschen Blödsinn. Vielleicht sollte ich sie ins Geschirr legen, dann kommt so was nicht vor.« Ohne hinzuschauen, tastete er unter dem Tisch herum, vermutlich um Barbie zu streicheln. »Willst du dir, besser gesagt *uns*, was aus dem Speisewagen holen? Hier.« Mit der anderen Hand schob er mir sein Portemonnaie hinüber. »Nimm dir Geld, ich lade dich ein! Alles, was du willst, als Entschädigung sozusagen. Für mich wären ein Käsebrot und ein Bier nicht schlecht. Danke!«

»Äh, nein?« Was sollte das denn? Er lud mich ein, aber ich sollte durch den schwankenden Zug gehen und alles holen? Ich wusste ja nicht mal, in welcher Richtung der Speisewagen lag. »Warum gehst du nicht selber? Beine vertreten und so?«

»Wie heißt du eigentlich?«, fragte er statt einer Antwort. Jetzt lächelte er. Mit geschlossenen Lippen, hochgezogenen Augenbrauen und ein bisschen von oben herab, aber wirklich nur ein bisschen. Ich mochte dieses Lächeln viel zu sehr, es war erschreckend …

»Wanda.«

»Wanda. Schöner Name.«

»Findest du?« Ich freute mich mehr über dieses Kompliment, als mir lieb war.

Ken nickte.

»Aber glaub mir, Wanda, es würde ziemlich langsam gehen, bis dahin wärst du verhungert, und du würdest mir echt einen Gefallen tun!« Er stützte sein Kinn auf seine Hände und endlich, endlich schaute er mir in die Augen. Ich guckte zurück, ich würde mich von Barbies Freund nicht einschüchtern … aber warum guckte er so komisch, als ob er mich gar nicht richtig … sah.

Seine Augen. Verdammt, wie konnte ich nur so blöd sein, er sah mich wirklich nicht! Ich guckte hinunter auf Barbie und entdeckte das Hundegeschirr unter dem Tisch. Ein kleines blaues Bild war darauf, mit einem Strichmännchen, das von einem Hund geführt wurde … Es war oberpeinlich, denn ich hatte es nicht gemerkt: *Superstar* hier vor mir – war blind!

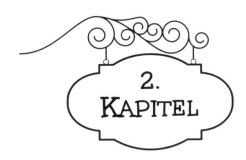

2. KAPITEL

Oh Gott. Ich durchforstete in aller Schnelle mein Gehirn. Hatte ich was Blödes gesagt, über das Sehen oder so? Ja klar, gleich mehrfach. *Nach was sieht's denn aus?* Oder: *Schau dir das an.* Und: *Warum gehst du nicht selber?* Wie fies! Ich hatte einen Blinden aufgefordert, durch den Zug zum Speisewagen zu gehen, dabei konnte er das doch nicht! Er sah nichts, *nichts!* Alles war dunkel für ihn, für immer, wie schrecklich war das denn? Verlegen schaute ich zu ihm hinüber. Sah er wirklich nichts? Seine Augen wirkten doch eigentlich ganz normal und in Ordnung. Richtig schön waren sie, in diesem dunklen, außergewöhnlichen Braungrün. Ich traute mich nicht, ihn zu fragen, ich würde das Thema absolut ausklammern, um ihn nicht noch mehr zu beleidigen. Doch da begann er selber zu reden:

»Ich sehe nichts mehr, seit ich dreizehn bin. Nur einen Rest Hell-Dunkel-Wahrnehmung habe ich noch.«

Also hatte er früher mal gesehen, konnte sich noch an Farben erinnern und an Gesichter. »Oh, das ist bestimmt total ... schlimm, oder?«

»Am Anfang schon. Da war ich echt fertig, wollte es nicht akzeptieren, dass nun ausgerechnet ich diese Krankheit habe. Es fing an, als ich elf war, ich war im *cours moyen 2,* also im letzten Jahr der *école élémentaire*, ich bin in Paris aufgewachsen. Plötzlich konnte ich nicht mehr vorlesen, kassierte eine schlechte Note nach der anderen. Die dachten, ich mach das extra.« Er unterdrückte ein Lachen und *glurkste* es stattdessen durch die Nase heraus. Es klang ziemlich witzig. Nun grinste er mich an, er war so hübsch, sein Mund schön breit mit tollen weißen Zähnen drin. Es konnte nicht sein, dass er mich nicht sah, seine Augen schienen doch genau zu wissen, wo ich war!

»Aber ... also ich habe das echt nicht gemerkt.« Ich verkniff mir die Fragen, die in mir hochkamen. Und jetzt siehst du echt *nichts* mehr? Und wie funktioniert das mit dem Handy? Und bist du dann ganz allein unterwegs? Ich schämte mich plötzlich. Ich konnte sehen und war trotzdem aufgeregt auf dem Bahnhof herumgerannt und hatte dreimal kontrolliert, ob auch wirklich der richtige Zug vor mir stand. Wie hatte *er* das bloß alles geschafft? Treppen, Menschengewimmel, Bahnsteige, von denen man herunterstürzen konnte. Anzeigen, die man lesen musste, Durchsagen, die man nicht verstand. Ob jemand ihn zum Zug gebracht hatte? Ob er abgeholt wurde? Und wo war sein Stock, hatten nicht alle Blinden einen Stock? Ich sah keinen.

Ich warf einen Blick hinüber zu dem Tisch auf der anderen Seite des Ganges. Die vier Erwachsenen waren völlig von der Welt in ihren Laptops absorbiert, niemand beachtete mich. Ich schloss die Augen. Rötliche Dunkelheit. Ich hörte den Thalys über die Gleise rattern, Barbie unter dem Tisch hecheln, am Nebentisch öffnete jemand eine Getränkedose. Und das für immer? Schnell öffnete ich die Augen wieder.

»Ich wurde oft operiert, der Augeninnendruck war bei mir zu hoch und zerstörte langsam den Sehnerv. Immer wieder haben sie versucht, das irgendwie zu stoppen. Aber vergeblich.« Er tastete mit den Händen auf dem Tisch herum, bis er sein Handy fand. »Wo sind wir? Sind wir gerade in einen Bahnhof eingefahren?«

»Stimmt. Wir sind langsamer geworden.«

»Und das Licht hat sich geändert.«

Aha? Das Licht! Das hatte ich gar nicht bemerkt. Ich reckte mich, um eins der vorbeifahrenden Schilder lesen zu können. »Aachen.« Es war mir immer noch unangenehm, ihm schräg gegenüber zu sitzen, obwohl ich ihn jetzt in aller Ruhe betrachten konnte. Das Hemd sah doch ziemlich gut an ihm aus. Konnte er ja nichts dafür, dass er die Farben nicht sah. »Und wie machst du das beim Anziehen? Also ich meine ... äh ... sorry.«

»Du meinst, weil ich ja nicht sehe, was ich da in den Händen halte?« Er lachte. Er lachte sowieso ziemlich viel, obwohl er doch blind war. »Das Hemd hat mir meine Mutter genäht, sie ist Herrenschneiderin und jetzt Einkäuferin bei einem angesagten Modelabel. *Off-Supply*. Sagt dir das was?«

»Nein. Ich bin nicht so drin in dem, was für Typen angesagt ist.«

»Sieht das gut aus oder scheiße, sag mal?«

»Ähem. Echt gut!« Wie peinlich! Ich konnte einem Blinden doch nicht sagen, dass ich seine Klamottenwahl komisch fand und die Farben echt gewöhnungsbedürftig waren.

»Ich habe so ein Farberkennungsgerät, das sagt mir ziemlich genau, ob etwas eher hell- oder dunkelblau oder türkis ist. Bei dem Hemd war es allerdings überfordert.« Wieder grinste er so süß vor sich hin, als ob er sich wirklich amüsieren würde. Ich rutschte unruhig auf meinem Platz hin und her. Wie sollte ich die nächsten zweieinhalb Stunden nur überstehen? Er wusste ja noch nicht mal, wie ich aussah. Sollte ich mich ihm beschreiben oder wollte er mich etwa abtasten, um sich »ein Bild« von meinem Gesicht zu machen? Und wenn er mich darum bat, konnte ich ihm den Wunsch dann abschlagen? Immerhin hatte ich einen Verband in meinem Gesicht, das bei Berührungen schmerzte. Das musste als Entschuldigung reichen.

»Ich hab das echt nicht gemerkt, dass du ... dass du nicht sehen kannst«, stotterte ich wieder.

»Du kannst auch ruhig *blind* sagen, haben wir nichts dagegen.«

»Aha.« Wieder warf ich prüfende Blicke auf meine Mitreisenden. Sah irgendjemand zu uns rüber und hörte bei dieser seltsamen Szene mit? Niemand. Dem Rest der Welt war es egal, ob ich hier gerade eine peinliche Vorstellung meines Charakters gab.

»Und du musst auch nicht mit dieser traurigen, leisen Stimme reden. Ist okay. Ist zwar manchmal echt scheiße und dann werde ich ungeduldig oder wütend oder traurig, aber längst nicht mehr so schnell wie früher. Man kann sagen, ich habe mich daran gewöhnt.«

»Du sprichst total gut Deutsch, dafür dass du in Paris aufgewachsen bist.« Endlich ein Thema, das nichts mit Augen zu tun hatte.

»Ich habe mit meinen Eltern zu Hause Deutsch gesprochen und bin mit dreizehn mit meiner Ma nach Deutschland zurückgegangen.«

»Mit dreizehn? Aber da warst du doch ...« Mist, schon wieder das Augenthema.

»Genau, da war ich schon blind wie 'n Maulwurf. Nichts mehr sehen können und dann auch noch in eine Stadt wie Frankfurt ziehen, ins Haus meiner Oma ... das fuckt ab.

Denn in dieser Stadt ist *nichts* so wie in Paris – um das zu bemerken, dazu braucht man echt keine Augen!«

Er suchte in seiner Tasche, bis er etwas gefunden hatte. Karamellbonbons, die liebte ich! Er öffnete die Tüte und hielt sie mir hin. Die Richtung war ... fast richtig. Ich zog die Tüte etwas zu mir heran und nahm mir eins.

»Und du? Was machst du so?« Beiläufig wickelte er sein Bonbon aus. »Lass mich raten. Leistungssportlerin, Turnerin oder so, zurzeit aber verletzt. Papa ziemlich ehrgeizig, enttäuscht und sauer, weil Töchterchen nicht zum Wettkampf kann ...«

Mir blieb der Mund offen stehen. Nein! Das war unmöglich! Er musste doch mehr sehen können, als er behauptet hatte. Vielleicht ließ ich mich gerade schön von ihm verarschen ... das konnte er doch niemals alles geraten haben! Ich beugte mich über den Tisch und starrte in seine hübschen Augen, die etwas unruhig umherirrten. »Woher weißt du das?«

»Gehört, gespürt, zusammengereimt.«

»Aha! Das geht?« Ich beugte mich noch weiter vor.

»Du bist auf dem Sitz rumgerutscht wie jemand, der sich unbedingt strecken will. Haben hyperflexible Menschen nicht diese Marotte?«

Hyperflexible Menschen? Diese Besonderheit konnte er nun wirklich nicht über mich wissen. Eigentlich schon ein Wunder, dass er überhaupt das Wort kannte. »Nein ... Äh. Also nicht generell«, antwortete ich. »Vielleicht nur solche, die auch noch ziemlich viel Sport machen, keine Ahnung.«

»Siehst du! Und dann kam es zu dieser dummen Verletzung. Diesem Nasen...? Bein...? Bruch?«

»Woher weißt du das?«, wiederholte ich und betastete ganz

vorsichtig meinen Verband. »Habe ich etwas darüber gesagt? Siehst du mich etwa doch?« Empört wich ich vom Tisch zurück.

»Nein. Leider nicht! Aber so leise kann kein Sehender reden, dass ein Blinder es nicht hören würde.« Er lachte. »'tschuldigung. Deine Mutter sprach ziemlich laut am Telefon. Zum Arzt, Verband wechseln, Tante Aurélie? Und deine Stimme klingt nasal, als ob du nicht gut Luft bekommst.«

Ich schüttelte den Kopf. Das war doch nicht möglich! So genau konnte er sich das alles doch nicht zusammengereimt haben.

»Erzähl! Was ist passiert?«

»Na ja. Wie es zu dieser Verletzung kam, war nicht nur dumm, sondern saudumm!«

»Ich mag dumme Dummheiten! Ich sammele die!« Ken grinste vor sich hin.

»Ich habe mir die Nase gebrochen, als ein Mädchen aus meiner Klasse Abschied gefeiert hat. Eigentlich wollte ich sofort nach Hause, wie sonst immer, weil ich die Hausaufgaben am liebsten noch schnell vor dem Training erledige. Aber an diesem Tag bin ich einfach sitzen geblieben, denn Antonia hatte Kuchen und diese Flasche mit Schokoladenlikör dabei. Unsere Englischlehrerin hat das mit dem Likör gar nicht gemerkt.« Ich merkte, wie die Worte nur so aus mir heraussprudelten. Nach den drei schweigsamen Stunden von Bremen nach Köln hatte ich einfach das Bedürfnis, ein bisschen zu reden. »Der Kuchen war eine Schokoladentarte, so flach und dunkelbraun, kennst du die?« Oh Gott, wahrscheinlich hatte er als Kind so was nie gesehen und konnte es sich nun auch nicht mehr vorstellen.

»So wie ein Brownie, in groß?«

»Genau, und ich habe auch nur ein winziges Stück gegessen, und …«

»Bist du sehr dünn?«, unterbrach er mich.

»Nein. Na ja, doch. Also ich habe kein Fett, weil ich Muskeln habe und eben sehr gelenkig bin.« Ich spürte, wie ich rot wurde. Stellte er sich jetzt meinen Körper vor, den er ja nicht sehen konnte? Stellte er sich mich nackt vor? Irgendwie fand ich das toll und dann sofort wieder total daneben. Was denn nun?!

Ich war eigentlich ganz zufrieden mit meinem Aussehen, aber ich musste natürlich auf mein Gewicht achten. Meine Trainerin, die Iwanowa, hatte uns ständig alle im Blick und hielt sich nicht mit ihren Kommentaren zurück. »So ein dicker Mensch, so eine Schande für unseren Verein«, hatte sie mal in ihrem kratzig-russischen Akzent über Carina gesagt. Vor versammelter Mannschaft. Dabei hatte Carina die zwei zusätzlichen Kilo sofort wieder herunter, sie gönnte sich eben manchmal Pommes und Hamburger, trotz Leistungssport.

»Also ein kleines Stück Kuchen und dann kam der Likör?«

»Ja, der Likör … nur ein Schnapsglas voll, aus dem wir reihum tranken, also ich war nicht betrunken oder so, aber der Alkohol … den haben sie im Krankenhaus gerochen, in das man mich brachte, nachdem Philipp Bobrowski mich mit seinem Ellbogen volle Wucht im Gesicht getroffen hatte.«

»Mann, was für ein Idiot!«

Ich freute mich, dass Ken die Fäuste ballte, als ob er mich verteidigen wollte. Aber wie wollte er das anstellen? Na eben … Blindsein war echt furchtbar! Allein es mir vorzustellen, war krass.

»Das hat der nicht mit Absicht gemacht, wir haben nur Flasche und Gläschen weitergereicht und dabei wurde ein bisschen geschubst und rumgealbert. Sonst bin ich ja bei so was nie dabei, aber diesmal eben doch, und er … hat sich mit vollem Schwung umgedreht und ich beuge mich gerade vor … Er hat mich einfach nicht gesehen. Dem ging es danach noch tagelang schlecht, vor lauter Mitleid und Bedauern; er ist erst mal umgekippt, als er das ganze Blut sah.«

»Also, das ist mir wiederum noch nie passiert …«

Ich musste lachen. Komisch, wie locker er damit umging, nicht sehen zu können.

»Und dann bist du operiert worden.«

»Ja. Das ist jetzt schon über vierzehn Tage her. Wenn du wüsstest, wie ich immer noch aussehe …« Shit. Wieder war ich so unsensibel!

»Wanda …« Er sprach meinen Namen unnachahmlich schön aus. *Wandá*. Ein bisschen französisch, ein bisschen fragend. »Wenn du wüsstest, wie viel ich auch so von dir sehe.«

»Echt jetzt? Bist du ein Hellseher oder was?«

»Äh? Wie kommst du denn darauf? Nein, natürlich nicht. Ich sehe dich durch deine Stimme, dein Lachen, deine kleinen Schnaufer …«

Ich machte kleine Schnaufer? Oh Gott, ich schaute auf die Tischplatte zwischen uns. Es fühlte sich an, als ob man sich vor ihm nicht verstecken könnte, als ob er bereits alles über mich wusste. Verlegen sprach ich weiter: »Na ja, und im Krankenhaus fragten sie mich eben, ob ich Alkohol getrunken hätte, und da musste ich doch Ja sagen, oder? Und das haben sie dann meinem Vater weitererzählt, der zu Hause auf mich gewartet hatte und irgendwann benachrichtigt wurde. Er fährt mich immer zum Training.«

»Immer?«

»Na ja, er beobachtet während des Trainings, was ich mache, und berät mich auch.«

»Und übt mit dir zu Hause auf dem Wohnzimmerteppich?«

Er glurkste wieder so lustig, als ob er sich das jetzt vorstellen würde.

»Nein. Meine Trainerin ist die Iwanowa.«

»Oh. Eine Russin? Die schreit bestimmt rum.«

Woher wusste er das jetzt wieder?

»Geschrien wird schon oft. Die Kleinen weinen dann auch mal.«

Ken zog die Augenbrauen zusammen, sagte aber eine Zeit lang erst mal nichts mehr. Anscheinend gefiel ihm die Vorstellung nicht, ich hatte aber keine Lust, mich für mein geliebtes Training zu rechtfertigen. Na ja, manchmal liebte ich es auch nicht. Aber schon ziemlich oft.

»Und jetzt ist dein Vater immer noch sauer?«, kam die nächste Frage von drüben.

»Ziemlich.« Ich hörte mich selber aufseufzen. »Alkohol! So wie die das geschildert haben, hat er sich eine halbe Flasche Wodka vorgestellt, nicht zwei Zentiliter Schokolikör. Er hat mir nicht recht geglaubt und war natürlich enttäuscht. Bin ich ja auch. Ich hätte morgen beim *World Challenge Cup* in Portugal dabei sein sollen. Da haben wir lange drauf hingearbeitet.«

»*World Challenge* …« Ken ließ sich die Wörter auf der Zunge zergehen. »Ich habe jeden Tag *World Challenge* …« Er sortierte wieder seine Sachen auf dem Tisch, indem er sie hin und her schob. »Wie oft trainierst du so?«

»Dienstag bis Freitag von 16 bis 20 Uhr. Samstag und Sonntag von 10 bis 14 Uhr.«

»Oh schön! Und montags ist dann frei.« Er nickte begeistert, sein Blick verfehlte mich knapp. »Ich hoffe aber, dass du auch an dem freien Tag etwas Sinnvolles mit deiner Zeit anfängst?«

»Ja schon. Meistens tue ich noch was für die Schule. Irgendetwas fällt mir immer ein.«

»Ah. Für die Schule. In der du natürlich auch gut bist.«

»Ja.«

»Und das findest du alles in Ordnung so.«

Es klang wie eine nette Feststellung, aber zum ersten Mal kamen mir Zweifel, ob er es wirklich so meinte ... Sein Ton klang komisch. »Ich möchte eben gut sein in der Schule, ich *muss* gute Noten haben, sonst würden sie mich auch gar nicht zu den vielen Wettkämpfen lassen, denn dadurch bin ich dauernd nicht da. Das, was ich verpasst habe, die Fehlzeiten, muss ich dann alleine nachholen.«

»Und was genau machst du da? Bist du etwa eines von diesen biegsamen Mädchen, die einen Ball hochwerfen und mit gebogenem Rückgrat wieder einfangen?«

Ich lächelte. Aber das sah er ja nicht. »Ja. Bin ich.«

»Echt? So was machst du? Weißt du, als die Olympiade in London war, war ich bei meiner Frankfurter Oma und wir haben viel ferngesehen. Meine Eltern waren während dieser zwei Wochen in Paris, haben viel gestritten und die Scheidung beschlossen. Aber das wusste ich da noch nicht. Ich hatte noch einen Sehrest von 10 Prozent auf beiden Augen, klebte also vor dem Bildschirm und wir haben alles geglotzt, was es gab. Auch das mit den Mädchen, die mit Kegeln und bunten Reifen über die Matten tanzten, das mochte Oma so.«

»Es heißt Keulen.« Ich wusste, es war albern, aber ich musste ihn einfach korrigieren.

»Okay Keulen. Habe ich gerne angeschaut, die fliegenden Keulen.«

Ich schluckte. Da hatte er also noch sehen können, wie schrecklich musste es sein, langsam sein Augenlicht zu verlieren. Und obwohl er so easy darüber plauderte, wusste ich gar nicht, was ich sagen sollte, also klammerte ich das Thema besser aus.

»Das mit den Mädchen und den bunten Reifen nennt man übrigens Rhythmische Sportgymnastik. Wir sagen aber meistens nur ›RSG‹, ist kürzer. Ja, Olympia in London habe ich natürlich auch geschaut, die Karten für die RSG sollen übrigens als erste Sportart komplett ausverkauft gewesen sein, habe ich gehört. Es ist so eine wahnsinnige Atmosphäre, die bei der RSG in der Halle herrscht. Und genau das mache ich!«

»Aha! Und für die nächste Olympiade trainierst du also auch?«

»Nicht direkt. Ich muss erst mal in den deutschen Kader, Papa überlegt sich da gerade was.«

»Aha. Nicht du überlegst, sondern der französische Papa, der immer dabei ist und alles ›beobachtet‹.«

Plötzlich hörte es sich nicht mehr toll an, so wie er die Sätze betonte.

»Was dagegen?«

»Gar nicht! Habe ich was gesagt?«

Ich schwieg. Wahrscheinlich fand Ken das, was ich machte, doof, weil ich es nicht alleine machte, sondern Papa sich immer einmischte. Es stimmte ja auch, er konnte manchmal ganz schön anstrengend sein, ständig hatte er eine Idee, wie ich es noch besser machen konnte. Von außen sah das vielleicht ab und zu ein bisschen herrschsüchtig aus. Wenn er sich wild gestikulierend über die Kampfrichter aufregte oder mit unserer Trainerin stritt, weil die nichts gegen die ungerechten Bewertungen tat. (Was sollte sie machen, niemand legte sich mit den Kampfrichtern an.) Aber ich liebte meinen Sport, das würde jemand wie Ken nie verstehen!

Warum wollte ich ihm trotzdem unbedingt gefallen? Und dass ich das wollte, war klar. Es kribbelte in mir, so unruhig und nervös, und am liebsten hätte ich ihn dauernd angelächelt und vielleicht sogar meinen Dutt geöffnet, damit er meine tollen, seidig glänzenden Haare sah. Aber das war das Problem: Er sah mich ja gar nicht! Es war ihm komplett egal, wie ich aussah, er hatte sich noch nicht mal nach meiner Haarfarbe erkundigt. Ein dunkles Blond, hätte ich sagen können, mit helleren Strähnen drin, aber nichts blondiert, alles Natur. Wie bei meiner Mutter, ja gut, das hätte ich vielleicht nicht unbedingt sofort erzählt. Aber er fragte ja nicht. Ohne Rücksicht nehmen zu müssen, starrte ich ihn unverhohlen an. Er gähnte hinter vorgehaltener Hand und lehnte sich zufrieden zurück. »Ich lass mir jedenfalls von niemandem sagen, was ich machen soll. Schule fertig und keinen Plan. Ich schau mich erst mal um, sagt man das nicht so?« Er grinste.

»Nun ja, irgendwann musst du doch auch mal Geld verdienen.«

»Also ich find's super!«

»Aber das geht doch nicht …!«

»Mann, bist du immer so vernünftig, Wandá? Wie alt bist du eigentlich? Du hörst dich an wie meine Oma, aber die ist auch schon fünfundsiebzig.«

»Ich bin erst sechzehn.« Da konnte er meinen Namen

noch so schön aussprechen und so blind sein, wie er wollte. Er war gemein. Ein Arsch. Durfte man das über Blinde sagen? Vermutlich nicht. Vergiss ihn, Wanda, sagte ich mir, und grins nicht mehr so blöd. Ist sowieso vergebene Mühe bei ihm.

»Sorry. Aber ich muss jetzt mal was tun.« Ich kramte meine Hefte aus dem Rucksack, extralaut, damit er es auch hörte.

»Wo kommst du her? Wo wohnst du?, meine ich.«

Sollte ich ihm das verraten? Fremde Menschen geht es nichts an, wo du wohnst, was du machst, wie deine Telefonnummer lautet! Hatte Papa mir das nicht eingeschärft? Aber wie sollte dieser Ken, blind wie ein Maulwurf (hallo, das waren seine Worte gewesen, nicht meine …), mir schon gefährlich werden?

»Bremen? Wieso?«

»Sind da nicht auch gerade Ferien? Ferien sind zum Ausruhen da, nicht zum Lernen, weiß dein Vater das?«

Wenn er so weitermachte, würde meine klitzekleine Schwäche für ihn spätestens in Paris in Hass umgeschlagen sein, so viel stand fest. Ich hatte doch nur ein bisschen Französisch lernen wollen, sonst käme ich die nächsten drei Wochen nicht klar. Obwohl ich in Paris geboren war und sogar einen französischen Pass hatte, konnte ich diese verdammte Sprache überhaupt nicht. Das würde ich *Monsieur Superstar* aber keinesfalls verraten, der natürlich fließend sprach, weil er in Frankreich aufgewachsen war.

»Wenn du Fragen hast …«

… frage ich dich ganz bestimmt nicht, antwortete ich ihm unhörbar.

»Worüber?«, schnappte ich stattdessen.

»Im Französischen?«

Ich sah ihn sprachlos an. Woher wusste er das? Verdammt, er konnte *doch* etwas sehen, anders war das doch nicht zu erklären! Ich überflog meine Hefte und Bücher. So wie sie auf dem Tisch lagen, war nicht zu erkennen, was für einen Inhalt sie hatten.

»Habe ich mir so gedacht und zusammengereimt. Vater ist Franzose, hält aber im fremden Land nicht durch, mit seiner Tochter die eigene Sprache zu sprechen. Also schickt er sie nach Paris, damit sie mit der verschwendeten Zeit, in der sie nicht trainieren kann, wenigstens etwas Vernünftiges anfängt!«

Was zum …?! Ich wollte am liebsten losschreien. Das waren so ziemlich genau die Worte, die Papa benutzt hatte. *Zeitverschwendung*. Eins seiner Lieblingswörter. Nur noch getoppt von *Zeitoptimierung!*

Ohne Kenneth zu antworten, wühlte ich nach einem Stift. Ich verzog das Gesicht, als ich die Bescherung entdeckte: »Dein Hund hat übrigens auf dem Lederriemen von meinem Rucksack rumgekaut. Nicht gerade toll. Total nass und angesabbert …«

»Oh fuck, Barbie! Muss das immer sein?«

Ohne es zu wollen, musste ich lachen. Wenn er netter gewesen wäre, hätte ich ihn jetzt zu seinem Hund befragt, der wunderschön aussah, nur leider alles auffressen wollte, was er finden konnte. Ich nahm mein Heft, legte es vor mir zurecht und starrte hinein. Noch zwei Stunden bis Paris. Wie sollte ich das nur aushalten? Er war schon irgendwie toll, aber ich wusste nicht, wie ich mit tollen Jungs umgehen sollte, mit blinden Jungs schon gar nicht. Ich holte meine großen, beinahe schalldichten Kopfhörer heraus und schloss sie an mein neues Handy an. »Äh, ich höre jetzt Musik.«

»Okay.«

Ich spielte mit meinem Kugelschreiber, schrieb aber kein einziges Wort. Zu Ken schaute ich einfach nicht mehr hinüber.

KEN

Es ist wieder geschehen. Das Mädchen, das Wanda heißt, weiß davon natürlich nichts und ich werde es ihr auch nicht erzählen. Nach den schlechten Erfahrungen mit meinem besten Freund Niklas und *ihr*, deren Namen ich nicht mehr denken möchte, halte ich meine Klappe. Niklas fragte ununterbrochen, quetschte mich aus, quälte mich mit seinen dummen Vermutungen über die Zukunft. Los, mach das noch mal, sag doch, bitte …! Unerträglich! Und sie? Hat mich nicht treffen wollen, nachdem sie hörte, dass ich blind bin. Dann habe ich ihr davon erzählt. Sie hat mir nicht geglaubt, natürlich nicht, hat nur noch zurückgeschrieben, meine Wichtigtuerei wäre abartig.

Niemand weiß es außer Mama. Und die hat sich an ihren verrückten blinden Sohn gewöhnt. Musste sie ja, was blieb ihr anderes übrig. Es ist eine Gabe, hat die alte Muriel gesagt. Mann, wie die immer aussah, damals vor dem alten Kino, mit den langen, schmutzigen Röcken und den weiß-schlierigen Augen. Zum Abgewöhnen.

Ich wollte keine *Gabe*, ich wollte weiterhin sehen können, wie ich es bereits elf Jahre getan hatte, bevor der ganze Mist anfing. Aber sie hatte recht mit ihrer Prophezeiung. Manchmal überkommt es mich, ich kann nichts dagegen tun. Es nervt, wenn meine Augenlider wie wild zu klimpern anfangen wie eben. Es passiert, wenn das Leben, das

Universum oder wer auch immer, mir etwas *zeigen* will. Nein danke! Kein Bedarf, mir dieses Mädchen näher *anzuschauen*, obwohl sie sehr gut riecht und mich bescheuert nervös macht, das muss ich zugeben. Ich mag ihre Stimme und ihr seltenes Lachen, aber ich darf mich nicht ablenken lassen, bin gerade mit etwas anderem beschäftigt. Ich werde mir mein Paris zurückerobern, zusammen mit Barbie, dem allerbesten Führhund. Und vielleicht, wenn ich den Mut haben sollte, werde ich mir die Frau vornehmen, die die Liebe meiner Eltern zerstört hat! Und wenn ich sie fertiggemacht habe, so wie sie es verdient, dann kommt es nur noch darauf an, meinem Vater zu beweisen, dass sein Sohn, der Behinderte, mit seinem Leben gut klarkommt, ganz gechillt, in seinem eigenen Tempo. Keine Ahnung, ob ich das schaffe.

Ich habe mir abgewöhnt, Sachen zu verhindern, die ich vorhersehe, oder die Abläufe des Lebens zu korrigieren, damit es andere Menschen besser haben. Es bringt nichts. Das Unglück sucht sich seinen Weg dennoch, ganz easy räumt es die Hindernisse beiseite, die ich ihm in den Weg zu werfen versuche, wie ein Wasserstrom im Sand. Es passiert, wenn es passieren soll. Manchmal habe ich davon natürlich auch schon profitiert. Ich sehe, ich ahne und höre in die Zukunft hinein, ich kann sie herbeirufen; aber das ist anstrengend. Wenn ich mir vorstelle, am Rande einer großen, sandigen Ebene zu stehen, in der nichts wächst, gelingt es manchmal. Es ist ein bisschen wie Meditieren, ich versuche, in der Leere meines Kopfes zu versinken, und presse dann meine Augen, die wieder klimpern wollen, fest zu. Fest, sehr fest. Und dann, unfassbar, wie ein Traum, an den man sich gerade noch so erinnert, ist sie manchmal da, die Zukunft. Ich werde Wanda nicht in meine Zukunft holen, keine Lust, mich für irgendwas, was ich tue oder auch nicht tue, zu rechtfertigen. Verlieben ist nicht, *Monsieur!*

3. KAPITEL

Mesdames et messieurs, lädies and dschentel-män ... in wenigen Minuten erreichen wir Paris, *Gare du Nord*.«

Wie die anderen Fahrgäste nahm ich die Kopfhörer ab, packte meine Sachen zusammen und vergewisserte mich zum zehnten Mal, dass mein Koffer noch in dem Fach neben der Tür stand. Unruhig wippte ich hin und her. Die Taschen meiner Latzhose waren weit und tief, ich versenkte das Handy auf der einen und das Portemonnaie auf der anderen Seite, so musste ich es gleich am Taxistand nicht aus dem Rucksack hervorholen, den ich jetzt aufsetzte. Ich machte Platz für Ken, der aufgestanden war, um Barbie das Geschirr anzulegen. Interessiert schaute ich ihm dabei zu. Auch die anderen Reisenden beobachteten genau, wie bereitwillig der Hund mit dem Kopf in die Lederschlaufe schlüpfte und von dem blinden jungen Mann mit tastenden Händen den Bauchgurt umgelegt bekam. Jetzt hat Barbie einen Griff zum Anfassen, dachte ich.

»Das macht ihr aber toll, ihr beiden«, sagte eine Frau und drängte sich neben mich auf den Gang.

»Gelernt ist gelernt«, sagte Ken, doch ich ärgerte mich. Die Frau klang so von oben herab, als ob er nicht einmal fünf Jahre alt wäre und sich gerade alleine die Schuhe zugebunden hätte.

»Ein blonder Labrador! Ach, das ist eine so herrliche Rasse!« Die Frau streichelte Barbie, indem sie ihr auf dem Kopf herumklopfte. »Wie heißt du denn, mein Hübscher?«

»Sie heißt Barbie und es wäre schön, wenn Sie sie nicht streicheln, denn sie ist jetzt im Dienst!«

»Ach ja? Und davor hatte sie frei?« Die Frau lachte so hoch, dass es mir in den Ohren wehtat. Die soll Barbie in Ruhe lassen und Ken gefälligst auch, dachte ich.

»Ja. Und hat ihre Freizeit genutzt, um ordentlich Blödsinn zu machen, wie ein ganz normaler Hund ... Entschuldige noch mal, Wandá. Jetzt hast du gar nichts zu essen bekommen.«

»Nicht schlimm.« Ich lächelte ihn an. Die Hose mit den Hosenträgern sah echt gut an ihm aus. Auch die weißen Tennisschuhe mit den schwarzen Sohlen waren ... *fancy*, würde Carina sie nennen. Er hatte eine kleine schwarze Reisetasche, deren Riemen er jetzt lässig über seine Schulter warf. Beinahe tat es mir leid, dass ich mich in den letzten Stunden hinter meiner Musik und den Kopfhörern verschanzt hatte. Der Zug wurde langsamer, die Leute drängten dem Ausgang entgegen. Ich prüfte noch einmal, ob ich alles hatte: Rucksack, ordentlich verschlossen auf dem Rücken. Handy links, Portemonnaie rechts, Koffer vorne an der Tür. Im Kopf ging ich bereits durch, was ich als Nächstes tun würde: den Ausgang des vermutlich riesigen Bahnhofs finden, dann ein Taxi und mich in die *Rue de* ... keine Ahnung, Nummer 9 fahren lassen. *Très facile*, alles easy also, ich musste nur auf meinem Handy in Tante Aurélies Nachrichten nach der richtigen Adresse schauen oder in mein Portemonnaie gucken. Papa hatte mir einen Zettel geschrieben und dorthinein gesteckt.

Ich schaute mich zu Ken um. Wie wollte er sich hier bloß zurechtfinden? Er sah die Waggontür nicht, den Bahnsteig nicht, jeder Mensch konnte ihn betrügen, ihm ein Bein stellen, ihn in die Irre schicken, er konnte ja nicht in die Gesichter schauen, um sie einzuschätzen …

Es dauerte noch ein paar Minuten, wir fuhren durch ein Meer von Gleisen, doch dann wölbte sich das Dach der Bahnhofshalle endlich über uns und der Zug hielt. Es wurde geschubst und gedrängelt, und sobald sie ausgestiegen waren, ließen manche Reisende ihr Gepäck fallen und blieben erst einmal stehen, wo sie waren. Ein Mann schob mich grob zur Seite, eine dicke Frau rannte in mich hinein, um möglichst schnell an mir vorbeizukommen, jemand trat mir von hinten in die Hacken.

Im Trubel des Aussteigens verlor ich Ken einen Moment aus den Augen, doch dann entdeckte ich ihn. Er stand da, das Kinn nach unten gerichtet, Barbie hielt sich dicht neben ihm und schaute aufmerksam zu ihm hoch. Es war laut, das Gemurmel Hunderter Menschen, Lautsprecherdurchsagen, das Geräusch des abfahrenden Zugs vom Nebengleis. Ich drängelte mich zu ihnen durch, Ken bemerkte mich nicht, dabei war ich nur noch einen halben Meter von ihm entfernt. Barbie beachtete mich mit keinem Blick, noch immer lag ihre Konzentration ausschließlich bei ihrem Herrchen. Ich räusperte mich und rief über den Lärm: »Äh, ja, also dann, ich muss los. Wollte mich nur verabschieden.« Ich streckte ihm die Hand hin, die er natürlich nicht sah. Wie sagte man das jetzt? Hallo, ich halte dir hier die Hand hin? Doch nun streckte er schon von selber seine Hand aus. »*Au revoir*«, sagte er in perfekt klingendem Französisch.

»Tschüss, und alles Gute für die Zeit ganz ohne Plan!«

»*Merci!* Bei der nächsten Olympiade werde ich dir vor dem Fernseher zujubeln und die Daumen drücken!«

»Danke!« Ich trat einen Schritt zurück und merkte, wie es in meinem Magen zog, und das lag nicht am Hunger. Na super, da traf ich mal einen echt tollen Typ, der auch noch süß aussah, aber dann musste der natürlich ausgerechnet blind sein! Wie ungerecht! Es war alles so kompliziert mit einem, der nicht sehen konnte, anstrengend, immer alles zu erklären, und nichts war selbstverständlich. Aber ich musste los, nicht dass er mich noch fragte, ob wir uns ein Taxi teilen wollten ... Kaum gedacht, schämte ich mich für meine Gedanken.

Irgendjemand hinter mir lachte laut auf. Ich drehte mich um. Zwei Mädchen mit langen megablonden Haaren kamen den Bahnsteig entlang, sie zeigten auf uns, grinsten unser Dreiergrüppchen freundlich an und riefen »*Ooh, là, làààà*« und »Auf Wiedersehen, auf Wiedersehen!«. Sie wirkten sehr vertraut miteinander, beste Freundinnen oder sogar Schwestern. Um nicht mit mir zusammenzustoßen, ging die eine rechts, die andere links an mir und meinem Koffer vorbei. Sie trugen beide schwarze enge Jeans und ärmellose schwarze T-Shirts, ihre Stofftaschen waren bunt und schlugen ihnen an die Knie, in ihre ausgebleichten Haare waren mehrere Zöpfchen geflochten, in den Turnschuhen waren Löcher, daran erinnerte ich mich später noch. Die eine stieß trotz des Bogens, den sie machte, mit mir zusammen. »Oh, sorry!« Wieder lachte sie und griff entschuldigend nach meinem Arm, während sie mit mir einen kleinen Halbkreis vollführte. »Alles gut?«

»Jaja, nichts passiert«, sagte ich, ein wenig überrumpelt von so viel Nähe.

Die viel zu blonden Haare verströmten einen schweren Geruch nach Patschuliparfüm. Blondie Nummer zwei, die ihr Zwilling hätte sein können, schloss sich hinter mir wieder mit Blondie Nummer eins zusammen und legte ihr einen Arm auf die Schulter. »Hast du gesehen, der Typ war blind, oh nee, wie beschissen kann man dran sein!« Sie streckte die Arme aus, als wolle sie sich über den Bahnsteig tasten. Sie lachten, ich biss die Zähne zusammen und schaute nicht zu Ken, sondern ihren Hinterköpfen nach, die auf und ab wippend schnell in der Menge verschwunden waren. Mann, waren die rücksichtslos, sich so über ihn lustig zu machen, ich hätte vor Wut heulen können! Vielleicht hatte Ken ja nichts gehört? Doch das konnte ich nicht nachprüfen, denn nun kamen uns zwei junge Männer in braun gefleckten Tarnanzügen entgegen. Auf dem Kopf trugen sie schmale rote Käppis, vor den Oberkörpern hingen Maschinengewehre, keiner der beiden lächelte. Hinter ihnen schritten gleich noch zwei von dieser Sorte langsam und hoch konzentriert den Bahnsteig entlang, die Finger am Abzug des Gewehrs.

»Warum laufen hier so viele Soldaten rum?«, fragte ich Ken, ganz froh über die Ablenkung. »Mann, du müsstest deren Waffen sehen. Echt bedrohlich!« Na toll, ich konnte es echt nicht lassen, vor ihm über das Sehen zu reden.

»Na ja, seit den vielen Anschlägen herrscht in Paris eigentlich immer eine hohe Sicherheitsstufe. Ich verfolge das in den Zeitungen und Nachrichten.«

»Dann sollte ich mich wohl auch sicher fühlen.« Ich lachte, doch ich hatte nur noch den einen Wunsch, endlich aus dieser lauten Bahnhofshalle zu entkommen.

»Wo musst du hin? In welches *Arrondissement*?«, fragte Ken.

»Keine Ahnung, ich weiß nicht einmal, wie die Straße heißt, in der meine Tante wohnt, ich muss erst nachschauen.« Ich angelte in den Tiefen meiner Tasche, doch da war nichts, nichts, alles leer und viel zu leicht, ich wusste es schon, als ich mit den Händen unten ankam und trotzdem wie wild herumtastete. Man hatte mich beklaut!

Handy weg, Geld weg, Perso weg, alles weg! Das, wovor mein Vater mich schon so oft gewarnt hatte, war nun eingetreten. Die größte Katastrophe überhaupt! Taschendiebe! Wie hatte das passieren können?! »Ich hab das nicht gemerkt, ich hab das echt nicht gemerkt«, war alles, was ich immer wieder sagen konnte. Und völlig sinnlos an meiner Hose herumklopfen, das konnte ich auch noch. »Wer soll das gewesen sein? Im Zug hatte ich noch alles, das weiß ich! Und beim Aussteigen sind dann alle auf einmal so dicht an mir dran gewesen.«

Doch je länger ich darüber nachdachte, desto klarer sah ich es vor mir. »Es müssen die zwei blonden Mädchen gewesen sein, die so affektiert ›Ooh, là, làààà! Auf Wiedersehen, auf Wiedersehen!‹ gerufen haben, bevor sie an uns vorbeigegangen sind.«

»An das ›Ooh, là, làààà!‹ erinnere ich mich. Die eine hat auch noch ›Oh, sorry‹ zu dir gesagt. Und ›Alles gut?‹«

»Ja genau, und ich Depp sag noch: ›Jaja, nichts passiert‹, dabei hat sie mir in dem Moment das Portemonnaie aus der Tasche gezogen. Und gleichzeitig das Handy. Meine ganzen Fotos! Kontakte! Chats!«

»Ich habe sie gerochen«, sagte Ken und starrte mit seinem fernen Blick verträumt vor sich hin. »Sie duftete irgendwie so nach …«

»Kenneth! Sie roch nach billigem Patschulizeug, hatte Löcher in den Turnschuhen und hat mich bestohlen!«

»Jaja, ich weiß. Ich hab das zwar nicht gesehen, aber jetzt

ist mir alles klar. Sie ist mit dir zusammengestoßen, oder? Ganz unabsichtlich natürlich. Die alte Masche.«

»Wir müssen zur Polizei! Ich muss meinen Vater anrufen, ach Mist, ich habe ja kein Handy mehr!«

»Kannst meins haben!« Ken bückte sich und streichelte Barbie. »Geht gleich los, meine Kleine.«

»Aber ich kann seine Nummer ja gar nicht auswendig.« Ich schlug mir mit der Hand an die Stirn, nicht zu doll, die Nase nahm alle Berührungen noch ziemlich übel.

»Dann ruf deine Mutter an oder irgendjemanden, dessen Nummer du weißt.« Er hielt mir sein Handy hin. Oh nein, jetzt musste ich auch noch seine Hilfe annehmen, Hilfe von einem Blinden, toll.

»Die von meiner Mutter weiß ich auch nicht. Irgendwas mit 0178. Außerdem ist die jetzt sowieso nicht zu erreichen. Die sitzt in einem Flugzeug nach Los Angeles.«

»Ach echt? Was macht sie da?«

»Sie spielt. Cello. In einem Orchester!« Meine Stimme wurde immer lauter. »Sorry, Ken, aber das ist doch jetzt echt egal, ich weiß gerade wirklich nicht, was ich tun soll!« Ich ging auf und ab und schlug die Hände gegen die leeren Taschen meiner weiten Latzhose. Der Bahnsteig hatte sich geleert, nur Polizisten standen noch herum und auch die bewaffneten Soldaten kamen langsamen Schrittes wieder zurück. Wen sollte ich um Hilfe fragen? Musste ich jetzt nicht zur Polizei? Was hätte Papa in so einem Fall gemacht?

»Zu Hause! Du kannst zu Hause anrufen«, fiel Ken in diesem Moment ein. »Seine eigene Festnetznummer weiß man doch!«

Ja, das stimmte. Unsere Nummer in Bremen wusste ich natürlich. Aber wollte ich Papa überhaupt anrufen? Er würde mir nur Vorwürfe machen, warum ich nicht besser aufgepasst hätte.

»Nee. Das kann ich jetzt nicht.«

»Warum nicht? Kostet mich nichts. Und dann weißt du wenigstens die Adresse deiner Tante. Könnte das in einer Stadt wie Paris nicht irgendwie ganz nützlich sein?« Er grinste in meine Richtung. Von Weitem würde man sicher nicht denken, dass er blind ist, dachte ich, doch ich war zu nervös, um mich an seinem Humor zu erfreuen.

»Dann fragt er nur, warum ich die Adresse nicht auswendig kann und warum ich mich nicht besser vorbereitet habe ... Ach Scheiße!« Ich schlug mit der Faust auf meinen Koffer und drehte eine frustrierte Runde um ihn herum. »Ich bin so blöd!«

Ich schaute zu Ken, doch was war mit dem denn jetzt los? Seine geschlossenen Augenlider zuckten mit einem Mal, er presste sie fest zusammen, wie jemand, der Schmerzen hatte, seine Stirn war vor lauter Anstrengung in Falten gelegt. Oh Gott, bekam er hier gerade einen Anfall oder was? Erst beklaute man mich und dann auch das noch ... Ich schaute hektisch auf seinen Hund, los, tu doch was, sagte ich in Gedanken. Ken schien zu spüren, dass es beängstigend aussah, denn nun setzte er seine Sonnenbrille auf und seine Stirn entspannte sich wieder.

»Gibt es ein Problem, *Mademoiselle, Monsieur*?«, fragte ein Polizist auf Französisch und trat an uns heran. Über seiner blauen Uniform trug er eine schusssichere Weste.

»*Oui*«, antwortete Ken mit der normalsten Stimme der Welt. Ich atmete auf.

»Man hat meiner Freundin gerade das Portemonnaie und das Handy gestohlen. Zwei Mädchen, Taschendiebe, vermutlich mit uns aus dem Zug gestiegen, mitten auf dem Bahnsteig!«

Ich hätte diesen Umstand nie so schön auf Französisch ausdrücken können, doch ich war froh, dass ich alles verstanden hatte.

»Kannst du die Personen beschreiben?«, übersetzte Ken die Frage des Polizisten für mich. »Ich kann es nämlich nicht so gut«, sagte er mit einem Grinsen zu dem Beamten. »Bin blind.« Aha, blind hieß also auf Französisch *aveugle*, registrierte ich, brachte aber nicht mehr als ein schüchternes Nicken für den Polizisten zustande. Was würde mein Vater sagen?, ging mir wieder durch den Kopf. Woher sollte ich jetzt Geld bekommen? Wie Tante Aurélie benachrichtigen? Und wie sollte ich, falls ich wirklich zu feige war, ihn anzurufen, jemals alleine die Straße finden, in der Aurélie wohnte? Ich hatte nur noch wenige Erinnerungen daran, schließlich war ich erst acht gewesen, als ich das letzte Mal mit den Eltern bei ihr zu Besuch war. Es war ein Eckhaus, das von zwei Straßen eingerahmt wurde, vorne war ein kleiner Platz, im Hof gab es ein Fotoatelier, man musste durch eine Einfahrt gehen, um zu dem Eingang zu gelangen. Der Hof war mit buckeligen Steinen ausgelegt und überall hatten Tontöpfe mit rankenden Pflanzen herumgestanden und Frangipanibäumchen, diesen lustigen Namen hatte ich nie vergessen. Sie blühten wie wild und schickten einen süßen Duft in die offenen Fenster der Wohnung darüber. Daran konnte ich mich noch erinnern. Etwas schwierig nur, mit diesen Erkennungsmerkmalen auf die Suche zu gehen. Wie viele Eckhäuser, wie viele Hinterhöfe mit Frangipanibäumchen und anderen Topfpflanzen, die die Wände bis zum ersten Stock hochrankten, mochte es in Paris geben?

»Komm! Wir gehen mit zur Polizei und geben eine Anzeige auf«, sagte Ken in diesem Moment. »Barbie, voran«, sagte er leise und ging neben dem Polizisten her, ganz normal, sogar richtig schnell, ich kam mit meinem Koffer kaum hinterher. »Warte«, rief ich, »musst du nicht irgendwohin, also, wirst du nicht erwartet? Holt niemand dich ab?«

»Nö«, sagte er, »ich habe Zeit. Ich bin frei. Die Leute, die ich vielleicht besuchen will, wissen noch gar nicht, dass ich in der Stadt bin. Das eilt also nicht. Dich bei der Tante abzuliefern, ist doch wichtiger. Nicht dass sich dein Vater Sorgen macht!«

Ich rollte mit den Augen. Was hatte er bloß mit meinem Vater? Genügte es nicht, dass ich herumtrickste, um Papa nicht sagen zu müssen, was passiert war? Musste Ken, eine zufällige Zugbekanntschaft, mich auch noch ständig darauf aufmerksam machen?

Auf der Wache machte ich, so gut es ging, Angaben zu meiner Person, man befragte mich zu den beiden Mädchen, über den Inhalt des Portemonnaies, 200 Euro in bar, und die besonderen Kennzeichen, die mein Handy aufwies. »Es steckt in einer weißen Hülle, hintendrauf ist der Scherenschnitt eines Mädchens abgebildet, das mit einem Reifen tanzt. Es steht mit einem Bein auf den Zehenspitzen und hat den anderen Fuß weit über den Kopf gestreckt und hält ihn mit beiden Händen fest.« Je genauer ich die Figur beschrieb, desto eher würde man mir das Handy wiederbringen können, hoffte ich.

Ken übersetzte. Der Polizist schaute mich verwundert an: »So etwas geht wirklich?«, fragte er auf Französisch. »Ich habe mich immer gefragt, was man mit dieser Fähigkeit anfangen kann.«

»*Être belle?*«, schlug Ken vor.
Was? Schön aussehen? Na danke! Wenn du wüsstest, wie viel Training dazu notwendig ist. Ich schaute ihn wütend an.
»Medaillen gewinnen!«, fiel ihm dann noch ein. »Bei der nächsten Olympiade!«
»Meinen Sie, Sie können die Mädchen finden?«, fragte ich den Beamten mit zitternder Stimme. »Ich brauche mein Geld und mein Handy! Dringend!«

Irgendwann standen wir wieder vor der Wache. Ich schaute zurück auf die milchige Glaswand, auf der in großen Lettern das Wort POLICE zu lesen war. »Hier ist alles videoüberwacht bis auf diesen blöden Bahnsteig!« Ich war immer noch verzweifelt. »Ob sie die kriegen? Eher nicht, oder?«
»Wenn die beiden das hauptberuflich betreiben und sich erwischen lassen, dann hast du vielleicht eine Chance.« Ken war die Ruhe selbst. Kein Wunder, ihm hatte man ja seinen Besitz nicht direkt vom Körper weggeklaut. Nein, das war nur mir passiert, mir, die *sehen* konnte. Wie peinlich war das denn?
»So. Hast du dich nun entschieden? Papa informieren? Ja oder nein?«
»Nein. Also, lieber wäre mir, ich würde es so schaffen.« Mir kamen die Tränen, plötzlich vermisste ich Mama so sehr wie noch nie. Mit ihr hätte ich darüber reden können, aber sie war ja immer noch in der Luft. Ich wischte mir die Nässe aus den Augen. Gott sei Dank sah Ken mich nicht.
»Jetzt sei mal nicht traurig, wir kriegen das hin!«
Mist, ich hatte nicht leise genug geschnieft.
»Wie heißt deine Tante denn mit Nachnamen? So wie du? Wie heißt *du* überhaupt mit Nachnamen?«

»Canet.«

»Und die Tante auch?«

»Nein, ich glaube nicht. Tante Aurélie war mal verheiratet, hatte sich aber damals auch schon einen Künstlernamen zugelegt. Papa hat sich tierisch darüber aufgeregt.«

»Und der lautete?«

»Keine Ahnung, irgendwas, was gut zu Aurélie und einer Fotografin passte, das ist sie nämlich.«

»Ich google das mal. Vielleicht finden wir ja was.« Er holte sein Handy hervor und ich sah ihm neugierig zu. Wie wollte er das denn machen? Er sah doch nichts! Mit dem Zeigefinger strich er schnell über den schwarzen Bildschirm, eine Stimme rappelte in Windeseile »Wetter, Kalender, WhatsApp, Kamera, Wecker, Google« herunter. Er hörte zu, tippte dann zweimal auf den Bildschirm und sprach »Aurélie, Paris, Fotografin« hinein.

Und richtig, die Stimme schlug ihm in rasender Geschwindigkeit mehrere Optionen vor.

»Was? Ich habe nichts verstanden«, sagte ich und fühlte mich schon wieder saublöd.

»Aurélie Pipitou, Aurélie Facebook, Aurélie Babybauchfotos Eiffelturm«, wiederholte Ken.

»Wie kannst du das verstehen? Das hört sich an, als ob man Mickymaus viel zu schnell vorspult. Das ist doch unmöglich!«

»Gewöhnung!« Er grinste, na ja, eher war es ein Lächeln. Ich fand sein Lächeln immer noch superschön, und obwohl es mir nicht weiterhalf, wärmte es mein Herz doch ein wenig.

»Ich bin nicht der Typ für schnell-schnell, hast du vielleicht ja schon gemerkt, aber die Vorleserei in normaler Geschwindigkeit nimmt viel zu viel Zeit in Anspruch, also habe ich sie schneller eingestellt. Machen wir alle so.«

»Aha ... Also Pipitou heißt sie nicht, daran würde ich mich erinnern.«

Ken seufzte und steckte das Handy in die Hosentasche. »Dann müssen wir es anders probieren. Wollen wir rausgehen, hier ist es so schattig. Und laut.«

Ich stimmte zu. Doch Ken blieb erst mal stehen. »Wo geht es lang? Wo ist der nächste Ausgang?«, fragte er.

»Ziemlich geradeaus.« Ich zeigte auf den hellen Bogen am Ende der Halle, wo ich Sonnenlicht sah. Wieder hatte ich vergessen, dass er mich ja nicht sehen konnte, doch Ken schien meine Angabe zu reichen, er gab seinem Hund einen Befehl, »Barbie, such Eingang!«, und gemeinsam machten wir uns auf den Weg. Barbie führte ihr Herrchen mit Umsicht zwischen den Menschenmassen hindurch, sehr oft stoppte sie, wenn Leute mit ihren Rollkoffern dicht vor ihr einscherten oder eilig ihren Weg kreuzten. Ich wunderte mich. Wie rücksichtslos die waren! Die hatten doch zwei Augen, die *sahen* doch, dass Ken nicht sehen konnte und auf seinen Hund angewiesen war.

Vor dem Bahnhof war es noch lauter. Der Lärm war unbeschreiblich, das Gelaber der Leute auf Französisch, Hundegebell, Autos, knatternde Motorroller und sich leise anschleichende Elektroscooter, deren Fahrer die Passanten mit hektischem Klingeln aus dem Weg trieben. »Ganz schön was los, oder?«, sagte Ken. Er streckte sein Gesicht in die Sonne und grinste glücklich. »*Paris, je suis revenu!*«

Ja prima, dass du zurück bist. Paris freut sich und macht 'ne extralaute Party für dich. Ich fühlte mich verlorener als je zuvor.

»Lass uns in ein Bistro gehen!«, rief Ken mir über den Lärm zu. »Da können wir in Ruhe überlegen. Sind wir am Südausgang?«

»Keine Ahnung.«

»Ich glaube, wir *sind* am Südausgang. Da vorne quer über die Straße müsste eigentlich das *Chez Gustave* sein.«

Ich suchte die Hausfassaden ab. »Wo soll das sein? Hier gibt es mehrere Straßen, die kreuzen sich alle!« Doch über den tausend Rollern und den vielen Autos entdeckte ich tatsächlich nach einiger Zeit das Schild des Bistros.

»Du kennst dich aber echt aus!«

»Na ja, geht so. Früher gab es ganz in der Nähe noch ein altes Kino, in dem habe ich am Sonntagmorgen oft Filme gesehen.«

»Oh, das tut mir leid …«

»Wieso?« Er sah genervt aus. »Ich gehe immer noch ins Kino, viele Blinde gehen gern ins Kino, wenn du wüsstest, was ich alles sehen kann … ach, vergiss es!«

»Sorry, hab nicht nachgedacht!« Verdammt, bei ihm musste man echt höllisch aufpassen. »Warst du alleine im Kino?«

»Nein. Mit … ach egal, mit meinem Vater. Zu der Zeit war der noch ein richtig guter Typ.«

Hört sich nach einem kleinen Problem zwischen den beiden an, dachte ich. Aber na ja, Väter waren eben manchmal anstrengend.

»Danach sind wir immer in das Bistro gegangen und haben *croque monsieur* gegessen. Kino schmeckt für mich noch heute nach überbackenem Toast …«

Aha. Ich wollte mit ihm keinesfalls noch weiter über seine Zeit als sehendes Kind reden. Mein Koffer rumpelte über das Trottoir. Neben mir, vor mir, hinter mir, überall waren

Menschen. Und dieser Verkehr erst! Mir lief der Schweiß über den Rücken. Wie sollte ich in diesem Gewühl vorwärtskommen, noch dazu mit Ken im Schlepptau? »Da vorne ist ein Zebrastreifen, wollen wir da rüber?«

»Klar. Barbie kann das.«

Ich beobachtete, wie die Hündin ihr Herrchen umsichtig an Pollern und Mülleimern vorbeiführte, die im Weg standen. Sie hielt brav am Zebrastreifen, bevor er dann wieder mit ihr losging, und wich schlecht geparkten Motorrollern und sonstigen Hindernissen aus. Die Tische draußen waren alle besetzt, wir entschieden uns hineinzugehen. Kurz darauf saßen wir im Inneren des leeren dunklen Bistros und tranken eine eiskalte Cola.

»Gute Barbie, fein, ganz fein gemacht«, sagte Ken und steckte dem Hund etwas aus seiner Hemdtasche zu.

Ich schüttelte langsam den Kopf und lächelte. Unglaublich, wozu Barbie in der Lage war … Er konnte sich wirklich auf sie verlassen.

»*Alors*, was wissen wir über die Umgebung, in der deine Tante wohnt?«

»Äh. Nichts. Paris eben.«

»Gab es irgendwas Auffälliges in der Nähe, einen Park, eine Kirche, ein Sportstadion?«

»Keine Ahnung. Ich war acht!« Ich legte meine Hände auf den Tisch und den Kopf darauf. Mein Gesicht war heiß. Trotz der Cola war ich müde, ich war erschöpft, ich war beklaut worden. Niemals hätte ich gedacht, dass sich dieser Zustand so furchtbar anfühlte. Was diese Mädchen getan hatten, hatte mich gedemütigt, ich fühlte mich schmutzig, ausgelacht, aus der Bahn geworfen.

»Ein Friedhof, Bahngleise, eine Feuerwache, ein …«

»Ein Friedhof?« Ich hob den Kopf und setzte mich wieder aufrecht hin. »Ja, wir waren mal auf einem Friedhof.«
»Der in der Nähe lag?«
»Ich glaube schon.«
»Hmm. Gut. Es gibt im Pariser Stadtgebiet nur drei große Friedhöfe, die man im Allgemeinen besucht. Es waren doch keine lieben Haustiere dort begraben, sondern Menschen?«
Ich schüttelte den Kopf. »Keine Tiere.«
»Nichts Unterirdisches? Nicht die Katakomben mit aufgereihten Schädeln an den Wänden?«
»Nein.« Wer machte denn so was?
»Ihr habt keine kleinen Kiesel auf die Grabsteine gelegt?«
»Nein. Wieso sollten wir?«
»Sonst wäre es der jüdische Friedhof gewesen. Das mit den Steinen machen die Juden, wenn sie ihre Toten besuchen. Alte Tradition. Möchtest du wissen, warum?«
»Wenn du nichts dagegen hast, jetzt gerade nicht.«
Mann, dieser blinde Typ weiß ja verdammt viel, dachte ich. Na ja, aber dafür weiß ich alles über meinen Sport, das ist eben meine Welt. Und was sagt Papa immer? Man muss im Leben Prioritäten setzen.
»Dann sprechen wir von einem der großen drei: Père Lachaise, Montmartre, Montparnasse. Irgendein berühmter Toter, eine Persönlichkeit, an die du dich erinnerst?«
»Ich war acht!«, wiederholte ich.
»Na und? Ich erinnere mich noch an alles Mögliche, als ich acht war.«
»Kann ja sein, aber doch nicht an Tote auf dem Friedhof, oder?«
»Tote zu Hause. Mein Opa; ganz kalt war er, aber er lächelte. Hat er sonst nie gemacht.«

Ich holte tief Luft. Ob Ken seine sehenden Erinnerungen wie einen wertvollen Schatz hütete? Und was tat er, um diesen Schatz zu erhalten?

»Hast du schon Gesichter von früher vergessen? Sorry, wenn ich so neugierig bin.«

»Ja, manche verblassen, das ist Mist.« Er lachte. »Also. Was haben wir noch?«

»Nichts.« Ich sah in mein leeres Colaglas.

»Doch! Du musst dich nur erinnern. Alles kann wichtig für uns sein. Was hat deine Mutter auf dem Friedhof gemacht oder dein Vater? Und auch nicht unbedingt dort, sondern auf dieser Reise, hier in Paris, überleg!«

»Wir haben Schnecken gegessen.«

»Okay, das kann man in dieser Stadt leider überall.«

»Und Papa hat Rotwein auf Aurélies Sofa geschüttet, aber das war dunkelgrün, den Fleck sah man gar nicht.«

»Schöne Geschichte, bringt uns aber nicht wirklich weiter.« Ken tastete vorsichtig nach seinem Glas und trank einen Schluck.

»Und Mama hat immer ein Lied gesungen, das hat sie dann nachher auch auf dem Cello gespielt. Aurélie hat dazu ganz übertrieben getanzt. Das war echt lustig.«

»Wie ging das?«

»Ich weiß nicht, das gab es auf Französisch und auch auf Deutsch. Irgendwas mit achtzehn Jahr!«

»Dalida! *Il venait d'avoir dix-huit ans* …« Ken sang den Text, laut und erstaunlich melodiös, als ob er sein Leben lang darauf gewartet hätte.

»Ja, das war es! *Er war gerade achtzehn Jahr, fast noch ein Kind* …«, sang jetzt auch ich.

»Ich wusste, du würdest dich an etwas Besonderes erinnern! Dalida war eine berühmte Sängerin, sie liegt auf Montmartre, auf ihrem Grab steht eine lebensgroße Statue von ihr. Total schön ist die!«

»Aha. Und das bringt uns weiter?«

»Wenn ihr wirklich zu Fuß dorthin gegangen seid, grenzt das auf jeden Fall unser Gebiet ein! Montmartre selbst oder ein Stück um Pigalle herum oder das Batignolles-Viertel, da habe ich übrigens gewohnt, damals mit meinen Eltern.«

»Es ging immer bergauf, daran erinnere ich mich auch noch. Papa hat mich für meine Ausdauer gelobt und dass ich nicht gemeckert habe.«

»Bergauf! Super! Richtung Montmartre geht es bergauf und hinten Richtung Clignancourt auch wieder hinunter. Wir sind auf der richtigen Fährte.« Er schwenkte sein Handy vor meinem Gesicht herum. »Ich geb mal *Aurélie, Fotografin, Galerie, Montmartre* oder einen der anderen Stadtteile ein, und zwar am besten auf Französisch. Vielleicht spuckt Google uns was aus.«

Wieder bewunderte ich, mit welcher Schnelligkeit er sein vor sich hin redendes Handy bediente, dem er durch weitere Wischer allerdings immer wieder das Wort abschnitt.

Google spuckte einige Sekunden später tatsächlich etwas aus, in eiligem Französisch ratterte es die Einträge herunter. Wieder verstand ich kein Wort, doch Kens Miene erhellte sich: »*Galerie Le Chat*, Rue Legendre Nummer 4, in Batignolles, meinem alten Viertel! Da stellt eine Aurélie Schneider aus, im Katalog gibt es drei Einträge.«

»*Schneider!* Das ist sie, Aurélie liebt die Schauspielerin Romy Schneider. Wie konnte ich das nur vergessen! Mein Vater hat sich tierisch aufgeregt über den deutschen Künstlernamen, aber Mama fand's gut!«

»Mama findet öfter mal gut, was Papa blöd findet, oder?«
»Manchmal. Aber sie streiten eigentlich sehr selten. Das ist echt schön bei uns.«
Ken hob die Hand und machte ein kurzes Zeichen, als ob er zahlen wollte.
»Woher weißt du, dass der Kellner dort steht?«, flüsterte ich.
»Na, der trocknet Gläser ab, das hör ich doch«, war seine Antwort.
Er bezahlte und ich musste mich zurückhalten, um nicht zu fragen, wie er die Euroscheine voneinander unterscheiden konnte. »Ich leihe mir von Aurélie Geld und dann gebe ich dir alles, was du jetzt für mich ausgibst, sofort zurück!«
»Ja klar. Kein Problem.«
Er war so verdammt nett, er sprach Französisch, ich musste mich nicht schlecht fühlen, weil ich kein Geld hatte. Und das alles, obwohl er mich nicht sehen konnte. Oder vielleicht gerade deswegen? Ich tastete mal wieder an meiner verpflasterten Nase herum, das hatte sich in den letzten Tagen zu einer echten Manie entwickelt. Was blieb von mir, wenn er nicht meine schmale, durchtrainierte Figur wahrnahm, um die mich fast alle Mädchen in der Klasse beneideten? Wenn mein langes, etwas welliges Haar für ihn unsichtbar blieb, meine dunkelbraunen Augen ihn vergebens anblitzten, der Mund, mit dem ich recht zufrieden war, und überhaupt mein ganzes Gesicht, keine Rolle für ihn spielte? Wer war ich dann noch? Auch meine Erfolge in der RSG waren für ihn unbedeutend. Er würde mich nie sehen und bewundern können, auch wenn er das mit Olympia erzählt hatte … Ich zuckte mit den Schultern. Es blieb also nicht viel. Er würde sich nie in mich verlieben oder so, obwohl ich das ja gar

nicht wollte. Wollte ich nicht? Quatsch, wirklich nicht. Ich war nur irgendein Mädchen, das im Moment auf ihn angewiesen war, so viel stand fest.

Ich sah auf die Uhr über der Theke, es war schon nach fünf, Papa machte sich bestimmt schon Sorgen, weil er nichts von mir hörte, ich musste ihn sofort anrufen. Ich lieh mir Kens Handy, ging ein paar Schritte Richtung Toiletten und wählte die Nummer. Papa war nicht zu Hause, nach einigem Klingeln sprang der Anrufbeantworter an. Manchmal hatte selbst ich Glück! Ich hinterließ eine Nachricht, dass mein Handy keinen Akku mehr hatte, dass bei Aurélie alles in Ordnung sei, dass wir schon in einem typischen Café säßen und ich nur noch Französisch quatschen würde.

»Geschafft«, sagte ich zu Ken und gab ihm sein Handy zurück.

Wir machten uns auf den Weg nach draußen. Wieder führte Barbie Ken durch Tische und Stühle, ohne ihn irgendwo dagegenrennen zu lassen. Gar nicht so einfach, in dem vollgestellten Café.

»Und nun? Wie kommen wir dahin?« Eigentlich müsstest du als Sehende ja jetzt die Führung übernehmen, Wanda, dachte ich, aber ich hatte schon in Bremen Schwierigkeiten, den Stadtplan zu lesen, wenn ich mich nicht auskannte. Ich benutzte selten Bus oder Bahn, und wenn ich irgendwohin musste, fuhr Papa mich meistens.

»Ganz einfach, mit der Métro eine Station mit der 2, dann mit der Linie 4 in Richtung Porte Dauphine und dann steigen wir am Place de Clichy aus«, sagte Ken. »Von da aus sind es nur noch ein paar Hundert Meter.«

»Woher weißt du das noch so genau?«

»Die Tour habe ich ganz oft machen müssen, mein Zahnarzt war hier in der Nähe. Irgendwann auch alleine nach der Schule, meine Eltern haben beide gearbeitet. Ich bekam schon ziemlich früh eine Zahnspange und dazu dann die immer dicker werdenden Brillengläser, weil ich ja immer weniger erkennen konnte. Ich sah super aus. Stell dir eine Eule mit schiefen Zähnen vor, dann hast du mich vor Augen. Oder besser, stell dir eine kleine, nasse Eule vor. Mit elf hatte ich den Tick, mir literweise Gel in die kurzen Haare zu schmieren.« Er grinste mich an, während er neben mir herlief.

»Kleine, nasse Eulen haben doch keine Zähne«, protestierte ich lachend. Auf einmal fühlte es sich ganz gut an, mit ihm zusammen über die Straßen zu laufen, obwohl er blind war.

»Ein bisschen Fantasie bitte, *Madame!*«

Wir hatten den Eingang des *Gare du Nord* erreicht. »Bevor wir uns jetzt wieder durch diesen vollen, lauten Bahnhof schlagen, um unten in die Métro zu gelangen, lass uns hier den Boulevard de Magenta noch ein Stück weiter hinuntergehen bis zur nächsten Station, da sind wir gleich auf der richtigen Linie.« Er zeigte in eine Richtung. Ich schaute mich irritiert um, bis ich einen Straßennamen entdeckte. *Boulevard de Magenta* stand an einem Schild an der Hauswand. »Wow. Wie kannst du denn wissen, wo wir sind?«

»Ach, ich habe immer noch einen ganz guten Orientierungssinn, weil ich erst spät blind geworden bin. Darüber bin ich echt froh! Geburtsblinde haben es da schon ein bisschen schwerer.«

Geburtsblinde … Ich schüttelte den Kopf, aber das sah Ken ja nicht. Wir liefen den Boulevard unter dem Schatten der Bäume entlang und mit uns unheimlich viele andere Menschen. Überall waren Geschäfte, neben uns knatterten Motorroller, Autos und große Lieferwagen über die breite Straße. »Ist Paris immer so voll?«

»Cool, oder? Ist was los.«

»Die Häuser sind hier so schön«, sagte ich andächtig, während ich nach oben schaute. »So hoch und weiß mit diesen Borten, Gittern und kleinen Balkonen, die fand ich als Kind schon so toll. Nur die vielen Leute stören ein bisschen.«

Wir kamen langsam voran, das heißt, es wäre schon schneller gegangen, wenn Barbie nicht immer wieder Hindernissen hätte ausweichen müssen. Ein Pulk von Menschen, der ihnen keinen Platz machte, Mülleimer, Briefkästen, Caféstühle, die weit auf den Bürgersteig ragten.

An der Métrostation blieb Ken direkt vor dem Automaten stehen. »Die Pariser Métro ist für französische Blinde umsonst, aber nicht für Touristen aus dem Ausland.«

Ich hatte schnell verstanden, wie der Automat funktionierte, und war froh, dass ich diesmal selber etwas tun konnte. Bezahlen musste Ken dennoch für mich.

»Wo müssen wir hin?«

»Nach unten, die Linie 4 fährt oben, aber wir müssen runter, Linie 2, Richtung Porte Dauphine.« Er passierte das Drehkreuz, Barbie quetschte sich neben ihm hindurch, blieb dann aber seitlich, direkt vor der Rolltreppe stehen.

»Was ist? Möchte sie nicht, dass du Rolltreppe fährst?« Ich hatte Mühe, mit meinem Koffer nicht im Drehkreuz stecken zu bleiben und gleichzeitig das Ticket wieder an mich zu nehmen, das neben mir durch einen Schlitz hochflutschte.

»Nein, das *muss* sie mir verbieten, siehst du, sie sperrt

mich! Rolltreppen sind nicht so toll für einen Blinden, aber für sie ist es einfach zu gefährlich, wegen ihrer Pfoten.«

Barbie hatte sich quer vor Kens Knie gestellt, sie schaute ihn treuherzig an, ließ das Herrchen aber nicht durch.

»Feiner Hund«, lobte Ken. »Na komm, hinter uns warten schon die Leute, wo ist die Treppe, such, Barbie! Such Treppe abwärts, Treppe ab!«

Barbie führte ihn zu der schmalen Treppe, blieb aber wiederum oben an der ersten Stufe stehen. »Ich fahre mit meinem Koffer Rolltreppe«, rief ich, »ist das okay? Schafft ihr das alleine?«

»Absolut! Wir sind Reisende, wir machen das schon etwas länger zusammen.«

Ich biss mir auf die Lippen. Wie dumm von mir, jetzt behandelte ich ihn auch schon so von oben herab wie die Frau aus dem Zug.

Am Place de Clichy kamen wir wieder ans Tageslicht. »Mein altes Viertel!« Wieder kniff Ken seine Augen für einen Moment fest zusammen, dann aber suchte er mit seinem Gesicht die Sonne, die langsam hinter den Häusern verschwand, und tat, als ob er diesen Moment genießen würde. Was machte er hier? Meditieren oder was?! Ich schaute mich um und seufzte tief. Vor mir lag ein großer Verkehrskreisel, von dem mindestens fünf Straßen abgingen. Blumenläden, Cafés, altmodische Straßenlaternen, *Starbucks*, Restaurants mit tief herabgezogenen roten Markisen, ein mächtiges Kriegerdenkmal in der Mitte. Paris war riesig, ob wir Tante Aurélie hier jemals finden würden?

»Warum der Seufzer?« Ken war aus seiner Tiefenentspanntheit erwacht. »Ein gigantischer Platz, oder? Da vorne scheint es immer noch die *boulangerie* zu geben, riechst du das? Mhmm, frisches Baguette!«

Ich schnupperte, roch aber nur Abgase. »Es gibt Hunderte solcher Plätze in Paris, Tausende Bäckereien, eine Million Straßen ...«

»Stimmt, ist aber nicht so tragisch, von den Millionen Straßen brauchen wir nur die kleine Rue Blot, da schlüpfen wir rein und gehen immer geradeaus, bis wir die Rue Legendre kreuzen, da muss dann irgendwo die *Galerie Le Chat* sein.«

Google Maps fand die schmale Straße und sagte uns auf Französisch, wie wir zu gehen hatten, Ken übersetzte Barbie die Anweisungen in »Voran! Barbie, such Weg!« und schon fünf Minuten später standen wir vor einem alten Haus mit zwei großen Bogenfenstern, die bis zum Boden reichten.

Ich war unsicher, sollte ich Ken jetzt beschreiben, was ich sah? Ich zögerte einen Moment, doch dann trat ich näher an die Fenster heran und tat es einfach: »Also, die Galerie ist ziemlich groß, dahinten scheint es noch weiterzugehen, sie ist aber auch ganz schön leer, von der Decke hängt ein Kronleuchter, der mit Fotos in Postkartengröße behangen ist, soll wohl ein modernes Kunstwerk sein. Die Wände sind weiß und kahl, aber Moment – also dahinten hängt noch was, zwei Fotos in Schwarz-Weiß. Keine Ahnung, ob die von Aurélie sind.«

»Gehen wir rein?«

»Äh. Ich sehe aber niemanden. Vielleicht haben die ja gar nicht auf.«

»Irgendwer wird dadrin schon rumsitzen. Wir suchen doch nur nach Aurélie Schneider, keine große Sache. Such

Eingang!« Ken, besser gesagt, Barbie übernahm die Führung. So von hinten sieht er richtig cool und selbstbewusst aus, dachte ich, bevor ich ihm durch die Tür folgte.

In der Galerie war es still. Ich schaute mich verlegen um.

»Hallo, ist jemand zu Hause?«, rief Ken auf Französisch gegen das hohe Deckengewölbe, so laut und überraschend, dass ich zusammenschreckte. Selbst das schien Ken gehört zu haben, denn er sagte: »Sei ganz cool, wir finden sie. Falls wir es nicht anders hinbekommen, könntest du aber auch anfangen zu weinen. Ist nur ein Vorschlag.« Er lächelte.

»Pff. Ich werde hier doch nicht losheulen!« Ich sah ihn empört an und marschierte weiter in die Galerie hinein.

»*Bonjour!*« Aus dem Nichts tauchte ein kleiner Mann in einem sommerlichen Anzug auf. Seine wenigen Haare waren grau, lang und aus der Stirn gekämmt, er sah mich über seine randlosen Brillengläser vorwurfsvoll an, empfindlich gestört in seinem Frieden.

Klar, wir sehen ja auch seltsam aus, dachte ich sofort. Ich mit meiner Nase und dem Koffer, Ken mit Reisetasche und seinem Hund. Wir sind ganz bestimmt nicht zum Bilderkaufen hier …

»*Bonjour, Monsieur!* Wir suchen eine Künstlerin, die bei Ihnen ausstellt«, sagte Ken in seinem lässigen Französisch.

»Madame Aurélie Schnai-dèrr?« Er sprach den Namen so falsch aus, wie die Franzosen es wahrscheinlich alle taten.

»Madame Schnai-dèrr?«, gab der Mann jetzt ebenso zurück. »*Ah, oui …?*«

Ken redete eine Weile mit ihm, zeigte auf mich (woher wusste er schon wieder so genau, wo ich stand?) und schilderte in wenigen Worten, dass mir am Bahnhof alles gestohlen worden sei und wir nun unbedingt Aurélies Adresse bräuchten.

Ich lächelte den Galeristen so überaus freundlich an, dass meine operierte Nase wehtat, doch der Typ schüttelte nur irgendwann den Kopf. »*Non, ce n'est pas possible!*« Es täte ihm leid.

»Datenschutz«, sagte Ken grinsend zu mir, doch ich merkte, dass er genervt war, so gut kannte ich ihn nun schon. »Von wegen Datenschutz! Das Wort hat der gestern zum ersten Mal gehört.«

»Genau! Außerdem stellt meine Tante doch hier aus!« Meine Stimme wurde immer lauter. »Sie stellt aus, man kann ihre Bilder kaufen, man kann in ihr Atelier gehen und sich dort eins aussuchen! Das habe ich selbst gesehen. Früher. Also was soll das? Frag ihn bitte!«

»Gern«, sagte Ken und übersetzte Wort für Wort, was ich gesagt hatte.

»*Ce n'est pas possible!*«, kam es leise und arrogant von dem Galeristen-Typ. »Das ist nicht möglich, sie möchte keine Kunden mehr empfangen.«

»Wie soll ich sie denn sonst finden!?« Plötzlich schlug eine Welle von Selbstmitleid über mir zusammen, ich war nicht zum Spaß hier, ich war bestohlen worden, das hatte der Idiot wohl noch nicht verstanden! Am liebsten hätte ich ihn angeschrien. Er war meine einzige Chance, wenn ich nicht die Straßen im Umkreis von mehreren Kilometern absuchen und dabei in jeden Hinterhof schauen wollte. Mit einem Blinden neben mir, der absolut keine Eile kannte, mit dem es – sorry, Barbie! – ja doch verdammt viel langsamer als normal ging! Der Galerist schaute mich von oben bis unten an, als ob ich einen besonders fiesen Geruch verströmen würde.

Die Worte tropften so langsam aus seinem Mund, dass ich ihnen folgen konnte: »Die Tante, ja? Was ist mit Ihren Eltern? Wissen die nichts?«

Verdammt, jetzt kamen mir wirklich die Tränen. Natürlich konnte ich bei Papa nachfragen, aber ich hatte einfach nicht die Kraft, mir seine blöden Fragen und Vorwürfe anzuhören. Ich würde mich stundenlang rechtfertigen müssen, für eine Sache, an der ich keine Schuld hatte. Oder zumindest nicht viel. Wie vor zwei Wochen mit dem blöden Nasenbeinbruch und dem Likör. Nie glaubte er mir was! Mir war schwindelig, ich war müde und plötzlich so schwach – keine Minute länger würde ich mich auf den Beinen halten können. Ich ließ mich einfach auf einen Hocker fallen, der mitten im Raum stand, und weinte dort weiter.

»*Mon dieu! Mademoiselle!*« Er sagte noch mehr, das nicht wirklich begeistert klang.

»Er findet dein Verhalten nicht angemessen, soll ich dir ausrichten. Und der Hocker sei ein Kunstwerk.«

»Echt? Das alte Ding?« Ich schoss hoch. Nachher verklagte er mich noch auf eine Million Schadenersatz, bei meiner Glückssträhne heute. »Er soll mir die Adresse sagen! Das Atelier ist doch nicht privat, da kann doch jeder hin! Scheiß Datenschutz!«

»Wandá.«

Ich schielte zu ihm hinüber. Ken sah aus, als ob er auf die Straße schaute. »Ich glaube, *Monsieur* möchte irgendwas loswerden.«

Das wollte *Monsieur* allerdings, denn er ließ einige zornige Sätze vom Stapel, in denen auch mehrere Straßennamen vorkamen. Durch meinen Tränenschleier sah ich, dass Ken mehrmals nickte, woraufhin der kleine Herr sich auf quietschenden Ledersohlen umdrehte und in den Tiefen seiner Galerie verschwand.

»Was hat er gesagt?« Ich wischte mir vorsichtig die Nase ab, ein Taschentuch hatte ich natürlich nicht zur Hand. »Und wo ist er hin?« Ich lief ein paar Schritte hinter dem Typ her, kehrte aber sofort wieder um.

»Siehst du? Weinen hilft!« Ken grinste in die Ferne. »Lass uns rausgehen, der ist echt sauer auf dein Tantchen, aber wenigstens weiß ich, wo sie wohnt!«

Oh, wie cool! Am liebsten hätte ich seine Hand genommen und kurz gedrückt, aber das wäre komisch gewesen, also ließ ich es.

Auf dem Weg zu Aurélie erzählte Ken mir, was er erfahren hatte. »Offenbar hat sie ihn mit ein paar Auftragsarbeiten hängen lassen, für die sie schon einen Vorschuss kassiert hat, ja, die sogar schon verkauft sind! Sie fotografiert nicht mehr, liefert ihre Sachen nicht, das Atelier ist angeblich zu.«

»Für immer? Sie schrieb mir, sie sei heute krank geworden und könne das Haus deswegen nicht verlassen.« Ich zuckte innerlich zusammen, zu diesem Zeitpunkt hatte ich mein Handy noch gehabt. Und mein Portemonnaie.

Ken imitierte gekonnt die empörte Stimme des Galeristen: »Sie ist unmöglich! Und benimmt sich wie ein kopfkranker Flamingo im Hungerstreik.«

»Ein kopfkranker Flamingo? Das hat er nicht gesagt!«

»Doch.« Ken lachte laut auf. »Und dass sie ihm Geld schulde, zu viel trinken würde und keine Kunden mehr bei sich im Atelier haben wolle und mit Männern nicht klarkäme. Das nenn ich mal Datenschutz!«

Er zog sein Handy hervor und sagte »Rue Brochant« zu ihm. »Voran, Barbie, such Weg. Braver Hund!«

»Hier muss es jetzt irgendwo sein«, sagte er ein paar Minuten später.

»Ich weiß, ich weiß, ich erinnere mich!« Vor Freude lief ich so schnell in den Eingang des Hinterhofs, dass die Räder meines Koffers über die buckligen Pflastersteine sprangen. »Hier ist es, das ist das Atelier, das kenne ich alles, da unten geht es zur Dunkelkammer in den Keller!« Ich ließ den Koffer stehen und drehte mich einmal um mich selbst. »Und die Töpfe mit den Pflanzen und die Fenster der Wohnung, da oben, dieselben roten Vorhänge wie früher!« Ich hielt inne. »Vielen Dank, Ken! Ohne dich und Barbie hätte ich das niemals geschafft. Ich hol schnell das Geld, das ich dir schulde, und dann kannst du weiterziehen, du willst ja auch sicherlich in dein ... Hotel?«

Er schüttelte langsam den Kopf. »Wie gesagt, ich bin frei, ich hab Zeit. Soll ich dich nicht noch hochbringen? Wer weiß, ob sie da ist. Vielleicht kannst du meine Hilfe ja weiterhin gebrauchen.«

Bloß nicht, dachte ich. Das war zwar alles ziemlich toll von dir, aber die Tour war schon echt grenzwertig. Du hast mich weinen gesehen, äh, gehört. Du hast mich so hilflos und irgendwie schusselig erlebt, etwas, das Papa unerträglich findet. »Na ja, vielleicht ... ach, ich weiß nicht.«

»Wenn sie nicht mehr hier wohnt, müssen wir weitersuchen.«

»Na gut, das ist nett von dir«, gab ich nach. »Mein Französisch ist so schlecht, es würde Stunden dauern, bis ich Aurélie erklärt hätte, was passiert ist.«

Ich sah an der Fassade hoch. Es war Hochsommer, aber die Kletterpflanzen standen nicht in voller Blüte, sondern welkten kümmerlich vor sich hin. Offenbar waren sie schon seit geraumer Zeit nicht gegossen worden. »Hier geht es rein, da ist die Klingel. Vorsicht, die Treppe ist schmal.«

Die Tür sprang auf. Ich schleppte mit letzter Kraft meinen Koffer die Stufen empor. Hinter mir hörte ich Barbies Pfoten auf dem Holz und Kens Schritte. Wieder schloss ich einen Moment die Augen. Was musste es für ein Gefühl sein, den dunklen Treppenaufgang mit den vielen Fotos an den Wänden nicht zu sehen, das hier *alles* nicht zu sehen? Furchtbar. Beklemmend. Ausgeliefert. Ich öffnete die Augen, gerade rechtzeitig, um zu sehen, wie Aurélies Kopf oben an der Tür auftauchte.

»Oh, *merde*.« Die Tante sprach leise und wandte sich mitten im Satz um, dennoch verstand ich die beiden französischen Sätze, die jetzt folgten: »Jetzt ist sie hier. Sie ist tatsächlich gekommen.«

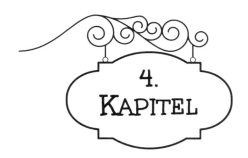

4. KAPITEL

»Das war früher mal schöner«, wisperte ich Ken zu, als wir oben in der geräumigen Wohnküche standen. »Jetzt sieht es aus, als hätte jemand zehn Säcke Müll über allem ausgeschüttet.« Aurélie war nicht mehr zu sehen.

»Ja, so riecht es auch. Nach altem Essen. Und nach schon *seeehr* lange eingeweichten Töpfen.«

Tatsächlich erspähte ich aus den Augenwinkeln ein übervolles Spülbecken. Schwamm da etwa was Grünes, Flauschiges in der obersten Pfanne?

Ken hob sein Kinn und schnupperte. »Alle Fenster sind zu, oder? Schade, mit ein bisschen Durchzug könnte man sich wie am Strand fühlen. Unter meinen Füßen knirscht es jedenfalls schön sandig.« Wieder folgte einer seiner belustigten Nasenschnauber.

»Ich weiß nicht, was passiert ist«, sagte ich, bevor er weitere Vergleiche anstellen konnte. »Warum ist sie aus der Küche gelaufen? Sie hat uns doch gesehen, das ist echt komisch.«

»Allerdings. Aber das ›merde‹ war eindeutig.«

Ich nickte. Tante Aurélie war ziemlich viel jünger als Papa. Zehn Jahre mindestens, also vielleicht fünfunddreißig? Sie war immer schon anders gewesen als er, aber *so* anders? Wusste Papa davon? Was hatte er mir nicht alles vor der Abfahrt gepredigt, wie fleißig und zielstrebig seine Schwester in den vergangenen Jahren geworden sei, wie gut organisiert und dass sich ihre Kunst nun auch endlich »rentieren« würde. Hieß das nicht, sie würde damit Geld verdienen?

»Spricht sie Deutsch?« Ken streichelte Barbie und nahm ihr das Geschirr ab.

»Nur drei Worte.« Sie wird dir dein grausiges Französisch schon austreiben können, hatte Papa gesagt, in drei Wochen sollte sich da Grundlegendes bessern!

Barbie schnüffelte neugierig in der Küche herum, besonders interessant schien der übervolle Abfalleimer zu sein. Wir hörten Aurélie hinten im Flur rumoren, irgendetwas Schweres fiel mit einem dumpfen Knall hinunter. »*Alors, Kinder!*«, rief sie, ihre Schritte kamen näher.

Ich stieß Ken sanft an. »›Kinder‹ ist eines der drei Worte.«

Auch Barbie schaute hoch, als Aurélie nun hereinkam. Sie trug einen bunten Kimono und an den Füßen trotz der drückenden Wärme, die in der Küche herrschte, grellgelbe Socken, in denen die Zehen einzeln steckten. Sie sah jung aus, wie ein zu großes, zu dünnes Kind, das sich als Erwachsene verkleidet hatte. Ihre langen, fast schwarzen Haare waren wohl einige Zeit nicht mehr gekämmt worden, sie drehten sich nämlich schon zu verfilzten kleinen Rastalocken zusammen. Das zu hoch aufgeschossene, zu dünne Kind blieb stehen, verschränkte seine Arme vor der schmalen Brust, als ob es sich festhalten wolle, und schaute uns erwartungsvoll an.

»Aurélie, *ça c'est mon ami* Ken …«, begann ich, gab aber schnell wieder auf. »Ach, erzähl du das bitte auf Französisch«, bat ich ihn. »Und auch, dass ich dir Geld schulde und sie es mir vorstrecken muss, damit du endlich gehen kannst. Also, damit du dich endlich auf den Weg machen kannst, meine ich, du hast mir schon so viel geholfen!«

»*Désolée, désolée,* entschuldigt misch, ich bin dursch-einander, ich bin nicht *présentable*!« Aurélie entfaltete ihre Arme wieder und rauschte mit ihrer langen, dünnen Gestalt auf mich zu, die Ärmel flatterten wie bei einer bunten Fledermaus. »Was ist passiert mit deine Nase, kleine Nischte?« Sie wollte die Antwort aber offenbar nicht hören, denn sie umarmte mich und gab mir zwei vorsichtige Küsse auf die Wange. »Das Leben macht misch ein wenig unglücklisch, *désolée. Désolée.*«

»Seit wann sprichst du Deutsch, Aurélie?«

Doch Aurélie hörte mich nicht, denn sie wandte sich Ken zu: »Und deine Freund mit kleine 'ünd 'ast du gleich mitgebracht. Und isch? Mach ich schlechten Empfang *pour vous* ...« Sie küsste auch ihn, der sie nur knapp überragte, umarmte ihn, stützte sich mit der Stirn an seinen Oberkörper mit dem wild gemusterten Hemd und ließ ihn gar nicht wieder los.

Ken blieb stehen und klopfte ihr sanft auf den Rücken. »Ich kenn das«, murmelte er. »Das Leben kann echt *merde* sein!«

Aurélie lachte an seiner Brust auf. »Oh, das gefällt mir! Das Leben kann echt *merde* sein.« Sie hob den Kopf. »Ach, *Kinder*, aber jetzt wir machen es uns erst mal gemütlich! Ist noch Wein da? Wollt ihr nicht Wein kaufen gehen? *Le petit chien* kann bei mir bleiben. Ich gehe ja nicht mehr raus.«

»Das ist toll, du sprichst ja richtig gut, Aurélie!« Ich zog erstaunt die Augenbrauen hoch. »Weiß Papa das? Vor ein paar Jahren konntest du noch gar nichts.«

»Oh, oh, lange, traurige Geschichte. Ein Mann natürlisch! *Triste*, sehr *triste*!« Sie räumte ein paar leere Weinflaschen vom Tisch und wischte Brotkrümel und sonstigen Dreck mit der flachen Hand auf den Boden.

»Setzt euch, setz du disch auch, mein kleine Nischte!«

Kleine Nischte. Das hörte sich lustig an, ich sah zu, wie Ken Barbie von ihrem Geschirr befreite und wie Aurélie Klamottenberge von den Stühlen zusammenklaubte und auf andere Stühle warf: »Ich erzähle euch, ich erzähle euch die Geschichte von die Verrat und die *Luge!*«

»Oh, das hört sich gut an«, sagte Ken. »Ich sammele nämlich solche Geschichten und schreibe sie manchmal auf.«

Ich schaute mich in der Küche um und näherte mich dem großen alten Kühlschrank, der in einer Ecke vor sich hin brummte. Wenn Aurélie es nicht machte, sollte nicht wenigstens *ich* Gastgeberin spielen und Ken etwas anbieten? Barbie hatte bestimmt auch Durst. Barbie?! Die Hündin hatte irgendetwas entdeckt, auf dem sie mit Hingabe herumkaute.

»Äh, Ken? Barbie hat da was, ich weiß nicht, ob das gut für sie ist.«

Tante Aurélie schaute erst zu dem Hund, dann auf Ken. »*Oh non, non, non,* ich 'abe nicht gesehen, dass du bist *aveugle,* mein Guter, wie 'eißt auf Deutsch?«

Da war es wieder, das *aveugle.* Ich sprach das Wort in Gedanken nach. Awögle. Awögle. Ich würde nach drei Wochen bestimmt viel besser sprechen können und Papa stolz machen.

»Blind.« Ken grinste.

Da steht er einfach so in der dämmrigen Küche, dachte ich. So selbstbewusst und sicher, niemand würde denken, dass er in diesem Moment überhaupt nichts von dem sehen kann, was um ihn herum ist.

»Moment, ich nehme es ihr weg, was ist es denn? Barbie, komm her!« Ken bewegte sich mit kleinen Schritten auf

Barbie zu, die sich mit ihrer Beute sofort unter den Tisch verzog.

»Ich glaube, eine Socke. Oder vielleicht eine Schuhsohle?« Ich bückte mich, um unter den Tisch schauen zu können.

»*Oh je sais,* ich weiß, ist altes Steak, 'abe ich gebrannt und weggeworfen in die *poubelle.*«

Wahrscheinlich eher *neben* den Mülleimer, dachte ich, während ich versuchte, so viel wie möglich von Aurélies deutsch-französischem Wortschwall zu verstehen und Ken bei seiner Jagd auf Barbie zu helfen.

»Sie ist der besterzogene Hund überhaupt, aber wenn sie nicht im Dienst ist, also sobald ich sie von ihrem Geschirr befreie, ist sie so verfressen, das ist unglaublich. Sie beißt wahllos in alles rein und versucht, es hinunterzuschlucken, es ist furchtbar.«

»Aber verträgt sie die Sachen denn?«

»Nein. Das meiste würgt sie wieder aus. Manchmal muss ich ihr auch Sauerkraut geben, damit … ach, ich erspare euch die Details.«

»Danke.«

»'endrik machte immer Steak. Die besten verdammten Steaks von die Welt machte er, diese Drecksack!«

»'endrik ist der Grund für …?«

»… für meine gute Deutsch und meine große Kümmer, *oui!*« Ken lachte. »Ich verstehe dich gut. Die Liebe kann einen echt runterziehen.«

Aha. Ich horchte auf. Was wusste Ken denn schon von der Liebe? Hatte er etwa eine Freundin? Ob die auch blind war? Er soll keine Freundin haben, das wäre echt blöd, dachte ich und wunderte mich sofort über meine Gedanken. Was ging mich das überhaupt an?

»*Oui!* Die Liebe ist echt *merde!*« Aurélie lachte auf, doch es klang, als ob sie jeden Moment losweinen wollte. »Wir brauchen was zu trinken, Kinder!«

Ich öffnete den Kühlschrank. Leer – außer einer an die Wand gedrückten Flasche Gin, in der noch eine Handbreit der klaren Flüssigkeit übrig war, ein bisschen kariertem Einwickelpapier und zwei völlig eingeschrumpelten Zitronen. »Hier ist nichts drin.«

»*Oh non. Ah, oui.* Ich weiß. Ich bin schrecklisch. Ich bin seit Tagen nicht rausgegangen, weil will ich die Welt nicht sehen. Der blaue Himmel erinnert mich an ihn, an alles, an die *Gluck,* ich ertrage das nicht!« Sie kam zu mir, machte den Kühlschrank nun auch auf und sofort wieder zu. »Die Bank gibt mir nichts. Eine Künstlerin wie ich! Kein Kredit!«

»Kein Problem«, sagte Ken, »*wir* können doch einkaufen gehen!«

»Er ist nämlich der Einzige, der noch Geld hat, Aurélie.« Ich zeigte auf Ken, fast war ich ein bisschen stolz auf ihn. »Man hat mich beklaut am Bahnhof, alles ist weg. Mein Portemonnaie, mein Handy, einfach nicht mehr da!«

»Oh, verflixte Taschendiebe! Es ist *schrecklisch!*«

Ich wollte Ken einen verschwörerischen Blick zuwerfen, aber meine Augen trafen nur auf zwei grüne Pupillen, die zwar schön aussahen, aber leider nicht auf meine hochgezogenen Augenbrauen und gerunzelte Stirn reagierten. Oh Mann! Es war so mühsam mit ihm. Er konnte ja nichts dafür, aber er lähmte mich, weil alles so umständlich war und langsam ging. Einkaufen? Mit Ken? Da lief ich doch lieber alleine los. Aber wohin? Ich kannte mich doch nicht aus. Oder sollte ich *ihn* etwa losschicken und währenddessen in der Küche Ordnung machen? Es kribbelte mir in den Fingern, die Fenster aufzureißen. Ich würde sogar den Müll runterbringen, um den Geruch loszuwerden, und den Boden fegen, aber mir mit ihm auf diese Weise die Arbeit zu teilen, ging ja nicht. Er sah nichts, war also weder hier noch draußen auf der Straße richtig zu gebrauchen. Immerhin hat er dich hierhergebracht, widersprach ich mir sofort selbst und seufzte unhörbar auf. Jaja. Aber jetzt soll er gehen und seinen Hund am besten gleich mitnehmen. Ken und Barbie hatten mir zwar geholfen, konnten aber nur »weitere Multiplikatoren meiner Probleme« sein. Ich hörte Papas Worte förmlich in meinen Ohren.

»Wenn Ken mir Geld gibt, gehe ich was kaufen, was soll ich denn mitbringen?« Ich sah Aurélie ratsuchend an, doch ich war skeptisch. War von der Tante überhaupt etwas Vernünftiges zu erwarten? Würde sie Ken meine Schulden zurückzahlen können? Vermutlich nicht, wenn die Bank ihr nichts mehr gab. Wo hast du mich da bloß hingeschickt, Papa? Und du, Mama? Hast du nicht behauptet, Aurélie sei momentan die Lustigere in der Familie? Na danke, es sieht gerade nicht danach aus.

»*Vin blanc!*«, kam es von Aurélie. »Auf die Ecke Rue Brochant und Rue Legendre ist kleine Laden, Mahmoud 'at erstaunlischerweise sehr gute Weißwein, nur 6 Euro das Stück. 'endrik 'at immer gekauft diese Wein. *Toujours. Toujours.*« Sie hockte schniefend auf der Vorderkante des Stuhls und stützte ihr Kinn auf der Tischplatte ab. Sie sah aus, als ob sie zehn wäre und um ihren toten Hamster weinte.

»Und Brot!«, rief Ken von unter dem Tisch. »Käse. Feigen, wenn es gibt. Oder Weintrauben? Dafür ist es wahrscheinlich noch etwas früh im Jahr.« Er hatte Barbie inzwischen die Steakschuhsohle entrissen und schimpfte nun leise, aber streng mit ihr. »Geld ist in meinem Portemonnaie, vorne im Rucksack.«

»Soll ich wirklich ...?« Es war ein komisches Gefühl, in seinen Sachen herumzuwühlen.

»Na klar, solange noch was da ist!«

»Und kannst du Papa anrufen, dass wir gut angekommen sind, Aurélie?«, bat ich. »Ich habe ihm nur auf den Anrufbeantworter gesprochen, aber nicht verraten, dass du mich nicht abgeholt hast.«

»Matthieu? *Mais bien sûr!*« Die Tante schaute sich suchend nach dem Telefon um, aber ich ahnte schon, dass sie es im nächsten Moment vergessen würde.

»Ich nehme mir einen Zwanziger, okay?« Ich zupfte einen der zahlreichen blauen Scheine aus dem Portemonnaie, dabei entdeckte ich seinen Ausweis und schaute schnell auf das Geburtsdatum. August. Er war Löwe und schon neunzehn, bald zwanzig! Eben hatte ich noch gedacht, er solle lieber gehen, aber was wäre, wenn er *nicht* blind wäre? Dann würde ich hoffen, dass er noch bleiben würde oder dass wir uns ganz bald wiedersähen. Ich würde nach den Ferien in der Klasse und beim Training mit ihm angeben. So süß war der! Und cool. Er war alleine unterwegs und ist schon überall rumgereist und wir haben uns supergut unterhalten und sind durch Paris gelaufen, und sein Hund erst! Voll *sweet*. Ich schämte mich für meine Gedanken, das wurde mir hier gerade alles zu viel. Vielleicht würde ja ein Wunder geschehen und Ken wäre samt *sweetem* Hund wie durch Zauberhand einfach nicht mehr da, wenn ich wiederkäme. Und die Küche sollte sauber sein, mein Bett gemacht und das Abendessen (Fischstäbchen, Bratkartoffeln und Mayonnaise, bitte) auf dem Tisch stehen!

Doch meine Wünsche gingen nicht in Erfüllung. Als ich, bepackt mit drei Plastiktüten, wieder die Treppe hinaufgestapft kam und meine Beute auf dem Küchenboden abstellte, war die Küche noch ebenso dreckig wie zuvor, aber leer. Verdammt, ich biss die Zähne zusammen. Wo waren denn alle? Am Ende des langen Flures hörte ich Reden und Lachen. Vorsichtig ging ich darauf zu. Auf dem Boden und entlang der Wände standen unbeschreiblich viele Dinge herum. Kartons stapelten sich in allen erdenklichen Größen, mehrere Farbeimer, ein altes Fahrrad und viele blaue Müllsäcke, teilweise aufgerissen, grüne Holzwolle quoll daraus hervor, als ob jemand gigantische Osternester damit füllen wollte.

»Bin wieder da!«

Erneutes Gelächter. Irgendetwas zog sich in meiner Brust zusammen und ich fühlte mich plötzlich wie in meiner Klasse, wenn alle über eine witzige Anspielung lachten, die ich nicht verstehen konnte, weil ich statt im Unterricht mal wieder auf einem Turnier gewesen war. Ich ging an mehreren Zimmeröffnungen vorbei und schaute in jede hinein. In einem stand ein Klavier und sonst nichts, in einem anderen tanzte der Staub in einem verspäteten Sonnenstrahl über der altbekannten samtgrünen Polstergarnitur mit dem Rotweinfleck. Ein weiteres großes Zimmer, zwei überhäufte Tische, Papiere, Bücher, Aktenstapel, an der Wand unzählige Glaskästen mit aufgespießten Schmetterlingen. Die Wohnung war riesig! Wo hatten wir damals geschlafen, ich konnte mich nicht mehr erinnern. Ich hörte Barbie kurz aufbellen und blieb in der nächsten offenen Tür stehen. »Ich bin wieder da. Mit …«

… dem Essen, hatte ich sagen wollen. Das Zimmer kannte ich. Dort stand das Bett mit den vier Pfosten und dem wunderschönen, altmodischen Stoffbaldachin, der kleine Schreibtisch, der abgewetzte Teppich auf dem Boden. Unser Zimmer von damals, der Teppich war da noch farbiger gewesen, in das Bett hatten wir alle drei nebeneinander gepasst. Mama, Papa und die kleine Wanda! Und wer lag nun darin und streckte ihre vier Pfoten in die Luft? Barbie!

Ken hatte die schweren Fenstervorhänge ein wenig auseinandergeschoben und tat, als ob er hinausschaute.

»Ah, *le vin!* Perfekt, *mon amour!*« Aurélie kam auf mich zu und lachte das erste Mal fröhlich auf, seitdem wir die Wohnung betreten hatten. »Er und du, ihr werdet mich ablenken. Von der schrecklich 'endrik!«

»Wie? Ablenken?«

»Ja. Er bleibt hier! Dein Freund und *le petit chien* bleiben hier.«

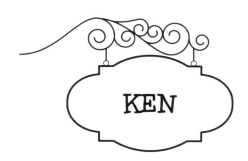

KEN

So, Aufnahme läuft ... Mal wieder ein Memo an mich selbst: Andere Leute würden noch ein bisschen in ihrem Tagebuch schreiben, um besser einschlafen zu können. Ich spreche in mein Handy. Ich höre meine eigenen Aufnahmen manchmal auch ganz gerne an, das ist wie Zurückblättern in der Zeit. Ja, ich bin geblieben. Aurélie um den Finger zu wickeln, war ein leichtes Spiel, ich habe gar nichts sagen müssen. Ich mag sie, sie befindet sich gerade in einer schwachen Phase, aber sonst ist sie stark, das spüre ich. Nein, es ist nicht wegen Wanda oder, na ja, nicht wirklich. Mein Motto ›Ich bin so frei, alles ist einfach, nichts ist kompliziert‹ stimmt natürlich nicht. Ich brauche einen Aufschub, ein Versteck für die nächsten Tage, doch das lasse ich mir nicht anmerken. Ich liege in dem fremden Bett mit den vier Pfosten, mitten in Paris, als ob nichts wäre, und erzähle meinem Handy etwas. Barbie schläft neben mir und träumt vermutlich davon, über grüne Wiesen zu laufen, ich spüre das Zucken ihrer Pfoten an meinem linken Bein. Meinem Vater zu begegnen, werde ich wahrscheinlich niemals schaffen, denn ich bin ein einziger *Fake*, einer der mit großer Klappe nur vorgibt, cool und frei zu sein. Aber das bin ich nicht, solange er mich noch so wütend machen kann. Anstatt ihm locker und selbstbewusst gegenüberzutreten, platze ich innerlich, wenn ich an ihn und seine Tussi denke. Also lasse ich das, blende die Vergangenheit aus und feiere das Paris, das ich noch von früher kenne. Es ist bequemer, mich gar nicht mit ihm zu beschäftigen, man könnte auch sagen, ich bin zu feige dazu. Denn ich will nicht mitkriegen müssen, wie nervös er wird, sobald er sich mit *mir* beschäftigen muss. Er überweist mir pünktlich mein Geld, mehr, als er müsste, aber sonst nichts. Sein Geld ist es auch, mit dem ich allen um mich herum helfe. Der großzügige Ken, oh, *merci bien!*

Und Wanda? Ach, Wanda … Das kann nur schiefgehen mit dir, ich weiß es und renne doch in mein Verderben. Besser gesagt, ich lege mich dicht neben mein Verderben, ihre Tür ist quer über den Flur, wenn ich nur an sie denke, bekomme ich ganz automatisch … ich kann nichts dafür. Stopp! Denk dir lieber aus, wie du doch noch das mit dem Alten geregelt bekommst.

Das war's für heute. Gute Nacht, Barbie!«

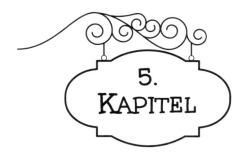

5. KAPITEL

Ich hatte die halbe Nacht wach gelegen und – als ich endlich im Morgengrauen eingeschlafen war – während des Schlafens offenbar mit den Zähnen geknirscht. Die Muskeln meines Kiefers fühlten sich zumindest so an.

Nun war ich schon seit zwei Stunden wach, doch ich hatte überhaupt keine Lust verspürt, aus meinem Zimmer zu kommen, obwohl es klein war und von einem fürchterlichen Wandbild beherrscht wurde.

Sollte das Mädchen, das da in voller Körpergröße abgebildet war, etwa Aurélie sein? Ihre Augen standen zu weit auseinander und schienen den Betrachter durch das Zimmer zu verfolgen, doch der Rest ähnelte ihr und kam ungefähr hin. Sie lächelte mysteriös, als ob sie eine fiese Attacke auf jemanden plane, und trug eine Erdbeere statt einem Kleid. Ihre dünnen Arme und Beine ragten aus der herzförmigen, sehr realistisch gezeichneten Frucht heraus. Ich hatte oben über den schweren, bis zum Fußboden reichenden Goldrahmen ein T-Shirt gehängt, um ihren unheimlichen Blick nicht dauernd ertragen zu müssen, dann hatte ich meinen Koffer ausgepackt und den Inhalt ordentlich in den mächtigen dunklen Kleiderschrank geräumt, der praktischerweise halb leer war. Mit meinem Laptop vor mir hatte ich mich auf das Bett gelegt, in den Spagat begeben und mir immer wieder meine eigene Kür mit dem Reifen angeschaut.

Stockholm im letzten März. Ich hatte in der Einzelkür mit den Keulen den ersten Platz belegt, mit dem Reifen war ich nur auf Platz drei gekommen. In der Gesamtwertung hätte es dennoch locker für den ersten Platz gereicht, wenn da nicht der Kampfrichter aus Finnland gewesen wäre. Papa hatte sich tierisch aufgeregt, die Iwanowa auch, aber das war ja immer so und nützte eigentlich gar nichts. Die Musik war von Hans Zimmer, das Stück hieß *Titanium*. Geigen, die immer drängender wurden, wunderschön! Ich wippte mit und führte im Geist die Bewegungen aus, ich kannte jede Note und wusste auf die Zehntelsekunde genau, wann mein Körper was tun musste.

Es klopfte. Erst wollte ich den Laptop zuklappen, doch dann ließ ich ihn auf. Ich musste mich vorbereiten, das sollte die Tante ruhig wissen.

»Ja?«

Die Tür öffnete sich zögernd. Ken stand im Türrahmen und verbeugte sich leicht. »*Bonjour*, Wandá! Hast du gut geschlafen?«

Ich zuckte mit den Schultern. »Ja. Geht so.« Meine Stimme klang unbenutzt und so schlecht gelaunt, wie ich mich fühlte.

»Mhmm. Hört sich richtig toll an.« Er machte wieder seine Geräusche durch die Nase, wie immer, wenn er sich über etwas amüsierte.

Ich schaute an mir herab. Ich trug nur ein Top und eine kurze Jeans. Meine langen Beine lagen im Spagat rechts und links auf dem Laken, meine Haare trug ich nicht zu meinem alltäglichen Knoten zusammengefasst, sie fielen offen über meinen Rücken, aber das sah Ken ja alles nicht. Was er aber dennoch sofort erkannt hatte, war meine Stimmung. Bevor er mich zu Gesicht bekam, musste ich also nicht in den Spiegel schauen und mir mit den Zeigefingern die Augenbrauen nachziehen, sondern ich sollte eher auf meine Stimme achten und vielleicht darauf, ob ich mir die Zähne geputzt hatte. Hatte ich nicht.

»Ist es hier so schön wie drüben bei mir? Also, Aurélie sagte, dass ihre Gästezimmer schön seien.«

»Kleiner. Ein komisches Bild hängt rum, aber alles in allem ist es okay.«

»Das höre ich.«

»Du hörst, dass das Zimmer kleiner ist?« Ich stellte die Geigenmusik und den jubelnden Applaus, der zwischendurch aufbrandete, leiser.

»Klar, die Wände sind näher.« Er schnalzte mit der Zunge. »Anderes Echo. Wenn du mein Zimmer willst, können wir gerne tauschen, Wandá! Das wollte ich dir gestern schon sagen.«

»Nee. Lass mal.« Ich warf dem abgedeckten Erdbeermädchen einen entschuldigenden Blick zu und beeilte mich, meine Beine aus der gespreizten Position zu befreien. Nicht dass er noch dagegenlief. Stattdessen begab ich mich in den Schneidersitz.

»Aurélie hat mir erzählt, dass du mit deinen Eltern in dem Riesenbett geschlafen hast. Ich habe nichts vom Ausblick auf den *Place* da draußen und die Kirche *Saint-Marie* und Barbie braucht nicht so viel Platz, sie ist froh, wenn sie dicht bei mir liegen kann.«

»Ist schon gut.« Ich hörte meinen Magen knurren und natürlich nahmen Kens feine Ohren das Geräusch wahr, denn er fragte sofort, ob ich Hunger habe. »Wir wollten dich schlafen lassen und sind um die Ecke in ein kleines Café gegangen. Cooler Laden, guter *café au lait*, frisches, fettiges *pain au chocolat* und ich mag Aurélie!«

»Aurélie ist mit dir *raus*gegangen?«

»Ja. Obwohl der Himmel heute blau ist!« Er lachte.

Ich schaute zum Fenster. Der Himmel war wirklich knallblau und ich saß hier drin und starrte in meinen Computer.

»Ich habe sie eingeladen. Und Barbie bestand sowieso auf ihren Morgenspaziergang, außerdem brauchte ich Futter für sie. Mahmoud führt anscheinend alles in seinem Laden und wie es da riecht ... wie auf diesem bekannten Gewürzmarkt in Istanbul.«

»Du warst schon in Istanbul?«

»Klar, Barbie und ich sind doch Reisende ...«

Jaja. Musste er mir immer unter die Nase reiben, was er alles konnte, obwohl er nichts sah? Ich seufzte, ich war gemein, aber ich hatte echte Sorgen. »Wie soll das denn jetzt alles weitergehen? Meine Tante hat Liebeskummer, überhaupt keinen Plan und kein Geld.«

»Ich glaube, wir werden noch herausfinden, was genau ihr Problem ist. Was machst du, siehst du Videos von deiner RGS an?«

»RSG!« Woher wusste er, wovon das Video handelte?

»'tschuldigung, ich habe die Musik und den Beifall gehört.«

»Ich muss üben, jeden Tag! Das geht auch mental, im Kopf.«

»Darf ich?« Er machte einen unsicheren Schritt in den Raum und streckte die Hände aus. Ohne Barbie an seiner Seite war er offenbar ziemlich hilflos.

»Hast du eigentlich keinen Stock?«

»Doch. So 'nen kleinen, zusammenklappbaren. Steckt in

meinem Rucksack.« Er näherte sich meinem Bett. »Nehme ich aber nur, wenn Barbie nicht bei mir ist.«

»Noch zwei Meter, da ist nichts im Weg, nur die Teppichkante.«

Mit den Händen ertastete er das hohe Fußende des Bettes und hielt sich an einer der runden Holzkugeln fest, die rechts und links darauf steckten.

»Alt«, stellte er fest und ließ die Kugel durch seine Hände gleiten. »Oder besser: antik. Hier steht ziemlich viel Altes rum, oder?«

»Ja, aber auch so viel anderer Kram, dass man die Möbel gar nicht sieht. Im Flur türmen sich Sachen, die da echt nicht hingehören.«

»Stimmt, ich habe mich heute Morgen schon in einem Stapel Eimer verfangen.« Er lachte leise, als ob es ihm Spaß gemacht hätte.

»In einem Zimmer hängen tausend Schmetterlinge an der Wand«, sagte ich. »Also in Glaskästen, aber trotzdem. Sieht ziemlich spooky aus.«

»Zeig mal das Video!«

»Zeigen? Ähh …«

»Ja komm, ich will wissen, was du genau machst!«

»Na gut.« Ich klickte das Video an und sah mir selber dabei zu, wie ich den Kopf hob und hochkonzentriert auf die rot umrandete Mattenfläche zuging. Applaus und Anfeuerungsrufe. »Wanda!!«

»Deine Fans?«

Ich grinste. Auf die Mädels aus meinem Team konnte ich mich verlassen.

»Was hast du an?«

Ich stoppte das Video. »Einen Anzug natürlich.«

»Einen Anzug mit Schlips und Kragen?!«
»Nein! Also, ein Trikot, könnte man auch sagen. Sagen wir aber nie. Bei uns heißt das Anzug.«
»Farben?«
»Schwarz, Gelb, Pink plus Glitzersteine und Pailletten. Der Reifen ist in der gleichen Farbe beklebt.«
»Kann man so was gleich dazukaufen?«
»Nein, das muss man selber machen.«
»Machst *du* das?«
»Nein, mein Vater. Der beklebt auch die Keulen mit Folie. Die Anzüge bestellt er in Russland, die haben einfach coolere Farben und Modelle da, aber die Pailletten näht uns eine Schneiderin dran. Das ist billiger, als es fertig zu kaufen.«
»Ganz schön viel Arbeit.«
»Und ich bin so schnell gewachsen, ich habe jedes Jahr mindestens zwei neue Anzüge gebraucht.« Und die hautfarbenen Unteranzüge natürlich auch, aber damit und warum ich so etwas trug, sollte er sich jetzt nicht beschäftigen. Ich ließ das Video weiterlaufen. Jetzt ging ich unter Jubelrufen langsam in die Mitte, legte den Reifen auf den Boden. »Der Reifen muss auf meinem rechten Fuß liegen, bevor ich mich nach hinten in die Position begebe. Arme sind gestreckt, Hände elegant hinter dem Rücken verschränkt. Wenn die Musik einsetzt, gehe ich rückwärts in den Bogengang, der Fuß schleudert den Reifen dann im letzten Moment nach oben und ich fange ihn wieder auf.« Es wurde ganz ruhig in der Halle, die Musik begann, die Geigen fingen in langsamen dunklen Tönen an zu spielen.

Ich beschrieb Ken, wie der Reifen abwechselnd um meine Fußgelenke kreiste, auf meinen Armen hinter dem Rücken entlangrollte und auch um meinen Hals rotierte. Wie ich ihn immer wieder im Takt der Musik hochwarf, über die Matten lief, sprang, rollte, ihn wieder auffing.

»Mein Gott, da habe ich gewackelt«, fügte ich zwischendurch hinzu. »Und da, bei der Figur, war ich unsicher.« Ich starrte auf die Kür-Elemente, die ich schon hundertmal gesehen und getanzt hatte, doch nun sah ich sie mit Kens Augen. Also natürlich nicht wirklich, aber ich versuchte, ihm genau zu erklären, an welcher Stelle ich gepatzt hatte. Platz drei hätte auch Platz eins sein können, hatte Papa gesagt. *Wer aufhört, besser zu werden, hat aufgehört, gut zu sein,* war sein Lieblingsspruch.

»Hier habe ich ihn sehr spät gefangen, es ist gar kein Fehler, doch man sieht es mir an, dass ich denke, das haben jetzt alle gesehen. Papa predigt mir das immer und jetzt weiß ich, dass er recht hat!«

Die Wanda auf dem Bildschirm machte noch eine letzte Drehung, bog den Kopf weit in den Nacken und den Rücken nach hinten und verharrte mit dem Reifen auf der Endposition. Beifall und begeistertes Gekreische. Das Video brach ab.

Es war still in dem kleinen Zimmer, nur von draußen hörte man Stimmen im Hof. Jemand rief etwas und ein anderer antwortete, ruhig und entspannt, als ob nichts auf dieser Welt irgendwie wichtig sein könnte.

»Ich muss üben, ich möchte mich unbedingt verbessern«, sagte ich schließlich. »Praktisch kann ich es zurzeit nicht, wegen meiner Nase. Also trainiere ich mental.«

»Sagtest du schon.«

»Ja.« Ich spürte, wie ich wütend wurde. »Ich weiß nicht, was du so vorhast, aber ich werde mir diese Videos täglich reinziehen, denn ich lebe nun mal für diesen Sport. Außerdem werde ich Aurélie mit der Wohnung helfen und das Atelier aufräumen und sortieren. Papa sagt, dass sie das von mir erwartet. Im Austausch dafür, dass ich hier Ferien machen darf.«

»Ich hatte nicht das Gefühl, dass Aurélie irgendetwas von irgendwem erwartet, auch nicht von dir. Vielleicht hofft sie, dass du sie von ihrem Liebeskummer ablenkst, sie bloß nicht vom Trinken abhältst und ihr ab und zu ein Stück Baguette mit Butter beschmierst und ein Stück Käse einkaufst.« Er lachte und wandte sich mir direkt zu. Seine Augen sahen mich nicht, dennoch hatte ich das Gefühl, dass er, auch ohne mich jemals angeschaut zu haben, viel zu viel über mich wusste. »Ich glaube, sie möchte, dass du ihr beibringst, wie man so ein blödes Steak brät, ohne es verkohlen zu lassen.« Glurks, glurks. Wieder machte er dieses komische Geräusch und lachte.

»Pff.« Ich winkte ab. »Das Ding war echt ekelig. Du siehst, ich muss hier irgendwie Ordnung reinkriegen, das ist ja wohl klar. Das würde Papa auch machen, wenn er seine kleine Schwester so sähe. Er weiß überhaupt nicht, wie sie drauf ist. Der würde mich sofort wieder abholen, wenn er von dem Chaos hier wüsste …«

»Und Paris da draußen?«

»Sicher, das muss ich auch noch kennenlernen. Papa hat mir die Liste gemacht, mit allem, was ich sehen muss. Als Kind ist das ja was anderes, da rennt man so mit, aber diesmal, acht Jahre später, kann ich gleich etwas für meine Bildung tun. Ach ja, und Französisch muss ich natürlich auch richtig sprechen lernen.«

»Ach, Wanda.« Er seufzte leise.

Wie »ach, Wanda«? Was meinte er damit? Das klang so,

so … als ob er etwas vermissen würde, als ob er *mich* vermissen würde? Aber ich war doch da. Noch. Bevor er weiterzog, zu seinen Freunden oder wem auch immer. Komisch, ich wusste gar nicht, wen er hier eigentlich treffen wollte. »Ja? Was?«

»Nichts, ich meine nur, wow, da hast du ein schönes Programm … aber da war auch ziemlich oft das Wörtchen ›muss‹ in deinen Sätzen.«

»Echt? Na ja, kann sein. Hier ist der Zettel mit dem, was Papa mir aufgeschrieben hat.«

»Lies vor!«

»Na ja, den Eiffelturm natürlich noch mal, *Louvre,* Garten der Tuilerien, Oper und so weiter. Muss ich dir ja nicht erzählen, eben nur das, was sehenswert ist.«

»Sehenswert? Ich finde den Rest drum herum auch *sehenswert.* Das ganze Leben ist sehenswert, oder?«

»Oh fuck, natürlich. Verzeih.« Ich stand auf. Es war zum Verrücktwerden, bei Ken hatte jedes zweite Wort, das ich benutzte, garantiert mit dem Sehen zu tun und war somit völlig daneben. »Wie lange bleibst du noch?«

»Keine Ahnung, deine Tante hat zwar gesagt, ich könnte so lange bleiben, wie ich wollte, aber Gäste, die nicht wieder gehen, sind ja *schrecklich,* wie man weiß … ich möchte nur ein wenig von dem Paris genießen, was ich noch von früher kenne, ohne mich gleich mit … ach egal, noch zwei, drei Tage, dann bist du mich los.«

Also nichts mit Vermissen. Okay. *Merci.* »Versteh mich nicht falsch, aber …«

»Klar, du hast dein Programm, dabei werde ich dich nicht stören und du brauchst dich auch nicht um mich zu kümmern. Echt nicht!«

Ich atmete erleichtert auf, aber diesmal wirklich so leise, dass er es nicht hören konnte.

»Im Gegenteil«, sagte er, »stell mich an die Spüle, ich bin ein ganz passabler Abwäscher. Und Abtrockner auch.«

»Abwaschen? In diese vor sich hin gammelnde Brühe in der Küche willst du deine Hände tauchen? Uaah.« Ich verzog das Gesicht, sodass meine Nase wieder zu schmerzen begann. »Dann aber nur mit Gummihandschuhen.«

Eine halbe Stunde später hatte ich mich mit einer Tasse Tee, einem im Toaster gerösteten Stück Baguette vom Abend zuvor und einem Stück Käse gestärkt. Barbie lag unter dem Tisch und nagte zufrieden an einem Knochen und Ken stand, mit Gummihandschuhen bewaffnet, an der Spüle. Er klatschte ungeduldig in die Hände. »*Madame*, isch bin bereit!«

»Ich räume dir die Ablage frei, dann darfst du anfangen!«

»*Très bien*. Für heute Abend würde ich übrigens Ratatouille vorschlagen.«

»Den Film?«

»Nein. Zum Essen! Mahmoud hat superfrisches Gemüse und Thymian, Oregano, Rosmarin, alles, was man dazu braucht.«

»Kannst du das etwa kochen?«

»Ja klar. Rezept von meiner Mutter.«

»Aber … den Haushalt machen und den ganzen Kram, wer hat dir das denn beigebracht?« Ich hatte einen schmalen hohen Schrank geöffnet, um nach einem Staubsauger oder Besen zu suchen.

»Im Internat in Marburg hatten wir in unserer WG zwar eine Spülmaschine und auch eine Putzfrau, aber wir haben auch unheimlich viel gelernt, um selbstständig zu werden. Es gibt die BTG und die LPF und natürlich das Mobi-Training. Da kommt man nicht drum rum, gerade wenn man späterblindet ist, so wie ich.«

Ich erschauerte bei dem Wort »späterblindet«. »Was bedeuten diese Abkürzungen?«

»Blindentechnische Grundausbildung und Lebenspraktische Fähigkeiten. Putzen, kochen, Wäsche waschen.« Er lachte und tauchte seine Hände in den hohen Schaumberg.

»Lebenspraktische Fähigkeiten könnte ich auch gebrauchen«, sagte ich, während ich mit dem altmodischen Staubsauger kämpfte, der einfach nicht aus dem Schrank kommen wollte. »Ich kann nicht kochen, ich weiß nichts über Preise beim Einkaufen; gestern bei diesem Mahmoud wusste ich nicht, ist das jetzt teuer, ist das jetzt billig, und ich habe noch nie Wäsche gewaschen.«

»Aha«, sagte Ken nur und schwieg dann bedeutsam, sodass ich mich gezwungen sah, mehr zu erklären. »Das macht Papa alles bei uns, weil Mama mit ihrer Musik so oft unterwegs ist. Sie verdient einfach mehr. Wir haben aber auch eine Putzfrau, die bügelt und so. Ich muss echt nicht viel machen, habe ja auch wenig Zeit. Papa sagt, ich soll nur gut in der Schule sein und natürlich sehr gut im Training.«

»Du hast noch nie eine Waschmaschine befüllt oder ausgeräumt, Wäsche aufgehängt, nichts?«

Ich schmiss den Staubsauger an. »Nein!«, rief ich über das laute Brummen. »Wann denn? Ich habe nach der Schule Training, schon vergessen? Und an den Hausaufgaben sitze ich bis spätabends, wenn ich sie davor nicht ganz geschafft habe.«

Mit eingezogenem Schwanz rettete Barbie sich in den

Flur, ließ sich dort nieder, knurpselte ab und zu an ihrem Knochen und schaute uns zu.

»Stimmt«, brüllte Ken. »Du trainierst ja so viele Stunden jeden Tag.«

Ich nickte zufrieden, er hatte es kapiert. Voller Energie schob ich den Staubsauger vor mir her, er hinterließ eine helle, saubere Schneise auf dem alten Linoleumboden. Bei so viel Dreck lohnte sich das Putzen wirklich, es machte sogar Spaß!

»Wie wählst du eigentlich deine Klamotten aus?«, rief ich Ken zu. Heute trug er ein schwarzes T-Shirt mit tiefem, rundem Halsausschnitt und eine dunkle Hose, wieder mit Hosenträgern. »Also das mit dem Farbgerät habe ich verstanden, aber der Style?«

»Meine Mutter«, rief er und zuckte mit den Schultern. »Habe ich dir doch im Zug schon erzählt. Als Kind fand ich toll, wie sie sich anzog, und darum verlasse ich mich drauf, wenn wir einkaufen gehen oder sie mir was näht. Ist meine Auswahl für heute okay? Was meinst du?«

»Na ja. Geht in Ordnung!«, übertönte ich den Staubsauger. Ich wollte ihm nicht verraten, dass sein Oberkörper in dem engen T-Shirt ziemlich gut trainiert aussah und sein Hintern … *nice*, ich konnte in aller Ruhe seinen Hintern betrachten.

»Ziemlich gut für 'n Blinden, wolltest du bestimmt sagen, gib's doch zu!«

»Ja stimmt.« Wir lachten.

»Mit meinem *Colorino* sortiere ich übrigens auch die Klamotten vor dem Waschen.«

»Muss man das?«

»Klar!« Ken schüttelte den Kopf. »Lebenspraktische Fähigkeiten, erstes Jahr. Sonst hast du nachher nicht mehr weiße T-Shirts, sondern nur noch hellblaue oder rosarote.«

Als Aurélie eine Stunde später in die Küche geschlurft kam, war der Boden gewischt, alles Geschirr und Küchengerät wieder sauber und im Schrank verstaut, sogar den Kühlschrank hatte ich ausgewischt, denn es wäre ziemlich ekelig gewesen, den genauso dreckig wieder vollzupacken.

»Kinder, was habt ihr gemacht!« Aurélie schlug die Hände über dem Kopf zusammen und verbarg dann ihr Gesicht darin. Ganz schön theatralisch, ihr Dank, dachte ich und grinste, doch nicht lange, denn nun fing Aurélie an zu schluchzen. »Ihr 'abt sauber gemacht, *oh non, oh non*, es war eine Dreckigloch, ihr musst mir nicht zeigen, dass es war eine Dreckigloch!«

»Aber …?« Was hätte ich in diesem Moment darum gegeben, einen kurzen Blick mit Ken tauschen zu können! Doch der stand nur mit hängenden Armen vor der blitzblanken Spüle und schaute in die Luft, knapp an Aurélie vorbei.

»Aber wir haben das gern gemacht.« Ich verstand nichts mehr.

»Ich kenne nicht jemanden, der gerne putzt, der ist unter dreißig! Jetzt ich fühle mich noch schlechter.« Aurélie verzog das Gesicht, als ob sie Schmerzen habe. »Ich werde wieder gehen in meine Zimmer.« Es klang wie eine Drohung. »Und wenn einer von euch 'at Tabletten für Schmerzen in die Kopf, bring mir vorbei, *s'il vous plaît*.«

»Wir können in die Apotheke gehen«, sagte Ken. »Kein Problem.«

»Sorry, Aurélie, aber wie machen wir das mit dem Geld?

Ich habe keins mehr und wir können doch nicht dauernd Ken bitten …«

»Geld?!«, rief sie. »Ich 'abe Geld, Monsieur Chapelier von der Galerie schuldet mir! Meine Bilder sind schon verkauft, bevor sie jemand 'at gesehen. So gut bin ich!«

»Ja, das hat Monsieur Chapelier gestern auch gesagt, aber er war auch ein bisschen wütend.« Kens Stimme war sehr ruhig. »Er sagte, du hättest einen Vorschuss bekommen und schuldest ihm nun die drei versprochenen Arbeiten. Erst dann bekommst du den Rest.«

»Ich glaube, ich 'abe die schon gemacht, ich finde sie bloß nicht wieder.«

»Wie wär's, wenn wir gemeinsam danach suchen? Papa hat sowieso gesagt, du wolltest, dass ich im Atelier etwas für dich sortiere.«

Ich sah, wie Ken seinen Mund verzog und den Kopf unmerklich schüttelte, aber seine Warnung kam zu spät, Tante Aurélie explodierte bereits: »Bloß nischt! Matthieu 'at keine Ahnung, wovon er redet. Ich 'abe meine Chaos im Kopf und schuld ist 'endrik und mehr weiß ich nischt. Ich kann da nicht 'inuntergehen, 'endriks Verrat macht mich krank!« Mit wehendem Kimono lief sie zurück über den Flur. »*Désolée, je suis désolée …*«, hörten wir, dann schlug eine Tür zu.

»Mhm. Täusche ich mich oder ist unsere Putzaktion irgendwie nicht gut angekommen?«

Ich schaute Ken entgeistert an. Meine Güte, er war nur blind, *hören* konnte er doch noch, hatte er denn gar nichts mitgekriegt …?! Aber dann sah ich das kleine Lächeln in seinem Gesicht und er machte das schnaubend-glurksende Geräusch, das ich mittlerweile so mochte, und vorbei war es mit meiner Fassung. Ich kicherte los, Ken fiel mit ein, wir lachten immer lauter, bis ich nur noch keuchen konnte: »Gut angekommen in diese Dreckigloch? Leider *nischt!* Überhaupt *nischt.*«

»Okay!«, sagte Ken, als wir uns beruhigt hatten. »Ich habe schon wieder Hunger. Warum gehen wir heute Mittag nicht in das kleine Bistro am Platz? Ich lade dich ein!«

»Hat dir Aurélie gesagt, dass da ein Bistro ist?«

»Nein, das war nicht nötig. Es roch heute Morgen schon so verdammt lecker nach Quiche und Zwiebelkuchen, das muss ein besonders guter Laden sein.«

Ich lächelte gegen meinen Willen und war froh, dass er mich nicht sah. »Das ist aber kein Date«, sagte ich streng. Oh, aber vielleicht ja doch, bettelte ein kleines Stimmchen in mir. Erst einmal würdest du es ablehnen, aber dann …

»Nein, mach dir keine Hoffnung.« Wieder grinste er so unwiderstehlich, dass ich ganz schwache Knie bekam. »Das ist nur ein Dankeschön, dass ich dir für ein paar Tage dein altes Zimmer wegnehmen darf.«

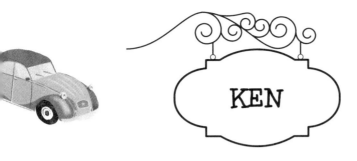

KEN

Memo an mich selbst, 19. Dezember, kurz vor Weihnachten. Neues zu meinem Lieblingsthema: Mädchen.
Mädchen. Das Mädchen. Mein Mädchen. Meine zukünftige Freundin. Ich habe da ein paar kleinere oder auch größere Ideen, die mir im Kopf herumgeistern, wie ich sie gerne kennenlernen würde. Bloß nicht über eine App oder so. Tinder, wer mag denn so was, und sowieso blöd, wenn man nichts sieht, aber Niklas hat mir gezeigt, was er da macht, und mir von den coolen Mädels erzählt, die er ein Mal trifft und dann nie mehr und – nein danke. *Bitte wischen Sie weiter nach rechts oder links, es gibt hier nichts zu sehen!*

Niklas trägt erst den 4. Kyu und hat auch sonst keine Ahnung. Ich muss dich spüren, hören, riechen können. Alles ist wichtig, die Spannung deiner Haut, der Klang deiner Stimme, nicht zu schrill und mit einem Lachen in der Tiefe, dein Duft, oh Mann, wie soll man den beschreiben, da hilft auch der Deutschleistungskurs nicht. Wie kann man das in Worte packen, diesen köstlichen, exklusiven Duft, der an deiner Haut haftet, wie Aprikosen mit einem Schuss Schokolade? Ja vielleicht. Nur wie deine Küsse schmecken sollen, da habe ich noch keinen Vergleich. Ging ja immer alles schief, bevor ich auf diesem Gebiet zum Spezialisten werden konnte. Aber zurück zum Thema … In meiner allerbesten Vorstellung treffe ich dich an einem lauen Sommerabend in einer fremden Stadt, auf einer Brücke, mitten über dem träge dahinfließenden Fluss. Um uns herum sind viele Menschen, doch du strandest einfach bei mir, ganz selbstverständlich, du siehst mich und es zieht dich heraus aus dem Strom. Du bist allein und du sprichst mich einfach an, weil du es musst. Ich grinse erst mal nur, weil ich mich so freue: Endlich bist du da. Wir gehen los, geraten auf ein Straßenfest und trinken etwas, nur bitte nicht so etwas Freudloses wie Diät-Coke, das ist reines Gift. Ich nippe an meiner Bierflasche und spüre, wie der Sommerwind in deinem kinnlangen Haar spielt, denn wir sind uns so nahe, dass ich die Strähnen, die vorne dein Gesicht umrahmen, schon manchmal ganz unbeabsichtigt gestreift habe. Du rauchst natürlich nicht, auch keine Joints, ich mag keine Kifferinnen, die im Gespräch immer langsamer werden und denken, ihre Gedanken seien wichtig und witzig, aber du bist auch nicht die brave, angepasste Tochter, die etwas Ordentliches studieren will, damit sie später ihrem Papa nicht auf der Tasche liegt und Mutti stolz auf sie ist. Nein, du bist frech und unangepasst und in deiner warmen Stimme höre ich etwas völlig anderes als das, was ich schon kenne. Vielleicht bist du auch ein paar Jahre älter als ich, du bist unabhängig und unerschrocken, außerdem spüre ich das Geheimnisvolle, Verborgene in dir, aber was das ist, das verrätst du mir natürlich noch nicht. Deine Worte fallen genau in dem richtigen Rhythmus aus deinem Mund, den ich nicht sehen kann, aber gerne küssen würde, weil er der schönste Mund der Welt ist, ich weiß es einfach. Du liebst, was du tust, du bist sicher, für diesen Moment das Richtige in deinem Leben gefunden zu haben, und du steckst mich damit an. Ich mag deine Ironie, deinen Tiefgang, deine Begeisterung für das Leben und das Wissen, dass alle Pläne sich auch plötzlich ändern können und dass das nicht schlimm, sondern gut ist! Wir lachen und fassen uns bei den Händen und bei dieser ersten Berührung spüre ich, wie alle Nervenzellen in meinem Körper durcheinanderfunken und ich dich will, wie ich noch nie eine Frau gewollt habe. Ja, du bist kein kleines Mädchen, das von mir beschützt werden will und sich an mich klammert, sondern eine echte Frau, die ich loslassen kann, die wieder zu mir zurückkommt, aber nur, wenn sie wirklich will. Wir gehen am Fluss entlang. Dann und wann schweigen wir. Das Schweigen zwischen unserem Lachen ist das Schönste, was ich je gehört habe.

Oh Mann, was für eine abgefahrene Fantasie, du peinlicher Dichter und Denker, du meinst, das ist Kunst, Poesie, Poetry-Slam? Es ist Quatsch und nur wert, gelöscht zu werden … Gute Nacht, Barbie, mach mal bisschen Platz!«

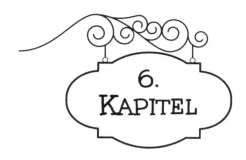

6. KAPITEL

»Mann, ist das dunkel hier! Verdammt, wo ist der Lichtschalter? Gibt es hier überhaupt Licht?«

»Also mich stört's nicht.«

Ich hielt inne in meiner blinden Sucherei. Mein Gott, für Ken war diese Situation etwas, was ihm täglich begegnete. Sich, ohne etwas zu sehen, in einen Raum hineinzutasten, nicht zu wissen, was da auf einen wartet, woran man sich den Kopf oder die Schienbeine stoßen würde. »Au, so ein Mist, mein Bein!«

Verdammt, ich hatte das niedrige Tischchen nicht gesehen und war dagegengedonnert. Ich tastete an der Wand entlang und erwischte nun doch einen Schalter. Ein rotes Licht flackerte auf.

»Na toll, das hilft auch nicht viel«, murmelte ich, doch innerhalb weniger Sekunden hatten sich meine Augen daran gewöhnt und ich konnte mich orientieren. Das Fotolabor war ziemlich groß, hatte aber eine niedrige Decke. Gigantische, flache Plastikwannen standen auf mehreren Tischen, es roch scharf nach Chemikalien und nach Essig und an den Wänden konnte man die schwarzen Umrisse zweier Vergrößerungsapparate erkennen.

»Siehst du eigentlich den Unterschied«, fragte ich Ken. »Ist das jetzt vor deinen Augen auch rot?«

»Ja, ich sehe, dass es etwas heller ist, aber nicht in Rot. Ich habe noch eine leichte Hell-Dunkel-Wahrnehmung. Über die bin ich echt froh.«

»Also ist es nicht egal, ob du unter der Bettdecke bist oder darüber?«

»Klar, das ist nicht egal, das ist ein Unterschied.« Ken lachte. »Aber wie kommst du jetzt ausgerechnet auf die Bettdecke?«

»Nur so.« Ich spürte, wie mein Gesicht errötete. Aber das sah man hier in dem Rotlicht ja nicht und Ken schon mal gar nicht. Erst in diesem Moment fiel mir ein, dass ich tatsächlich heute von ihm und dem Baldachinbett geträumt hatte, Barbie war auch mit dabei gewesen. Die Hündin hatte an der Bettdecke herumgezerrt, unter der wir uns vor irgendwem versteckten, doch Ken hatte mich im Arm gehalten und nur gesagt: »Das ist egal, hier unter der Decke sehe ich dich ganz genau.« Was für ein verrücktes Zeug man sich manchmal zusammenträumte … Ich schaute mich um und wechselte schnell das Thema: »Vor acht Jahren hat Aurélie mir das Fotolabor hier unten gezeigt, sie war echt stolz drauf, und jetzt will sie noch nicht einmal mit hinunterkommen, so durcheinander und verletzt ist sie.«

Ken stimmte mir zu und imitierte Aurélie so gekonnt, dass ich lachen musste: »Ich 'asse die digitale Fotografie *nischt*, ich 'asse mich nur selbst, dass ich 'endrik alles über meine Kunst *analogue* beigebracht habe.« Er fuhr sich durch seine dunklen Haare, sodass sie vorne ein bisschen hochstanden. Wenn er wüsste, wie gut er damit aussieht, wäre er sicherlich ein Angeber, dachte ich. Doch er konnte ja noch nicht mal in den Spiegel schauen. Also, er konnte schon, es brachte ihm nur nichts. Oh Mann, ich kapierte es immer noch nicht ganz.

»Immerhin hat sie uns erlaubt, hineinzugehen und nach den Fotos für den Galeristen zu suchen«, sagte Ken. »Sie können oben im Atelier sein oder hier in der Dunkelkammer. Oder irgendwo als unentwickelter Film.«

»Ich verstehe nicht, dass man sich nicht erinnern kann, ob man die Fotos schon per Hand abgezogen hat oder nicht.«

»Es war jedenfalls etwas am Quai der Seine, eine Dreier-Serie, und mehr weiß sie angeblich nicht mehr.«

»Na großartig.« Ich zuckte mit den Schultern. Meine Tante war vermutlich eine tolle Künstlerin, doch zurzeit einfach nur seltsam und sehr verwirrt. Und das alles wegen der Liebe. Ich schnaubte durch die Nase, die heute kein bisschen mehr wehtat. Man sollte sich besser gar nicht verlieben, wenn man danach nur noch mit einem feuchten Lappen auf der Stirn auf einem grünen Samtsofa liegen konnte.

Ich stand ganz dicht neben Ken und konnte das Waschmittel seines T-Shirts riechen (sehr frisch und sauber), vermischt mit seinem Aftershave (einfach nur lecker). Mit einem Jungen in der Dunkelkammer zu stehen, war eine ungewöhnliche Sache. In der Foto-AG hatte das rötliche, schummrige Licht uns zum Kichern und heimlichen Anfassen verführt. Na gut, das war zwei Jahre her, aber spannend war es immer noch. Doch nicht für Ken, denn er stand seit ungefähr fünf Jahren in seiner ganz privaten Dunkelkammer und würde dort auch für den Rest seines Lebens bleiben. Das war furchtbar, unvorstellbar, bedrückend, aber man merkte es ihm nicht an, im Gegenteil; ein bisschen Licht und Schatten vor seinen Augen konnten ihn schon begeistern.

»Ich habe eine Idee: Wir holen alle Abzüge nach oben, dann setze ich mich auf den Hof und bringe da mal Ordnung rein. In den Schränken mit den flachen Schubladen sind auch noch jede Menge Fotos, das wird viel Arbeit, aber vielleicht finden wir sie ja. Na, wie hört sich das für dich an?«

»Wie lange wirst du hierbleiben, Wandá?«

»Drei Wochen, wieso?«

»Wäre es nicht besser, mal 'n bisschen zu chillen? Ich habe das Gefühl, du willst alles in zwei Tagen erledigen.«

»Wenn man effektiv arbeitet, hat man umso mehr Freizeit!«

»Das hat dein Vater dir gestern gesagt, ja?«

Ich hatte einen Stapel Fotoabzüge gefunden, jeder Abzug größer als ein Zeichenblock, und legte sie auf die einzige freie Fläche im Labor. »Stimmt.«

»Wie hat er darauf reagiert, dass dein Handy weg ist? Das war doch neu, oder?«

»Ich habe ihm gesagt, dass ich das Ding hier in Paris mal ausgeschaltet lasse, weil ich eine Handy-Diät machen würde. Kein Internet, kein *Insta,* keine Videos.« Ich nahm vorsichtig die Fotos ab, die an Klammern an der Wäscheleine dicht über uns hingen, und legte sie zu den anderen.

»Und, wie fand er das?«

»Gut! Er beschwert sich ja immer, dass ich an meinem Handy klebe, sobald ich mal nichts zu tun habe«, sagte ich und schaute in einen Karton, der neben allerlei Chemikalien im Regal stand. »Wow, lauter Filme, schau mal.« Ich nahm seine Hand und legte sie auf die Kartonöffnung. Gestern wäre mir diese Geste noch komisch vorgekommen, doch gerade fühlte es sich ganz normal an. Und irgendwie vertraut.

Ken nahm eine der kleinen, runden Dosen heraus, mit denen der Karton bis oben hin gefüllt war, und schüttelte sie. »Sind die alle neu oder schon voller Bilder? Moment, das haben wir gleich.« Er öffnete den Deckel und prüfte die kleine Filmpatrone. »Noch neu«, behauptete er und verstöpselte die Dose wieder.

»Woher weißt du das? Die sehen doch alle gleich aus.«

»Bei den neuen hängt der Filmstreifen noch ein Stück draußen, damit man ihn in die Kamera einlegen kann. Wenn der Film zurückgespult wird, verschwindet das Ende automatisch in der Patrone.«

»Wie wäre es, wenn du die sortierst, damit wir wissen, welche Filme Aurélie noch entwickeln muss, und ich trage währenddessen alle Abzüge nach oben, die ich hier finden kann.«

Wir machten uns an die Arbeit.

Eine halbe Stunde später hatte ich die Türen des ebenerdigen Ateliers geöffnet und den großen Tisch nach draußen auf den Hof gerückt. »Bei so schönem Wetter …«, sagte ich und stapelte die Abzüge vorsichtig zu einem Haufen.

»Eben«, erwiderte Ken, den Karton mit den Filmen zwischen den Knien. »Eigentlich sollte man jetzt im Park liegen oder am See oder auf einer Bank vor einem Museum sitzen, in das man aber nicht hineingeht, weil die Sonne scheint.«

»Du weißt schon, dass Museen dafür da sind, dass man die Werke darin besichtigt!« Ich lächelte, während ich nach einer Steckdose für den Staubsauger suchte.

»Manche Museen haben auch einfach nur schöne Cafés. Oder Plätze davor, ideal geeignet zum Eisessen.«

Ich zog die Augenbrauen zusammen. *Kulturbanausen* nannte Papa solche Menschen. Aber bei Ken war es entschuldbar. Er bekam ja kaum mehr etwas von den ausgestellten Bildern mit.

Ich warf den Staubsauger an. Auch hier in dem geräumigen Atelier war lange nicht geputzt worden, tote Fliegen lagen auf allen Ablageflächen herum und es war staubig. Der schwarze Stoff, der sich von der Wand bis auf den Boden ergoss, diente wahrscheinlich als Hintergrund zum Fotografieren.

Als ich mit dem Staubsaugen fertig war, setzte ich mich an den Tisch und versuchte, irgendeine erkennbare Ordnung in die Fotos vor mir zu bringen. Sie waren alle schwarz-weiß, manche noch nicht zugeschnitten, sondern hatten einen unregelmäßigen weißen Rand. Ich sog die Luft ein, die Fotos waren zum Teil wirklich heftig. So viel nacktes Fleisch und so viel Grau. Sehr unterschiedliches Grau. Grau von Trauer und Ödnis. Nur ab und zu mal eine neutrale Straße, ein Gebäude, eine weiße Mauer, doch auch die machten nicht wirklich gute Laune. Indem ich sie nach Themen ordnete, würde Aurélie schneller die drei finden, die sie dem Galeristen versprochen hatte. Nachdem ich die ersten fünfzig Fotos gesichtet hatte, machte ich drei verschiedene Stapel. Ich seufzte.

»Fühl mal, wie riesig die teilweise sind«, sagte ich zu Ken. »Manche von ihnen wellen sich leider wie nasse Tapeten, sind aber knochentrocken.«

Ken strich mit beiden Händen sanft über die oberen Fotos. »Was fotografiert sie denn so? Erzähl mal.«

Mit in die Ferne gerichteten Augen sortierte er die kleinen Filmdosen weiter. Die vollen warf er nach links in einen Korb, die noch unverbrauchten nach rechts in einen weiteren Karton.

»Na ja, also viel Paris, Häuser und so. Dann Menschen auf der Straße. Und, ähm … Körper.«

»So wie du das sagst, könnte es sich um, sagen wir, unbekleidete Körper handeln.«

Ich prustete los: »Woher weißt du das nun schon wieder?«
Er nickte vor sich hin. »Höre ich.«
»Du *hörst* nackte Körper, das ist ja interessant.«
»Ich höre sie in deiner zögernden Stimme.«
Ich kicherte verlegen. »Wir wollten doch was essen gehen, was ist damit? Ich sterbe vor Hunger! Und Barbie ist auch schon ganz schlapp.« Barbie lag mitten im Hof in einem letzten Sonnenstück, alle viere von sich gestreckt. Als sie ihren Namen hörte, zuckten ihre Ohren und sie hob den Kopf.
»Machen wir gleich. Erst beschreibst du mir die Fotos. Bitte!«
»Oh Mann, du bist echt hartnäckig. Also gut … Da gibt es viele Nackte, Männer, Frauen, ein paar davon sind eingegipst, mit so weißem Zeug, das an ihnen abbröckelt … und hier zum Beispiel eine ziemlich coole Serie mit zwei Frauen, zehn Bilder sind das ungefähr. Eine von ihnen ist dick, aber so richtig, die andere dünn. Die Dünne ist klein und magersüchtig, man sieht ihre Rippen und einzelnen Wirbel unter der Haut, und die andere … na ja, fett hört sich irgendwie falsch an, denn dieses viele Fleisch sieht seltsamerweise auch gut aus. Und die mit den Knochen auch und beide zusammen auf diesem Bett … oder vor einem Spiegel, das macht einen sprachlos, als ob die sich gegenseitig stützen würden, als ob nur die eine durch die andere erst schön würde, weißt du?«
»Wow. Klingt interessant.«
»Ihre Bilder von Paris sind auch super. Manche im Regen, viele mit Wasser, spiegelnde Pfützen und so. Aber die drei vom Fluss, also die von dem Seine-Ufer, die wir suchen, habe ich noch nicht gefunden.« Ich blätterte in den Fotos: »Und hier ist eins mit einem alten Mann, der völlig von hochflatternden Tauben umgeben ist, das sieht so traurig aus. Es ist

eben alles schwarz-weiß und grau. Keine Sonnenscheinfotos, wenn du weißt, was ich meine.«

»Verstehe«, sagte Ken gerade, als sich eine Tür öffnete und jemand mit lautem Geklapper in den Hof trat. Es war ein altes Paar, das sich an einer Krücke und aneinander festhielt und nun neugierig auf unseren Tisch zugewankt kam. »*Bonjour*, was macht ihr denn da?« Sie kamen noch näher.

»Das sind ja ihre Fotos. Aurélies Fotos!«

»Ist Aurélie wieder gesund?«

»Kommt sie wieder herunter?«

Die beiden sprachen abwechselnd, ihr Französisch war sehr laut und sehr langsam, sie beendeten ihre Sätze erst, bevor der andere eine neue Frage stellte. Selbst ich konnte sie gut verstehen.

»Sie fehlt uns!«

»Sie fehlt dem ganzen Haus!«

»Und den Pflanzen. Guckt, die Pflanzen müssen Wasser bekommen.«

»*Bonjour*. Ich bin Ken!«, sagte Ken ernsthaft, laut und ebenso schleppend und nun hatte auch ich keine Scheu mehr, Französisch zu sprechen. Ich stellte mich vor und fügte sogar noch ein langsames, aber flüssiges *»je suis la nièce d'Aurélie«* hinzu, »ich bin Aurélies Nichte«. Die beiden Alten waren anscheinend entzückt über unsere Anwesenheit. Ihre leicht knittrigen Gesichter entfalteten sich, so sehr strahlten sie, dann wackelten sie auf die kleine, von Kletterpflanzen umrankte Bank an der Mauer zu und ließen sich darauf nieder.

»Au Mann, die sehen ja aus«, raunte ich Ken auf Deutsch zu.

»Kurzbeschreibung, bitte«, flüsterte er genauso leise zurück.

»Sie, uralt und zerknittert, ganz in Hell *bleu*, klein, zart, wie ein Kanarienvogel mit weißen Löckchen, die aber schick, in Lila, getönt. Irgendwas ist mit ihrer Hüfte, sie braucht eine Krücke. Er, noch kleiner und älter als sie, Hängebacken, karierte Mütze, geschnürte Stiefel, wie so ein Landlord, der gleich mal seine Felder anschauen geht.«

»*Merci!*« Ken lächelte. »Habe jetzt Bilder im Kopf!«

»Und ihr bleibt länger?«, kam es von der Mauer.

»Ja. Drei Wochen«, antwortete ich, wieder, ohne groß nachzudenken.

»Ah, *très bien!* Wir warten alle auf unsere Aurélie!«

»Ja. Was sollen wir denn ohne sie machen?«

»Ohne sie gibt es keine Feste im Hof.«

»Keine großen Essen.«

»Sie bringt uns nicht mehr die Flaschen nach oben.«

»Dabei haben wir für sie eingekauft. Baguette, *confiture*, Butter.«

»Wir haben ihr helfen wollen, aber sie macht die Tür nicht auf.«

»Es ist schlimm. Anfangs hat ihr dieser junge Mann so gutgetan.«

»Ja wirklich.«

»Anfangs.« Sie nickten synchron vor sich hin, als eine weitere Dame den Hof betrat. »Ah, unsere *Concierge!* Madame Leroc kontrolliert, wer durch den Haupteingang ins Haus kommt, und hebt für uns die Pakete auf.«

»Ich bin Madame Leroc«, bestätigte die ältere Frau. »Wenn es mich nicht geben würde in diesem Haus … Ich bin wichtig.« Ihre Haartönung hatte einen Stich ins Rosafarbene und stand der des kleinen Kanarienvogels in nichts nach. Sie kam neugierig auf uns zu und zog die Augenbrauen hoch, ihr grüner Lidschatten war flächendeckend aufgetragen. »Ach, die Fotos, die schönen Fotos.«

Schnell legte ich einen düsteren Eiffelturm im Regen über die Nackten.

»Die beiden bleiben drei Wochen und kümmern sich um Aurélie«, kam es langsam und deutlich von der Bank.

»Bitte geben Sie uns unsere Aurélie von früher wieder«, bat nun auch die Concierge. »Sie *sehen* doch, was mit ihr los ist.« An ihren Puschen wippten rosa Federn.

»Das sehen wir nur zu gut und werden tun, was wir können«, sagte Ken, als über uns ein Fenster aufgerissen wurde.

»Ihr könnt auf'ören zu suchen, ich habe misch erinnert, wo sie sind«, rief Aurélie auf Deutsch in den Hof hinunter. »Ich 'abe sie vor misch gesehen, die genaue *composition!*«

»*Bonjour, Aurélie!*«, tönte der Chor der Alten durch den Hof.

Ich lächelte Ken an, am liebsten hätte ich vor lauter Freude seine Hand gedrückt, damit er etwas von meiner Erleichterung spürte, aber das traute ich mich nun doch nicht.

»*Fantastique!* Also kannst du sie in die Galerie bringen«, rief er nach oben.

Aurélie winkte den Nachbarn mit einem leicht gequälten Lächeln zu, doch sie grüßte nicht zurück, sondern antwortete auf Deutsch: »*Non*, kann ich nicht.«

»Aber warum nicht? Dann bekommst du doch den Rest des Geldes.« Ich schüttelte den Kopf und wunderte mich mal wieder über meine Tante. Wie hoch die Summe wohl sein würde?

»*Non*, krieg isch nicht. Denn sie stecken bis jetzt nur in meine Kopf!«

7. KAPITEL

»Und wenn sie nie mehr fotografieren kann …? Weil er sie angeblich verraten hat?« Ich ging neben Ken her und hatte Mühe, Schritt zu halten. Barbie hatte freie Bahn und so kamen wir viel schneller als sonst voran. Überhaupt musste ich mein Urteil über das Gespann zurücknehmen. Nach drei Tagen kam es mir nun nicht mehr umständlich oder lahm vor, mit ihnen unterwegs zu sein, es gab nur eine Menge Dinge, an denen ich vorübergerannt wäre, weil sie mir gar nicht aufgefallen wären.

Ken kannte sich in seinem alten Viertel richtig gut aus. Außer dass ich im Restaurant manchmal die Speisekarte für ihn vorlesen musste, merkte man kaum, dass er nicht sehen konnte. Er wählte die besten Gerichte aus, weil er wahrnahm, was in der Küche gerade frisch gekocht wurde, oder weil er die weibliche Bedienung mit seinem frechen Grinsen ganz einfach fragte, was sie selbst denn heute Mittag essen würde. Er schaffte es sogar, mit manchen von ihnen zu flirten. Mich brachte das immer ein bisschen durcheinander. Warum flirtete er, wenn er sie doch gar nicht sah? Woher wusste er, ob sie ihm gefielen? »Frauen riechen anders als Männer, das ist ja kein Geheimnis«, hatte er mir erklärt, »aber manche riechen eben für mich sehr gut und manche weniger. Nur danach gehe ich.« Ich blieb dennoch skeptisch.

Er hatte alle Zeit der Welt, er blieb schnuppernd vor Blumenläden stehen, machte mich auf die Eimer voller Rosen auf den Bürgersteigen aufmerksam und bat mich, ihm die Farben zu beschreiben. Ich liebte Rosen, wäre aber wohl stumpf an ihnen vorbeigegangen. Er konnte Bäckereien und Chocolaterien schon von Weitem ausfindig machen, lange bevor ich die Menschenschlangen sah, die davor anstanden.

»Es passiert alles nur in Aurélies Kopf. Wenn sie nicht fotografieren kann, liegt das alleine daran, dass sie tief gekränkt über diesen ominösen 'endrik ist.« Ken setzte seine geliebte Sonnenbrille auf. »Ist dir mal aufgefallen, dass sie seinen Namen tausendmal am Tag ausspricht, doch wenn wir ihn erwähnen, wird sie wütend und verbittet sich das!«

»Richtig. Was hat er nur mit ihr angestellt, außer dass er sie verlassen hat?« Ich blieb kurz vor einem etwas schäbigen Friseurladen stehen, durch die Scheibe sah ich eine Frau, die betrübt vor einem Spiegel hockte, ihre Haare kringelten sich nass über dem grauen Umhang, ihre Augenringe waren dunkel, wie aufgemalt. Ein wunderbares Motiv für Aurélie, dachte ich und beeilte mich, hinter Barbie und Ken herzukommen.

»Sie hat ihn in ihre Sichtweise des Fotografierens eingeweiht, ihm alles beigebracht, was er wissen muss, indem sie ihn zu ihrem Assistenten gemacht hat. Dann hat er ihr angeblich einige ihrer Ideen gestohlen, sie exakt kopiert und mit einem Schlag eine große eigene Ausstellung bekommen. Noch dazu über ihren Agenten. Das war der Verrat.«

»Das hat sie mir gar nicht erzählt.«

»Aber mir. Heute Nacht, als sie in der Küche herumgeisterte.«

»Sie isst gar nichts mehr.«

»Dafür trinkt sie.« Ken streichelte Barbie über den Kopf,

die an einer Ampel stehen geblieben war. »Such Weg, voran.« Barbie setzte sich wieder in Bewegung. »Ich habe ihr gesagt, dass in ihrem Gehirn immer noch Tausende von Ideen sind, die ihr keiner jemals wegnehmen kann. Das würde ich angeblich sehen können.« Er lachte auf. »Einen Moment lang dachte ich, sie hört mir wirklich zu. Du hast es nicht nötig zu kopieren wie andere Menschen, du bist eine Künstlerin, versuchte ich, ihr zu erklären. Aber wenn du deine Ideen im Alkohol ersaufen lässt, werden sie niemals geboren werden, so toll sie auch sein mögen.«

»Und dann?«

»Dann hat sie gelacht und geweint, hat sich noch ein Glas Wein eingegossen und ist hinunter in den Hof getaumelt.«

»Nachts?«

»Nachts um drei. Ich habe auf meine Uhr geschaut.« Er klopfte auf seine Armbanduhr, die keine Glasabdeckung hatte, damit man die Zeiger darauf ertasten konnte.

»Und dann?« Ich hörte mich an wie ein Automat, aber das war mir egal.

»… haben wir die Gelegenheit ergriffen und die Blumen gegossen. Ich habe die Eimer gefüllt und geschleppt, sie hat alles unter Wasser gesetzt, aber egal. Es war erfrischend, meine Füße waren nass und ich konnte hören, wie die trockene Erde sich vollsaugte, es gurgelte hell und blubberte nur so. Danach ist sie wieder ins Bett getorkelt. Ich glaube, als wir eben losgingen, schlief sie immer noch.«

»Oh Mann, wie soll das mit ihr weitergehen? So langsam mache ich mir Sorgen. Meinst du, sie ist schon eine Alkoholikerin?«

»Keine Ahnung. Ich glaube aber nicht, dazu ist sie zu wählerisch, was den Wein angeht. Außerdem ist es ihr Leben, oder? Ich mache mir nicht allzu viele Gedanken über erwachsene Leute. Auch nicht über Eltern. Mütter, Väter … Letztere werden echt überschätzt.« Er grinste auf die coole Art, die ich so mochte. »Was steht heute eigentlich auf dem Plan?«

»Die Opéra. Soll sehr beeindruckend sein.«

»Okay, die liegt mitten in der Stadt. Da müssen wir U-Bahn fahren, wir können aber auch vorne am Place de Clichy den Bus nehmen, da siehst du ein bisschen mehr. Und eilig haben wir es doch nicht.«

Dafür bewunderte ich Ken ja nun wirklich. Er wusste genau, wo wir ein- und wieder aussteigen mussten, um zu einer der Sehenswürdigkeiten zu kommen, die auf meiner Liste standen. Gut gelaunt summte ich vor mich hin. Auch das Wetter spielte mit, jeden Tag schien die Sonne bei leichtem Wind und angenehmen vierundzwanzig Grad. Wir waren schon auf dem Montmartre-Friedhof gewesen und hatten Dalida einen Besuch abgestattet, doch anstatt danach die vielen Treppen hochzusteigen, um Sacré-Cœur zu besichtigen, hatten wir ein Picknick an den untersten Stufen veranstaltet (Baguette, Birnen, Käse, eine Dose mit öligen Sardinen, ohne Gabel …!) und dem japanischen Hochzeitspaar zugeschaut, das sich dort fotografieren ließ. Das heißt, ich beschrieb Ken diese alberne, stundenlange Prozedur wie eine Sportübertragung, denn das liebte er. Auch am gestrigen Tag hatten wir unser Ziel, den *Louvre*, zwar mit der Métro erreicht, doch dann hatte Barbie ein bisschen Auslauf gebraucht und wir wollten nur kurz hinunter an die Seine mit ihr. Wir nahmen sie an die Leine und ließen uns treiben, Kens Arm übrigens auf meinem, da Barbie ja Pinkel-Freizeit hatte, und schon waren wir irgendwie auf die Pont Royal geraten. Ken schien es zu gefallen, denn er stand lange an der steinernen Brüstung und schaute nachdenklich auf die Seine unter uns. »Wenn du mich hier so stehen sehen würdest«, hatte er plötzlich gefragt, »würdest du mich ansprechen?«

»Einfach so? Mit Barbie oder ohne?«

»Äh, ohne.«

Niemals, hatte ich gedacht. Du bist viel zu hübsch und genau deswegen würde ich mich nicht trauen. »Mit dem bunten Hemd aus dem Zug und den Hosenträgern … vielleicht«, sagte ich, um ihm eine Freude zu machen.

»›Vielleicht‹, wie gnädig, *Madame!*« Er nickte hoheitsvoll und brach dann in Lachen aus: »Lass uns auf die andere Seite rennen, ich will jetzt rennen!«

»Gib mir deine Hand«, sagte ich und, ohne nachzudenken, rannten wir einfach los, Hand in Hand, Barbie hinterher, er voller Vertrauen, ich voller Konzentration, um ihn nicht gegen einen Passanten oder Kinderwagen laufen zu lassen, die Lungen aufgepumpt von Lachen und frischem Sommerwind, bis ich uns kurz vor der breiten Straße am anderen Ufer zum Halten brachte.

Irgendwie kam uns die Idee, auch über die anderen Brücken zu gehen, und so liefen wir, eingehakt wie das alte Kanarienvogel-Landlord-Ehepaar aus unserem Haus, hin und her über die nächsten fünf Brücken der Seine, bis wir schließlich sechs Kilometer weiter westlich am Eiffelturm an der Pont d'Ilena landeten. Jede der Brücken war ein bisschen anders und am Ende unserer Wanderung stand das geniale Gefühl, den berühmten Turm aus Eisen und Stahl so nah zu haben und sich dennoch nicht in die Schlange stellen zu müssen. Ein bisschen langsamer gingen wir wieder zurück. Zwischendurch hörten wir den Straßenmusikern zu, die überall spielten, aßen Eis und landeten natürlich wieder mal in einem versteckten kleinen Bistro, wo ich die besten und wahrscheinlich auch teuersten Crêpes meines Lebens aß. Ken ließ sich seinen Schreck über die hohe Rechnung nicht anmerken, doch auch er musste fühlen, dass die blauen Scheine in seinem Portemonnaie langsam immer weniger wurden.

Am Ende des Tages hatten wir noch kein einziges Bild im *Louvre* gesehen, doch über zehn Kilometer zu Fuß zurückgelegt, sagte mir Google Maps.

An diesem Morgen hatte ich allerdings nicht vor, mich von meinem Ziel ablenken zu lassen. »Also auf zur Opéra. Dieses Bauwerk ist 1875 eingeweiht worden, steht in meinem Reiseführer und soll innen und außen ganz toll aussehen.«

Ken nickte nur und ließ sich auf den Sitz am Gang fallen, Barbie hockte dicht neben ihm. Er schien noch etwas erschöpft vom nächtlichen Blumengießen oder von der Lauferei am Tag zuvor, doch er tat, als mache er sich Sorgen um Barbie. »Ich glaube, wir müssen ihre Pfoten heute schonen, zu viel Asphalt für sie gestern.« Ich lächelte und tätschelte Barbies Kopf. »Du bist nicht nur der beste Blindenführhund, sondern auch der beste Brückenführhund der Welt!«

Sie nahm dieses Kompliment stolz, mit zugekniffenen Augen entgegen.

Kurz darauf spuckte uns der Bus in der Nähe der Oper aus. Es war laut, der Verkehr brandete in einem großen Halbkreis um das imposante Gebäude herum. Außer uns waren noch Tausende von Menschen auf den breiten Bürgersteigen unterwegs. Ein riesiges Einkaufscenter, die *Galeries Lafayette*, zog die Leute in Scharen an.

»Oh nee«, sagte ich. »Das ist mir zu heftig hier. Lass uns schnell in die Oper reingehen. Der Eingang scheint auf der anderen Seite zu liegen.«

Auch Ken war der Trubel offenbar zu viel, denn er blieb stehen, plinkerte mit den Augen, presste sie zusammen und hielt die Hand davor, damit ich es nicht merkte. Danach starrte er etwas verloren in der Gegend umher. Machte er das immer, wenn er gestresst war? Es sah komisch aus, aber ich wäre die Letzte, die ihm das sagen würde.

Wir versuchten, uns zum anderen Ende des Gebäudes durchzuschlagen, doch die vielen Menschen machten uns zusehends nervöser, selbst Barbie. »Weißt du, was«, sagte Ken und blieb neben der Schlange von Reisebussen stehen, die sich in einer der Straßen gebildet hatte. »Geh du da rein und hole uns hier wieder ab. Gibt's hier was zum Sitzen?«

»Meinst du wirklich? Aber was willst du denn an dieser Stelle? Hier ist kein bisschen Grün für Barbie.«

»Hörst du nicht die Musik?«

Ich schüttelte den Kopf, ich nahm nichts außer dem Dröhnen der wieder anfahrenden Busse und dem Gehupe wahr, doch er hatte wie immer recht; wenn ich mich sehr anstrengte, konnte ich die Fetzen von klassischer Ballettmusik hören. Wahrscheinlich kam sie durch die kleine, in der Mauer eingelassene Tür. Doch um näher an sie heranzukommen, hätte man erst durch eine Absperrung mit Gittertor gemusst. »Ballett, ich liebe Ballett, habe ich dir erzählt, dass ich als kleines Mädchen schon ganz früh Ballett getanzt habe?«

»Nein. Aber wenn ich mal einen Satz brauche, in dem dreimal das Wort Ballett vorkommen soll, habe ich jetzt einen parat.«

Ich lachte und sah ihm prüfend ins Gesicht: »Danke! Und

wenn du unbedingt auf mich warten willst, kannst du dich hier auf den schmalen Mauersims setzen, einen halben Meter hinter dir. In spätestens einer halben Stunde bin ich wieder da.«

Eilig verließ ich die beiden, rannte um die Ecke, sprang die Stufen des mächtigen Portals hoch und lief mit Hunderten anderer Menschen durch die marmorne, leuchtende Eingangshalle und die geschwungene Barocktreppe der Oper. Es war wirklich umwerfend. Überall standen große Statuen herum, die riesige, vergoldete Laternen oder Kerzenhalter in den Händen hielten, eine Reihe von Säulen trug die oberen Balkone und verzierten Durchgänge, die Decke war mit Gemälden geschmückt. Man habe diese Eingangshalle damals zum Schaulaufen gebaut, damit man sich vor und nach den Aufführungen zeigen konnte; das wäre den meisten Zuschauern wichtiger gewesen, als das Stück zu sehen, stand im Reiseführer. Na gut, dachte ich, Platz genug hatten sie dafür gehabt, und versuchte, mich in eine reiche Dame von vor hundertfünfzig Jahren hineinzuversetzen. Doch das Gedrängel der Menschen machte mich aggressiv, ich hasste plötzlich das gequetschte Amerikanisch der Touristen vor und das breite Schwäbisch der deutschen Familie hinter mir. Nach einigen Minuten hatte ich genug, ich vermisste Ken. Was sollte ich mich hier groß umschauen, wenn ich ihm nicht wenigstens beschreiben konnte, was ich sah. Es war, als ob ich überhaupt nichts von der wahren Bedeutung des Gebäudes mitbekommen würde, und ich hatte noch nicht mal ein Handy, um wie die vielen anderen Touristen Beweisfotos zu machen. Aber ich war da gewesen, auch ohne Fotos wusste ich das, konnte also einen Häkchen auf meiner Liste machen.

So schnell es ging, drängte ich mich gegen den Menschenstrom nach draußen und war erleichtert, als ich Ken an derselben Stelle sitzen sah, wo ich ihn zurückgelassen hatte. »Hallo, bin schon wieder da.«

»Genervt?«, fragte er und lächelte, weil er wusste, dass er mit dieser Frage bei mir ins Schwarze getroffen hatte. Ich verdrehte die Augen, wieso redete ich überhaupt noch? Ein paar Grunzlaute würden für ihn ausreichen, um korrekt einzuschätzen, wie meine Stimmung war.

»Ja, es war einfach zu voll. Außerdem war der große Zuschauersaal mit der Deckenbemalung von Chagall, von dem Papa mir so vorgeschwärmt hatte, heute leider nicht zugänglich. Wegen Proben geschlossen! So ein Mist!«

»Wäre schön, wenn man bei solchen Proben mal dabei sein könnte, oder?«

»Das wäre so was von toll! Sehen, wie die Profis tanzen ...« Ich seufzte und ließ mich neben ihm nieder. Barbie saß aufrecht vor ihm und schaute wachsam geradeaus. »Diese Stadt ist an manchen Stellen einfach zu laut«, beschwerte ich mich. »Und überlaufen. Wenn die ganzen Touris nicht wären ... okay, ich bin ja selber einer, aber ...«

»In zwei Minuten holt sie uns ab.«

»Wer?«

»Das Mädchen. Das schöne Mädchen, das ich kennengelernt habe. Isabelle.«

»Isabelle? Wer ist das?«

»Sie hat mich so nett auf Barbie angesprochen und ich habe sofort gefragt, ob ich zuschauen kann.« Er zeigte hinter sich. »*Zuschauen.* Das fand sie lustig. Sie ist Tänzerin.«

»Woher hast du gewusst, dass sie zum Ensemble gehört?«

»Na, weil sie durch den Bühneneingang wollte, vor dem ich hier zufällig sitze.«

Ein schmerzhafter Stich durchzog meinen Brustkorb. Er saß hier zehn Minuten alleine und das »schöne Mädchen, das ich kennengelernt habe«, diese Isabelle, hatte nichts zu tun, als ihn gleich anzubaggern? »Die hat bestimmt auch wieder richtig gut gerochen.« Meine Stimme klang gepresst und meine Kehle tat mir beim Sprechen weh. War ich etwa eifersüchtig?

»Ja«, sagte Ken nur.

»Meinst du, ich könnte mitkommen?«, fragte ich leise. »Also, es ist mir egal, was du mit Isabelle vorhast, es geht mir nur um …«

»… das Tanzen, weiß ich doch! Was denkst du, für wen ich gefragt habe? Für mich?«

»Echt?« Ich strahlte ihn an und drückte wie verrückt seine Hand, als sich hinter uns auch schon die Tür öffnete und gleich darauf das Gittertor mit einem Summen aufsprang. »*Entrez, entrez!*«, rief jemand.

Was für ein Gebäude, was für eine Gelegenheit! Ich hielt die Luft an, als wir Isabelle durch die langen Gänge folgten. Sie hatte sich vermutlich in der Zwischenzeit umgezogen und trug die typischen Tänzerinnenklamotten. Eng anliegende schwarze Hose, plus extra Beinwärmer, zerschlissene Schläppchen, ein enges Trikot, darüber einen tief ausgeschnittenen, weich aussehenden Pullover. Sie war wunderschön, mit hellblauen Augen und langem, anmutigem Hals, der durch das hochgesteckte Haar erst richtig zur Geltung kam, eine echte Ballerina eben, aber mindestens zehn Jahre älter als er. Wir kamen an Umkleiden und leeren Unterrichtsräumen mit vielen Spiegeln darin vorbei, an den Wänden liefen bunte Rohre entlang. *Studio cour* stand unter einem Nichtraucherzeichen, nach rechts ging es zur *coupole*, zur Kuppel. Am liebsten hätte ich ein Foto gemacht, doch ich wollte mir nicht Kens Handy leihen und hatte auch keine Zeit, denn Isabelle setzte die Füße weit nach außen, rechts, links, rechts, links und hatte es eilig. Die Klaviermusik, die wir draußen von ferne gehört hatten, wurde lauter, kam näher und endlich standen wir in der offenen Tür zu einem Raum, dessen Wände nur aus Spiegeln bestanden. Eine Menge Tänzer und Tänzerinnen in kunterbunten Trainingsklamotten machten ihre Aufwärmübungen an den Stangen. Ich staunte. Dies war zwar nicht die große Bühne vor dem Zuschauerraum, aber hier wurde an diesem Morgen schon hart gearbeitet. »*... and plié, soft feet and back, back, back the leg.*« Ein Mann mit stark russischem Akzent gab die Kommandos. »*And relax. Very good. Other side!*«

»Non, non!« Isabelle war weitergelaufen und kam jetzt zurück. Sie legte ihren Arm auf den von Ken: »Wenn es für dich und deinen Hund kein Problem ist, könnt ihr auch mit mir nach oben kommen«, sagte sie auf Französisch. Ken beugte sich vor und sagte ihr leise etwas ins Ohr. Ich tat, als ob ich mich auf den Anblick der Tänzer konzentrierte, hörte neben dem bekannten Motto aus dem Schwanensee aber auch Isabelle auflachen. Was wollte sie von ihm?

Hatte Ken da etwa gerade »*tu es douce*«, du bist süß, zu ihr gesagt? Ich krümmte mich in einem Anfall ganz alberner Eifersucht, als mir eine warme Zunge über die Hand leckte. Danke für deine Solidarität, Barbie, dachte ich und versuchte, meine miesen Gefühle irgendwie wegzudrücken. Ich stand im Innersten, in den heiligen Hallen der *Opéra Garnier*, und sah dem Ensemble bei den Proben für *Schwanensee* zu! Papa würde es mir kaum glauben. Sei also dankbar, Wanda, beschimpfte ich mich, ohne Ken würdest du noch immer mit deinem Reiseführer auf der prunkvollen barocken Treppe stehen und dich als blöde Touristin fühlen. Stattdessen bist du in den für die Allgemeinheit nicht zugänglichen Räumen, mittendrin, im richtigen Leben an der *Opéra Garnier!*

»Wandá, kommst du?« Ich riss mich von den Tänzern und Tänzerinnen los und folgte Barbie und den beiden Turteltäubchen zu einem Fahrstuhl, in dem wir für drei Stockwerke schwiegen, nur Barbies leises Hecheln war zu hören, danach ging es eine weitere Treppe hinauf. Wollte sie ihm etwa den Ausblick aus irgendeinem Fenster zeigen?

Als wir den Raum betraten, schossen mir die Tränen in die Augen, so überwältigt war ich von dem Anblick. Wir befanden uns direkt unter der *coupole,* der großen Kuppel, die wir schon gesehen hatten, als wir aus dem Bus gestiegen waren. Die gewaltige gusseiserne Konstruktion wölbte sich über uns, darunter bereiteten sich mindestens zwanzig Tänzer und Tänzerinnen auf die Probe vor, ich konnte mich nicht sattsehen an dem Anblick. Apropos sattsehen, ich schaute zu Ken und Barbie, die von Isabelle zu zwei Stühlen an der Wand geführt worden waren, und beeilte mich, dorthin zu kommen. Sie selber huschte davon, streifte sich hastig den Pullover ab und stellte sich an eine der Stangen, die frei im Raum standen. Die Gruppe wärmte sich auf, während Klaviermusik spielte, und als mit »*plié, toucher, demi-plié!*« die altbekannten Anweisungen erklangen, musste ich mich zusammenreißen, um nicht automatisch die Positionen einzunehmen, sondern übte nur im Geiste mit. Auch in unserem Training für die Rhythmische Sportgymnastik hatten wir jeden Tag eine Stunde Ballett und in diesem Moment vermisste ich es! Ich vermisste es so sehr!

Der ältere Typ, der die Anweisungen gegeben hatte, klatschte in die Hände, als eine Frau auftauchte, die ihr langes graues Haar, streng in der Mitte gescheitelt, in einem langen Zopf trug. War das die Choreografin? Oder die Regisseurin? Auf jeden Fall die Chefin, denn nun formierte sich die Gruppe zu der ersten Szene, das heißt, sie stellten sich alle dicht zusammen. Ich schaute gebannt auf die Frau mit den grauen Haaren, als die sich einen winzigen Moment lang zu uns drehte, mich, Ken und Barbie mit den Augen maß und uns dann mit einem kaum wahrnehmbaren Lächeln zunickte.

Die Musik setzte ein, ich erkannte sie sofort, der Marsch aus dem *Nussknacker*. Oh mein Gott, sie hatte mir zugelächelt, also uns, nun fühlte ich mich noch viel besser! So wie sie würde ich irgendwann einmal werden, eine Person, der man Respekt entgegenbrachte, die Ruhe ausstrahlte und sicher auftrat, die anderen Menschen etwas über das Tanzen beibrachte, die alles sah und dabei nicht furchterregend wie die Iwanowa wirkte, sondern gütig und weise. Ich hoffte es nicht und ich wünschte es mir auch nicht, nein, ich *wusste* es mit einem Mal. Ich stellte mich dichter neben Ken, weil ich unmöglich sitzen konnte, während die Gewissheit wie eine ruhige Welle immer höher stieg, bis sie mich ganz ausfüllte. »Danke«, sagte ich, während ich meine Hand auf seine Schultern legte. »Danke, dass ich das *sehen* darf.«

Als wir wieder ans Tageslicht traten, war ich immer noch ganz euphorisch. »Da oben waren wir«, sagte ich wieder und wieder und konnte es nicht fassen. »Bei der Probe! Vom *Nussknacker!* Wenn ich das meinen Mädels aus der RSG erzähle, rasten die aus!«

»Sie hatte einen Bruder, der war auch blind.«
»Wer?«
»Na Isabelle.«
»Hatte?«
»Ja, er ist vor Kurzem gestorben. Ich sah ihm angeblich ähnlich, sie war ganz durcheinander, als sie mich dort auf der Mauer sitzen sah, und wollte mich einfach nur umarmen.«
»Wie traurig!«
»Er sieht dir bei allem zu, habe ich ihr gesagt, jetzt kann er es wieder. Das hat sie glücklich gemacht. Komisch, wenn solche Aussprüche von einem Blinden kommen, glauben immer alle dran …« Er zuckte mit den Schultern. »Es ging ihr besser danach und das mit dem Zuschauen habe ich für dich gemacht.«

Ich musste an meine Eifersucht denken und atmete erleichtert auf. »Danke.« Dann gab es eine viel zu lange Pause, in der ich ihn gerne irgendwie berührt hätte, doch das ging ja nicht, also redete ich nervös weiter: »Wenn wir jetzt noch zur Säule auf dem Place de Vendôme gehen, übrigens einer der fünf königlichen Plätze in Paris, haben wir an einem Tag gleich zwei Sachen von der Liste geschafft.«

»Okay.« Ken erhob sich sehr langsam und sah nicht aus, als ob er besonders viel Lust auf eine Säule, Luxusläden, das *Hotel Ritz* und Horden von Japanern hätte, die man am Place de Vendôme angeblich antreffen sollte. »Doch zu viel möchte ich Barbie heute nicht mehr zumuten. Vielleicht hätten wir kleine Ballettschuhe für sie mitgehen lassen sollen. Als Schutz für ihre Pfoten.«

Und richtig, wir kamen dort nie an, denn Ken, besser gesagt, seine Nase, hatte mal wieder eine andere Eingebung.

Sie führte uns direkt in ein Parfümmuseum, das praktischerweise am Wegesrand lag.

»Aha, was rieche ich denn da? Hier sind wir an der Quelle, lass uns da reingehen«, sagte Ken mit erhobener Nase.

»Meinetwegen, aber meinst du, Barbie darf mitkommen? Hunde müssen draußen bleiben, steht da.«

»Es hört sich pervers an, aber meine geliebte Barbie wird in öffentlichen Gebäuden oder auch Krankenhäusern als Hilfsmittel und nicht als Tier betrachtet, darf also wie eine Krücke oder ein Rollstuhl mitgenommen werden.«

Barbie, eine Krücke! Nach einer kleinen Diskussion mit der Geschäftsführerin, in der Ken den Vergleich mit dem Rollstuhl noch mal auf Französisch erklärte, konnten wir an einer Führung teilnehmen. Zusammen mit zwanzig Japanern verließen wir die modernen Geschäftsräume des *Musée du Parfum* der Firma *Fragonard* und wurden durch die oberen Räume des alten Stadthauses geschleust. Nach einer Weile blieben wir drei zurück und gingen in unserem eigenen Tempo.

»Die *Madame* hat uns einen nicht sehr freundlichen Blick zugeworfen.«

»Egal, hier in Frankreich habe ich einen noch größeren Behindertenbonus und den nutze ich aus!«

»Es ist wunderschön! Und ohne Menschen erst!« Ich beschrieb Ken, was ich sah: »Das Haus ist aus dem Jahr 1860, hat *Madame* ja gerade erklärt, und man spürt das noch richtig, die Türen und Fenster sehen uralt und toll verziert aus und in den Zimmern gibt es noch ein paar antike Möbel.«

»Ha, wie bei Aurélie!«

»Ja, du hast recht, es ist zwar aufgeräumter, aber es stehen auch überall Flaschen rum.«

»Wirklich? Rotwein oder Weißwein?«

Ich lachte. »Nein, war nur Spaß. Keine Weinflaschen, nur Vitrinen mit ganz alten Flakons und Behältern, wo früher wohl mal Parfüm drin war. Und Destillierapparate und so Kram. Ich weiß nicht, ob man die anfassen darf.«

Auf großen Displays wurde die Geschichte der Parfümherstellung gezeigt, der Ken interessiert zuhörte. Vor der »Duftorgel« mit Hunderten von Ingredienzien in kleinen braunen Flaschen blieben wir lange stehen. »Man riecht noch genau, was in jeder drin ist … oder war«, sagte Ken. »Rose, Vanille, Zimt, Zeder, Orange …«

»Für mich sind die Gerüche alle zusammengeflossen, seitdem wir unten in den Laden gekommen sind.« Ich drehte mich einmal um mich selbst.

»Ich würde gerne ein Parfüm für dich mischen, eins, was am allerbesten zu dir passt.«

Ich lächelte und wurde erst mal rot, also vertiefte ich mich schnell in die filmische Erklärung der modernen Gewinnung von Rosenöl auf dem nächsten Bildschirm.

Unten im Laden brauchte Ken lange, um etwas auszusuchen, tat sehr geheimnisvoll und schickte mich zweimal weg, doch dann ließ er sich von Barbie an die Kasse bringen. Ja, Barbie hatte neben »Briefkasten«, »Ampel« und »Cash« für Geldautomat auch »Kasse« in ihrem Repertoire der Hörzeichen, so hießen die Befehle, die Ken ihr gab.

»Das kostet bestimmt viel, Ken! Bist du sicher, dass du das machen willst? Du bezahlst doch schon immer alles für mich …«

»'alló, madame? Bitte lassen Sie mich in Ruhe zahlen und hören Sie auf, mich zu belästigen!«, sagte er und lachte.

Doch ich blieb hinter ihm stehen und sah, dass von den

blauen Zwanzigern nur noch einer übrig war, als er den Rest in einem Bündel über den Ladentisch gereicht hatte.

»Wir brauchen Geld, Ken«, sagte ich deswegen auch sofort, als wir aus der *Parfümerie Fragonard* wieder heraustraten.

»Ich hab's dir noch nicht mal geschenkt, willst du mir allen Spaß verderben?«, antwortete Ken nur und zog das kleine Päckchen hervor.

»Wow!« Ich bedankte mich bei ihm, packte es aus, sprühte sofort ein bisschen von dem Parfüm auf meinen Hals und die Handgelenke und schnupperte daran. Es roch wirklich toll. Frisch und nicht zu süß, einfach himmlisch!

»Die ›Kopfnote‹ ist geprägt von Zitrone, Apfel und Bergamotte, gewürzt mit Ingwer, das ›Herz‹ entfaltet eine Harmonie aus Gardenie, Maiglöckchen und Jasmin, unterstützt von einer ›Basis‹ aus Zeder, Amber und Moschus«, ratterte Ken herunter.

»Aha.« Ich sog wieder den Duft ein. »Besser hätte ich es nicht beschreiben können!«

»Habe ich auswendig gelernt.«

»Ach echt? Habe ich nicht bemerkt. Und dafür, dass da so viel Obst, Gemüse und anderes Zeugs drin ist, riecht es sogar ganz annehmbar …«, sagte ich und hoffte, dass er meinen Humor verstand.

»Danke, sehr freundlich«, entgegnete Ken trocken und wandte sich Barbie zu. »Wir gehen. Die Dame ist unverschämt.« Barbie gab ein kleines »Wuff« von sich und leckte sich die Schnauze.

»Nein, nein, du weißt doch, wie ich es meine, es riecht köstlich, mhmm, riech mal hier auf meiner Haut!« Ich lachte und streckte ihm mein linkes Handgelenk hin, auf dem der Duft sich immer mehr entfaltete.

Er nahm meinen Arm, schloss die Augen (als ob das was für ihn ändern würde), hielt sich die Stelle dicht unter die Nase und sog die Luft ein. »*Formidable*«, sagte er nur. Ja, es roch wirklich wunderbar. Und da ich so nahe an ihm dran war und mich so sehr über dieses süße Geschenk freute, schlang ich den freien Arm um seinen Nacken und umarmte ihn einfach.

»*'alló, madame?*«, fragte er wieder, doch diesmal packte er mich an der Taille und hielt mich fest. Eine Sekunde, zwei Sekunden, plötzlich war er mit seiner Nase an meinem Hals, direkt unter meinem Ohr. Die zarte Berührung ließ mir einen Schauer über den Rücken rieseln und … ich machte ein unabsichtliches Geräusch, das sich wie ein Stöhnen anhörte. Wie peinlich! Schnell befreite ich mich und wiederholte irgendwas über Parfüm und Kopfnoten, also etwas von dem, was ich gerade im Museum gelernt hatte.

»*Excuse-moi,* ich wollte nur eine weitere Geruchsprobe nehmen«, unterbrach Ken mich.

»Ist okay.« Ich senkte den Kopf.

»Lass uns vielleicht doch kurz über den Place de Vendôme schlendern, denn von da aus kommen wir in den *Jardin des Tuileries*«, schlug er vor. »Auslauf für Barbie.«

»Okay.« Ich war immer noch verwirrt. Was war das denn gerade gewesen?

»Aber die Juweliere und *Dior, Chanel* & Co lassen wir besser rechts und links liegen.« Ken kratzte sich am Kopf. »Auf meinem Konto sind nur noch 100 Euro. Eiserne Notreserve, mein Alter würde sich freuen, wenn ich ihn um was bitten würde und wenn es nur das frühere Überweisen des monatlichen Geldes wäre.«

»Und da kaufst du mir teure Geschenke, du bist echt verrückt!« Endlich konnte ich wieder normal mit ihm sprechen, drückte aber dabei den kleinen Flakon mit dem Parfüm an mich. Noch nie hatte ich ein so schönes Geschenk von einem Jungen bekommen! Ich hatte eigentlich noch nie ein Geschenk von einem Jungen bekommen, der über sieben Jahre alt war. Die kleine Kuhglocke, die Konrad Nadermann mir im zweiten Schuljahr aus Österreich mitgebracht hatte, war sehr hübsch und hing immer noch über dem Bord an der Wand in meinem Zimmer. Wir waren ziemlich ineinander verliebt gewesen. Seitdem war nicht mehr viel passiert, außer dass sich das Bord mit vielen Pokalen gefüllt hatte und die Wand inzwischen mit Medaillen bedeckt war.

Aber ein Parfüm? Das war so schön und wertvoll und persönlich … ich fühlte mich ganz leicht und glücklich und musste die ganze Zeit grinsen. Ken sah mich ja nicht.

In dem ehemaligen Schlosspark war viel los. Die Sonne schien, Kinder und Touristen rannten herum, ein Karussell dudelte seine typische Musik in den Nachmittag und wir blieben öfter stehen, um Straßenkünstlern zuzuhören und ihnen unser letztes Kleingeld in die Hüte zu werfen.

Auf dem Nachhauseweg überlegten wir, was wir am Abend kochen wollten, denn noch einmal essen zu gehen, konnten wir uns mit dem einzelnen Zwanziger nicht mehr leisten. Bei Mahmoud im Laden entschieden wir uns für Fladenbrot, Joghurt, getrocknete Minze und Merguez, die kleinen, scharfen Würstchen aus Lammfleisch, dazu noch eine große Dose Hundefutter, damit war unser Budget dann auch erschöpft.

»Du hättest das Parfüm nicht kaufen sollen«, wiederholte ich, als wir drei Teller fertig machten, die wir runter in den

Hof zu Aurélie bringen wollten. Immerhin hatte sie uns dort nicht im Seidenkimono, sondern richtig angezogen empfangen, doch ihr Gesicht floss weinerlich auseinander und die Weißweinflaschen vor ihr waren leer.

»Hätte ich wirklich nicht?«, fragte Ken.

»Doch!«

»Na also.« Er schüttelte die Pfanne wie ein Profikoch, um nichts anbrennen zu lassen. »Sind gleich fertig.«

Ich half ihm dabei, die kleinen Würstchen auf den Tellern zu verteilen. Jeder vier. Mehr gab es eben nicht.

»Mir kam da heute eine Idee, um etwas dazuzuverdienen.«

»Echt? Was willst du machen? Touristen unter die Kuppel der Oper zu den Proben schmuggeln?« Ich tat Fladenbrot, Ketchup und den Joghurt mit der Minze auf ein Tablett. »Dafür würden einige Leute echt viel bezahlen!«

»Nein. Du! Du wirst uns retten!« Ken grinste.

»Was? Wie das denn, bitte schön?«

»Wir werden deine Begabung endlich richtig nutzen und zu Geld machen!«

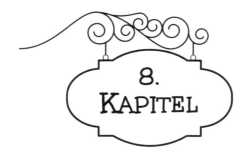
8. KAPITEL

»Ich kann das nicht. Also, ich kann das schon, aber …«
»Du willst es nicht.«
»Na ja, das ist schon komisch, so unter freiem Himmel.«
»Ach, jetzt liegt es am freien Himmel?«
»Mann, Ken!« Ich lachte nervös und stellte die Keulen auf den sandigen Boden. »Hier sind diese vielen Leute, die aber nur vorbeigehen, es interessiert die doch gar nicht, was wir hier machen, und ich bin außer Übung und außerdem habe ich noch nie um Geld gebettelt.«
»Wir betteln doch nicht! Du zeigst deine Kunst und Barbie sammelt das Geld ein!« Er kniete sich neben die Hündin und fuhr ihr mit beiden Händen durch das Fell. »Wenigstens auf *dich* kann ich mich verlassen, mein guter Hund!« Er setzte seine Sonnenbrille auf, damit ich seine Augen nicht erkennen konnte, doch ich wusste, dass er das nur machte, damit ich seinen Tick mit dem Augengeplinkere nicht sehen konnte. Dumm nur, dass sich dabei seine Stirn in Falten legte und ihn verriet.

Ich seufzte. Die Sonne schien über den grün belaubten Bäumen des Tuilerien-Gartens, wir standen nur wenige Meter von dem Karussell entfernt am Rande des Weges, unter einer der altmodischen Laternen. So haben wir wenigstens ein bisschen Musik, hatte Ken gesagt und sich für diesen Platz entschieden.

»Du wirst es sowieso machen!«, behauptete er jetzt, nahm die Brille ab und richtete sich auf. »Ich weiß es.«

»Pff. Wenn du es weißt, muss ich ja nichts tun. Wollen wir doch mal sehen, wer recht behält.« Warum hatte ich mich überhaupt darauf eingelassen mitzukommen? Nur weil Aurélie gestern im Hof so niedergeschlagen am Tisch gesessen hatte, dass es schon beim Zuschauen wehtat? Nur weil das alte Ehepaar uns einen schwarzen Filzhut, ein echter *Borsalino* angeblich, und ein Springseil brachte, kaum dass Ken ihm von seiner idiotischen Idee erzählt hatte? Und sogar noch vier hölzerne Keulen von irgendwo hervorkramten? »Unsere Kinder haben damit immer Kegeln gespielt«, hatte sich die Kanarienvogeldame erinnert, wieder in herrliches Hellblau gekleidet.

Das hatte ich nun davon. Ich schwang zwei der Keulen lustlos hin und her und wog sie in der Hand. Sie waren viel schwerer als meine bunten zu Hause aus Plastik. Probeweise warf ich eine hoch in die Luft und fing sie wieder auf. Na toll, ein perfektes Werkzeug, um sich die Nase ein zweites Mal zu brechen … Das Karussell spielte immer und immer dasselbe Lied. »Ich hasse dieses Gedudel«, murmelte ich so laut, dass Ken es hören musste. Wenigstens hatte ich kein fettes Nasenpflaster mehr mitten im Gesicht, gestern beim Waschen hatte ich es einfach abgemacht. Meine Nase war nicht mehr dick und die Verfärbung war bis auf einen leicht grüngelben Stich verschwunden. Ich dehnte meine Beine, indem ich sie abwechselnd hoch oben an die Laterne stützte. Das sah immer aus, als ob ich im Spagat stehen würde. Einmal hatte ich das auf dem Flur vor unserer Klasse gegen die Wand gemacht und alle damit schwer beeindruckt. Aber es hatte was Angeberisches, also hab ich es nicht wiederholt.

Doch hier machte es beinahe Spaß, wir mussten Geld verdienen und es war Sportgymnastik! Mein tägliches Pflichtprogramm hatte ich bis jetzt nicht vernachlässigt.

»Wann fängt die Frau endlich an?«, fragte ein kleines Mädchen auf Deutsch, ihre Füße hatte sie wie ein kleiner Esel in den Boden gestemmt, während ihre Mutter sie an der Hand weiterzog. »Wir wollen das sehen!«, rief jetzt auch einer ihrer Brüder und stellte sich direkt vor mich. Seine großen blauen Augen quollen etwas hervor und guckten mich erwartungsvoll von unten an, seine spitze Nase lief, er sah aus wie Rumpelstilzchen mit Schnupfen. Meine Güte, wie viele Kinder hatten die denn? »Guck mal, der Hund mit dem Hut, Mama!«

Ich nahm mein gestrecktes Bein hoch oben vom Laternenpfahl und zählte mindestens vier Blondschöpfe, die sich alle sehr ähnlich waren. Die Eltern blieben stehen. Ein Kleines klemmte noch in einer Kiepe, die der Vater auf dem Rücken trug.

»Wenn Wanda die erste Keule hochwirft, müsst ihr richtig laut ›Wow!‹ schreien, könnt ihr das?«, fragte Ken, der sich mit kleinen Schritten zwischen sie begeben hatte.

»Ja klar!!«, kam die Antwort.

»Okay!« Schon zählte er: »Eins, zwei, drei!« Und natürlich warf ich die Keule, wie hätte das denn sonst ausgesehen? Ich musste eben nur aufpassen, dass sie mir nicht auf die Nase fiel.

Das »Wuuaaah!« der Rumpelstilzchen-Familie schallte durch den Park, euphorischer hätte es nicht klingen können. Sofort blieben noch mehr Leute stehen und vergrößerten den Halbkreis um uns.

»Das könnt ihr besser! Noch einmal, lauter!«, forderte Ken. »Wanda, bitte!«

Ich warf. Wieder eine laute Begeisterungswelle, als ob es hier an der Laterne etwas außergewöhnlich Tolles zu sehen gäbe. Ich sah, wie die Leute auf uns zuströmten, diejenigen, die schon vorbei waren, drehten sich um und kamen wieder zurück. Innerhalb einer Minute waren mindestens dreißig Schaulustige um uns versammelt. Dabei hatte ich nur zweimal eine einzige Keule in den Himmel geworfen und unbeschadet wieder aufgefangen. Das Karussell hinter mir orgelte immer noch dieselbe Walzermusik, 1, 2, 3, 1, 2, 3 … Mist. Und was nun? Wie sollte ich nach diesem lahmen Takt denn etwas vorführen? Aber was hätte mir die wunderschönste Musik genützt? Bogengang, Brücke, Flickflack, alles, was ein bisschen spektakulär aussah und ich sonst mit Leichtigkeit turnte, konnte ich wegen meiner Nase vergessen. Gefahr von Einblutungen im Kopf und so weiter. Unsere Frau Dr. Reiser, die mich sonst immer schnell wieder gesundschrieb, hatte diesmal wirklich ernst geklungen. Sogar Papa hatte Respekt vor ihrer drastischen Diagnose und der daraus folgenden Sperre: zwei Monate keinen Sport. Davon waren nicht mal drei Wochen vergangen.

Was sollte das also? Ich konnte nix Besonderes vormachen! Wütend funkelte ich zu Ken hinüber, wohl wissend, dass er nichts davon mitbekommen würde. »*Merci!*«, rief ich. 1, 2, 3, 1, 2, 3 … wie eine Puppe, die Walzer tanzt, begann ich, mich zu bewegen. Ich tanzte eine Pirouette, während die beiden Keulen noch oben in der Luft wirbelten, kam hoch, fing sie wieder auf, machte meine Kür auf dem kleinen, sandigen Weg. Die Augen der Kinder waren erwartungsvoll auf mich gerichtet, *alle* Augen waren erwartungsvoll auf mich gerichtet. Und jetzt?

»Hier, Barbie, halt mal!« Ich lief auf Barbie zu, nahm ihr

den Hut vom Kopf, setzte ihn selber auf und gab ihr eine der Keulen zu halten. Natürlich begann sie sofort, daran rumzunagen. Die blonden Kinder kicherten hoch und völlig beglückt, mir war, als hätte ich noch nie ein schöneres Lachen gehört. Ich lief einmal um die Laterne herum, sprang einen Spagat, wobei ich den Hut festhielt, und tat so, als ob Barbie mir assistieren sollte, indem ich triumphierend ins Publikum schaute und den Arm nach links streckte. Doch Barbie dachte gar nicht daran, mir etwas zu bringen, sie hatte sich längst umgedreht, um in Ruhe die Keule bearbeiten zu können.

Wieder großes Gelächter.

»Barbie!«, rief ich gespielt empört. »Bei Fuß!«

Barbie setzte sich auf, gab ihre Beute aber nicht her, sondern trabte einmal um die Laterne und ließ sich hinter mir nieder. Kurz gesagt, es wurde eine Slapsticknummer. Fast wie bei *Dick und Doof,* wobei ich allerdings die Doofe war und Barbie die Schlaue. Ich musste mich gar nicht besonders anstrengen, es klappte sowieso nicht, was ich vorhatte, weil Barbie jedes Mal etwas anderes tat. Und dann guckte sie, als ob sie mich angrinste. Egal, den Kindern gefiel es, sie saßen schon auf dem sandigen Boden und lachten und lachten!

Nach einiger Zeit, ich wusste nicht, wie viele Minuten vergangen waren, sagte ich einfach »*Merci!*« und verbeugte mich. »Ein Applaus für Barbie! Und danke, dass du mir deinen schlauen Hund ausgeliehen hast, lieber Ken!« Ich wiederholte den Satz auch auf Englisch, das Publikum sollte wissen, dass hier nichts einstudiert war.

Ken kam langsam auf mich zu.

»Ich bin hier«, sagte ich ganz automatisch, zur besseren

Orientierung für ihn, nahm seine Hand und wir verbeugten uns.

»Du warst super!«, raunte er in mein Ohr. »Und ich entschuldige mich jetzt schon, aber für irgendwas muss mein Blindsein ja auch gut sein! Gib mir mal bitte den Hut.«

Ich pflückte mir den schwarzen *Borsalino* vom Kopf und sah, wie Ken sich zwischen die Leute stellte und ihn einfach hinhielt. »Futter für Barbie. Futter für meinen Blindenführhund«, sagte er auf Französisch, Englisch und Deutsch. Die Leute sahen ungläubig in sein Gesicht, stießen sich bedeutsam an und tuschelten. Doch sie holten bereitwillig ihre Portemonnaies raus und ich hörte es im Hut klimpern.

Nach kurzer Zeit hatten wir 25 Euro zusammen und die Leute zerstreuten sich langsam.

»Immerhin! Zehn Minuten Arbeit und es reicht für einen Einkauf bei Mahmoud, inklusive Hundefutter.« Ken lächelte zufrieden.

»Sollen wir nicht noch eine zweite Runde machen?«, gab ich zu bedenken. »Dann müssen wir morgen nicht schon wieder los.« Nicht dass ich dazu große Lust gehabt hätte, aber sagte Papa nicht immer, man müsse effizient denken? Und wo wir schon mal hier waren?

»Nein Moment, gleich kommt noch mehr.«

Er wandte sich in Richtung Seine-Ufer, als ob er jemand erwartete. Ich verschränkte die Arme und zog die Augenbrauen zusammen. Was hatte er sich jetzt wieder ausgedacht? Doch dann musste ich erst einmal hinter Barbie herjagen, die etwas, das aussah wie ein alter Hamburger in einer Pappschachtel, zwischen den Zähnen hatte und sich damit unter einen der Bäume verkrümeln wollte.

Als wir wieder zurück waren, den fiesen Hamburger hatte ich erfolgreich in einem Mülleimer versenken können, sah ich einen Mann bei Ken stehen, der seine Geldbörse gerade wieder in die Tasche seiner Jeans stopfte. »*Wish you the best!*«, rief er, bevor er davonging.

»Schau! Er hat uns noch mal zwanzig dazugegeben«, sagte Ken und wedelte mit dem Schein hin und her.

Ich blickte Ken an. Mir gefielen das weiße Hemd und die coole Hose mit den Hosenträgern, die er trug. Er sah aus wie eine Mischung aus Straßenkünstler und Schauspieler.

»Eben hast du gesagt, gleich kommt noch mehr, und dann taucht dieser Typ auf. Wie kann das sein?« Ich schüttelte belustigt den Kopf. »Manchmal glaube ich wirklich, du kannst hellsehen.«

»Stimmt. Kann ich. Aber meistens nur kurz.«

Ich wartete auf sein Lachen, aber es kam nicht.

Der Teich war halb mit Seerosen zugewachsen, von Weitem konnte man das *Museum der dekorativen Künste* und die Gebäude des *Louvre* sehen, in dem ich immer noch nicht gewesen war und es heute wohl auch nicht mehr schaffen würde. Jede Menge Touristen fläzten sich auf den eisernen Liegestühlen, die sich um den kreisrunden Teich gruppierten.

Wir hatten Glück, vor uns verließ ein verliebtes Pärchen gerade zwei Stühle, die etwas abseits der anderen standen, und so konnten wir übernehmen. »Setz dich, der Stuhl ist zwanzig Zentimeter vor dir und ziemlich tief. Willst du einen Schluck Wasser? Ich mach für Barbie ihre Schüssel fertig, soll ich?«

Wortlos gab er mir seinen Rucksack, ich holte Barbies

Plastikschüssel daraus hervor und füllte sie mit dem Wasser aus Kens Flasche, die ich danach an ihn weiterreichte.

Wieder bemerkte ich die neugierigen Blicke, die uns immer begleiteten, egal, was wir taten. Wenn ich Ken kurz führte, wenn ich seine Hand nahm und ihm etwas gab, wenn er langsam ging und die Hände tastend ausstreckte, immer glotzte irgendjemand ihn an. Manche Leute sprangen auch übertrieben schnell in der Métro auf und boten ihm ihren Platz an. »Ich bin blind, aber meine Beine funktionieren«, sagte er dann manchmal und blieb eisern stehen, was einen erneuten Grund für Getuschel gab. »Was ist los, noch nie einen Blinden gesehen?«, hätte ich die Menschen am liebsten manchmal angebrüllt, doch bisher hatte ich mich immer zusammengerissen.

»Also, was war das gerade?« Ich schaute Barbie beim Trinken zu.

»Ich, ach nee … es ist nur, ich habe eine Idee, wie wir noch mehr Geld machen können. Auf einen Schlag!«

»Schon wieder? Und wie?«

»Vertrau mir einfach!«

Ich schluckte und schaute in den blauen Himmel. Das war das, was ich nicht so gut konnte, lieber machte ich alles allein. »Woher kam denn dein Geld bis jetzt?«

»Von meinem Alten, der ist echt nicht geizig, aber gerade das nervt mich. Der meint immer, er müsse mir das Leben erklären!«

Ich nickte. »Ja klar, verstehe ich!« Ich mochte es nicht, wenn jemand seinen Vater »Alter« nannte, aber Ken hatte vielleicht seine Gründe und er hatte fast noch gar nichts über ihn erzählt. Also lehnte ich mich auf dem Liegestuhl zurück und hörte ihm einfach zu.

»Also, deswegen nun zu meiner Idee: Wie wäre es, wenn wir Roulette spielen? Im Casino, da kann man eine Menge auf einen Schlag gewinnen.«

»Ach nee, das klappt doch nie!«

»Doch! Mit 'ner passenden Glückssträhne!«

»Ken!« Am liebsten hätte ich ihn an den Schultern gerüttelt. »Habe ich mir das richtig gemerkt, du hast noch 100 Euro auf deinem Konto?«

»Genau. Plus dem, was wir heute verdient haben, sind das knapp 150 Euro, die wir zur Verfügung hätten.«

Ich starrte ihn ungläubig an, er würde doch nicht im Ernst …?! »Aber die sind doch sofort weg, das war's dann!«

»Na ja, wer weiß … Ist doch nicht gesagt, dass man verliert. Da gibt es Möglichkeiten, von denen ihr Sehenden nichts wisst.«

Aha. Jetzt machte er auch noch auf geheimnisvoll.

»Ich google mal, wo hier das nächste Casino ist.«

»Soviel ich weiß, darf ich da als Minderjährige sowieso nicht rein. Ich könnte dir also nicht mal beim Verlieren zusehen!«

Doch Ken schien immer noch begeistert von seiner Idee, denn er zückte sein Handy und hörte der rasend schnellen französischen Mickymaus-Stimme zu, die ihm ausführlich antwortete. »Das nächste wäre das *Casino Soirée* in der Rue de Clichy. Wie du richtig gesagt hast, kein Zutritt für Minderjährige und Hunde, wobei Barbie ja wieder eine Ausnahme wäre. Und es herrscht Krawattenzwang.« Er glurkste, als ob er sich innerlich kaputtlachen wollte.

»Also bleibe ich mit Barbie draußen und warte auf dich?«

»Du hältst das für keine gute Idee, oder?«

Ich lachte auf: »Ich halte das für eine extrem bescheuerte Idee, da kannst du dein Geld auch gleich vom Eiffelturm werfen und gespannt warten, ob es sich vermehrt hat, wenn es unten ankommt!«

»Lass mich mal machen.« Wieder dieser mysteriöse Unterton. »Wie hoch ist der maximale Gewinn, wenn man auf eine Zahl setzt? Das Fünfunddreißigfache, war das nicht so?«

»Genau.« Wahrscheinlichkeitsrechnung lag bei mir noch nicht lange zurück.

»Moment. Kopfrechnen kann ich, äh, 150 mal 35, also das macht …« Die nächsten Worte flüsterte er theatralisch: »5250 Euro.«

»Krass, aber warum denkst du, dass es klappt?«, flüsterte ich im gleichen Ton zurück und beugte mich zu ihm hinüber. Vielleicht hielt er mich ja wieder fest. Ich merkte, dass ich das unbedingt wollte.

»Weil ich mein ganz eigenes Tempo und mein ganz eigenes System habe.«

Ich musste mir ein verächtliches Schnauben verkneifen. Es war auch *sein ganz eigenes* Geld, mit dem konnte er tun und lassen, was er wollte. Verlieren würde er es. Auf einen Schlag.

»Vertrau mir«, sagte er wieder, als ob er meine Gedanken lesen konnte. »Ich würde nur gerne Aurélie mitnehmen. Das einzige Problem wird sein, sie nüchtern und in anständigen Klamotten zu einem Ausflug zu bewegen. Trotzdem ist das eine tolle Chance.«

Ich seufzte. Liebe Leute, das klappt doch nie, hätte Papa jetzt gesagt. Aber an den wollte ich im Moment nicht denken, also scheuchte ich ihn ganz schnell aus meinem Kopf.

»Natürlich gehe ich vorher noch zum Friseur«, sagte Ken ein paar Minuten später und wuschelte sich unzufrieden durch die Haare. »Schließlich möchte ich seriös aussehen!«

»Du siehst –« … doch gut aus, wollte ich nicht sagen. Er bildete sich schon genug auf sein Aussehen ein.

»Ja bitte? Sprechen Sie es ruhig aus, *Madame*.«

»Zum Geldverspielen reicht es.« Ich unterdrückte ein Lachen.

»Ich weiß Ihre Ehrlichkeit zu schätzen, doch Sie haben ganz offenbar weder vom Geldverspielen, wie Sie es so despektierlich nennen, noch von freshem Hairstyling eine Ahnung.«

»Barbie gähnt übrigens«, informierte ich ihn. »Ein klares Zeichen, dass sie von beidem nichts hält.«

Wir kehrten zurück in unser Viertel und Ken fand über Google den kleinen, etwas abgeranzten Laden, der mir wegen der traurigen Frau und ihren Augenringen schon aufgefallen war und gleich bei uns um die Ecke lag. Über der Tür stand einfach nur FRANCK. Darunter *Coiffeur – Paris*.

»*Bonjour, freshes Hairstyling*«, murmelte ich.

»Ist cool, oder?«

»Absolut.« Ich schnaubte durch die Nase. Was Ken sich einmal in den Kopf gesetzt hatte, wollte er auch durchziehen, so gut kannte ich ihn nun schon. Widersprechen war da ziemliche Energieverschwendung.

Ein Typ, vermutlich Franck, sprang aus seiner stillen Ecke, als wir eintraten, der Laden war nämlich leer. Er umkreiste Ken wie ein Habicht, wobei er über seinen gepflegten rötlichen Vollbart strich. »*Formidable*«, murmelte er. Er war ungefähr zehn Jahre älter als Ken, soweit ich das beurteilen konnte. »Salut, ich bin Franck«, stellte er sich auf Französisch vor und gab uns die Hand. Sein »Franck« klang wie »Fronk«. »Das ist ein guter, ein ausgezeichneter Schnitt«, sagte er und setzte seine Runden fort. »Ich würde minimal kürzen, minimal effilieren.«

»Nichts minimal, es ist Sommer!«, erwiderte Ken. »Das muss kurz!«

»Eine wunderschöne Farbe, ein perfekter Schnitt und da darf ich trotzdem ran?« Fronk schaute ihn ausnahmsweise nicht so an wie alle anderen, die immer erst mal herausfinden wollten, ob Ken wirklich blind war. Sondern, als ob er wissen wollte, ob Ken auf Männer wie ihn stand. Nein, steht er nicht, dachte ich und ging mit Barbie etwas näher. Wenn, dann steht er auf *mich*, versuchte ich Fronk mit meinen Augen und einem hoffnungsvollen Lächeln zu signalisieren.

»Nur zu«, sagte Ken.

»Komm, wir setzen dich hierhin, da können dein Herzchen und dein Hundchen dich sehen!« Er nannte mich tatsächlich *petit cœur*. Ich widersprach nicht und Ken auch nicht, der grinste nur. Ab diesem Augenblick mochte ich Fronk, der in einer Tour redete, seine Zuneigung aber zwischen mir und Ken gerecht aufteilte. Außerdem war er so aufmerksam, Barbie Wasser zu bringen, und auch neugierig, denn er fragte Ken über seine Blindheit aus, was viel sympathischer war, als sie diskret zu umgehen.

»Gibt es etwas Unmögliches, was du unbedingt machen möchtest?«, fragte er ihn, als er schon fast fertig war. Ich war erleichtert. Auch mit kurzem Haar und freier Stirn sah Ken supersweet aus, irgendwie noch lässiger, noch aufgeweckter.

»Ja klar. Auto fahren lernen, Motorrad fahren, *merde*, das werde ich wohl nicht mehr schaffen in diesem Leben. Na ja, oder wenigstens wieder Fahrrad fahren, so wie früher, das wäre schön.«

Fronk schüttelte den Kopf. »Beim Motorradfahren hinten drauf sitzen geht ja noch, aber selber fahren?«

»Ich bin schon mal Auto gefahren, so ist es ja nicht!«

»Was?«

Auch ich beugte mich vor, um besser zu verstehen, was Ken sagte.

»Ja klar, mit einem Fahrlehrer, auf so einem Übungsplatz, das hat echt Spaß gemacht! Am Ende habe ich ihn gefragt, ob ich den Schein nicht doch irgendwie machen könnte.«

»Aber … Entschuldige bitte, Schätzchen, wie viel siehst du denn noch?«, fragte Fronk und ließ seine Schere im Leerlauf klappern.

»Nichts. Außer hell und dunkel.«

»Oh. Doch so viel …«

»Und was hat der Fahrlehrer geantwortet«, mischte ich mich ein.

»Der war cool. Bring mir den Sehtest, hat er gesagt, den Rest machen wir schon.«

Wir lachten.

»Ja. Scheiße irgendwie«, sagte Ken. »Träume sollte man möglichst schnell verwirklichen, bevor das Leben einem dazwischenfunkt.«

»Mein Traum war immer nur, Haare zu schneiden«, sagte Fronk. »Nichts anderes. Und das habe ich gemacht.«

»Och. Mit ein bisschen Übung könnte ich das auch noch lernen!«

»*Non!*«

»Niemals!«

Wir lachten immer noch, als wir uns von Fronk verabschiedeten.

Auf dem Weg nach Hause legte Ken mir den Arm um

die Schulter: »So, *petit cœur,* jetzt bin ich fürs Glücksspiel gerüstet!«

Mir war alles recht, Hauptsache, er würde seinen Arm noch länger dort liegen lassen. Da nahm er ihn aber schon wieder weg.

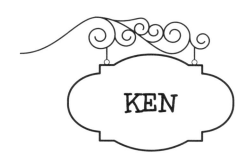

KEN

Memo an mich selbst. Juni, keine Ahnung, welches Datum wir haben. Das kann doch nicht sein, das kann ich einfach nicht glauben, würde sie rufen, du weißt, was in fünf Minuten passiert?! Echt Ken, verarsch mich jetzt nicht!

Niemand glaubt mir, und wenn, dann lassen sie mich nicht mehr in Ruhe. Warum in fünf Minuten, warum nicht vorher? Und wie lange *siehst* du dann was? Und *wie* siehst du es? Wie einen Film oder so? Jetzt sag schon! Kommt es über dich oder kannst du es kontrollieren?

Sowohl als auch, könnte ich antworten, werde es aber nicht tun. Ich habe den Fehler gemacht, es zwei Menschen, die mir wichtig waren, zu verraten, und diese Erfahrungen muss ich nicht noch einmal machen. Aber bei Wanda vielleicht doch?, fragt mein Bauch. Wäre es bei ihr nicht etwas anderes?

Wenn ich mich konzentriere, sehe ich vor meinen Augen, was fünf Minuten später geschehen wird. Und ja, es ist fast wie in einem Film. Mal kommt es einfach so, mal kann ich es herbeirufen. Ich *sehe* die Menschen, die dann auch tatsächlich auftauchen, ich höre, was sie sagen. Wenn ich mich allerdings an sie erinnern will, ist es wie in einem Traum, sie weichen zurück. Das ist anstrengend, ich bekomme ein paar Sekunden lang nichts mehr von dem mit, was um mich herum passiert.

Warum ich diese Fähigkeit nicht öfter einsetze? Ich habe gemerkt, wenn ich ständig in die Zukunft horche, um alles richtig zu machen oder abzuändern, lebe ich gar nicht mehr in der Gegenwart. Und natürlich will ich eingreifen, bevor das Unglück passiert, was ich vielleicht gesehen habe, aber das ist Horror, denn oft verschlimmere ich die Sachen nur. Deswegen mache ich das nur noch selten. Was kommt, kommt. Ich jammere nicht mehr über die Vergangenheit und schiele nicht dauernd in die Zukunft. Die Gegenwart ist für mich völlig okay. Hätte ich das alles Wanda erzählen sollen, als mir die Idee mit dem Casino kam? Die Antwort ist Nein. Sie ahnt nichts, und das ist besser so! Gute Nacht, Barbie!«

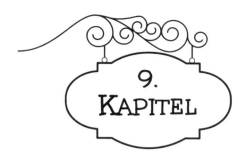

9. KAPITEL

»Ich glaube nicht, dass das einem so gut angezogenen Kerl wie mir passieren wird!« Ken stand am offenen Fenster und nahm einen Schluck Kaffee aus seinem Lieblingsbecher. Der war in der Mitte geriffelt und fühlte sich angeblich besonders gut an.

»Oh Mann, Ken!« Trotz meiner Bedenken lachte ich und warf mich in die Kissen. Gerade hatte ich ihm vorgehalten, dass unser letztes Geld, vielmehr *sein* letztes Geld futsch sein würde, wenn er verlor, doch Ken war wie immer völlig gechillt und gut gelaunt … Wie machte er das eigentlich? Ob er diese Eigenschaft auch entwickelt hätte, wenn er damals nicht blind geworden wäre?

Sein Bett war herrlich breit und bequem, seit gestern traute ich mich in sein Zimmer und durfte sogar darauf liegen. Barbie wedelte mit dem Schwanz, sprang auf das Bett, drehte sich umständlich im Kreis, bis sie sich schwer neben mir niederließ. Ich spürte die Wärme ihres Hundekörpers. »Gib mir mal die Fliege, bitte.«

Ken drehte sich um, tastete auf dem kleinen Sekretär umher und reichte sie mir. Er hielt immer ziemlich Ordnung, wahrscheinlich war das bitter nötig, wenn man nichts sah.

»Du hast recht, damit siehst du schon mal *formidable* aus!« Ich griff nach dem seidenen kleinen Ding und drehte es an seinem Band um den Finger.

»*Merci!* Gut, dass wir den Landlord haben!« Wieder tat er so, als ob er aus dem Fenster schaute.

»Stimmt.«

»Aurélie wird eher das Problem. Als ich eben an ihrem Zimmer vorbeiging, habe ich gelauscht, ich glaube, sie ist noch nicht mal aufgestanden.«

»Brauchst du sie denn wirklich?« Ich betrachtete seine breiten Schultern.

»Habe ich doch gesagt, sie gehört zu meinem System.«

System … da war ich ja mal gespannt. »Es ist drei Minuten nach fünf. Wenn wir jetzt anfangen, sie zu wecken, zu überreden und anzuziehen, sollten wir doch um sieben, wenn das Casino aufmacht, sicher da sein. Was meinst du?« Ich streckte mich unter dem Baldachin aus. »Wie kannst du überhaupt Kaffee trinken?«, stöhnte ich. »Ich schwitze schon, wenn ich dir zuschaue.« Über Nacht waren die Temperaturen nach oben geklettert. Wir hatten heute den ganzen Morgen nur im Hof gesessen, die Pflanzen gewässert und Pläne geschmiedet. Selbst meine Dehnungsübungen hatte ich darüber vernachlässigt, aber sie hier bei Ken im Zimmer zu machen, traute ich mich nun doch nicht. Ich nahm einen Schluck Wasser.

»Ich mag die Hitze«, sagte Ken. »Dass ihr Mädchen immer an euren Wasserflaschen hängen müsst, *das* verstehe ich nicht.«

»Hängen wir immer an Wasserflaschen?«, fragte ich zurück, aber wenn ich darüber nachdachte, hatte er recht. Alle Mädchen in meiner Klasse schleppten täglich ihre Flasche mit durch die Unterrichtsstunden. Und die aus meiner Gruppe bei der RSG sowieso. Er hatte eine gute Beobachtungsgabe … konnte man das über einen Blinden behaupten?

»Es war besser, ihr bis jetzt noch nichts zu sagen, glaube ich«, sagte Ken und drehte sich wieder zum Fenster. »Sie hätte nur lamentiert und irgendwelche Ausreden erfunden, warum sie keinesfalls aus dem Haus gehen kann.«

»Genau. Sie vor vollendete Tatsachen zu stellen, ist in diesem Fall schlauer!«

»Was ziehen wir ihr denn an? Bloß nicht etwas, was nach Kimono aussieht. Und schicke Schuhe, nicht diese runden Ökodinger oder diese Zehenstrümpfe, von denen du mir erzählt hast.«

Ich grinste, durch seine Mutter kannte er sich echt aus. »Sie hat den Schrank voller High Heels und eleganter Kleider, sogar Smokings für Frauen. War wohl eine andere Phase in ihrem Leben.«

»Hast du etwa in ihren Schränken rumgeschnüffelt?«

»Klar! Ich dachte, wir müssen vorbereitet sein.«

»Gut. Ich mag organisierte Frauen!«

»Außerdem habe ich nur aufgeräumt.« Wir lachten. Erstaunlich, wie oft wir zusammen lachen, dachte ich.

Er war lustig, er sah mit dem neuen Haarschnitt echt cool aus, er spürte so viel. Und wenn sein *System* funktionierte, würde er uns zu reichen Leuten machen; wir könnten öfter essen gehen, überall *sau*teure Colas und Kaffees trinken, mit dem Taxi quer durch Paris fahren, falls wir mal keine Lust auf Bus und Métro hatten, und Aurélie den Kühlschrank füllen. Aber so richtig! *System, System!* Das klappt doch nie, hörte ich wieder die Stimme meines Vaters. Oh Mann, Papa, sei doch mal still, dachte ich.

»Sag mal, vermissen die Leute, zu denen du wolltest, dich nicht doch irgendwann? Nicht dass ich dich loswerden will, aber ...«

»Puuh, da habe ich aber Glück gehabt. Ich dachte, du schickst mich ins Casino und dann sofort weg. Zu Fremden.«

»Zu Fremden?!«

»Nee. Na ja. Meinem Vater.«

»Aber der ist doch kein Fremder!«

»Na doch, irgendwie schon.«

»Dein Vater wohnt hier in Paris und du gehst einfach nicht hin? Warum nicht? Das musst du mir erklären.«

»Ich habe ihm gar nicht gesagt, dass ich komme. Ich hab da noch eine Rechnung offen mit ihm. Will darüber aber weder reden noch nachdenken! Kannst du das akzeptieren?«

»Okay.« Hmm, das hörte sich nach einer ziemlich tiefen Wunde an, an der er natürlich nicht herumpuhlen wollte.

»Außerdem gibt es ja ein paar Menschen in meinem Leben, die auf mich angewiesen sind«, sagte er in diesem Moment.

Ich lächelte. »Ach ja? Das hört sich äußerst wichtig an, *Monsieur*. Wer sind diese Leute?« Ich liebte es, mit ihm auf diese Weise zu reden. Flirten nannte man das wahrscheinlich und war tausendmal schöner, als sich über unangenehmes Vaterzeugs zu unterhalten. Der Verkehrslärm drang durch das hohe, offene Fenster in das Zimmer, man hörte Hupen, klackernde Absätze auf dem Bürgersteig und jemand rief »*Antoine, tu es fou!*« über die Straße.

»Das werden wir jetzt niemals herausfinden«, sagte Ken.

»Was? Ob Antoine verrückt ist?«

»Hmm. Merkst du, wie genial es ist, auch mal nichts zu tun? Und die Zeit ganz bewusst verstreichen zu lassen?«

Barbie sprang vom Bett, tapste schnüffelnd auf dem Teppich herum, streckte sich und gähnte ausgiebig. Von der Kirche hörte man Glockengeläute. Ken hatte recht: Es war herrlich, diese friedlichen Momente zu genießen und nichts zu tun. Plötzlich ließ mich ein Geräusch zusammenfahren. »War das eine Tür?«

»Ja, ich glaube schon.«

»Das bedeutet, Aurélie ist wach, komm, wir müssen sie abfangen, bevor sie es bis zum Kühlschrank schafft!«

Da klopfte es schon. Ich sprang auf und öffnete.

»Ah, du 'ier? 'alló, ihr Lieben!« Aurélies Augen waren kleine Schlitze, sie hielt eine volle Weißweinflasche in der Hand und winkte damit. »Nur eine kleine Aperitif. Kann jemand mir sagen, wo ist die *décapsuleur*? Finde die nicht, weil ihr 'abt aufgeräumt.«

»Die was?«, fragte ich und nahm ihr vorsorglich die Flasche aus der Hand.

»Den Flaschenöffner suchen wir zusammen, wenn wir wieder zurück sind, *chère* Aurélie«, sagte Ken. »Jetzt haben wir erst einmal eine Mission zu erfüllen!«

Doch auch eine Stunde später waren wir noch nicht viel weiter mit unserer Mission. Aurélie klammerte sich an ihrem Kimono fest, indem sie ihre langen, dünnen Arme um die Schultern schlug und in der Küche auf und ab ging. »Isch verstehe das nicht, wie kommt ihr denn darauf, das ganze Geld zu setzen auf eine Zahl? Und auf welche denn? *Mon dieu!* Und wenn du setzt falsch?«

»Das ist meine Intuition«, sagte Ken trocken. »Transzendenz. Oder vielleicht ganz profan: Ein blindes Huhn findet auch mal ein Korn. So was in der Richtung.«

Trotz meiner Angst, dass Ken das Geld verspielen würde, hatte ich Mühe, ernst zu bleiben. Hatten alle Blinden so einen schwarzen Humor?

»Isch mag es draußen nicht besonders und ich 'abe Angst, wenn ich was mache falsch.«

»Du musst nur neben mir sitzen!«

»Ich glaube, ich brauche ein Schluckchen, ich bin nervös. Wusstest du, Wanda, dass dein *Grand-père* ein Spieler war? Er hat sich selbst gesperrt für die Casinos der Stadt, um nicht zu kommen in der Versuchung.«

»Nein, das hat Papa nie erzählt. Du solltest aber nichts trinken.« Ich hielt die Flasche fest.

»Ein kleines Glas, Aurélie, *pas beaucoup plus,* nicht mehr.« Oh danke, Ken, dass du mir in den Rücken fällst …

»Und dann ziehen wir uns um und gehen los. Du wirst sehen, das wird lustig!« Ken rieb sich die Hände, doch in seinem Gesicht sah ich, dass er sich eher selber Mut zusprach.

Freudig nahm Aurélie den Wein entgegen. Ich hatte das kleinste Glas für sie genommen, das ich finden konnte.

»Was hast du denn da um die 'als, Ken? *Un papillon?* Müssen wir uns schick machen? Lassen die mich rein, mit meine 'aare? Ich war noch nie in eine Casino. *Maman* 'at es für uns verboten.«

»Ich glaube, die sehen das nicht mehr so eng, heutzutage. Vielleicht kannst du dir einen Schal um den Kopf schlingen. So was sieht doch sehr *fancy* aus.« Ich schaute auf die verfilzten, verdrehten Haarsträhnen auf ihrem Kopf.

»Und alles nur für die Geld!« Aurélie stöhnte theatralisch auf.

»Aurélie! Wir. Haben. Sonst. Keins. Mehr.« Kapierte sie denn nicht, dass wir das alles auch für sie taten?

»Was zahlst du hier an Miete für die große Wohnung?«, fragte Ken.

»*Rien.* Die Wohnung ge'ört uns. Matthieu und mir!«

»Kannst du nicht ein paar Zimmer untervermieten, du hast doch sogar zwei Bäder.« Von denen das eine immer noch unbenutzbar wäre, wenn ich es nicht stundenlang geputzt hätte, dachte ich und schüttelte mich allein bei der Erinnerung.

»*Non*, mein Bruder will das nicht, er sagt, dann wir bekommen die Leute nicht wieder 'inaus. Er macht mich gelähmt, mit seine Art. Ich wollte immer auf Reisen gehen, aber wie kann ich frei sein und kreativ, wenn mich mein großer Bruder macht gelähmt?« Sie stellte ihr Glas auf den Tisch. »Mehr Wein, *s'il vous plaît*.«

»Später«, sagten Ken und ich wie aus einem Mund.

Es war ein herrlich warmer Sommerabend und immer noch nicht richtig dunkel, als wir endlich vor dem *Casino Soirée* in der Rue de Clichy standen. »Das hatte ich mir echt eleganter vorgestellt«, murmelte ich und betrachtete die aufblinkende schwarz-rote Leuchtreklame. Aurélie nickte: »Siehst du, warum 'aben wir uns nur gemacht so schick? 'eute darf jeder 'ier vermutlisch mit kurze 'ose rein, da konnte ich ja auch meine Barfüßstrumpfe anlassen.«

»Ich finde, du siehst toll aus in den hohen Schuhen und dem coolen Anzug.« Wie Angelina Jolie mit Turban, dachte ich. Aber ohne so viel Lippe.

»*Ah, oui?* Aber niscnt nötig für diese Laden, die alten Zeiten sind *passé*.«

Doch Aurélie hatte unrecht. Im Vorraum standen Krawatten und Fliegen zum Leihen bereit, der Parkettboden war dunkel gehalten und das Licht aus den Wandlampen gedimmt, sodass alles ganz gediegen und edel aussah. An einer Kasse konnte man sein Geld in Jetons umtauschen, wurde allerdings vorher nach seinem Ausweis gefragt. Ken hatte heute seinen weißen Stock dabei, es war ungewohnt, wie er mit dem runden Ende über den Boden fuhr und sich so vorwärtsbewegte. Irgendwie sah er damit viel blinder aus, als wenn Barbie neben ihm war. Ich wartete noch ab, bis er die beiden runden Plastikchips in der Hand hielt. »Einen für hundert, einen für fünfzig«, sagte er lässig, »für uns Freunde des legalen Glückspiels.« Doch sein Grinsen war nicht mehr so breit wie sonst und nun wurde ich noch nervöser. »Vielleicht ist das gleich alles weg!«

»Vertrau mir, *chérie*!«

Das wollte ich nur zu gerne und auch, dass er mich *chérie* nannte. »Viel Glück«, flüsterte ich und umarmte meine Tante, die in dem Moment erschauerte, als ob ihr kalt wäre. »Konzentriert euch, ihr schafft das!«

Hinter den dunklen Samtvorhang würde man mich nicht lassen, davor stand ein weiterer Mann im Anzug und schaute ernst.

»Barbie, sei brav und friss nichts, was Hunde nicht fressen sollen!« Ken hob das Kinn, das machte er immer, wenn er etwas unsicher war, so viel wusste ich nun schon über ihn.

Ich zog leicht an Barbies Leine und tätschelte ihr seidiges Fell; durch unsere zahlreichen Spaziergänge waren wir schon recht gut aneinander gewöhnt und ich hatte überhaupt keine Angst mehr vor ihr. Da ich kein Handy hatte und Aurélie ihres nicht finden konnte, würde ich in der Nähe des Casinos bleiben und warten, bis sie wieder herauskämen. Um 5250 Euro reicher oder völlig abgebrannt. Oh Gott, wir waren alle wahnsinnig! Aurélie küsste mich rechts und links, und weil ich Ken auch unbedingt küssen wollte, kündigte ich mich ihm an: »*Un bisou*, auch für dich? Das bringt Glück!«

»Aber gerne!« Er grinste, hatte er mich durchschaut? Unsere Wangen berührten sich ganz sanft, er roch lecker wie immer. Ob er merkte, dass ich sein Parfüm trug? Er sagte nichts, wahrscheinlich war er schon in seinem *System* versunken. Ich warf den beiden noch einen letzten Blick zu, dann verließ ich mit Barbie den Eingangsbereich.

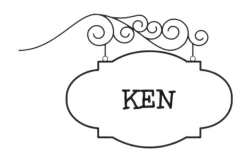

KEN

Ohne Barbie ist alles anders, ich bin auf meinen Stock und auf mich angewiesen, vor allem auf mich! Aurélie wird mir keine Hilfe sein, ihre Hände flattern hektisch an mir herum, auf die werde ich eher aufpassen müssen. Ich schnalze leise mit der Zunge, höre auf das Echo. Die Wände, wie weit sind die Wände weg von mir? Kleiner Vorraum, niedrige Decke, vermutlich nichts Herrschaftliches im *Casino Soirée*. Jetzt kommt der Vorhang, vor dem Aurélie mich gerade gewarnt hat. Stoff wischt mir durchs Gesicht. Er riecht muffig, Zigarrenrauch, jahrelang hängt der hier schon. Im Eingangsbereich war es glatt, auf der anderen Seite liegt Teppichboden, die Luft ist unverbraucht, vielleicht weil es früher Abend ist, vielleicht weil irgendwo eine Tür offen steht, wahrscheinlich ein Notausgang, wo sich jemand vom Personal versteckt und raucht, es riecht leicht nach Zigarettenqualm. Stimmengemurmel, links von mir krallt sich Aurélie an meinen Arm. Sonst ist es andersherum, der Blinde legt seinen Arm auf den des Führenden, aber das ist jetzt egal, wir müssen nur zum Tisch. Hinsetzen und unauffällig sein. Aber ein Blinder ist *nie* unauffällig. Er tastet umher und schmeißt etwas um, darauf warten die Leute jedenfalls, die ihn aus Herzenslust anstarren, sieht ja nix, der arme Kerl, die arme Frau. Wo ist der *table de roulette?*

»Ich muss dir noch eben was erklären, Aurélie«, sage ich

auf Deutsch, wir haben beschlossen, Deutsch zu reden, da kaum ein Franzose diese Sprache beherrscht.

»Ja?«

Aurélie wird es hinnehmen, sie ist selber so verdreht, es wird kein großes Ding für sie sein. In knappen Worten erzähle ich ihr, dass ich in die Zukunft schauen kann. Aber meistens nur mit fünf Minuten Vorsprung vor der eigentlichen Zeit. »Und deswegen kannst du mir helfen, indem du auf deine Armbanduhr schaust und die Zeit stoppst, so was hast du doch?«

Ich spüre, wie sie unbewusst nach ihrem Handgelenk tastet. »*Mais oui*, noch von *Maman*, der *Grand-mère* von Wanda. Apropos Wanda, weiß sie es?«

Na also, habe sie richtig eingeschätzt. Keine ungläubigen Ausrufe, sie akzeptiert es einfach. »Nein. Ich glaube, für Wanda ist das zu kompliziert, sie wird es nicht glauben.«

»Könnte sein.«

»Verrat es ihr bitte nicht, das mache ich selber. Irgendwann.« Ich weiß nicht, wann das sein soll, der richtige Zeitpunkt ist längst verpasst bei ihr, meiner Wanda. Meine Wanda! Meine Wanda wird sauer werden, weil ich sie belogen habe, aber darum kann ich mich jetzt nicht kümmern.

»*D'accord!*«

»Okay? Schön. Wir müssen natürlich darauf hoffen, dass die Zahl in den Sekunden, die ich sehe, gesagt wird. Sobald das geschehen ist, gebe ich dir ein Zeichen und wir schauen beide auf unsere Uhren. Es ist für mich einfach sicherer, dich dabeizuhaben. Kurz bevor fünf Minuten vorbei sind, setze ich die Jetons.«

»*Oui, oui, bien sûr!*« Es klingt, als ob sie alles verstanden hätte. »Wie lange kannst du das schon?«

»Seitdem ich blind wurde.«

»Und das klappt immer?«

»Meistens.«

»*Oh, là, là!* Das ist ja Magie! Aber irgendwie ist es ja doch eine kleine Betrug, oder?«, flüstert sie und lehnt sich an mich. »Vielleicht verhaften sie disch, wenn sie es merken. Sie 'aben ein Recht, das zu tun, ohne Frage, isch 'abe nur keine Lust, dich zu besuchen im Gefängnis, das macht mich depressiv.«

Typisch Aurélie. »Moment, ich frag mal!«

»Bist du sischer?« Sie hält mich leicht am Ärmel fest.

»Klar. Jetzt ziehen wir es durch. Wo ist hier der Chef?«

»Da steht ein Typ mit Anzug, der alles beobachtet, so eine Art Bodyguard.« Sie führt mich. »Eine Gorilla ist das. Zwei Meter vor dir«, wispert sie.

»*Hello, Mister*«, sage ich höflich und gehe noch einen Meter an den Gorilla heran. »*Do you speak English?*«

»*A little bit.*«

»Eine Frage, ich kann hellsehen, also ich sehe die Zahlen, die fallen werden«, erkläre ich auf Englisch. »Meinen Sie, ich darf trotzdem am Tisch spielen?«

»*Yes, yes, Sir, no problem.*«

»*Thank you!*

»Hast du gehört, *no problem!*«

»*Fantastique!*« Aurélie kichert und ihr langer Körper dicht neben mir entspannt sich deutlich, vielleicht auch nur, weil sie die Bar entdeckt hat. Gläser und Eiswürfel, die in frisch eingegossenen Getränken knistern, ich tippe auf *Martini*, es riecht nach aufgeschnittenen Zitronen. Es zieht Aurélie dorthin, ich merke es an meinem Arm. »*Faites vos jeux, mesdames et messieurs*«, und das Klicken der Jetons, die jemand nervös übereinanderstapelt. Ich liebe das Geräusch und auch das

Rollen der Kugel, wenn sie geworfen wird und dann rollt, rollt, rollt, immer enger, immer langsamer, bis sie über eine der Rauten stolpert und in eins der vertieften Kästchen fällt, es sich manchmal noch anders überlegt, wieder rausspringt, sich woanders hineinlegt. Ich kenne das aus alten James-Bond-Filmen wie *Casino Royal* und auch aus *Ocean's 11* natürlich. Bin froh, dass ich so viel Fernsehen geglotzt habe, als es noch möglich war. Aurélie driftet beständig in Richtung Bar, wir müssen zum Tisch, Aurélie, wir müssen zum Tisch. »Später«, sage ich.

Ich klappe meinen Stock zusammen, wickele das Gummiband darum und lege ihn unter meinen Stuhl, damit ich ihn auch wiederfinde, wenn ich ihn brauche. Gott sei Dank, wir sitzen. Aurélie links von mir, der Croupier steht uns direkt gegenüber, das höre ich an seiner Stimme, ungefähr zwei Meter entfernt, zwischen uns der Tisch, ich streiche über den Filz. Auch der Croupier schaut mich kurz an, ich kann es spüren, doch er ist Profi und macht mit dem Spiel weiter, er holt die Jetons vom Feld, von den Spielern ohne Glück, die verloren haben. Der Schieber gleitet über den Filz, die Leute um uns herum murmeln, aus den Boxen kommt klassische Musik, um das Geldverlieren feierlicher zu gestalten, die Jetons klickern aneinander, ich klimpere mit den Lidern, presse meine Fäuste in die Augenhöhlen und versuche, meinen Kopf zu leeren, aber ich merke sofort, dass es nicht geht, auch weil Aurélie mir in diesem Moment etwas zuflüstert: »Siehst du schon was?!«

»Nein!«

»Oh! *Merde!* Und was machen wir jetzt? Wir können doch nicht einfach 'ier sitzen, das ist verdäschtisch.«

Ich sage ihr, dass allein ihr Flüstern *verdäschtisch* sei und dass sie lieber ihrem Sitznachbarn zuschauen und einfach ruhig lächeln soll. Ich halte die beiden Spielchips in meiner Hand, nicht dass Aurélie sie noch »aus Versehen« auf irgendein Zahlenfeld schiebt, zuzutrauen wäre es ihr ... und versuche, wieder in der Leere meines Kopfes zu versinken, indem ich mir vorstelle, am Rande einer großen, sandigen Ebene zu stehen, in der absolut nichts wächst.

»*Excuse-moi*, Ken, aber Getränke gibt es im Casino doch immer umsonst, oder?«

»Ich habe keine Ahnung!« Ob es die Drinks in den Filmen umsonst gab, habe ich mir nicht gemerkt.

Aurélie dafür schon: »In den amerikanischen Filmen ist es so. Ob es 'ier gibt eine anständige Bordeaux?«

»Nimm lieber was anderes«, rate ich ihr, »ich muss mich jetzt ein bisschen konzentrieren, okay?« Ich seufze und senke meine Stimme, damit niemand uns hört: »Wenn ich dir ein Zeichen gebe, schaust du auf die Uhr und sagst mir Bescheid, kurz bevor die fünf Minuten vorbei sind. Ich checke gegen.«

»*Mais oui*, das 'aben wir doch alles eben besprochen, bist du *nerveux*?«, wispert sie in mein Ohr.

»Nein. Oder doch. Ein bisschen.« Ich taste nach meiner Uhr. Drei Minuten nach neun. Ich presse meine Augen zu, wieder stehe ich am Rande der Ebene, als ein französischer Satz quer über den Tisch auf mich zielt, mir vor die Brust knallt, mich aus meinem Vakuum wegholt. »Ach, na ja, warum nicht, da bekommt der mal zu sehen, wie es in einem Casino zugeht, der Arme, was macht der denn sonst so den ganzen Tag, ist doch schwierig, aber total nett von seiner Mutter, ihn mitzunehmen, die hat's bestimmt auch nicht immer einfach gehabt mit ihm ...«

Ich räuspere mich und sage auf Französisch in die Richtung des Vollidioten: »Sie haben ja keine Ahnung, wie schwirig es manchmal mit sehenden Menschen sein kann, zum Beispiel mit meiner Verlobten hier. Stimmt doch, *chérie?*«

Aurélie lacht laut und künstlich und drückt meinen Arm. »Du bist so lieb zu mir, *mon amour!*« Und weil sie so gut gelaunt ist, bestellt sie bei dem Mädchen, das sich jetzt zwischen uns beugt, einen Whiskey. Ich weiß, dass es ein Mädchen ist, wahrscheinlich gerade mal achtzehn, denn sie riecht furchtbar süß nach Vanille-Duschschaum und ihre Stimme klingt schüchtern: »Vorkasse bitte.« Damit hat sich der Drink erledigt. Wir haben kein Geld und werden auch keins bekommen, wenn das hier so weitergeht. Ich ärgere mich über den Typ, mehr als sonst, warum bloß, ich versuche, das Gefühl zu ergründen, und dann weiß ich es: Er hat Aurélie für meine Mutter gehalten und darum ist mir mein Vater eingefallen, und wenn ich an meinen Vater denke, werde ich wie immer wütend! Ich habe dieses Arschloch seit sieben Jahren nicht mehr gesprochen, er hat es sich einfach mit mir gemacht, erst hat er sich in irgend so eine Tussi verliebt, mich dann mit meiner Mutter nach Deutschland verfrachtet und ab da keine Zeit mehr für mich gehabt. Danke! Zufällig bin ich zu diesem Zeitpunkt ganz erblindet, das war ihm offenbar egal oder warum hatte er so wenig Zeit für mich? Seine Drehbücher, die er schrieb, als er noch mit uns zusammen war, hat niemand haben wollen, erst als ihm jemand die Regie für einen Low-Budget-Film gab, der ein Riesenerfolg wurde, ging es bergauf mit ihm. Das haben wir noch gefeiert. Dann war er weg. Drehte nur noch, kam nicht mehr nach Hause, interessierte sich nicht mehr für uns. Klar bin ich in den vergangenen Jahren ins Kino gegangen, ich wollte doch sehen, besser gesagt: hören, was er fabriziert … Ich werde ihn *nicht* besuchen, er wird irgendwie erfahren, dass ich in Paris war, Mama redet tatsächlich manchmal mit ihm. Über mich. Über meine Ausbildung, über … keine Ahnung … was man über gemeinsame Kinder eben so redet. Soll sie ihm ruhig sagen, dass ich hier war. Es wird ihm wehtun. Richtig schön wehtun, hoffe ich! Eine Hand rüttelt mich.

»Ken? Alles okay mit disch? Wann, 'ast du gesagt, ich soll gucken auf die Uhr?«

Ich stoße die Luft aus und wende Aurélie mein Gesicht zu, aus Versehen pralle ich mit ihrem Turban zusammen. »Ich sag dir, wann.« So, beruhigen wir uns, vergessen wir den Idioten, von dem wir leider abstammen, alles noch mal von vorne. Die Augen klimpern, die Leere kommt. Die Ebene. Ich denke an nichts, schaue nur auf den Horizont und den hellblauen, fast weißen Himmel … und da ist nichts außer der Ebene und der unendlichen Weite und alles wird ein wenig milchig … ein Glas fällt hinter der Theke der Bar zu Boden, jemand bückt sich und sagt ganz leise *»Merde!«*, die Kugel rennt um die Scheibe, *»Rien ne vas plus«*, sagt der Croupier, ich träume und träume doch nicht, ich sehe den Croupier und kann mich schon nicht mehr an ihn erinnern, die Kreise der Kugel werden kleiner, sie holpert über die kleinen Rauten im Innenkreisel, ich verfolge sie nicht mit den Augen, es ist mir egal, wo sie landet, ich werde es gleich hören, Stillstand, *»Vingt-huit, noir«*, sagt er. Achtundzwanzig, schwarz.

Ich grinse und hole tief Luft. Wenn ich meine Augen vorher geschlossen hätte, würde ich sie jetzt öffnen. Gegenüber tuscheln sie immer noch über Aurélie und mich, aber ich bin nicht mehr wütend, nur der Whiskey in Aurélies Atem verwirrt mich. »Schau auf die Uhr!«, sage ich ihr und taste selber nach meiner. Fünf Minuten. In fünf Minuten werden wir wieder ausreichend Geld haben. Ich tu es für die fabelhafte Wanda, die praktische Wanda, die putzt, damit sich alle wohlfühlen, die die Liste ihres Vaters abhakt, damit *der* sich wohlfühlt, die Aurélies Kühlschrank füllen will, damit *die* ... Wann macht sie denn mal was für sich? Ach, Wandá. Du bist schön, du weißt gar nicht, *wie* schön. Du denkst, du kannst das im Spiegel sehen oder auf deinen Videos. Neben mir schlürft Aurélie etwas und sagt viel zu laut: »Der Whiskey musste ich annehmen, hat François ausgegeben für misch. Er ist achtzig Jahr alt und 'at gerade gewonnen 100 Euro.«

Ich zucke mit den Schultern, aha, wir sind also kurz vor einem neuen Spiel, ich muss mich konzentrieren, wann ist der richtige Moment, um auf die schwarze 28 zu setzen? Nur diese eine Zahl. Mitten drauf. *Plein* heißt das in der Sprache der Croupiers. Das machen nur Anfänger und Verrückte. Ich warte. Wie lange sind fünf Minuten? Wann zerbricht das Glas endlich hinter der Bar, akustisch der perfekte Anhaltspunkt. Wir hätten die Zeit vorher noch einmal stoppen sollen, sind es wirklich immer fünf Minuten? Oder manchmal doch länger? »Wissen Sie, wir sind nämlich zum Zeitstoppen hier«, sagt Aurélie in ihrer Muttersprache zu dem achtzigjährigen Whiskey-Spender. Ihr Deutsch ist vergessen. »Wir brauchen die richtige Zahl!«

Ich taste nach ihrem Glas und halte den Finger hinein, nicht sehr elegant, aber die einzige Methode, die mir zur Verfügung steht. Es ist leer, wie ich vermutet habe. Wenn sie so weiterredet, ist das nicht gut, gar nicht gut. Die Kugel läuft, der Chef am Tisch bittet uns, unser Spiel zu machen, kreisel,

kreisel, ich bin echt nervös, mein Magen rebelliert ... da! Das Glas zerschellt hinter der Bar und da ist auch schon das leise »*Merde!*«, von einem, der auf dem Boden kniet, um es aufzufegen. Jetzt muss ich setzen, doch wo sind die Jetons? Die beiden kleinen, griffigen Plastikscheiben, die ich mit dem letzten Geld gekauft habe? Eben hatte ich sie doch noch in der Hand, doch da sind sie nicht mehr. Ich klopfe auf meine Hosentaschen, da sind sie auch nicht und ich weiß auch, warum, denn ich habe sie dort nicht reingetan. Aber wohin dann? Auf den Tisch? Ich taste herum, meine Hände sind auf einmal feucht, ich fahre mir damit durch das ungewohnt kurze Haar. »Aurélie! Aurélie, verdammt, wo sind die Jetons, ich will setzen!«

»Na, ihr seid aber auch zum ersten Mal hier, oder?«, fragt der alte Mann neben Aurélie und sie lacht und sagt: »Wir haben da einen Geheimtipp aus der Zukunft! Intuition!« Wieder bläst sie mir ihren Whiskey-Atem ins Gesicht. »Weiß nicht, wo die sind. Du 'attest sie, was ist? Muss ich jetzt noch stoppen?«

Ich klopfe mir panisch vorne auf meine Brust und da klappert es: Ich habe sie in die Tasche meines Hemdes gesteckt, da, wo sonst die Leckerli für Barbie drin sind, ich Idiot!

»Hier schnell, *s'il vous plaît* die 28, die schwarze 28!« Ich höre wie der Plastikschieber über den Filz geglitten kommt und meine Jetons entführt. »*Rien ne vas plus!*«, sagt der Croupier im selben Moment.

»Liegt es? Liegt alles auf der 28, Aurélie?« Meine Stimme klingt hektisch, ich kann förmlich hören, wie unsere Mitspieler die Luft anhalten und was sie denken: Da regt er sich auf, der Blinde, der nicht sieht, wo seine zwei einzigen Chips liegen, und dann spielt er noch *plein*, eine einzelne

Zahl, das volle Risiko ... typischer Anfängerfehler, junger Mann.

Die Kugel hopst und hopst in ... »*Vingt-huit, noir!*«, in das richtige schwarze Fach! Ein Aufstöhnen am Tisch und dann Jubel! Sie applaudieren dem Blinden und der schönen, leicht betrunkenen Frau, die seine Mutter sein könnte, aber angeblich seine Geliebte ist, denn sie haben es geschafft! Sitzen keine zehn Minuten am Tisch und haben es geschafft. Wie hat er das gemacht, der Blinde?

Aurélie und ich fallen uns im Sitzen in die Arme, der Croupier sagt an, wie viel wir gewonnen haben und wie viel die Einsätze der anderen Spieler gebracht haben. Ich seufze und höre, wie mir die Jetons hinübergeschoben werden. Diesmal mehr, ich taste, ein ziemlich großer Stapel liegt vor mir, 5400 Euro in Jetons, vierundfünfzig Chips zu je 100, damit wir schnell wieder setzen; das ist verlockend, nur noch einen Hunderter hier und einen da, wir haben doch so viele davon. 5400 Euro, das bedeutet, dass wir unseren Einsatz sogar wiederbekommen haben und uns draußen an der Kasse die Taschen voller Geld stopfen können, denn wir werden sofort gehen, obwohl Aurélie an meinem Arm zupft und genau das will, einen Chip setzen, einen einzigen Hunderter setzen. »*Mon dieu*, Ken, das war *formidable*, mach es einfach noch mal, das In-die-Zukunft-Schauen!« Doch ich bin unnachgiebig, das war ich schon als Kind. Was kann der Junge stur sein, sagte meine Oma immer, dabei war ich nur konsequent. Heute bin ich blind und immer noch stur, wenn nötig. Kein Einsatz für Aurélie! Ich habe gespielt, weil ich in den nächsten Tagen in Ruhe Lebensmittel einkaufen möchte, als Millionär wollte ich hier nicht rausgehen, viel zu auffällig, obwohl es theoretisch machbar wäre ... Aber wir werden uns was gönnen können und nicht sparen müssen. Mission erfüllt!

Ich stehe auf. »Nimmst du unseren Gewinn bitte mit, Aurélie«, sage ich, »denn jetzt wird gefeiert.«

»Nicht mehr setzen? *Mon dieu,* Ken, deine Blick in die *Zukünft* klappt bestimmt auch eine zweite Male!«

»*Non.*«

»Na meinetwegen, dann nischt, aber dann können wir doch endlisch bestellen eine Kleinigkeit!«

»Draußen! Wanda und Barbie sollen doch mit dabei sein!« Meine Stimme klingt ganz normal, doch ich bin plötzlich unsicher, als Aurélie mich jetzt an der Hand aus dem Spielsaal zur Kasse zieht, wo wir die Jetons umtauschen werden. Was ist mit mir? Wohin werde ich gehen, wie lange kann ich noch bei Wanda bleiben, bis sie daran herummeckern wird, dass ich eigentlich keinen Plan habe, dass ich nicht weiß, was ich mit meinem Leben machen will, dass ich vor der Auseinandersetzung mit meinem Vater Angst habe. Ich muss das erledigen! Solange ich mich nicht zu ihm traue, bin ich immer noch Opfer, das kleine Kind, das sofort anfängt, wütend zu schreien, zu toben oder zu weinen. Und nicht der Sohn, der ihm ganz cool die Meinung sagt.

Cool. Meine Coolness ist doch eher aufgesetzt. Wanda soll nicht merken, dass ich ein Idiot bin, der von einem Mädchen abserviert wurde und einem anderen echt wehgetan hat. Sie soll nicht wissen, dass Blinde auch Arschlöcher sein können, dass wir uns prügeln und mobben und dass wir Freunde, oder sogar Mädchen, die uns echt mögen und sich in uns verliebt haben, verlassen.

Ich habe vielleicht nicht genau genug hingeschaut, als ich noch sehen konnte, sonst hätte ich es doch wohl fertiggebracht, richtig mit jemandem zusammen zu sein. Und muss es ausgerechnet Wanda sein, du Idiot? Sie ist sehend, genau wie … ich verbiete mir, den Namen zu denken. Wie bei … ihr, wird das mit Wanda auch wieder schiefgehen, denn ich habe viel zu hohe Ansprüche und eine lange Wunschliste, dabei weiß ich überhaupt nicht, wie Liebe eigentlich aussieht.

10. Kapitel

Ich war noch ziemlich müde und die Hitze da draußen machte mir Kopfschmerzen, dennoch trainierte ich an diesem Morgen. Nach dem Casinogewinn hatten wir noch lange in einem Straßencafé gesessen und gefeiert. Ich allerdings nur bei zwei Gläsern Radler, das hier in Frankreich *panaché* hieß. Tante Aurélie zu beobachten, reichte mir völlig … Alle zwei Minuten umarmte und herzte sie Ken, bewunderte ihn für seine »Intuition« und bestellte einen Wein nach dem anderen, den sie wie ein Profi beschnupperte, probierte und lobte, dann aber viel zu schnell hinunterstürzte.

»Liebe Freunde des legalen Glücksspiels: ein bisschen Kleingeld für die Haushaltskasse!«, hatte Ken gesagt und mir das Bündel aufgefächerter grüner Euroscheine hingehalten, bevor er sie wieder in seine Hosentasche versenkte. Ich war völlig überrascht, ich hatte nicht daran geglaubt, dass er tatsächlich mit einer einzigen Ziehung, mit einer einzigen Zahl gewinnen würde. Immer wieder hatte ich »Das gibt es doch nicht!« gemurmelt und mit den anderen auf die schwarze 28 angestoßen. »Meine Lieblingszahl«, hatte Ken erklärt, »meine Mutter hat an diesem Tag Geburtstag.«

»Wir müssen ein Versteck dafür suchen«, hatte ich in einem Moment, in dem Aurélie mit dem Kellner über den besten Wein auf der Karte diskutierte, geflüstert.

»Wie wär's hinter einem dieser tausend Schmetterlingskästen, die du mir gezeigt hast? Wir kleben da einen Briefumschlag dran«, hatte Ken vorgeschlagen. »Und in der kleinen Teedose auf dem Küchentisch ist dann immer nur ein Fünfziger oder so, zum Einkaufen.«

»Okay. Lass uns das heute Nacht noch erledigen.« Ich hatte aufgeatmet. Ken war locker, aber niemand, der das Geld mit vollen Händen ausgeben wollte. »Erzähl noch mal, wie das mit der 28 war, ich wäre so gerne dabei gewesen! Du hattest so ein unverschämtes Glück! Unfassbar!«

Immer wieder hatte ich ihn ansehen müssen, wie er da mit weißem Hemd, Hosenträgern und Fliege an dem kleinen, runden Cafétischchen saß, zurückgelehnt in einem dieser typischen Sessel mit geflochtener Lehne, ein Glas Whiskey-Cola vor sich und natürlich mit diesem unwiderstehlichen Grinsen in seinem Gesicht. Doch irgendetwas war anders zwischen uns, Ken wirkte etwas distanziert, gar nicht mehr so unbefangen wie sonst. Ich hatte das Gefühl gehabt, er schaue sich nach den Mädchen um, die am Nebentisch saßen, sich in rasend schnellem Französisch unterhielten und in allen Tonlagen kaputtzulachen schienen. Also, er schaute natürlich nicht direkt, drehte sich auch nicht um, aber er lehnte sich unmerklich ein wenig in ihre Richtung, um ihnen besser zuhören zu können. Oder ihre Parfüms zu erraten? Eine Welle von Eifersucht hatte mich erfasst und schwappte auch nun wieder in mir hoch. Warum schenkte er mir das Parfüm mit Zitrone, Apfel und Bergamotte, um dann an fremden Mädchen rumzu…?

Ich beendete meine Übung auf dem Teppich und rückte den kleinen Hocker näher an das Bett. Unter den verhängten Augen von Erdbeermädchen brachte ich seine Oberfläche mit einem Kissen auf die gleiche Höhe wie die Bettkante.

Immer noch mit den miesen Gedanken an die drei Französinnen von gestern Abend im Hirn, legte ich einen Fuß auf das Bett, den anderen auf den Hocker, der Abstand stimmte, das hatte ich nach fast zehn Jahren Training einfach raus, und ließ mich langsam hinunter. Wir mussten nicht nur einen perfekten Spagat können, sondern sogar noch tiefer kommen, um die größtmögliche Dehnung zu erreichen. Es sah heftig aus, meine Freundinnen aus der Klasse konnten immer gar nicht hinschauen, wenn ich ihnen ein Video von unseren Trainingsmethoden zeigte. Es tat nicht weh oder – nun ja, weil ich nicht so viel geübt hatte – doch ein bisschen, aber es war ein *guter Schmerz,* das sagte die Iwanowa auch immer, denn er brachte mir ja was.

Es klopfte. Mein »Herein!« klang ein wenig gepresst, so schnell kam ich aus dieser Position nicht mehr heraus, also blieb ich, wo ich war. Mit überstreckten Beinen, aufgespannt wie ein Regenschirm, dreißig Zentimeter über dem Boden schwebend.

»Guten Morgen!«

»Äh … Morgen!« Ich schaute zu ihm hoch und ließ einen kleinen, unabsichtlichen Ächzer los. Das hatte ich nun davon, dass ich nicht regelmäßig dehnte …

»Was machst du da unten?«

»Ich trainiere.«

»Darf ich?« Er kam langsam auf mich zu, sein Blick wie in Gedanken, sein Lächeln zum Dahinschmelzen, hinter ihm drängte sich Barbie herein.

»Nein! Stopp.« Sofort blieb er stehen. »Halt Barbie fest!« Ich hatte überhaupt keine Lust, in dieser Position Barbies freche Schnüffelattacken abzuwehren.

»Barbie, Fuß!«

»Sorry, aber ich hänge hier gerade ein bisschen komisch, wäre nicht so toll, wenn du gegen eins meiner Beine rennst.«

Er trat den Rückzug an. »Entschuldige, das war unverschämt von mir, hier so reinzuplatzen! Komm, Barbie, Fuß!« Doch dann blieb er stehen. »Wie hängst du denn da?« Sein Lächeln wurde noch breiter.

»Das sage ich dir nicht.«

»Mist. Ich brauche doch Bilder, Wanda, sei nicht so grausam!«

Flirtete er nun doch wieder mit mir?

»Ich komme gleich, muss erst mal duschen, es ist wieder so verdammt heiß draußen.«

»Ja, es riecht hier drin auch 'n bisschen nach Schweiß, *Madame*.«

»Hau ab!«, rief ich lachend.

»Sehr *guter* Schweiß! Direkt lecker irgendwie …«

»Raus!«

Er schloss die Tür hinter sich, blieb aber davor stehen, ich spürte es. Und richtig, da klopfte es auch schon zaghaft. »Ich habe eine Idee, wo es schön kühl ist«, rief er. »Wenn *Madame* mir vielleicht nach Ihren körperlichen Ertüchtigungen dorthin folgen möchte?«

Doch nach einem spartanischen Frühstück (ein Glas Wasser und ein Croissant vom vorherigen Tag für mich) gingen wir erst mal mit einem frischen 100-Euro-Schein aus unserem neuen Reichtum in den nächsten größeren Supermarkt einkaufen. Nichts für uns persönlich, nur Putzzeug, ein quietschendes Gummihuhn für Barbie und reichlich Lebensmittel, die aber vom Feinsten. Pfundweise *Mousse au Chocolat* und Pralinen, teure Melonen, Trauben und Aprikosen und noch teurere Antipasti aus der Frischtheke. Ken fragte mich nach den Preisen der kräftig duftenden Käselaibe und legte einfach den teuersten in den Einkaufswagen. Nicht auf das Geld achten zu müssen, war ein ganz neues, ziemlich geniales Gefühl, aber richtig gut drauf war ich trotzdem nicht. Denn leider war der flirtende Ton zwischen uns wieder verschwunden und das verwirrte mich. Was war denn nun? Fand er mich so toll wie ich ihn oder nur so lala? Wollte er noch länger bleiben oder musste ich damit rechnen, dass er eines Morgens mitsamt Barbie und seinem süßen Lächeln verschwunden war? Auf und davon gegangen, durch die Straßen weggeschlendert, wie es seine Art war.

Wir kauften so viel ein, bis der Wagen fast voll war und wir auf keinen Fall mehr tragen konnten.

Auch Aurélie wurde durch unseren Geldsegen nicht viel fröhlicher, sie verlangte nach besserem Wein als den, den wir mitgebracht hatten, dabei war der schon teuer genug gewesen, und zog sich die edlen Schokoladen-Muschel-Pralinen rein, während wir die Vorräte einräumten (Ken hatte ein supercleveres Ordnungssystem im Kühlschrank eingeführt), ohne uns eine einzige davon abzugeben.

»Es fehlt ihr an einer Aufgabe, wir müssen sie wieder ans Fotografieren bringen!«, analysierte Ken, als wir aus der Küche in den Hof flohen, um die Pflanzen zu gießen. »Lass uns unten im Keller die Filme entwickeln, da ist es auch schön kühl«, sagte er, während er eine der beiden Gießkannen am Wasserhahn füllte. Das Gießen übernahm ich. (Ich traf die Töpfe einfach besser.) »Das kannst du doch, oder?«

»Klar, wenn sie den richtigen Entwickler dahat.«

»Es ist ihr egal, was wir damit machen, sie wollte sie schon lange weggeworfen haben, hat sie mir gesagt.« Ken drehte den Hahn zu. »Ist also kein Drama, wenn wir sie verhunzen.«

»Ich werde mir Mühe geben, das nicht zu tun, Aurélie ist eine Künstlerin, vielleicht ist da was Tolles dabei!«

Außerdem wollte ich unbedingt herausfinden, warum Kens Laune seit gestern hin und her schwankte, und wo konnte man das besser, als in einer Dunkelkammer?

»Jetzt die ersten dreißig Sekunden schön regelmäßig hin und her kippen!«, sagte ich.

»Und so was lernt man in einer Foto-AG?«

»Ja, bei Herrn Kleine-Lohmüller, der war cool. Was hattest du an deiner Schule für AGs?«

Wir saßen in der Dunkelkammer und entwickelten die Filme, die Aurélie achtlos in den Karton geworfen hatte. Die runden Entwicklerdosen sahen aus wie zu groß geratene Coffee-to-go-Becher, schwarz mit rotem Deckel. Im Stockdunklen – na ja, für mich war es undurchdringliche Schwärze vor den Augen, für Ken ganz normal – hatten wir jeweils zwei Filme auf die Spulen gewickelt, sie in die Dosen gelegt, den chemischen Entwickler hineingeschüttet und hockten jetzt im Rotlicht und redeten, während wir die Dosen in genau festgelegtem Rhythmus bewegten. *Ich* sitze im Rotlicht, musste ich mich immer wieder erinnern, für Ken gibt es da keinen Unterschied, der sitzt im Dunklen. Für immer.

»Bei uns an der Carl-Strehl-Schule in Marburg gab es viel Sport. Ich habe Judo gemacht, Theater und Malen!«

»Malen?«

»Ja. Geht.«

»Und Judo? Was für einen Gürtel?« Ich hatte nicht viel Ahnung vom Judo.

»1. Kyu. Braungurt.«
»Echt? Das ist schon ziemlich weit, oder?«
»Einer vor dem 1. Dan, dem Meistergrad«
»Also könntest du mich mit einem Griff umlegen?«
»Wenn ich dich erst mal zu fassen kriege, ja«, brummte er.

In meinem Bauch kribbelte es. Ja, ich will, dass du mich zu fassen kriegst, jubelte eine alberne Stimme in mir. »Wir können es ja drauf ankommen lassen«, sagte ich und hoffte, dass sich mein Vorschlag nicht zu schmachtend anhörte, doch er schien tatsächlich einen Moment darüber nachzudenken, wie er mich aufs Kreuz legen konnte (wie sich das anhörte … ich musste unwillkürlich lächeln), im rötlichen Halbdunklen sah es zumindest so aus. Er holte tief Luft, als ob er gleich etwas Wunderschönes sagen wollte, etwas, zu dem man einfach Mut braucht, doch dann stoppte er mitten im Luftholen. »Vielleicht bekommt Aurélie ja wieder Lust an ihren eigenen Arbeiten, wenn sie die Negative sieht.«

Na toll. Enttäuscht räusperte ich mich: »Das hoffe ich auch. Wir können auch gleich Kontaktabzüge machen.« Ich schüttete die benutzte Entwicklermischung in den Ausguss und füllte Wasser in die Dosen, um den Prozess zu stoppen.

»Kontaktabzüge?«

»So nennt man Fotos von den Negativen. Man legt die Negative nebeneinander, belichtet von oben und hat dann das Foto klein, wie das Negativ, auf dem Papier. Mit einer Lupe kann Aurélie dann entscheiden, welches der Fotos sie vielleicht vergrößern will.«

Als die Filme fixiert, gewässert, mit Netzmittel behandelt waren und nun endlich an der Leine trockneten, klingelte direkt neben uns ein Telefon, so tierisch laut, dass wir beide zusammenfuhren. »*What the f...*«, sagte Ken und auch ich fasste mir vor Schreck an meinen Hals, in dem mein Herz panisch klopfte. Sogar Barbie war unter dem Tisch aufgesprungen.

Wo war das blöde Ding? Meine Augen huschten im Zickzack über die Regale an der Wand. Da stand es unschuldig altmodisch und schrillte vor sich hin. Ich nahm den schweren Hörer ab: »Hallo? – Ah, Aurélie! Ich wusste gar nicht, dass es hier unten ein Tele...«, schon unterbrach sie mich. Mein Vater war am Telefon. Sofort war mir bewusst, dass Ken nur meine Antworten hörte: »Matthieu? Okay? ... Hey, Papa?! ... Gut. Ja, Tante Aurélie geht's ... Ja, habe ich gemacht ... Nein ... Sage ich ihr.«

Ken drehte sich um und hielt sich an einer Tischkante fest. Er wollte mir meine Privatsphäre lassen, doch aus der Tür zu finden, war schwierig für ihn, bei allem, was hier noch herumstand. Ich antwortete einsilbig auf Papas typische Vaterfragen, weil er mich auch immer wieder unterbrach.

Matthieu Canet, mehrfacher französischer Meister am Barren und Vizemeister am Reck, war immer bei mir gewesen, hatte mich als Baby über Bremens Wallanlagen geschoben, war mit mir, als ich ein Kleinkind war, im Wohnzimmer über Kissenburgen gehechtet und hatte mich später in der Sporthalle, in der er eine Geräteturngruppe leitete, spielerisch weitertrainiert. Während Mama eine immer berühmtere Cellistin wurde und in der Welt umherreiste, beklebte er meine Anzüge für die RSG mit Hunderten einzelner *Swarovski*-Steinchen, flickte sie, wenn mal eine Naht aufgegangen war, und wusste viel besser als Mama, was ich zu essen mochte. Dennoch log ich ihn mit jedem meiner

Sätze irgendwie an und schaffte es auch nicht, ihm von Ken zu erzählen. Wir redeten noch eine Weile, dann legte ich auf.

»Mein Vater kommt wahrscheinlich doch, um mich abzuholen, er sagt, es hätte sich eine tolle Möglichkeit aufgetan, wäre aber eine Überraschung!« Ich wollte, dass Ken sich zu mir drehte, warum schaute er mich nicht an? »Er kommt manchmal ein bisschen herrisch rüber, ist aber ganz in Ordnung.«

»Er ist auch dein Trainer, oder?« Endlich wandte er sich mir zu.

»Nein. Also ja klar, er berät mich und hat sogar heimlich an einem Lehrgang teilgenommen, um die Kampfrichter besser zu durchschauen, sagt er.« Ich zuckte mit den Schultern. »Bis er da ist, muss ich aber noch mehr aufräumen, allein die Kisten, die hier unten noch im Weg stehen!«

Einen Moment lang überlegte ich fieberhaft, was noch zu erledigen war. Papa würde in zehn, Mama in vierzehn Tagen eintreffen. »Zehn Tage hören sich vielleicht viel an, aber auf seiner Liste für mich stehen noch so viele Sehenswürdigkeiten und mein Französisch ist zwar schon besser, aber natürlich immer noch nicht gut genug. Papa wird sich kaputtlachen. Versprich mir, dass wir ab jetzt nur noch Französisch zusammen sprechen, okay?«

»*D'accord.*« Das war zwar Französisch, klang aber echt lahm und er wechselte sofort wieder ins Deutsche: »Ich werde mal mit Barbie um den Block gehen. Komm, Barbie!«

Ich schüttete den Fixierer wieder zurück in die Flasche, machte dann das richtige Licht an und brachte Ken zu der schmalen Tür. Als die beiden weg waren, räumte ich die Dunkelkammer weiter auf, schob die Kartons aus dem Weg und unter die Tische, ordnete die Chemieflaschen und die Fotopapierkästen neu. Aber Ken kam nicht wieder. Ich rannte ein paar Mal hoch, um in den Hof zu schauen, doch außer Madame Kanarienvogel und ihrem Ehemann, dem Landlord, war dort niemand zu sehen. Ich grüßte sie freundlich und erzählte ihnen, dass die geliehene Fliege uns Glück gebracht hätte. 500 Euro hätten wir gewonnen! Darauf hatten wir uns am gestrigen Abend geeinigt. »500 Euro sind nicht genug, um neidisch auf seine Nachbarn zu werden, aber doch ausreichend, um sich zu freuen«, hatte Ken behauptet.

Das alte Ehepaar war entzückt: »Wie wunderbar, vielleicht kocht Aurélie mal wieder was Schönes für uns alle? Ach, das waren immer so nette Feste bei uns im Hof!«

Das sieht im Moment noch nicht so danach aus, dachte ich, doch ich nickte und vertröstete sie auf später.

Als ich unten im Keller fertig war, machte ich oben im Atelier weiter, ich putzte sogar die Fenster, bis alles nach Essigreiniger stank. Kein Ken, keine Barbie. Na gut, dann nicht, dachte ich und ging wieder hinunter in die Dunkelkammer. »Arbeiten nicht nur anfangen, sondern auch zu Ende führen«, sagte Papa immer.

Ich zerschnitt den ersten Film vorsichtig in vier gleiche Teile, legte sie im Schein der roten Glühbirne nebeneinander auf große Bögen Fotopapier unter das Vergrößerungsgerät und schaltete die Lampe auf zwei Sekunden. Ich stellte die drei flachen Wannen auf und ließ in Nummer eins den Entwickler und in Nummer zwei den Fixierer hineingluckern, die dritte Wanne kam in das Waschbecken und würde mit Leitungswasser geflutet werden. Ich liebte das Geräusch, das das belichtete Papier beim Eintauchen in die Entwicklerlösung machte, und hielt die Luft an, wie immer bei dem spannenden Moment, wenn das Schwarz hervorkommt, obwohl es diesmal nur Aurélies Kontaktabzüge waren und nicht meine Fotos.

Plötzlich hatte ich eine Idee. Ich würde die zehn schönsten Geräusche, die ich kannte, für Ken aufnehmen und ihm als kleines Geschenk auf sein Handy schicken. Eins hatte ich ja schon. Und das Geräusch von Regen auf eine Zeltplane, und wenn sich die Hände in einen Eimer mit Linsen gruben, etwas, das ich als kleines Kind immer in Italien auf den Märkten gemacht hatte. Aber wo bekam ich die Linsen her? In Mahmouds Laden gab es offene Plastiksäcke mit weißen Bohnen darin, das würde vielleicht auch gehen. Wie gerne hätte ich jetzt mit Ken hier gestanden und ihm gleich von der Überraschung erzählt. Warum blieb er so lange weg? Vielleicht hatte er die Schnauze voll von mir, wäre kein Wunder, ich war ja auch irgendwie ein Problemfall. Kein Geld, kein Handy, eine kopflose, ihre Trauer ertränkende Tante … ein Vater, der in unpassenden Momenten anrief. Ich wiederholte die Prozedur mit den neun übrigen Filmen, um Aurélie später zeigen zu können, was auf den Filmen war, und arbeitete schnell, still und leider ungestört vor mich hin.

Eine Stunde später saß ich in der Küche vor meinem Laptop und starrte auf das Video vom *Spring-Cup* in Göteborg. Unsere Gruppenleistung war sehr gut gewesen, doch im Einzel beim Flatterband hatte ich nicht die hundertprozentige Leistung erbracht.

Ich hatte mir Kopfhörer aufgesetzt, um Aurélie nicht zu stören, die mit einem nassen Lappen auf dem Gesicht auf dem dunkelgrünen Diwan lag und partout nicht wollte, dass ich die Tür des kleinen Salons schloss. Sie bekäme sonst

Klaustrophobie, das ist die Angst vor engen Räumen. Ich hatte mir sogar Papier und Stift bereitgelegt, falls ich mir Notizen machen wollte, doch meine Gedanken schweiften immer wieder ab, während ich der Wanda auf dem Bildschirm zuschaute, die auf Zehenspitzen und mit erhobenem Kopf auf den roten Rand der Matte zuging und ihren Platz für die Anfangsposition betrat. Ich war stark geschminkt, das gehörte bei den Wettkämpfen eben dazu. Früher hatte Papa das bei mir gemacht. »Was Mütter können, kann ich auch«, hatte er nur gesagt und es gelernt. Er war immer bei mir gewesen, viel mehr als Mama. Doch *sie* vermisste ich, ihn nicht. Ich vermisste auch das Training nicht oder die Vorbereitung auf die kommende Saison; drei neue Küren mussten wir nach dem Sommer wieder innerhalb kürzester Zeit lernen. Ich schob diesen Gedanken weit weg und klappte den Laptop genervt zu. Doch ich wusste auch nicht, was ich ohne die RSG oder Papas Listen mit mir anfangen sollte. Gib's doch zu, sagte ich mir, eigentlich wartest du auf einen bestimmten Typ mit Hund. Seufzend klappte ich den Laptop wieder auf.

Endlich hörte ich sie die schmale Holztreppe hinaufpoltern, was sollte ich tun, aufstehen und so tun, als ob ich zufällig in der Küche war? Ich stand auf und setzte mich sofort wieder. Meine Güte, warum benahm ich mich so dumm? Mir schoss eine Idee durch den Kopf: Was, wenn ich mich nicht rührte, würde Ken dann gar nicht merken, dass ich hier saß? Und richtig, er ging an mir vorbei und steuerte auf den Kühlschrank zu. Auch Barbie würdigte mich keines Blickes, na danke, Barbie, das machst du doch absichtlich, denn blind bist du ja nun wahrlich nicht!

Ob Ken wusste, dass sie etwas im Maul hatte, das wie

ein Teil eines Regenschirms aussah? Warum sagte ich denn nichts? Es war gemein, ihn zu beobachten, ohne sich bemerkbar zu machen, doch jetzt war es irgendwie auch zu spät. Ich sah zu, wie er ein Glas von der Spüle nahm, Milch aus dem Kühlschrank holte und sich eingoss, indem er den Zeigefinger einen Daumenbreit tief ins Glas hielt. Dann kam er mit langsamen Schritten auf den runden Tisch zu, an dem ich saß.

Er ging mit seiner Nase ein bisschen in die Höhe und schien mich dabei anzuschauen. Ich hielt die Luft an. Wie peinlich. Dreh dich um, geh in dein Zimmer, betete ich, doch er tat nichts dergleichen. »Das ist wirklich ein verdammt leckeres Parfüm«, sagte er und trank einen Schluck. »Alles in Ordnung?«

»Oh, ich habe euch gar nicht bemerkt«, sagte ich, riss mir die Kopfhörer von den Ohren und ließ sie so laut, wie es nur ging, auf den Tisch fallen. »Hatte Kopfhörer auf.«

»Wir waren im Park, der ist wirklich besonders, das hatte ich ganz vergessen. Wir sind nur kurz nach Hause gekommen, um dich abzuholen.«

»Nein echt?« Meine Stimme klang viel begeisterter, als ich beabsichtigt hatte, doch ich freute mich wirklich riesig. »Sollen wir etwas zu essen mitnehmen?«

»Deswegen sind wir auch hier.« Ken ging mit kurzen Schritten zurück zum Kühlschrank und riss ihn auf. »Was haben wir denn da?«

Ich seufzte erleichtert. Alleine in der Wohnung zu sitzen, war viel schlimmer gewesen, als ich mir eingestanden hatte. »Ich zieh mir nur was anderes an.«

»Ja, finde ich auch. So schlampig und verwegen kannst du doch nicht rumlaufen. Äh, was hast du denn an?«

Ich kicherte nur, lief glücklich in mein Zimmer und zog mir das schönste Sommerkleid an, das ich hatte. Mama nannte es immer »den Wäschefummel«, weil es weiß und ziemlich kurz war, doch sie hätte mir nie gesagt, dass ich es lieber nicht anziehen sollte, sie hatte es mir ja schließlich von ihrer letzten Konzertreise aus Rom mitgebracht. »Tja, Erdbeerlady, das hättest du nicht gedacht, was?«, sagte ich zu dem grässlichen Bild an der Wand, in dessen Glas ich mich bis zum Fußboden spiegeln konnte. »Achtung bei der Kleiderwahl.«

»Wo geht es lang?« Eine Sehende fragte einen Blinden – wie sehr hatte ich mich schon daran gewöhnt. Barbie führte Ken und Ken führte mich. Wir kamen an der Kirche vorbei und schon sah ich den Eingang eines Parks vor mir.

»Das ist der *Square des Batignolles,* ein kleiner Park mit einem Fluss und einem See. Hier war ich früher oft mit meinen Eltern, Enten füttern und so. Aber heute füttern wir uns selbst, ich habe totalen Hunger!«

Wir füttern uns. Mein Herz machte einen Sprung, ich war plötzlich so glücklich, dass Ken bei mir war. Was hätte ich ohne ihn gemacht? Meine blöde Liste weiter abgearbeitet. »Ich muss auch noch in den *Louvre*«, sagte ich, ohne nachzudenken, und hätte mich im nächsten Moment ohrfeigen können.

Ken seufzte theatralisch: »Klar, lass uns das Lächeln der *Mona Lisa* analysieren. Mit mir und meinem Schwerbehindertenausweis kommst du sofort rein, ohne die übliche Wartezeit von zwei Stunden. Könnte sein, dass ich meine kostbare Zeit für dich opfere.«

Ich lachte auf und stupste ihn leicht an der Schulter, ich

berührte ihn so gerne. »Danke, das wäre toll, wenn du das tun würdest!«

»Oh, bedank dich auch bei Barbie, für die wird das verdammt langweilig.«

»Danke, Barbie!« Wieder wollte ich ihn am liebsten hauen, schubsen, umarmen …

Der Park war wirklich wunderschön. Altmodische Holzbänke säumten die Wege, grün vergitterte Schaukästen, in denen die Parkordnung zu lesen war, standen auf einem geschwungenen Bein, uralte Bäume spannten ihre Kronen über uns auf, die Zeit schien stehen geblieben zu sein. Wir gingen unter riesigen Platanen über die sandigen Wege, vorbei an einer kleinen, eingezäunten Lokomotive und mal wieder einem Karussell. Die Pariser schienen Karussells in ihren Parks zu lieben. An diesem Nachmittag waren viele Pärchen mit kleinen Kindern unterwegs, die sich über den Bach und den See freuten, an dem wir nun auch entlangkamen und die Pariser Enten bestaunten. Fließendes, über Steine plätscherndes Wasser, dachte ich, als wir über eine kleine Brücke gingen, auch ein schönes Geräusch, das ich für ihn aufnehmen sollte, doch Ken ging unbeirrt weiter. »Ich habe extra eine Decke mitgenommen, ich liebe es, einfach im Gras zu liegen, aber Frauen wollen immer unbedingt 'ne Decke. Ist doch so, oder?«

»Äh, ja, stimmt. Ich weiß ja nicht, ob das früher schon so war«, sagte ich behutsam, um Ken nicht zu kränken, »aber alle Rasenflächen sind mit einem kniehohen Zaun eingefasst und überall stehen Schilder mit so einem durchgestrichenen Schuh, der gerade auf den Rasen tritt. Also das kann niemand missverstehen, auch der, der kein Französisch spricht.«

»Ist mir egal, ich sehe die ja nicht!« Er lachte.

»Meinst du echt?« Sofort wurde ich ängstlich, doch Ken führte mich weiter, zu einem etwas abgelegenen Gewächshaus.

»Hier«, sagte er. »Hier müsste es sein.«

»Was genau? Ich sehe nur ein altmodisches, rundes Gewächshaus mit einer hohen, verglasten Kuppel.«

»Ja. Genau.«

»In dem aber nichts wächst, es ist völlig leer.«

»Richtig, aber ganz in der Nähe befindet sich das einzige Stück Rasenfläche in diesem Park, das nicht eingezäunt ist.« Er schaute selbstbewusst um sich, aber hier war nichts. Meine Güte, konnte er das beurteilen oder ich? Doch ich riss mich zusammen und zwang mich und meine Stimme zu Geduld. »Ähm, nein?« Ich sah nur dichtes Blattwerk und sandige Flächen, vermischt mit schwarzen Splittsteinchen, nicht gerade der gemütlichste Untergrund, den man sich denken konnte. »Tut mir leid, vielleicht gab's das früher mal …?«

»Hinter dem Rhododendron? Links vom Glashaus, wenn wir vor der Eingangstür stehen?«

Na ja, gut, wenn ich mich bückte, konnte ich hinter dem Dickicht, das er Rhododendron nannte, etwas wie Rasen erkennen und auch eine kaum merkliche Lücke zwischen den Büschen.

»Gehst du vor?«

»Ich weiß nicht …« Was würde Papa dazu sagen, wenn er jetzt hier wäre? Er würde bestimmt niemals in die Büsche gehen. »Ist das erlaubt?«

»Wandá! Es ist nicht verboten oder siehst du irgendwo ein Schild?«

»Ich sehe *gar* nichts«, murmelte ich, verdammt, ich sah so

oft nichts von dem, was er *sah*, doch ich machte mich auf den Weg durch die Büsche. Als ich die Zweige vor mir teilte, sah ich eine wunderschöne kleine Rasenfläche, so groß wie ein ausladendes Doppelbett, akkurat gemäht, sattgrün und abgeschirmt von allem. Kein durchgestrichener Schuh, kein Verbot. Trotzdem kein einziger Hundehaufen, kein Müll … ein geheimer, wunderschöner Platz.

»Du hattest recht!«, rief ich hinter mich. »Komm, es ist perfekt!«

»Barbie sperrt mich, ich nehme an, weil sie sieht, dass es da Zweige gibt, die mich eventuell ins Gesicht treffen könnten.«

»Ach ja, sorry! Da hat sie recht.« Ich ging wieder zurück. »Ich nehme deine Hand, ja?« Ohne Zögern tat ich, was ich angekündigt hatte. »Dass sie so vorausschauend ist, echt clever, dieser Hund!« Barbie wedelte mit dem Schwanz, sie wusste immer, wann man über sie sprach. Erst als Ken ihr Geschirr losließ, machte sie den Weg frei und kam hinter uns her.

»Zu viel versprochen?« Ken streckte die Arme aus.

»Superschön hier, das muss man aber auch erst mal wissen.«

»Versteck von Mama und mir.« Er grinste. »Wir sind früher oft hergekommen, Mama liebte diesen Platz, wir nannten ihn ›geheime Wiese‹, sie ist regelmäßig eingeschlafen und ich habe stundenlang mit meinen *Playmobil* gespielt, die wir mitgenommen hatten.«

»Und dein Vater? Was war eigentlich mit dem?«

»Ach der.« Ken winkte ab. »Erzähl ich dir später.«

Wir breiteten die alte, dünne Decke über die Halme, ich schleuderte meine Schuhe davon, Ken stellte seine ordentlich hinter sich, klar, damit er sie besser wiederfand, und dann packten wir unsere Vorräte aus. Käsegebäck, Tomaten, Oliven, arabische Brotfladen, kleine Behälter mit knoblauchigem Hummus und einer sehr leckeren Walnuss-Frischkäse-Creme zum Eintunken, Weintrauben und einen Knochen für Barbie.

Dazu gab es zwei eiskalte Flaschen *Limonade au citron*, die wir beide so mochten. »Die Weintrauben liegen über dem Brot und die Tomaten sind links davon. Hey, du hast sogar an einen Salzstreuer gedacht, ich stell den mal neben die Tomaten, okay?« Ich ordnete die Dinge auf der Decke an, Ken tastete darüber hinweg, packte die restlichen Sachen aus und legte sie dazu.

Wir sagten nichts, als wir aßen, dennoch war es nicht still: Barbies Kaugeräusche waren zu hören, das Gezwitscher der Vögel und die Karussellmusik, die von ferne über die hohen Büsche und unser Versteck wehte. Ich seufzte vor Zufriedenheit.

»Deine Lieblingsmusik«, sagte Ken irgendwann und grinste.

»Oh danke!« Ich haute ihm leicht auf den Oberarm, denn ich hatte dafür gesorgt, dass ich dicht neben ihm saß. Weil die Blicke zwischen uns fehlten, waren Berührungen die einzige Art, ihm zu zeigen, dass ich etwas ironisch meinte oder ihn gerade verarsche, falls meine Stimmlage nicht reichte.

»Ich mag ja Walzer, aber nicht in dieser ewigen Orgelwiederholung. Kannst du Walzer? Warst du in der Tanzschule? Unsere ganze Klasse ist hingegangen, sogar ich.« Ich lehnte mich vor – Vorsicht, das weiße Kleid! –, biss in eine Tomate und streute dann Salz darauf.

»Ich glaube nicht, dass man in Frankreich mit der Klasse

zur Tanzschule geht, und auch wenn's so wäre, da war ich schon fast blind und auf meinem Weg nach Deutschland. Hab's irgendwie verpasst.«

Nachdem ich noch zwei weitere Tomaten verputzt hatte, streckte ich mich auf der Decke aus und stützte mich auf meinen Ellbogen. Ich war wunderbar satt, müde und unheimlich glücklich, nicht mehr alleine in der Küche, sondern hier mit ihm zu sitzen oder zu liegen. »Ich könnte es dir beibringen«, sagte ich und das warme Gefühl für ihn prickelte neben der Limonade fast schon unerträglich in meinem Bauch.

»Ja bitte.« Er tastete nach mir. »Ich bin ein sehr gelehriger Schüler.«

»Das sagen immer nur die wahren Chaoten.« Ich setzte mich auf und nahm seine Hand und wir blieben kurz so sitzen. Ich hatte sogar den Mut, sie hin und her zu drehen und zu betrachten. Er hatte schöne, kräftige Hände, mit langen Fingern und sauberen, nicht zu kurzen Fingernägeln. Die meisten Jungs aus meiner Klasse konnten das nicht von sich behaupten. »Lass uns die Sachen ein bisschen beiseiteräumen und Platz machen für deine erste Tanzstunde.«

Vor ein paar Tagen hätte ich noch gedacht, ich müsste ihm alle Arbeit abnehmen, aber nun wusste ich, dass Ken genauso gut wie jeder Sehende mithelfen konnte, und das auch tat.

Kurze Zeit später standen wir voreinander. »Also. Stell dir ein Quadrat auf dem Rasen vor, das wir mit den Füßen abgehen. Du gehst mit rechts vor, ganz normal, ziehst den linken Fuß hinterher und setzt ihn weiter links ab und ziehst den rechten Fuß ran.«

»Wie?« Er stand auf einem Bein und lachte. »Und jetzt? Wo ist denn mein Quadrat?«

»Na, vor dir!«

»Okay.« Er setzte den linken Fuß irgendwohin. »Richtig?«

»Nein. Gib mir deine Hand.«

»Nur zu gerne.«

»Also, ich bin die Frau.«

»Habe mir so was schon fast gedacht.«

»Oh Mann, Ken, nun sei doch mal ernst!«

»Ich bin ein anerkanntes motorisches Naturtalent – wenn ich es nicht sofort begreife, muss es wohl an der Lehrerin liegen.«

Ich lachte auch und wir taumelten aneinander. Eine Wiese war nicht gerade der geeignete Untergrund, um tanzen zu lernen, aber es würde gehen.

»Nein, wir machen es anders.« Ich stellte mich dicht hinter ihn und klopfte von hinten an seinen rechten Oberschenkel. »Mit dem Bein gehen wir vor.«

»Oh, das ist angenehm.« Er lehnte sich zurück und tat, als ob er sich an mich kuschelte.

»Hallo! Disziplin bitte! Und nicht die Tanzlehrerin belästigen.«

»Hallo, ich belästige Sie doch nicht, *Madame!* Meine Hände sind doch ganz unschuldig hier vorne.«

»Rechtes Bein vor!«

Wir machten den Schritt gemeinsam, ich dicht an seinem Rücken, mein Bein an seinem. »Und nun«, ich klopfte an sein linkes Bein, »auf dieselbe Linie, ungefähr fünfzig Zentimeter entfernt und das rechte dann ranziehen.«

»Wer soll denn das verstehen und übrigens, hallo, das war gerade wieder mein Oberschenkel, mein *oberer* Oberschenkel sogar, wer belästigt denn hier wen?«

Ich klammerte mich vor Lachen an ihn, während wir

noch immer in der Grätsche standen. »Nun mach schon, ranziehen!«

»So?«

»Ja, sehr gut. Und nun mit dem linken Bein zurück, rechts auf den nächsten Punkt des Quadrats, weißt du noch, wo das Quadrat ist?«

»Klar, bin zwar blind, aber …«

»Sehr gut«, lobte ich und brachte ihm innerhalb der nächsten Minute den Grundschritt bei. Eins, zwei, drei, eins, zwei, drei. »Und nun mit Frau.«

»Sehr gerne mit Frau«, sagte er sanft und wieder brachen wir in Lachen aus. Beinahe wären wir aus Versehen mit den Köpfen aneinandergestoßen, es war haarscharf, nur mein Mund streifte seine Wange. »Oh, sorry!« Ich erstarrte, dabei wünschte ich nichts mehr, als dass er mich endlich …

»Macht nichts.«

Na gut, der Wunsch war wohl eher einseitig.

»Der Mann legt der Dame die Hand hinten auf die Höhe des Schulterblatts.« Ich nahm seine Hand und bugsierte sie dorthin, wo sie liegen sollte. »Die Dame legt die Hand auf der Schulter des Herrn ab.«

Ken stand aufrecht und erwartungsvoll auf dem Rasen, seine rechte umfasste meine linke Hand, während seine linke äußerst leicht, kaum spürbar an der dafür vorgesehenen Stelle lag. Er schien zu schweben.

»Vorbildliche Haltung«, murmelte ich.

»Ich weiß«, sagte er, unverschämt und von sich überzeugt wie immer, aber ich ließ mich nicht beirren und zählte den Takt vor, ohne dass wir uns in Bewegung setzten. »Eins, zwei, drei, eins, zwei, drei, denk an das Quadrat«, doch dann merkte ich, wie sich seine Hand an meinem Rücken selbstständig machte und auf meine Schulter glitt, mit schnellen Fingern an meinem Kleid herumzupfte und wieder zurückwanderte. »Was tust du?!«

»Ich schaue mir dein Kleid an. Aha, die Schultern sind frei, breite Träger, schöner Baumwollstoff. Wie lang ist es denn?« Er strich mit der Hand langsam nach unten über meine Taille Richtung Saum. »Und die Farbe?«

»Weiß. Ziemlich kurz. Hey!« Doch meine Empörung war nur gespielt.

»Ich brauche Bilder, Wanda!« Er drückte mich leicht an sich. »Du bist so biegsam, ich merke das an deinem Rückgrat.«

»Das mit den Bildern hast du schon mal gesagt.« Ich lächelte und lächelte, ich konnte gar nicht mehr aufhören.

»Weil es stimmt. Ich habe ja schon eine Sammlung, eine ganze Ausstellung in meinem Kopf, aber ich hätte gerne ein weiteres Bild von dir! Und das bekomme ich mit einem anderen Sinn.« Er hielt mir seine zehn schönen Finger vors Gesicht. »Na, was ist, schenkst du mir ein Bild?«

»Ja«, flüsterte ich, gespannt, was er jetzt tun würde.

Er nahm mein Gesicht in seine Hände und fuhr langsam bis zu meinen Ohren, dann strich er unendlich zärtlich über meine Haare, die ich auch an diesem Tag wieder in einem Knoten auf dem Kopf trug. »Ah, *un chignon*«, sagte er. Das war natürlich ein viel schöneres Wort als das deutsche »Dutt« oder »Knoten«.

»*Chignon* heißt übrigens Brötchen.«

Ich kicherte leise. »Soll ich ihn aufmachen?«, fragte ich flüsternd.

»Wenn es dir nichts ausmacht«, flüsterte er zurück.

Ich zog an dem Gummiband und merkte, wie meine Haare bis weit über meine Schultern fielen.

»Die sind aber weich«, sagte Ken und strich an ihnen hinab. »Und lang!«

Ich nickte nur.

»Und sie sind hell, oder? Habe ich dich das überhaupt schon gefragt?«

»Nein. Sie sind dunkelblond mit ein paar Strähnen wie helles Karamell.«

»Echt gut beschrieben.«

»Von der Sonne. Nicht reingefärbt oder so.«

»Hört sich wunderschön an!«

Sein Gesicht war ganz nah an meinem. Sollte ich …? Oder musste er jetzt nicht …? Warum küsste er mich denn nicht? Doch plötzlich ließ er mich los, trat einen Schritt zurück und setzte sich auch noch hin. Mitten auf die geheime Wiese.

»Entschuldige, Wanda. Aber ich weiß nicht, ob das hier so besonders schlau ist.«

Das muss auch nicht besonders schlau sein, wenn du nur weitermachen würdest, du Otto, wollte ich am liebsten sagen, doch es gelang mir, den Satz zu unterdrücken. »Warum, was ist los?«, fragte ich stattdessen und ließ mich neben ihm auf dem Rasen nieder.

»Ich bin da nicht so gut drin.«

»In was?«

»Ach, so das ganze Ding mit Frauen und so.« Er schüttelte den Kopf und richtete die Augen auf das Gras und zupfte einzelne Halme heraus. Niemand hätte in diesem Moment gedacht, dass er nicht sehen konnte.

»Schlechte Erfahrungen? Kann man ja auch überwinden.« Oh ja, hört alle her, hier spricht Expertin Wanda, die in ihrem Leben zwar schon manchmal verliebt, aber noch mit keinem einzigen Jungen zusammen gewesen ist. Und warum nicht? Sie hat bisher einfach keine Zeit gehabt, sie musste ja immer trainieren und am Wochenende war sie auf Wettkämpfen oder im Trainingslager. Jetzt war ich sauer auf mich und meine nicht vorhandenen Erfahrungen.

»Ganz gute Erfahrungen, aber sie war echt zu jung.«

Oh Gott, das klang so, als hätte er in seinem Alter was mit einer Vierzehnjährigen gehabt!

»Und dann gab es da noch eine gewisse Person, mit der habe ich monatelang geschrieben. Das war ziemlich … na ja, schön und aufregend, jeden Tag auf etwas zu warten. Mich hat das echt verwirrt, noch nie war mein Handy so wichtig, jede Nachricht, die reinkam, brachte mich zum Zittern und, nachdem ich sie gehört hatte, zum Lächeln … Entschuldige bitte die Details, so war das eben.«

»Ist schon okay.« Es sollte cool klingen, aber eifersüchtig war ich doch.

»Ist ein Jahr her.«

Ich atmete auf. Schon besser. »Und dann?«

»Wollten wir uns treffen. Sie lebte in Gießen, gar nicht weit weg von Marburg.«

»Aha. Und?«

»Kurz vorher hab ich ihr das eine oder andere Geheimnis über mich dann doch verraten, ist fairer, dachte ich.«

Natürlich. Die Sache mit seinen Augen. »Okay. Ich ahne nichts Gutes.«

»Ähm, ja … Ich dachte, sie versteht es.«

»Das war's dann wohl?«

»Yep. Danach habe ich nie wieder etwas von ihr gehört.« Er knetete an seinen Händen herum.

»Oh, shit.«

»Du kannst dir gar nicht vorstellen, wie sich das anfühlt. Wir haben so toll geredet, also nur per Sprachnachricht über WhatsApp und so. All das, was wir hatten, war auf einmal weg.« Er schnaubte. »Fuck! ›All das, was wir hatten‹, das hört sich so bedeutend an, dabei war es weniger als nichts für sie.«

»Für dich war es viel.«

»Ja. Aber dann gibt es ein paar Dinge, die anders bei dir laufen, schon zählt alles andere nicht mehr.«

»Mit so einer will man doch aber nicht zusammen sein.« Am liebsten hätte ich natürlich gerufen, äh, hallo, und was ist mit mir, aber ich konnte spüren, wie verletzt er immer noch war. Also fragte ich stattdessen: »Und die andere, die Erste?«

»War aus dem Internet – und sie hat *mir* nicht die Wahrheit gesagt, nämlich dass sie erst dreizehn ist.«

»Oh, Ken!« Meine Befürchtungen waren also gerechtfertigt, ich war entsetzt. »Wie alt warst du da?«

»Na ja, gerade sechzehn. Sie hatte sich irgendwie in mein Leben geschlichen.«

»Ach so. Auch blind?« Ich war froh, dass er nicht älter gewesen war, aber auch, dass ich mittlerweile ganz unbefangen über blind oder nicht blind reden konnte.

»Stark sehbehindert.«

Ich seufzte. »Und bei ihr hast *du* es beendet?«

»Ja, aber nicht gerade toll. Bin nicht stolz drauf. Ich dachte, wenn ich Jura studieren will, darf ich nichts mit Minderjährigen anfangen. Und generell war das dann einfach komisch.«

»Na ja, das mit dem Jurastudium stimmt schon. Aber so groß war der Unterschied nun auch nicht.«

»Ja, aber laut Strafgesetzbuch ist sie unter vierzehn noch ein Kind. Da ist alles strafbar.«

»Willst du echt Jura studieren?«

»Ich habe keine Ahnung, ich glaube nicht.« Er rupfte ein kleines Grasbüschel heraus und schmiss es hinter sich. »Ich nehme mir die Zeit, um zu überlegen. Auch wenn mein Alter das scheiße findet.«

Ich zuckte zusammen. »Hört sich echt furchtbar an, wenn du deinen Vater so nennst.«

»Alter? Er hat's nicht anders verdient. Und bei dir? Mit den Jungs?«

»Nichts. Höchstens ein paar Freunde in den unteren Klassen, man war zusammen, aber nicht wirklich. Ist ja nicht viel passiert außer Händchenhalten.« Das hörte sich zumindest ein bisschen besser an als meine wahnsinnig spannende Geschichte mit Konrad und der Kuhglocke aus dem zweiten Schuljahr, wie peinlich … »Wollen wir gehen?« Unsere wunderbare Stimmung von eben war in den letzten zwei Minuten richtig schön kaputtgegangen. Über Ex-Freunde, oder eher -Freundinnen, sollte man nicht in den ersten Momenten zu zweit reden. Auch Ken schien der Meinung, denn er stand auf und rief nach Barbie. »Packst du eben den Rest zusammen? Ich trag den Rucksack dann.«

Wir gingen nebeneinanderher, sagten aber auf dem Weg kein Wort, doch als wir am Karussell vorbeikamen, musste ich einfach stehen bleiben. Ein paar kleine Kinder, vielleicht zwei oder drei Jahre alt, ich konnte das immer so schlecht schätzen, trugen alle die gleichen orangen Kappen und Warnwesten und sahen einfach zu süß aus. »Oh Mann, die müsstest du sehen«, sagte ich zu Ken, der ebenfalls stehen geblieben war, weil er meine Schritte neben sich nicht mehr hörte. Ich beschrieb ihm, was ich sah. »Aber müssen die echt zusammengebunden sein? Sie hängen an einem Seil, wie junge Zicklein. Das ist doch fies, so was.«

»Nein, die halten sich ja bloß an dem Seil fest, das hat man bei uns im Kindergarten auch so gemacht«, erzählte er mir. »Loslassen war verboten. Also zumindest auf der Straße.«

Das galt wohl auch für die kleinen Zicklein, die in diesem Moment loslassen durften, aber auch jetzt nicht frei herumliefen, sondern wie versteinerte Zwerge sehnsüchtig zu dem Karussell hinüberschauten. »Sie hören der Musik zu!«, berichtete ich Ken. »Und jetzt ... meine Güte, ich glaube, die tragen alle noch Windeln, aber jetzt fangen sie an zu tanzen. Wie sweet!«

»Wie tanzen sie denn?« Ken drehte den Kopf, als ob er besser hören wollte, was los war.

»Die bewegen sich, wie sie eben können, wie kleine Kinder halt tanzen. Sie breiten die Arme aus, drehen sich und setzen sich fast hin. Komm, zeig, was du gelernt hast!«

»Sofort, *Madame*.« Ken ließ das Geschirr los. »Barbie, mach Platz, Platz!« Sie gehorchte sofort, denn sie war ja im Dienst.

Ich fasste ihn an den Händen und brachte ihn in Tanzposition. »Hand dort, genau, mit dem rechten Fuß vor, weißt du noch?«

»Ja, *Madame*. Ich kann immer noch nicht fassen, wie kurz dein Kleid ist.«

Ich lachte nur: »Tanz!« Und wir tanzten. Langsam, beschaulich, am Anfang noch etwas stockend, doch dann immer geschmeidiger. Eins, zwei, drei, eins, zwei, drei, die Karussellmusik ließ uns nicht im Stich, sie hörte und hörte nicht auf.

»Oh, guck mal, die Kleinen machen uns nach!«, rief ich und ich wusste, Ken würde sich an dem »guck mal« nicht stören. »Sie halten sich zu zweit an den Armen fest und tanzen Walzer wie wir, na ja, sie wippen eher. Die Erzieherinnen lachen uns auch schon an – oder vielleicht auch aus. Egal.«

»Völlig egal«, bestätigte Ken und drückte mich ein bisschen fester an sich. »Kannst du dich mal nach hinten biegen, damit ich sehe, wie weit du runterkommst?« Wir blieben stehen.

»Na klar«, sagte ich und machte aus dem Stand eine hohe Brücke hintenüber, während er seine Hand an meinem Rücken hatte. Meine Haare fielen wie ein dichter Vorhang neben meine Hände, die sich nun auf den sandigen Weg stützten.

»Wanda«, rief er, »das ist ja Wahnsinn!«

»Findest du?«, sagte ich, und weil ich merkte, dass mein Kleid immer höher Richtung Bauchnabel rutschte, richtete ich mich mit einem mühelosen Ruck wieder auf, warf die Haarflut zurück und klopfte mir die Hände ab.

»Dass sich das so anfühlt, hätte ich nicht gedacht, wow!«

»Lass uns weitertanzen, die Kleinen warten schon!« Wieder setzten wir uns in Bewegung. »Oh, ich würde solchen Kindern so gerne etwas beibringen«, rief ich.

»Die Ballettübungen, die wir neulich in der Oper gesehen haben? Mit *plié* und *passé* und so?«

»Nein«, sagte ich, ohne groß darüber nachzudenken. »Freies Tanzen, damit sie lernen, was man mit seinem Körper alles ausdrücken kann.«

»Mit Kindern? Hört sich gut an!«

»Hey, du kannst ja tanzen und gleichzeitig reden, das ist ein gutes Zeichen«, antwortete ich.

»Ja klar, ich werde bald der genialste Tänzer im ganzen Batignolles-Park sein, da kannst du drauf wetten!« Er drehte mich jetzt schon mühelos, während wir tanzten, ein gewaltiger Fortschritt, in so kurzer Zeit. »Das meine ich ernst. Vergiss den Rechtsanwalt, das wollte ich nie werden. Wo ich doch jetzt die beste Lehrerin habe …« Wir wurden langsamer und blieben dann stehen.

»Ich kann dir nur beibringen, was ich selber kann«, sagte ich und musste immerzu auf seinen Mund schauen. Seine Lippen waren voll und wunderschön geschwungen und nicht rissig oder rau. Sehr wichtig.

»Gilt das nur fürs Tanzen?«

»Viel mehr habe ich nicht drauf, aber …«

»Hast du wohl!«

»Was denn …« Ich hörte auf zu reden, denn sein Mund kam immer näher, ich konnte die Wärme seiner Wangen schon an den meinen spüren und seinen Atem hören, der ein bisschen nach *Limonade au citron* roch. Hinter uns dudelte das ewige Karussell, doch ich ahnte schon, dass diese Musik für immer etwas Besonderes in meinem Leben sein würde, denn nun kam er noch näher und ich machte nur eine winzig kleine Bewegung nach vorne und öffnete meine Lippen und er seine auch, aha, so ist das also, dachte ich noch schnell – und dann küssten wir uns.

Memo an mich selbst. Abgespeichert unter: die schönste Sache der Welt. Paris, irgendwann im Juni.

Sie ist ein Mädchen – und sie ist seltsamerweise *das* Mädchen! Ein sehendes noch dazu, scheinbar hatte ich nicht damit gerechnet, denn obwohl schon drei Tage seit unserem ersten Kuss vergangen sind, verwirrt es mich mehr, als ich mir am Anfang eingestehen wollte. Sie ist so gelenkig und anders und dünn, aber mit langen, sehnigen Muskeln, ihre Haut ist so mädchenweich und sie schmeckt so lecker wie nichts, was ich bisher in meinem Leben gekostet habe … Wanda. Wanda. Wanda. Wanda! Bist du gut für mich?

Mensch, was machst du da, Ken? Keine Ahnung, ich kann nicht mehr denken. Ich habe mir das Mädchen, mit dem ich zusammen sein werde, ganz anders vorgestellt, aber nun ist sie da und ich will sie so sehr, ich schäme mich, dass mein Körper gar nichts mehr anderes denken kann, wenn sie neben mir steht. Sie tanzt fantastisch, wunderschön, ihr ganzer Körper ist so biegsam und so in der Musik, sie *kann* sich gar nicht falsch bewegen, auch wenn sie es wollte – sie hat mir vor ein paar Augenblicken erst hier in meinem Zimmer gezeigt, was sie mit ›Tanzen‹ meint. Also nicht Ballett und auch nicht Walzer oder eine ihrer Küren, sie hat sich vor mich gestellt, hat mich mit beiden Armen umschlungen und ich war wieder verloren, in dem Duft ihrer Haare und ihrer Haut, weil ich mir das immer schon so sehr gewünscht habe, ich wusste gar nicht, wie sehr. Sie hat mich einfach mitgenommen in ihre Art, sich zu bewegen, ich versuchte, keinen Widerstand zu bieten, habe mich davontragen lassen und ich konnte ihre herrlich weichen Brüste an meiner Brust fühlen, von denen sie früher immer gedacht hat, sie seien zu klein. Heute denkt sie das nicht mehr und sie sind ja auch überhaupt nicht klein, sondern gerade richtig.

Jetzt ist sie weg, nur für ein paar Minuten, ich glaube, sie will ihre Mutter anrufen, und schon vermisse ich sie, dass es in meinem ganzen Körper wehtut. Sie war gerade so stark und gar nicht zögernd und zweifelnd und unsicher, wie sie sonst manchmal ist. So was nennt man wohl Leidenschaft. Ich bewundere sie total und merke, dass ich sie auf ein Podest oder eine Bühne stellen will, nur für mich, um zu ihr aufschauen zu können. Natürlich will ich nicht immer hier unten stehen, aber das tue ich ja gar nicht, denn ich merke, dass auch sie mich toll findet, und nicht nur, weil ich ohne meine Augen eigentlich ganz gut klarkomme oder weil Barbie so ein cooler Hund ist. Ihre Küsse sprechen für sich, auch dabei ist es, als tanzten wir einen nicht enden wollenden Tanz. Ich wusste nicht, dass es sich so anfühlen würde, wir können das stundenlang machen, auf meinem Bett, auf ihrem Bett, an jeder Straßenecke, wenn wir in der *boulangerie* Schlange stehen, im Park auf der geheimen Wiese, entschuldige, Mama, aber du wirst es verstehen. Ich war darauf vorbereitet, Paris wieder neu, mit Barbie als Augenersatz an meiner Seite, zu entdecken, okay, aber nicht küssend, darauf nicht. Auf Brücken und unter dem Eiffelturm, als es plötzlich so regnete und uns dieser Japaner einfach seinen Plastikschirm schenkte, obwohl wir ihn gar nicht gefragt hatten; im *Jardin du Luxembourg*, aber unser Park im *Quartier des Batignolles* ist schöner, sagt Wanda; im *Louvre*, wir waren endlich drin im Gedränge und haben uns die *Mona Lisa* angeschaut. Wanda hat ihre Papa-Liste längst weggepackt, *ich* habe vorgeschlagen, dorthin zu gehen. Es war toll. Obwohl mich draußen wieder mal jemand fragte, ob sich der Eintritt denn für mich *lohnen* würde, schließlich sähe ich ja nichts. Ich habe geantwortet, dass ich umsonst reinkäme und einfach an der endlosen Warteschlange vorbeigehen könnte, und das sei auch der einzige Grund, warum ich es täte, Kunst würde mich überhaupt nicht interessieren. Wanda hat sich aufgeregt, wenn sie wüsste, wie süß sie dabei immer ist … sie hat sich mit mir durch das Gedränge gekämpft und mir die *Mona Lisa* beschrieben. Das Bild soll nicht besonders groß sein, ungefähr wie zwei Zeichenblöcke übereinander, und Wanda hat mir erzählt, dass Lisas Mund gar nicht lächelt, wenn man ihn für sich alleine betrachtet, sondern dass er das nur ein kleines bisschen tut, wenn man das ganze Gesicht anschaut, und sie hat sich für mich ausgedacht, woran die gute Mona Lisa wohl gedacht haben mag, als da Vinci sie malte. ›Ich will nach Hause – was mache ich heute zum Abendessen – meine Güte, ich hätte doch Unterwäsche anziehen sollen …‹ Wir haben nur noch gelacht. Als wir die gute Lisa hinter uns hatten, sind wir weiter durchgegangen und nur vor den Bildern stehen geblieben, die Wanda berührend fand, ohne Katalog, ohne Info, nur ihr Gefühl zählte. Und sie hat viel Gefühl, wenn sie die kontrollierenden Augen ihres Vaters vergisst, sie weiß gar nicht, wie viel.

Ich bleibe. Jetzt weiß ich, dass ich bleibe, mein Vater, der große, viel beschäftigte Regisseur, kann mich mal, irgendwann werde ich es vielleicht doch schaffen, zu ihm zu gehen und ihm in aller Ruhe zu demonstrieren, was sein Sohn alles *nicht* kann, aber nicht jetzt, jetzt ist jeder Tag, der mir noch mit Wanda bleibt, kostbar. In einer Woche kommt ihre Mutter aus den USA zurück, um sie abzuholen. Ihr Vater, dieser ehrgeizige Ex-Turner, hat sich leider auch angekündigt. Noch früher sogar. Wanda hat mir von ihm erzählt. Wenn die Eltern ihre eigene Karriere nicht verfolgen konnten, lassen sie es an ihren Kindern aus, so ist das doch meistens. Ich kann gut darauf verzichten, ihn kennenzulernen. Ihre Mutter dagegen scheint nett zu sein, bis sie hier eintrifft, haben wir nur noch sieben mal vierundzwanzig Stunden … dann fährt Wanda zurück nach Bremen, geht weiter zur Schule, trainiert ihre RGS oder RSG? Und ich? Wollte ein älteres, erfahrenes Mädchen, wollte ein ganz anderes Mädchen, doch nun weiß ich, wie albern so eine Wunschliste ist. Wanda ist einfach in mein Leben hineingeraten. Und ich habe mich verliebt. Darf ich ihr das sagen? Darf man so was aussprechen? Ich glaube nicht oder jedenfalls nicht so früh, aber sie merkt es ja auch so. Ich habe gestern in einer Apotheke Kondome gekauft, als sie nebenan im Geschenkeladen war. Niklas hat mir erzählt, dass es die auch im Supermarkt gibt, aber wen soll ich da fragen und Wanda ist ja auch immer mit dabei, wenn wir Lebensmittel einkaufen. Ich würde sie niemals drängen, aber ich will vorbereitet sein auf das, was immer als die schönste Sache der Welt bezeichnet wird und von dem ich keine Ahnung habe, weil ich diese verdammten Pornos, von denen Niklas mir immer erzählt, niemals mehr sehen werde, sondern nur noch hören könnte. Na ja, vielleicht ganz gut so.

Oh Mann, Wanda, was tust du nur mit mir? Wo bleibst du, komm zurück …!

Memo Ende.«

11. KAPITEL

Nein Moment!« Ich sprang aus dem Bett und lief im Dunklen aus dem Zimmer, ich hielt es nicht mehr aus! Er war so nah und wir wollten es beide, doch ich trug noch meinen BH und Slip und er hatte noch keinen Versuch gemacht, mir das eine oder andere auszuziehen, wofür ich sehr dankbar war. Und auch er hatte seine Unterwäsche noch an und wir umarmten uns – sagen wir es mal vorsichtig – nicht mit dem ganzen Körper. Die Region ab Bauchnabel abwärts sparten wir aus. Sollte ich heute Nacht bei ihm bleiben? Mein Körper sagte Ja, ich will nicht mehr warten, doch da war diese kleine unsichere Stimme in mir, die mich in den letzten zwei Nächten immer wieder in mein eigenes Zimmer geschickt hatte. So vernünftig. Bravo, Wanda, setzen, Eins plus!

Dabei musste ich doch niemanden um Erlaubnis fragen, eigentlich perfekt! Aber vielleicht war es genau das, was mich abhielt. Tante Aurélie hatte bis jetzt mit keinem Wort erwähnt, dass wir spätnachts noch auf dem langen Flur herumhuschten. Sie sah nichts und hörte nichts, und auch wenn, würde sie sich in ihrer eigenen Wohnung niemals als Aufpasserin aufspielen. Ich grinste abfällig: Mein Vater hatte doch keine Ahnung, wie seine angeblich so fleißige und zielstrebige Schwester tickte, so langsam kapierte ich das auch. Sie konnte sich gerade mal so weit zusammenreißen, sich nicht jeden Abend aus Kummer zu betrinken, und das hatte sie *uns* zu verdanken!

Immer noch stand ich auf dem Flur vor Kens Zimmer, doch mir fiel keine Lösung ein. Sollte ich mit ihm schlafen oder nicht? Immerhin war ich sechzehn und damit war es laut dem Strafgesetzbuch nicht mehr strafbar, wir hatten darüber gelacht, aber viel geholfen hatte es mir bei meiner Entscheidung bis jetzt nicht. Ich seufzte und ging in die Küche, um mir ein Glas Wasser zu holen. Wen sollte ich fragen? Etwa Papa? Er war die letzte Person, die ich um Rat fragen würde.

Auf dem Küchentisch erkannte ich Aurélies Handy, sie hatte es tatsächlich in einer ihrer zahlreichen Handtaschen wiedergefunden, und mir kam eine Idee. Ich schaute auf die Uhr über dem Tisch, schon nach Mitternacht! Bei Mama in Los Angeles war es neun Stunden früher, also erst 3 Uhr nachmittags. Ich nahm das Handy und wählte Mamas Nummer. Hoffentlich steckte Mama nicht gerade in einer Orchesterprobe. Dass es Ken gab, wusste sie schon, ein blinder Junge aus Deutschland, der mir geholfen hatte, nachdem mir alles geklaut worden war, ja, auch diese Geschichte hatte ich ihr, im Gegensatz zu Papa, nicht verheimlicht. Aber ich wollte ihr alles erzählen, was sonst noch passiert war. »Mama? Ach, zum Glück gehst du ran!«

»Wanda, Schätzchen, du hörst dich so euphorisch an.«

Typisch Mama, sie wusste meistens recht schnell, wie ich drauf war, auch wenn uns Tausende von Kilometern trennten, so wie jetzt.

»Aber was ist los, ist es bei euch nicht schon spät?«

»Ich bin ... Moment.« Damit Ken mich nicht mit seinem Super-Blinden-Gehör belauschen konnte, kroch ich in den schmalen Besenschrank, presste mich mit dem Rücken gegen den altmodischen Staubsauger und das ganze Wischmoppzeug und machte die Tür zu. Es fühlte sich schön an, zwar eng, aber beschützt.

»Es geht mir ja auch echt toll, weißt du, die Sache mit Ken, also ... ich glaube, ich bin verliebt«, flüsterte ich und dann erzählte ich ihr, dass wir uns im Park geküsst hatten und dass wir in seinem Zimmer auf das Bett gefallen waren und dort weitergemacht hatten, wo wir vor dem Karussell aufgehört hatten.

Seit zwei Nächten ginge das jetzt schon so und wir lägen immer eng umschlungen (da mogelte ich ein bisschen) bei völliger Dunkelheit auf dem Bett mit den hohen Pfosten unter dem etwas durchhängenden Stoffdach. Paris sei zu einer ganz anderen Stadt geworden – und mein Leben zu einem völlig neuen, und dass sogar eine andere Aurélie durch die Wohnung lief, all das erzählte ich ihr. »Mein Schatz, das hört sich wunderschön an!«

»Ja, es ist so ... so was wie mit Ken habe ich noch nie gespürt oder nur, wenn ich eine Kür richtig, richtig mag und sehr gut kann, weißt du, wenn die Iwanowa nebenan im Ballettraum beschäftigt ist und Papa nicht mit beim Training ... also niemand wirklich zuschaut und ich endlich die Musik zu meiner Kür bekommen habe und mein Körper mühelos tanzt und alle Bedenken einfach weg sind, dann vielleicht ...«

»Oh, da hast du aber sehr treffend beschrieben, wie Verlieben sich anfühlt.« Ich hörte Mama auf der anderen Seite des Ozeans lachen.

»Ja, kann sein.« Auch ich lächelte gegen die Tür des dunklen Schranks. Hier drin war ich blind wie Ken, aber natürlich nur hier drin.« »Und jetzt habe ich keine Ahnung, was ich tun soll. Also, na ja, du weißt schon ...«

»Du meinst, ob du mit ihm schlafen willst?«

»Ähm, ja ... wollen schon, aber sollen?«

»Aber ja!«

Ich lachte auf. *Aber ja!* Wie Mama das sagte! So begeistert ...

»Wenn es sich gut anfühlt.«

Es fühlte sich gut an, ohne Frage. »Ja, nur ...«

»Nur was? Wenn wir jetzt in Deutschland wären, würde ich dich bei der Frauenärztin anmelden, aber das geht ja jetzt nicht. Er ist doch älter als du, kennt er sich ein bisschen mit Verhütung aus?«

Mhmm, genau das hatte mein »Ja, nur ...« sagen wollen. Ich überlegte. Der Profi schien Ken mir nicht zu sein. »Also, er würde sicher irgendwie was dagegen machen, du weißt schon, aber wie soll ich die Sprache darauf bringen?«

»Ganz einfach. ›Ken, eine Frage: Kennst du dich ein bisschen mit Verhütung aus?‹ Ach nein, das ›bisschen‹ lass lieber weg!« Wir lachten und ich war überhaupt nicht mehr verlegen. »Ich glaube, wenn ihr das beide zusammen besprecht und euch einig seid, wird es wunderschön werden.«

»Danke, Mama. Du bist so super, das wollte ich dir noch mal sagen und ich freu mich so, wenn du kommst, ich habe mir nämlich was ausgedacht, was mit der RSG zu tun hat und dem, was ich nach der Schule machen will.«

»Klingt spannend!«

»Ist es auch! Ich habe herausgefunden, dass es manchmal hilft, nicht nur an die eigene Kür zu denken, sondern man muss sich in andere Leute hineinversetzen und erkennen, was man im Leben alles Wunderschönes geschenkt bekom-

men hat, und vielleicht auch mal einen Moment blind sein!«
Es klopfte an der Tür. Zaghaft und sehr leise hörte ich ein
»Wanda? Alles in Ordnung dadrin?«.

»Mama, ich muss Schluss machen, ich hab dich lieb!«

»Ich dich auch, meine liebste Tochter! Du machst das alles sehr gut, bis ganz bald!« Ich hörte ihre Küsse durch den Hörer und beendete die Verbindung, dann stieß ich die Schranktür auf.

»Aua. Wer möchte einen Moment blind sein?« Die dunkle Silhouette vor mir rieb sich den Kopf.

»Ken, sorry, habe ich dir wehgetan?« Ich tastete nach ihm und umschlang ihn, sobald ich seine starken Arme spürte: »Das wollte ich nicht, aber eine ganz dringende Frage: Wie gut kennst du dich mit Verhütung aus?«

Am nächsten Morgen standen wir wie immer gegen zehn auf und trafen uns nach und nach in der Küche, in der die Fenster zum Hof sperrangelweit geöffnet waren, sodass der laue Wind hineinwehen konnte. Wann hatte ich in den letzten Jahren so wenig wirklich Nützliches gemacht, so wenig geübt, so wenig gelernt? Ich konnte mich nicht erinnern, es war immer, *immer* etwas zu tun gewesen, mein Leben hatte nur aus Training, Fahrten zu Wettkämpfen, Lernen für die Schule bestanden. Doch hier tat ich nichts von alledem, selbst das vorgeschriebene Dehnen fand nur noch spielerisch auf Kens Bett statt, wenn mir danach war und wir gerade mal nicht redeten oder knutschten.

An diesem Morgen war Aurélie wie immer etwas früher als wir aus ihrem Zimmer gekommen, sie hatte es sich zur Gewohnheit gemacht, den ersten Kaffee für alle aufzusetzen. »Ins Café oder in den 'of?«, fragte sie, während sie sich vor dem Gasherd reckte und misstrauisch an einem ihrer Dreadlockzöpfe schnupperte.

Wenn wir Lust hatten, gingen wir auf die Straße, um in einem der zahlreichen Cafés am Platz zu frühstücken, oder wir trugen den Tisch aus dem Atelier und deckten unten im Hof für ein ausgedehntes Frühstück in der Morgensonne. Wir hatten extra einen flachen Korb an ein Seil gehängt, den wir hinablassen konnten, um uns das Rauf und Runter auf der steilen Eingangstreppe zu ersparen.

»Wie wär's mit dem 'of, hab noch keine Lust auf Leute im Café«, gab sie sich selbst die Antwort, wir stimmten zu und saßen eine Viertelstunde später zu einem feudalen Frühstück um den Tisch herum. Die Pflanzen hatten sich erholt und blühten und zwischen Vogelgezwitscher und Bienensummen hätte man niemals vermutet, sich in einer Großstadt mit über zwei Millionen Einwohnern zu befinden.

»Und, Freunde des legalen Glücksspiels? Was machen wir heute?« Irgendwer fragte immer, und zwar jedes Mal mit diesen Worten; an diesem Morgen war es Ken.

»Es gibt eine Konzert 'eute Abend in die Métro, zwei Brüder, die isch kenne, spielen am *Gare de Lyon.*«

»Das wissen die jetzt schon?«, wunderte ich mich und streute Zucker in die Schale mit meinem Milchkaffee. »Ich dachte, so Straßenmusiker machen das spontan?«

»Sie wohnen 'ier, gleich am Montmartre, und nennen sisch *In the Can*. Sie 'aben eine Erlaubnis für die Métro, schriftlisch! *Mais oui,* auch *en France* gibt es viel *bureaucratie!* Sie spielen Gitarre und Cajon und singen beide, die sind *formidable!*«

»Da könnten wir hingehen«, sagte ich, denn seitdem ich

in Paris war, hatte ich meine Liebe für Livemusik entdeckt.
»Hört sich gut an – und vorher?«

»Ich würde gerne in einen Park, wie heißt der mit dem Heißluftballon noch?« Ken tastete nach dem letzten der Croissants im Brotkorb, die ich aus der *boulangerie* um die Ecke geholt hatte. Ich half ihm nicht, es zu finden, er wollte das lieber selber machen.

»*Parc André Citroën*, ist noch ziemlich neu und viel Platz für Barbí!«

»Nehmen wir etwas zu essen mit?« Ich überschlug, was wir noch im Kühlschrank hatten. Es war nicht mehr viel, doch mit unserem Geld konnten wir nach Herzenslust Nachschub heranschaffen. Und das war gut, denn obwohl ich zu Hause in Bremen nie Lebensmittel einkaufte, war mir eines schon aufgefallen: Paris war sauteuer!

Aber bevor wir zusammenräumten, streckten wir alle noch einmal die Beine unter dem Tisch aus und genossen die Morgenstimmung. »Nur keine Eile« war unser Motto, das wir von Ken übernommen hatten, wer zuerst vom Tisch aufstand, hatte für diesen Tag verloren. Ich überlegte schon, ob *ich* es an diesem Morgen sein würde, denn ich hatte zu viel Orangensaft getrunken und musste eigentlich mal dringend … als unsere Concierge in den Hof trat und zum Tisch kam, um uns Gesellschaft zu leisten. Sie redete gerne über das, was im Viertel passierte, und war eine Quelle wilder Tratschgeschichten über die Hausbewohner.

»Madame Leroc, wir haben schon auf sie gewartet«, rief Ken. Er hatte sie am Klick-Klack ihrer rosa Absatzpantöffelchen erkannt, die so gar nicht zu der kompakten, rundlichen Person passen wollten.

Sie bekam ihren Kaffee in einer tiefen Schale, die schon

für sie bereitstand, und legte los. Was ich nicht verstand, übersetzte Ken mir. Wir lachten, Aurélie warf sich Weintrauben in den Mund und Barbie klopfte mit dem Schwanz auf den Boden, als Ken sie zu sich rief, um sie zu kraulen. Ich beugte mich zu ihm hinüber und gab ihm einen Kuss auf die Wange: »Alles liegt unter Ihrem Kopfkissen bereit, *Monsieur*«, flüsterte ich. »Ich habe mich heute Nacht noch einmal vom guten Zustand der Ware und der einzelnen Exemplare überzeugen können. Wann gedenken Sie, das Experiment zu starten?«

Ich zog mich zurück, doch er fing mich sofort ein: »Nein, *Madame*, tut mir leid, so leicht kommen sie mir nicht davon! – Oh. Du hast ja nasse Haare.«

»Ich lasse sie an der Sonne trocknen, mit dem Fön würde ich eine halbe Ewigkeit brauchen.« Meine Haare waren sehr schwer, eigentlich wollte ich sie immer abschneiden, ich trug sie lang, seit ich sieben oder acht war. Aber zu kurz durften sie auch nicht werden, bei der RSG musste man den typischen *chignon* auf dem Kopf haben, wie Ken es so schön nannte. Ohne *chignon* ging es nicht, das war Pflicht.

Erst als ich ihn richtig geküsst hatte, ließ er mich wieder los. Es war ihm egal, wer uns dabei zuschaute, und mir, nach einer kurzen, schüchternen Eingewöhnungsphase, mittlerweile auch. »Nur keine Eile, doch ich erwäge, unser Vorhaben noch heute in die Tat umzusetzen«, murmelte er in mein Ohr, es kitzelte, sodass mir ein leichter Schauer über den Rücken lief. »Es sei denn, Sie hätten etwas dagegen einzuwenden.«

»Keine Einwände, *Monsieur*!«

Ich lehnte mich in meinem Korbstuhl zurück – konnte man wirklich so glücklich sein? Alles war leicht und süß mit

Ken, wie die Croissant- und Puderzuckerkrümel, die in diesem Moment durch einen leichten Windstoß von Kens Teller geweht wurden. Das sah wohl auch Madame Leroc, denn sie sagte: »Ach, ihr junges Volk, wisst ihr denn auch, dass die Liebe wie ein Croissant ist? Soll es schmecken, muss es jeden Tag neu gebacken werden!«

»Was für ein Spruch«, sagte Aurélie und verzog ein wenig den Mund. »Da habe ich wohl nicht jeden Tag gebacken.«

Bevor sie in Melancholie versinken konnte, tauchte Monsieur Leroc auf. Der Mann der Concierge war ein ruhiger Typ, der mir dabei geholfen hatte, Aurélies Flur zu entrümpeln, nachdem Ken in einen Haufen gestapelter Stahlträger hineingerannt war und sich dabei verletzt hatte. Wozu brauchte Aurélie überhaupt *Stahlträger*?

»Was ist jetzt mit dem Gerümpel in meinem Transporter, schmeiß ich das alles weg?« Er schnaufte und krempelte sich die Ärmel seines karierten Hemdes hoch. »Die Farbeimer, die Müllsäcke, damit muss ich extra zum Abfall-Centre fahren, für den Stahl bekomme ich vielleicht noch einen guten Preis beim Schrotthändler. Das Geld ist natürlich für Sie, Aurélie …«

»Das Geld behalten Sie schön, lieber Monsieur Leroc, Sie haben schon so viel getan für mich«, sagte Aurélie auf Französisch und stand auf. Dann wandte sie sich an Ken und mich: »So, ich weiß, ich habe für heute verloren, Kinder. Doch ich muss unbedingt duschen, bevor wir in den Park gehen, und ich sollte mir vielleicht mal die Haare waschen …« Sie schlug ihren Kimono um sich und hüpfte barfuß über den Hof. »Ich hoffe, ich verlauf mich nicht im Flur, der ist jetzt wieder so groß und leer, man könnte direkt Agoraphobie bekommen!«

»*Was* bekommen?« Ich hatte ihr Französisch gut verstanden, nur das letzte Wort sagte mir nichts.

»Agoraphobie, die Angst, über große Plätze zu gehen.« Ken lächelte.

»*Non, je ne regrette rien* …« Wir hörten Aurélie auf der Treppe und kurz darauf oben in der Küche singen, dann wurden die Töne leiser.

»Hach, sie ist wieder fast die Aurélie, die wir kennen, nicht wahr, Bertrand?«

Der dicke Monsieur nickte. »Dafür haben wir ein neues Sorgenkind, Madame Fontaine im dritten Stock mag nicht mehr aufstehen. Sie sagt, es gäbe keinen Grund mehr, hinunter in den Hof zu kommen.«

»Vielleicht liegt es nur daran, dass die Hüfte ihr morgens Probleme macht?«

»Ich habe ihr angeboten, sie herunterzutragen, aber sie hat abgelehnt.« Der dicke Hausmeister zuckte mit den Schultern und verströmte dabei eine Schweißwolke. »Nein. Sie vermisst Aurélie.«

»Aber die ist doch wieder recht fidel«, sagte die Concierge und aß die letzte Weintraube aus der Schüssel.

Ich schaute Ken an, der mich natürlich nicht sah, also nahm ich seine Hand. »Der Kanarienvogel?«, flüsterte ich ihm zu. Er nickte.

»*Peut-être* …«, begann ich auf Französisch, da die Worte mir jetzt schon viel leichter über die Lippen kamen. »Vielleicht ist es Zeit, ein schönes Essen im Hof zu machen, das mochte Madame Fontaine doch so.«

»*Une fête!*« Ken klang begeistert. »Wir hätten da noch 200 Euro übrig!« Auch die Nachbarn wussten von unserem erfolgreichen Roulette-Abend, aber nicht, dass sich davon noch mehr als 4000 Euro in einem Umschlag befanden, der hinter dem kleinsten der Schmetterlingsbilder im Salon klebte. »Wann?«

»Übermorgen Abend?«, schlug ich vor. Nur keine Eile.

»Ach perfekt, aber ich helfe euch natürlich«, sagte die Concierge. »Ich mache meine berühmte Fischsuppe, die ist ein Gedicht! Sag doch, Bertrand!«

»Jaja, ein Gedicht, *bien sûr, bien sûr*. Ich gehe durchs Haus und lade alle ein. Und Wein kann mein Schwager mitbringen, der macht den selber, unten an der Loire.« Monsieur Leroc grinste über sein pausbäckiges Gesicht. »Da wird sie sich freuen, die Madame Fontaine, ich werde ihr gleich die frohe Botschaft überbringen.«

»Sag ihr, sie muss vorher zu George, unserem Friseur, weil ich erst gestern da war und sonst die Schönere von uns beiden bin, dann wird sie sofort aufstehen wollen!« Auch die Concierge erhob sich, naschte noch hier und da am Camembert und räumte ein paar Teller zusammen, als jemand das Hoftor öffnete und zögernd stehen blieb.

Wir alle wandten uns der Gestalt zu, bis auf Ken, der dafür aber seine Ohren zu spitzen schien. Erst erkannte ich ihn nicht, aber dann fiel mir wieder ein, wer da langsam auf uns zukam: Es war der Typ aus der Galerie, er hatte sich seine wenigen grauen Haare abrasiert und sah jetzt ganz anders aus, nicht mehr so alt, sondern irgendwie cooler. Ihm selber schien es aber nicht wirklich gut zu gehen, er hatte tiefe bläuliche Ringe unter den Augen, seine Brille war anscheinend irgendwo abhandengekommen und sein Gang war unsicher, als er sich jetzt näherte. »*Bonjour*, ich möchte nicht stören, aber ich war gerade zufällig in der Gegend, darf ich mich setzen?«

»*Monsieur le galeriste!*«

Wow, Ken hatte ihn allein an seiner Stimme erkannt.

»*Ah, oui,* der Junge mit dem Blindenhund«, sagte der Galerist und nickte traurig. »Und beide heißen wie eine Puppe.« Er ließ sich schwer auf einen freien Stuhl fallen, dicht neben Ken.

»Wie können wir Ihnen helfen?« Die Concierge übernahm die Wortführung und wir alle warteten auf seine Antwort.

»Wie Sie mir helfen können? Nun. Ich fürchte, gar nicht.« Er starrte auf seine Anzughose, die heute überhaupt nicht so tadellos gebügelt war wie damals in der Galerie.

»Wenn Sie Galerist sind, sind Sie sicher auf der Suche nach Bildern von Madame Aurélie?«, mischte sich die Concierge ein. »Ach, sie hat Hunderte in ihrem Atelier! Wunderschöne Fotos, leider nur in Schwarz und Weiß, wissen Sie, ich hab es ja lieber in Farbe und ein bisschen fröhlicher, aber sonst sind sie sehr beeindruckend, ich habe sie selbst gesehen!«

»Meine Frau hat mich verlassen!« Der Galerist verzog sein Gesicht. »Verlassen hat sie mich, sie sagte, ich hätte einen Eierkopf – finden Sie, dass ich einen Eierkopf habe?« Er nahm Kens Hand und legte sie sich auf seinen blank rasierten Schädel. Wenn Ken überrascht war, ließ er sich das zumindest nicht anmerken, er ließ die Hand, wo sie war.

»Oh nein, nicht im Geringsten, Monsieur …?«

»Monsieur Chapelier.«

»Nennt mich Édouard. Ich fühl mich sonst so schrecklich alt.«

»Ich kenne mich da aus, Édouard, hab schon so manche Kopfform in den Händen gehabt …«

»Ach ja?« Er sah Ken an, als ob er ein Guru wäre, der ihn heilen würde.

Auch das Hausmeisterehepaar zog die Augenbrauen hoch und hing wie gebannt an Kens Lippen. Lippen, die seit ein paar Tagen ausschließlich mir gehörten und die ich in diesem Moment unbedingt küssen wollte.

»Aber dies hier …«, er streichelte behutsam über die gewölbte Kopfhaut bis zum ausladenden Hinterkopf, »… *est un exemplaire magnifique*. Ein Prachtexemplar!«, setzte er für mich auf Deutsch hinzu.

Ich musste mir das Lachen verkneifen, aber nur kurz, denn jetzt lehnte sich der Galerist an Kens Schulter und fing an zu weinen. Ein erwachsener Mann – bei uns mitten auf dem Hof – bei schon 25 Grad – um kurz vor elf – am späten Morgen. Verlegen schwiegen wir. Selbst Barbie erkannte den Ernst der Lage, verzog sich unter den Tisch und leckte still die Croissantkrümel vom Kopfsteinpflaster.

»Hey, Monsieur Chapelier, aber das geht doch nicht!« Aurélies Kopf ragte aus dem Fenster über uns, ihre Haare waren mit einem nassen Handtuch umwickelt, in ihrem Mundwinkel war der Stiel einer Zahnbürste sichtbar. »Warten Sie!«

Wir hörten etwas zu Boden poltern und dann das Platschen ihrer nackten Füße, die auf den Stufen hinuntereilten.

»Nennt mich Édouard«, flüsterte der Galerist nur leise. Als sie aus der schmalen Tür trat, sahen wir, dass sie auch am restlichen Körper ein Handtuch trug, das nur mit einem lässigen Knoten über ihrem Busen zusammengehalten wurde. Ich warf einen Blick auf Monsieur Lerocs aufmerksame Miene. Hatte er Angst, das Tuch könnte an ihr herunterrutschen, oder wünschte er es sich?

»Nicht weinen, nicht weinen!« Sie lief auf ihn zu. »Was habe ich da gehört, Ihre Frau? Ach, das wird sie bereuen und wieder zu Ihnen zurückkehren.« Sie beugte sich dicht über ihn und nahm wie selbstverständlich Kens Hand von seinem Kopf. In beiläufigem Ton sagte sie auf Deutsch: »Die 'at misch nie gemocht und ihn immer unter Druck gesetzt, wie er be'andeln soll seine Künstler. Diese unfreundliche Person 'at unsere Freundschaft kaputtgemacht.« Sie schüttelte ihn sanft an den Schultern und sprach wieder Französisch: »Kommen Sie, wir verlassenen Kreaturen müssen doch zusammenhalten! Mir gefällt Ihre Frisur, macht Sie jünger, nein, ehrlich! Und nun stehen Sie auf und vergessen Sie Ihren Kummer. Ich habe alte Bilder von mir neu entdeckt, meine Nichte Wanda ist darauf gestoßen, das könnte etwas für Sie und Ihre Kunden sein!« Im letzten Moment griff sie nach dem weißen Frotteestoff, der sich in Richtung Boden selbstständig machen wollte. Monsieur Leroc schnappte hörbar nach Luft.

»Madame Schnai-dèrrr.« Der Galerist hörte auf zu weinen. »Wie kommt es bei Ihnen zu dieser Wandlung? Ich bin überrascht. Angenehm überrascht!«

»Ich habe diesem blonden jungen Mann hier am Tisch erklärt, was auf den Filmen ist, die er zusammen mit meiner Nichte entwickelt hat. Und dabei, während ich beschrieb und erzählte, habe ich meine *reconnaissance* wiedergefunden.«

»Meine Dankbarkeit«, übersetzte Ken ungefragt für mich. Woher wusste er, dass ich außer diesem einen Wort alles verstanden hatte?

»Ich habe zwei Augen und ich setze sie ein, ich kann und darf sie benutzen, um anderen Menschen meine Welt zu zeigen, wie ich sie sehe. Was für ein Glück! Ist es nicht so? *Excuse-moi,* Ken!« Sie tätschelte ihn am Arm.

»Ist okay, Aurélie«, sagte er nur und lächelte.

»Ich zeige anderen Menschen, was mich bewegt, und werde dafür auch noch belohnt.« Sie lächelte. »Und *ent*lohnt.«

»Ach, das haben Sie wunderschön gesagt, Aurélie!« Die Concierge hatte die Hände gefaltet und presste sie an ihre ausladende Brust.

»*Ah, oui?*« Aurélie schaute sich um, als ob sie erst jetzt merkte, dass wir anderen auch noch da waren. »Kinder«, sagte sie dann zu Ken und mir auf Deutsch, »verhaltet eusch ruhig und geht spielen, das dauert jetzt 'ier ein bisschen. Um drei brechen wir auf in die Park, *d'accord?*«

Spielen gehen? Ruhig verhalten? Das ließen wir uns nicht zweimal sagen. »Können wir Barbie hier auf dem Hof lassen?«, fiel Ken ein, bevor wir gingen, und dafür war ich ihm sehr dankbar. Für das, was wir vorhatten, war ich lieber alleine mit ihm.

»Aber ja, sie darf auch mit ins Atelier, da ist es schön kühl auf dem Steinfußboden.«

Ich schaute Aurélie an und nickte. Es ist zur Abwechslung mal ganz cool, dachte ich, wenn Erwachsene sich wie Erwachsene benehmen.

In seinem Zimmer umarmten wir uns, kaum dass Ken die Tür hinter sich abgeschlossen hatte. Wir klammerten uns aneinander und küssten uns wild und immer leidenschaftlicher, endlich traute ich mich und presste mich ganz an ihn und spürte seine Erregung. Ich hörte Mamas »Aber ja!« in meinem Kopf und hätte beinahe angefangen zu kichern. Das war alles richtig so, gehörte dazu, auch das, was mein Körper für ihn empfand, genau da, zwischen meinen Beinen. Er ließ seine Hände runter auf meinen Po gleiten, ich machte es ihm nach ... er fasste stärker zu, ich auch. Wir prallten an die Tür, die Wände, den alten Kleiderschrank und landeten schließlich auf dem Bett, wo wir reglos übereinanderlagen und gegenseitig unseren Herzen beim Schlagen zuhörten.

»›Geht spielen!‹ Ob sie das so gemeint hat?«, fragte Ken, als wir uns, immer noch schwer atmend, wieder voneinander lösten.

»Auf jeden Fall!«, antwortete ich und strampelte so lange mit den Füßen, bis sich meine Sandalen mit den Holzsohlen von den Füßen lösten und irgendwo in den Raum schleuderten. Ich schaute auf ihn runter, er hatte die Augen geschlossen und sah so glücklich aus mit seinem leicht gebräunten Gesicht und dem lachenden Mund. Ich würde mit ihm schlafen und er mit mir – wir würden Sex haben, Liebe machen, jetzt gleich, und diese Tatsache machte mir keine Angst mehr. Denn es war Ken, mit dem ich es tun würde, nicht irgendein Mann.

Es war helllichter Tag, das war irgendwie ein komisches Gefühl. Ich stand auf, ging zum Fenster, lehnte mich hinaus und sah auf die belebte Straße. Viele Autos, ein Motorroller knatterte vorbei, jemand hupte und meine Augen verfolgten einen Fahrradboten, der sich mit irrer Geschwindigkeit durch die Autokolonnen schlängelte. Doch ich wollte diese Welt aussperren und dafür in die von Ken eintauchen und klappte die weißen Holzläden vor das Fenster. Zusammen mit den schweren Brokatvorhängen war es einen Moment später stockdunkel und die Geräusche drangen nur noch gedämpft ins Zimmer. Ich riss die Augen auf, ich sah nichts! Meine Güte, so ging es ihm immer, zwischendurch vergaß ich das manchmal.

Auch Ken hatte gehört, was ich tat, und war aufgestanden. »Warum machst du es dunkel?« Er spürte die Veränderung mit seiner Hell-Dunkel-Wahrnehmung. »Hast du etwa Angst, dich vor mir nackt zu zeigen? Keine Sorge, ich *gucke* nicht hin, ich fühle doch nur!« Er schnaubte durch die Nase, als ob er ein Lachen unterdrücken wollte, »Glurksglurks!«, tastete nach meinem Arm und drückte abwechselnd alle zehn Finger darauf, als ob er auf der Computertastatur etwas schreibe. »Diese zehn kleinen Gesellen sind die besseren Augen!«

»›Gesellen‹ ist ein beknacktes Wort! Verdammt, ich sehe nichts!«

»Ich führe dich rückwärts, so, immer weiter, du musst nicht so winzige Schritte machen, hier ist nichts im Weg …«

»Aua, doch, meine Schuhe! Fuck!«

»Oh, entschuldige, aber siehst du, deswegen solltest du bei Blinden nie was in der Gegend herumschmeißen. Und keine Türen offen stehen lassen und keine Küchenschränke und die Klappen von Spülmaschinen besser auch nicht!«

»Ja, ich hab's verstanden. Sorry, ich werde daran denken! Hilfe, wo bin ich?«

»Bei mir!« Wir waren wieder vor dem Bett angekommen, zumindest konnte ich die Kante an meinen Kniekehlen spüren. Wieder küssten wir uns blind und Kens Hände strichen an meiner Taille hinunter und wieder hoch über meine Brüste, so überaus zärtlich, aber auch nicht zu sanft, es war wunderschön, wie er mich anfasste. »Du hast mir meine Frage aber noch nicht beantwortet«, raunte er heiser.

»Ich habe das nicht gemacht, weil ich Angst habe«, sagte ich in die völlige Dunkelheit, als ich wieder zu Atem gekommen war. »Ich finde meine Figur und meinen Körper, äh, irgendwie toll, wenn man das selber so sagen darf.«

»Klar darf man das! Stimmt ja auch!«

»Da bin ich aber so ziemlich die Einzige in meiner Klasse glaube ich. Die anderen finden sich alle zu dick, zu dünn oder an bestimmten Stellen nicht richtig ausgestattet. Nicht genug *booty* hier, zu große *boobs* da … es gibt immer was, womit sie nicht zufrieden sind.« Ich war froh, ein bisschen reden zu können, denn ich war nun doch ziemlich nervös.

»Was war *booty* noch mal?«

»Ein guter Arsch, Hintern.«

»Ich glaube, das ist einer der Vorteile, blind zu sein«, sagte Ken. »Weil wir uns untereinander sowieso gar nicht oder kaum mit den Augen gesehen haben, ging es bei uns in der Klasse echt um was anderes.«

»Innere Werte?« Ich grinste und tastete nach seinem Gesicht, denn ich musste ihn schon wieder küssen und dieser Wunsch ließ meine Nervosität wieder verschwinden.

»Ja. Und die Stimme und der Geruch und wie jemand lacht und was man sonst noch beim Sprechen für Geräusche macht. Und *was* man sagt und wie man sich gibt, tatsächlich auch.« Er nahm mich sanft um die Taille und legte mich rückwärts über das Bett, dann war er auf mir und mir gefiel sein Gewicht und wie er mich umschlang und mit seiner Zunge in meinen Mund war. Wir küssten uns immer hektischer und wilder und rollten uns herum, ich wusste noch nicht mal mehr, in welche Richtung mein Kopf lag, ich war irgendwo auf dem großen Bett und nun lag ich oben, auf ihm und nahm seine Arme, presste sie neben seinen Kopf und setzte mich auf ihn. »Versuche es so was von gar nicht erst, im Judo bist du mir unterlegen«, sagte er von unten, schwer atmend.

»Ich weiß, aber das wird hier auch kein Judokampf, überhaupt kein Kampf.« Ich ließ mich hinunter zu ihm und er nahm meinen Kopf zwischen seine Hände und nun war es wieder voller Liebe und besonders zärtlich zwischen uns, als er die dünnen Träger des Tops herabstreifte, um es mir dann ganz auszuziehen. Auch ich zog an seinem T-Shirt und befreite seine Hose von dem Gürtel.

»Dennoch werden wir sehen, wer hier wen besiegen wird«, flüsterte ich, als wir beide nackt waren, und schloss die Augen in der Dunkelheit, um mich noch mehr auf seinen und meinen Körper konzentrieren zu können. Ich spürte seine Haut und kam mir neben seinem kräftigen Oberkörper weich und weiblich vor.

»Vielleicht wird es ja auch eher ein Tanz?«, sagte er. »Da gibt es meines Wissens keine Sieger.«

»Nein, bei einem Tanz im Dunklen gibt es immer nur Gewinner«, murmelte ich und dann sagten wir eine sehr lange Zeit gar nichts mehr.

12. Kapitel

»Scheint so, als hätten wir uns einen Dauergast zum Frühstück angelockt«, sagte Ken, als sich sowohl am nächsten als auch am übernächsten Morgen die Hoftür öffnete und die Concierge Monsieur Chapelier alias »Nennt mich Édouard« hineinführte.

»Hach, als ob ich es geahnt hätte!«, rief Madame Leroc. »Wie gut, dass ich so einen großen Topf Bouillabaisse gemacht habe, heute Abend haben wir anscheinend einen weiteren Gast!«

»Aber natürlich, Sie müssen auch kommen!« Aurélie stand auf, um einen zusätzlichen Stuhl aus dem Atelier zu holen.

»Nein, nein, keinen Kaffee für mich«, wehrte Édouard Chapelin ab, seine Glatze leuchtete. »Sie müssen ja sonst denken, ich hätte kein Zuhause und keinen Ort zum Frühstücken.«

»Genau das denken wir«, raunte Ken in mein Ohr und wir lachten, denn nachdem Aurélie ihn noch ein weiteres Mal aufgefordert hatte, sich nicht so anzustellen, setzte der Galerist sich wie am Morgen zuvor freudig an den Tisch, tauchte ein Stück gebuttertes Baguette in seine Kaffeeschale und versank mit Aurélie in einem Fachgespräch über die Kunstszene, die geplante Ausstellung und die schrecklich unentschlossenen Kunden der Galerie.

Wir gingen an diesem Morgen insgesamt dreimal los, um einzukaufen, schließlich mussten wir alles in Rucksäcken und großen Taschen zu Fuß in die Wohnung schleppen. Aurélie band sich ihre Schürze um und stellte sich an den Herd; für die nächsten Stunden kochte und backte und brutzelte sie im Ofen, sodass die köstlichsten Gerüche durch die Wohnung wehten. Eine riesige Kasserolle *Coq au vin*, zwei Aprikosentartes, eine Auflaufform mit Ratatouille und ein Blech mit gebackenen Süßkartoffeln. Ken assistierte ihr dabei, indem er Gemüse schälte, schnippelte und hobelte, Kräuter zupfte, Aprikosen wusch und entsteinte und Pilze putzte. Sie hörten französische Chansons und sangen bei *Non, je ne regrette rien* von Édith Piaf besonders schön mit.

Ich übernahm es, mit Bertrand, also Monsieur Leroc, den Hof zu dekorieren. Das Siezen und das »Monsieur« hatte ich aufgegeben, die zweite Person Plural war einfach zu kompliziert auf Französisch und er hatte nichts dagegen, von mir bei seinem Vornamen genannt zu werden.

Bertrand schleppte einen Karton voller Girlanden an und aufgerollte Kabel mit unzähligen bunten Glühlampen. Die Haken steckten schon in den Wänden, sodass ich ihm die lange Lichterkette nur hoch auf seine Leiter anreichen musste und er sie einfach darüberhängte. »Ach, Aurélie kann so viel!« Monsieur Leroc schwankte bedenklich auf seiner Leiter, als er in das Küchenfenster hineinschaute, und weil in diesem Moment Madame Leroc den Hof mit einem Stapel Tischdecken betrat, stieg er schnell wieder zu uns herab.

»Jaja, sie ist ein Multitalent«, bestätigte auch die Concierge, »doch dann kommt so ein *mec* und macht ihr alles kaputt.«

»*Un mec?*«

»Ein Mann, ein Typ«, erläuterte Monsieur Leroc.

»Mach dein Ding, Wanda, lass dich nicht von Männern irritieren!« Madame Leroc erhob den Zeigefinger, als ob sie mich warnen wollte.

»Und was ist mit Bertrand, deinem Mann?«

»Den hab ich schon richtig ausgewählt!«

»Richtig, richtig. Hatte keine Chance.« Er ächzte, als er den schweren Tisch ganz alleine aus dem Atelier trug.

»Lass mich helfen, sonst bekommst du noch einen …« Ich deutete das Wort »Hexenschuss« an, indem ich mir einen Schlag ins Kreuz versetzte. Mein Opa in Bremen hatte so was oft, er lag dann tagelang stöhnend auf dem Sofa, unfähig, sich zu bewegen, das konnte ich dem gutmütigen Bertrand ja ersparen. »*Ah, oui. Non, non.*« Er verstand. Zusammen holten wir weitere Tische aus der Dunkelkammer nach oben und stellten sie zu einer langen Tafel zusammen. Erst als die frisch gestärkten weißen Tischdecken an Ort und Stelle lagen und die Tischplatten bedeckten, redete Madame Leroc weiter. »Ken ist ein feiner junger Mann und in Ordnung, er ist eine Ausnahme, aber auch *er* darf dir deine Träume nicht kleinreden, niemand darf das! Hör auf den Rat einer gestandenen Frau!«

»Er redet sie nicht klein, er lässt sie eher aufblühen wie … wie … die Blumen hier an der Wand, seitdem sie wieder Wasser bekommen.«

»Oh, là, là! Ken ist also dein Wasser?«

»Unsere Wanda ist ja eine Dichterin«, sagte Bertrand. Ich grinste nur. Ja, ich war gerne *ihre* Wanda.

Wir stellten immer mehr Stühle um die Tafel, die Monsieur Leroc von irgendwoher anschleppte. Zehn, fünfzehn, zwanzig zusammengewürfelte Exemplare zählte ich am Ende.

»Aber was Aurélie kocht, reicht doch nie für alle, auch wenn du reichlich Fischsuppe mitbringst, Madame Leroc.« Ich freute mich, wie flüssig mein Französisch mir mittlerweile von den Lippen kam, wenn ich ein Wort nicht wusste, fielen mir meistens drei ein, um es zu umschreiben. Es war, als wenn die Sprache schon immer in mir gewesen wäre und einfach nur aus ihrem Schlaf geweckt worden war. Vielleicht wurde ich wirklich noch zu einer Dichterin.

»Oh, keine Angst. Die Hausbewohner bringen jeder etwas mit, das haben wir schon manches Mal so gehandhabt, aber Aurélie war immer die Hauptperson.«

»Ja«, fügte ihr Mann hinzu, »es scheint, als bräuchten wir sie für den Startschuss; als könnten wir nicht ohne sie.«

Am frühen Abend gingen wir im Haus von einem Stockwerk zum anderen, um zwanzig flache Teller, zwanzig große Teller, kleine Suppenschüsseln und Messer und Gabeln zusammenzubekommen, denn die hatte Aurélie nun wirklich nicht. Dabei lernten wir noch weitere Bewohner kennen. Zum Beispiel den dünnen Typ ganz oben, der kaum die Tür aufmachen wollte, doch dann ganz aufgeregt wurde und uns hineinbat. Seine Dachkammer war höchstens zehn Quadratmeter groß, doch er sagte, er hätte einen herrlichen Blick aus dem kleinen Fensterchen bis rüber zum Eiffelturm, den wir unbedingt genießen sollten. »Hmm, vielleicht ein anderes Mal.« Ken lehnte ab, doch ich war neugierig und schaute weit über das verzinkte Dach. Er sei Dichter, sagte er, und brauche nicht viel außer seiner Schreibmaschine, die tatsächlich altmodisch und schwarz auf dem kleinen Tischchen vor dem Fenster stand. Früher hätte ich es nicht bemerkt, aber weil ich Ken später alles genau beschreiben wollte, achtete ich auf jedes Detail, das ich sah, und mir fiel auf, dass die Maschine dick verstaubt war und kein einziges beschriebenes Blatt Papier herumlag.

Ganz unten links, gegenüber dem Hausmeisterehepaar, wohnte eine Familie mit einem kleinen Sohn, der anscheinend morgens früh in die Krippe gebracht und abends wieder abgeholt wurde. Wenn ich sie einmal sah, schleppten sie ihn gerade von der Haustür zur Wohnung oder umgekehrt. Mit seinen dunklen Locken sah er total süß aus, doch meistens schlief er oder weinte, so wie jetzt. »Kommen Sie doch auch«, sagte Ken.

»Oh nein, Claude muss schlafen!« Gehetzt setzte die noch ziemlich junge Frau ihre Einkaufstüten vor der Wohnungstür ab, während ihr Mann den strampelnden Jungen im Arm hielt und nach dem Schlüssel suchte.

Schlafen? Claude sah eher aus, als ob er die Schnauze voll hätte von seinen Eltern und einfach nur mal auf den Boden gesetzt werden wollte, um den Hausflur zu erkunden. Er konnte bestimmt schon laufen.

»Meine Eltern haben mich abends oft mitgenommen und bis tief in die Nacht mit mir gespielt. Heute sind sie froh darüber, dass sie das getan haben, bevor alles zu spät ... na ja, sagen wir, alles *anders* wurde.«

»Ach wirklich?« Sie schauten mitleidig auf Barbie, die ihre blaue Schärpe mit dem Blindenzeichen trug, und vermieden es, ihn anzugucken.

»Na, und ich erst!« Er lächelte knapp an ihnen vorbei.

Ich hielt die Luft an. Ken spielte mal wieder seinen Blindenbonus aus. »Außerdem liebt Barbie kleine Kinder, sie ist keine Gefahr für ihn.« Er zeigte auf die Hündin neben sich. Claude ruderte mit den Armen und wollte zu ihr, doch er durfte nicht. Dennoch hatte Ken Erfolg.

»Vielleicht schauen wir mal einen Moment vorbei. Wir haben doch noch den Auflauf mit den Sauerkirschen, Marlene?«

»Es sind alle netten Nachbarn aus unserem Haus da, ihr nehmt euch Zeit für Claude und könnt mal mit anderen Menschen reden«, sagte Ken. Marlene nickte, auch sie sah aus, als ob sie eine kleine Auszeit bitter nötig hätte.

Der Abend kam, die Hausbewohner trudelten nach und nach ein, stellten ihre Töpfe und Schüsseln auf die Tische, standen herum und unterhielten sich. Jemand hatte einen alten Plattenspieler und zwei große Boxen auf den Hof gestellt, aus denen Akkordeonmusik erklang. Die bunten Lampen leuchteten zwischen den Blättern der Kletterpflanzen, die Frangipanibäumchen hatten sich erholt, ihre Blüten verströmten einen schweren, süßen Duft. Die Tafel war wunderschön gedeckt, ich beschrieb Ken die vielen verschiedenen Teller und Gläser, die farbigen Servietten und die kleinen Blumenvasen mit dicken lila Fliederblüten dazwischen, keine Ahnung, wer die gespendet hatte … und die zusammengewürfelten Kerzenständer mit den unterschiedlichsten bunten Kerzen. »Wie aus einem kitschigen Paris-Film, selbst die Akkordeonmusik passt hundertprozentig.«

»Das ist unser Film, Wandá«, sagte er. »Von uns selbst ausgedacht und nur deswegen können wir darin mitspielen.«

»Echt, ist das so?«

»Klar, du musst es vor dir sehen und glauben, dann klappt es meistens. Andersrum funktioniert es sogar noch besser.

Leider. Du hast Angst, dass irgendwas Blödes passiert, und wünschst dir, dass es *nicht* passiert, und konzentrierst dich so darauf, dass es garantiert so kommt, wie du nicht wolltest.«

Ich dachte einen Augenblick über seine Behauptung nach. Er hatte recht – wenn ich mich vor einem Wettkampf verrückt machte, weil ich Schlechtes über die Kampfrichter gehört hatte, konnte ich sicher sein, dass sie genauso ungerecht und parteiisch waren, wie ich befürchtet hatte. »Und das ist dann selbst gemachtes Unglück, oder wie?«

»Ja. Und das funktioniert auch bei Glück. Aber für die meisten Menschen ist das zu einfach, um daran zu glauben.« Er nahm mich in die Arme und küsste mich zärtlich auf den Mund. »Ich bin so froh, dich kennengelernt zu haben, Wandá«, sagte er und stützte sein Kinn vorsichtig auf meinen Kopf, als er mich noch enger an sich zog. »Ich hatte keinen Plan, wie ich es anstellen würde, aber ich habe mir meinen Sommer in Paris genauso aufregend und toll vorgestellt. Ich wusste nur nicht, dass es auch noch eine weibliche Hauptfigur geben würde.«

Ich drückte mich an ihn und atmete seinen leckeren Geruch ein, am liebsten wollte ich schon wieder mit ihm schlafen und ihm schien auch der Sinn danach zu stehen … Er streichelte über die Träger meines Kleides. »Das kleine Weiße?« Ich nickte.

»Das ist echt *hot*. Nicht dass der Dichter von da oben ausflippt, wenn er dich sieht.«

»Der ist überhaupt nicht mein Typ. Und noch nicht da.«

»Ich weiß.« Er grinste. »Er riecht nach Zigaretten, als ob er regelmäßig in einem Aschenbecher badet. Trotzdem werde ich dich *im Auge* behalten. Nachher dichtet er dir was vor und du hörst seine großartigen Worte und haust mit ihm ab und machst mit ihm das, was nur *ich* mit dir machen möchte.«

Obwohl Kens Eifersucht nur gespielt war, gefiel sie mir. Das, was wir zusammen machten, war ausschließlich für ihn reserviert. »Wenn du ihn sehen könntest, würdest du wissen, dass das nie vorkommen wird, egal, wie toll er dichtet. Sein Körper ist lang und irgendwie schief und er hat kleine, moosige Zähne ...« Ich schüttelte mich.

»Also echt, Wanda, wie oberflächlich«, sagte er vorwurfsvoll, doch er grinste. »Hiermit werde ich dir noch einen Pluspunkt des Blindseins verraten: Man hat nicht gleich Vorurteile, nur weil einer mal ein bisschen krumm geht ...«

»Hallo? Eben durfte ich ihm nicht einmal zuhören ...« Wir lachten, ich packte ihn und bewegte mich mit ihm nach der Musik. Aus dem oberen Fenster hörten wir Aurélies Stimme, die »*À table!*« in den Hof hinunterrief. Monsieur Leroc ging mit einem großen, gläsernen Ballon um den Tisch und schenkte schon mal die Weingläser voll, seine Frau stellte Karaffen mit Wasser auf den Tisch, die kleine blaue Kanarienvogelfrau und der Landlord zeigten sich, gestützt auf ihre Krücken, und wurden mit Beifall empfangen, auch das Paar mit dem Jungen betrat den Hof. Der kleine Claude wurde wieder ganz aufgeregt, weil er Barbie sah, und durfte diesmal tatsächlich auf seinen eigenen Beinchen stehen und ihn streicheln. Jemand klopfte an sein Glas, es war Bertrand, der rief: »Auf Aurélie und unser Haus in der Rue Brochant! Mögen wir in guter Gesundheit immer wieder zusammenkommen!«

»Komm, wir suchen uns Plätze.«

Wir aßen und tranken, stießen mit den Gläsern an und ich lehnte mich zwischendurch immer wieder zurück, um einfach dem Gerede, dem Gelächter, den Anspielungen und den Witzen, die ich selten verstand, zu lauschen. Das war Paris! Mein Paris. Wunderschön, wie in einem Film, den ich mir kreiert hatte. Und das Beste daran: Ken, der an meiner Seite saß und meine Hand hielt.

Später, als wir die verschiedenen Desserts (Auflauf mit Sauerkirschen, *Mousse au Chocolat,* ein halb gefrorenes Zitronenparfait) durchprobiert und aufgegessen hatten, kochte Aurélie in ihrer größten Espressokanne Kaffee und Édouard, der Galerist, brachte ein Tablett voller kleiner Tassen herunter, von der keine der anderen glich. Typisch Aurélie. »Einen Moment mal bitte!«, rief er und alle wurden still. »*Mesdames et messieurs!* Wo wir hier an diesem außergewöhnlichen Abend bereits alle so schön versammelt sind …« Er schaute sich mit einem strahlenden Lächeln um. Nichts erinnerte mehr an den traurigen Mann, der vor ein paar Tagen in unseren Hof geschlichen kam. »In zwei Tagen eröffne ich in meiner *Galerie Le Chat* in der Rue Legendre eine Ausstellung mit drei Fotokünstlerinnen, von der eine hier mit am Tisch sitzt beziehungsweise gerade oben in der Küche steht: Madame Aurélie Schnai-dèrr! Aurélie, zeig dich!«

Aurélie winkte aus dem Fenster wie von einer Bühne herab und Beifall brandete auf. »Ja!«, rief sie. »Kommt bitte alle, futtert die Salzstangen und Erdnüsschen leer und feiert mit uns die Vernissage!«

Die Musik wurde lauter, jemand hatte einen Walzer aufgelegt, ehe ich darüber nachdenken konnte, hatte Ken mich am Handgelenk gezogen und war aufgestanden. »Es sei denn, du willst nicht.«

»Doch natürlich!« Ich liebte es, mit ihm zu tanzen, und um ehrlich zu sein, wollte ich auch etwas mit ihm angeben, denn er sah an diesem Abend mal wieder ziemlich gut aus. Einfach *hot*, auch ohne weißes Kleid. Wir ließen die Musik ein paar Takte lang über uns hinwegschweben, dann drehten wir unsere Runden.

»Ach schau mal, die jungen Leute, wie nett«, hörte ich im Vorbeitanzen am langen Tisch. »Man weiß gar nicht mehr, über was man sich bei ihnen beschweren soll …«

Ich musste lachen: »Ich kann und will es mir jedenfalls nicht vorstellen, unseren ›Tanz im Dunkeln‹ jemals mit einem anderen Menschen außer mit dir zu tanzen.«

»Ich auch nicht, Wanda«, flüsterte er mit heiserer Stimme, »ich ganz bestimmt auch nicht. Hättest du etwas dagegen, heimlich mit mir nach oben zu verschwinden …?«

Hatte ich nicht.

Die Tage verschwammen in der Großstadthitze und gingen in den warmen Nächten ineinander über, waren jedoch längst nicht alle gleich und vorhersehbar. Wir gingen abends mit Aurélie aus, das heißt, wir warfen uns mit Tausenden anderen Parisern und Touristen auf die Straßen und feierten bis spät in der Nacht, was die Stadt hergab. Überall, wo immer wir auch aus der Métro emporkamen oder aus dem Bus stiegen, ja selbst wenn wir nur im Batignolles-Viertel umherschlenderten, gab es etwas Besonderes zu sehen und zu entdecken, unmöglich, sich das nicht anzuschauen, sondern stattdessen zu schlafen … Überall gab es Musik oder Theater auf den Straßen, Stände mit alten Büchern oder Filmplakaten, Feuerschlucker, Jonglierkünstler, eine öffentliche Filmvorführung an der fensterlosen Seitenwand eines Wohnhauses und jede Menge Künstler, die ihre Bilder auf den Bürgersteigen ausstellten und verkauften.

Nur noch ganz selten schaute ich Ken von der Seite an und fragte mich, ob es schlimm für ihn war, dies alles nicht zu sehen. Aber dann wusste ich es ganz schnell wieder: Auch ohne seine Augen bekam er so viel mit, er pickte sich die witzigsten Leute raus und kam mit ihnen ins Gespräch, Telefonnummern und Einladungen wurden ihm zugesteckt, er konnte sich gut orientieren und in Restaurants wählte er mit unnachahmlicher Gewissheit die besten Gerichte von der Karte. Wie er das machte, blieb sein Geheimnis.

Am Tag der Ausstellungseröffnung warfen wir uns besonders schick in Schale. Aurélie und ich steckten uns jeweils eine weiße, duftende Frangipaniblüte ins Haar, Ken klemmte seine an einen der Hosenträger, selbst Barbie trug eine Blüte mit all ihrer Hundewürde am Halsband. Die Galerie war hell erleuchtet, die Leute standen in einem dichten Pulk davor auf dem Bürgersteig, sodass wir uns durch sie hindurchkämpfen mussten. Lasst uns durch, wir stehen auf der Gästeliste!

Édouard begrüßte uns mit einem französischen Rechts-links-Küsschen und kündigte den Besuchern die Künstlerin Aurélie an. »Schau mal die Klebepunkte an deinen Bildern, bis auf eins sind schon alle verkauft!«, sagte er so laut zu ihr, dass wir es hören konnten. Ich drückte Kens Hand und platzte beinahe. Ich war so stolz auf Édouard und seine elegante Galerie, auf Aurélie mit ihrem bunten Turban und dem fließenden, langen Seidenkleid, auf ihre genialen Schwarz-Weiß-Fotos an der Wand, auf meinen süßen, tollsten Freund *ever*, Ken, auf die schlaue Barbie, auf uns vier als coole Truppe!

Ich bin nicht mehr nur Wanda, die deutsche Meisterin mit den Keulen und Vizemeisterin mit dem Reifen, ging mir durch den Kopf. Ich bin so viel mehr! Ich bin Kens Freundin und seine Tanzlehrerin, ich bin Aurélies Nichte und ihre Rettung aus dem schwarzen, traurigen Loch, ich bin eine deutsche Schülerin, die ganz anständig Französisch spricht, ich bin keine Jungfrau mehr, ich bin Barbies selbst ernannte Patentante, ich bin, ach, ich bin so viele Wandas und doch einfach ich! Und ich bin glücklich! Ja, ich nickte mit dem Kopf und küsste Kens Hand, die immer noch in meiner lag. Ich war wirklich glücklich wie nie zuvor.

Im Hof herrschte seit dem Abend unseres ersten großen Essens immer reger Betrieb, die Leute wollten einfach nicht in ihren heißen Wohnungen bleiben, sondern kamen mit ihrem Abendessen hinaus. Wir besprengten die Steine und die Pflanzen mit Wasser, sodass es ein bisschen kühler wurde, und ließen die Tische der Bequemlichkeit halber über Nacht draußen stehen. Das Gittertor des Hofes war ja ab zehn immer abgeschlossen, dafür sorgte die Concierge. Jeden Abend versammelten sich einige der Hausbewohner, man stellte die Gerichte einfach hin, probierte voneinander, lud sich gegenseitig ein, holte später noch Wein und Desserts und blieb bis spät in die Nacht sitzen … Es wurde geredet, gesungen und gelacht, manchmal konnten wir es bis in Kens Zimmer auf der anderen Seite des Flures hören und schliefen dabei, trotz Hitze, eng umschlungen ein.

An einem der folgenden Abende, als wir Aurélies köstlich zwiebelig-süße *tarte aux échalotes* mithilfe der Hausgemeinschaft restlos verputzt hatten und gerade überlegten, ob wir im Viertel bleiben oder doch noch zur Métrostation *Gare de Lyon* fahren sollten, um Aurélies Lieblingsband *In the Can* zu sehen, knarrten die Scharniere des Hoftores. Jemand kam aufrecht, mit langen Schritten auf uns zu, ich konnte nur seine schwarze Silhouette gegen das Licht der Straßenlaternen sehen, in der Hand trug er eine große Tasche, die er sich im Gehen über die Schulter warf. Wer kann das sein?, dachte ich kurz und ließ meinen Blick über den Tisch schweifen, auf dem sich neben abgegessenen Tellern und halb vollen Weingläsern auch ein paar Wasserflaschen, Schnapsgläschen und Espressotassen befanden. Alle, die ich kenne, sitzen doch bereits hier. Wir hatten mit Édouard noch einmal auf die erfolgreiche Ausstellungseröffnung angestoßen und er hatte Aurélie den ganzen Abend lang zu weiteren Abzügen aus der *Boote-am-Quai*-Serie bewegen wollen. Wir schauten dem Ankömmling entgegen und ich fasste automatisch nach Kens Hand … irgendwie kam mir sein Gang bekannt vor, das war doch … ich ließ Ken los und sprang auf. Barbie tat einen kleinen überraschten Wuff und ich rief: »Papa?!«

13. KAPITEL

Papa war da und ich war stolz, ihm am nächsten Morgen alles zeigen zu können: unser Frühstücksritual, den blühenden Hof, unseren Korb, der aus dem Küchenfenster hing, das geordnete, saubere Atelier, in dem Aurélie für ein paar Stunden am Tag verschwand, manchmal auch halbe Nächte … die freigeräumte Wohnung, die Küche mit dem großen Obstkorb und den Vorräten in den Schränken (von dem Geld, das dies ermöglicht hatte, erzählte ich vorerst nichts, er hätte sich nur über Kens unvernünftig hohe Risikobereitschaft aufgeregt), Fotos von der Ausstellungseröffnung, meine Bräune aus den Pariser Parks, meine gesunde Nase und natürlich, am allerwichtigsten: Ken und seine Barbie.

Ein paar Bedenken hatte ich ja schon, mein Vater konnte ziemlich rechthaberisch und stressig sein, wenn ihm irgendetwas nicht gefiel und es nicht nach seinem Willen ging. Doch er war total entspannt und schien sich über alles zu freuen, was ich ihm präsentierte, besonders aber darüber, wieder in seiner Heimatstadt zu sein. Er sang alte Chansons im Radio mit, alberte mit Aurélie herum, lobte mein Französisch, tätschelte Barbie und bezeichnete sie als »gutes Mädchen« und Ken als »netten Kerl«.

»Dein Freund also?«, fragte er noch einmal nach, als wir alleine auf dem Platz gegenüber der Kirche bei einer Portion Eis saßen.

»Ja, Papa!« Ich biss die Zähne zusammen, jetzt kam bestimmt irgendwas von »noch zu jung« und so weiter, doch nichts dergleichen.

»Ich war auch so verliebt mit fünfzehn.«

»Papa, ich bin sechzehn!«

»Ach ja, stimmt! Hast du eigentlich deinen Ausweis dabei?«

»Warum?« Fuck! Ich hatte Papa immer noch nichts von dem Diebstahl erzählt, nichts davon, dass mein gesamtes Portemonnaie mit Geld und Personalausweis abhandengekommen war.

»Ach, ich habe da ein kleines Projekt, na ja, hat Zeit, aber vielleicht brauche ich ihn in ein, zwei Tagen mal.«

»Okay.« Was hatte er vor, wollte er eine Reise buchen?

»Warum bist du eigentlich schon hier und nicht in Bremen, musst du nicht noch diese Ferienkurse geben? Geräteturnen, *Fun and Games* für jedes Alter und so?«

»*Ah oui,* nun ja«, er rührte mit seinem langen Löffel auf dem Grund des Eisbechers herum. Er schaute irgendwie verlegen oder bildete ich mir das nur ein? Auch seine Hände bewegten sich unruhig und er juckte sich ein-, zweimal an der Nase. Seitdem ich mit Ken zusammen war, achtete ich immer mehr auf diese kleinen Zeichen, um ihm Menschen besser beschreiben zu können. Papa hatte ich in wenigen Sätzen hinbekommen: bisschen größer als du, aufrechter Ich-war-mal-Leistungssportler-Gang, stolz auf Kein-bisschen-Bauch, dafür zurückgehender dunkler Haaransatz, dunkle Augen, die er mir vererbt hat. Geht als gut aussehend durch und hofft inständig, dass das noch lange so bleibt, würde es aber niemals zugeben.

Ich schaute ihn an. Natürlich war er immer noch Papa,

aber gleichzeitig war er auch fremd, und das gefiel mir sogar. »Dahin hast du mich als kleines Kind immer mitgenommen, das weiß ich noch. Ich bin sozusagen in der Turnhalle aufgewachsen.«

»Stimmt.«

»Und du hast mich damals schon trainiert, ich war erst drei oder so, als ich Trampolin sprang und mich in das mit Schaumstoffstücken gefüllte Becken plumpsen ließ.«

»Du hattest so viel Spaß daran und du warst auch noch extrem talentiert!« Er schaute versonnen auf das Portal der Kirche. »Ich habe mir eine Vertretung besorgt, ich weiß nicht, ob du das kennst, Wanda, aber ich hatte einfach ein dringendes Bedürfnis nach Veränderung, denn ich kann das gerade alles nicht mehr sehen!« Er drehte seine Handflächen zum Himmel und zog die Mundwinkel in gespielter Verzweiflung hinunter, doch mit einem Mal verstand ich ihn. Er, der disziplinierte ehemalige Barrenturner, Leistungssportler und fast Olympiateilnehmer Matthieu Canet, hatte einfach keine Lust mehr auf die ewig gleiche Turnhalle, Kinder und Trainingseinheiten!

»Kenn ich«, sagte ich grinsend. »Manchmal muss man raus aus der eigenen Stadt!« Obwohl ich ja nicht ganz freiwillig nach Paris gegangen war, konnte ich es mir überhaupt nicht mehr vorstellen, zurück nach Bremen zu fahren. Jetzt noch nicht! Was aus Ken und mir würde, wenn die Ferien vorbei waren – daran wollte ich lieber gar nicht denken.

»Und er …« Papa schaute zur Seite, als ob es auf dem Platz etwas Interessantes zu sehen gäbe. »Dieser Ken, mit dem hast du, äh, bist du …«

»Ja?« Ich ließ ihn ein bisschen zappeln.

»Weiß Mama davon?«

»Ja, Papa.« Ich klopfte ihm kurz auf die Schulter, fast fühlte es sich wie Mitleid für ihn an. Er wusste nicht mehr alles über mich – und das war okay. »Alles geregelt.«

»Na, dann ist ja gut.«

Ich grinste. Das Gespräch über Verhütung und ob ein Mädchen wie ich schon so früh mit ihrem Freund schlafen soll, war damit für ihn erledigt. Mama wusste davon. Frauensache. Alles klar.

Doch Ken traute dem Frieden nicht. »Wir machen jetzt aber keine Sightseeingtour mit deinem Vater?«, fragte er und hielt mich an den Armen fest, als ich mich am späten Nachmittag in sein Zimmer geschlichen hatte. Ja richtig, geschlichen. Obwohl Papa Bescheid wusste, sollte er das nicht so mitbekommen.

»Nee, er hat ja noch gar nicht gefragt.«

»Wenn er fragt, haben wir am besten sofort was parat, was wir stattdessen machen, etwas Sinnvolles, aber wir alleine! Und ohne jedes Zögern vorgetragen, das ist bei Erwachsenen immer wichtig.«

»Wenn du meinst.« War Papa wirklich so schlimm?

Wir gingen in die Küche, niemand war zu sehen. Ich musste mich zwingen, keinen Zettel zu schreiben, wo wir hingingen und wann wir wieder zurück waren. »Haben wir doch bei Aurélie auch nicht getan«, sagte Ken nur.

Hand in Hand schlenderten wir Minuten später über die Wege des *Square des Batignolles*, es war herrlich, nichts tun zu müssen und ganz für uns zu sein. Ohne Ziel gingen wir aus dem Park wieder hinaus, Richtung Montmartre. Barbie hatte Freizeit, die sie dazu nutzte, das durchgekaute, halbe Brötchen entgegenzunehmen, welches ihr arglos im

Vorübergehen von kleiner Hand aus einem Buggy hingehalten wurde. Die deutschen Eltern trugen den Raub mit Fassung, nur das Kind brüllte los. Wir entschuldigten uns vielmals auf Französisch und zogen Barbie an der Leine mit uns.

»Host du des g'sehn, der do war blind!«, sagte die Frau halblaut zu ihrem Mann, kaum dass wir vorbei waren. Offenbar kam sie aus Bayern.

»Ja. Und wie nett sie sich um ihn kümmert, das müsste sie ja nicht tun …«

Ich hielt die Luft an und schämte mich für die beiden.

»Das stell ich mir scho' anstrengend vor«, fuhr der Mann jetzt fort, »er ist ja völlig hilflos ohne sie …«

»*Ah oui*, echt hilflos!« Ken drehte sich um und ich liebte ihn, weil er jetzt wieder so süß durch die Nase glurkste. »Nur im Dunklen, da bin ich unschlagbar!«

Ich kicherte und drückte Kens Hand. »Wenn Sie wüssten, was er da alles mit mir anstellt …«, rief ich über meine Schulter und lachte laut, während wir eingehakt über den Bürgersteig bergauf schwankten.

»Behindert und dann san 's noch unverschämt und mitten am Tag betrunken«, hörten wir ihre empörten Stimmen, dann verlor sich ihre akustische Spur im Strom der Touristen.

»Aber das Kind war süß und zunächst ja auch spendabel«, sagte ich. »Hat's geschmeckt, Barbie?« Barbie leckte sich zustimmend über die Schnauze, auf der Suche nach mehr, und obwohl sie nicht im Dienst, sondern nur an der Leine war, zeigte sie Ken eine Bank an, indem sie einfach stehen blieb. »Sie will, dass wir uns setzen.«

»Ist sie müde oder meint sie, dass *du* müde sein müsstest?«

»Ich glaube eher, sie riecht irgendwas, was sie haben möchte …«

Ich schaute mich um, neben uns stand ein überquellender Mülleimer. »Oh ja, richtig geraten. Aber nein, Barbie, nein!«

Sie schaute mich aus ihren wunderschönen dunkelbraunen Augen an. »Barbie sieht aus, als ob sie etwas sagen will, so was wie: Hast du mir überhaupt etwas zu befehlen, Schätzchen?«

Ken lachte. »Sie weiß genau, was sie will.«

»Ja, ich kann dir was befehlen«, antwortete ich ihr. »Immerhin bin ich deine Patentante und übernehme das Sorgerecht, falls deinem Herrchen etwas … falls dein Herrchen sich mal nicht um dich kümmern kann. Hilflos, wie er nun mal ist.«

Wieder lachten wir los und setzten uns. Montmartre war zwar nicht unsere bevorzugte Gegend, wie überall in dem Viertel waren auch auf der Rue Lepic zu viele Touristen unterwegs, aber die Geschäfte waren hübsch und die vielen Restaurants mit ihren knalligen Markisen auch.

»Ich will, dass es immer so weitergeht mit uns.« Ken nickte vehement und fuhr fort: »Bin ja sonst eher nicht so ein Mensch, der sich Sorgen macht, aber der Gedanke, von dir getrennt zu sein, macht mir überhaupt keinen Spaß!«

Ich rückte noch ein bisschen dichter neben ihn und zuckte mit den Schultern, denn ich wusste keine Antwort darauf, außer dass auch *ich* ihn nicht verlassen wollte.

»Und dein Vater … dass der jetzt da ist …«

»Was hast du immer mit meinem Vater? Der stört uns doch nicht!« Ich wurde tatsächlich etwas ärgerlich. »Was ist eigentlich mit *deinem* Vater? Ist doch total komisch, dass du in Paris bist und noch kein einziges Mal bei ihm warst.«

»Ach ja?«

Sobald die Sprache auf diesen Typ kam, hatte Ken einen ganz scharfen Ton an sich.

»Das lass bitte mal mein Problem sein, ich habe da mein eigenes Tempo!«

»Scheint ja auch nicht so der Vorzeigedaddy zu sein.«

»Du weißt nichts von ihm, Wanda!«

Mist, da hatten wir ihn, unseren ersten Streit, nur wegen den blöden Vätern. Ich griff nach seiner Hand. Immerhin ließ er sie mir. »Sorry. Das war fies. Uns bringen keine Väter auseinander, versprochen. Aber Papa war doch cool, er hat dich akzeptiert und einen netten Kerl genannt, hey, das ist schon viel!«

»Na super!« Er grinste wieder und ich musste ihn unbedingt küssen und dann lehnte ich mich an seine Schultern, kuschelte mich an ihn und beobachtete die Menschen, die an uns vorbeigingen. »Soll ich dir beschreiben, was ich sehe?«, fragte ich nach einiger Zeit.

»Das ist sehr nett von Ihnen, *Madame*, aber nein danke.« Ken schüttelte den Kopf. »Ich weiß schon alles: Eine Vespa fährt gerade vorbei, drei Japanerinnen trippeln den Berg hoch und plaudern aufgeregt über ihre neuen Handtaschen von *Chanel*, riesig große Amerikaner quetschen sich in die filigranen Korbstühle vom Café gegenüber …«

Mir blieb der Mund offen stehen, er hatte recht! Ob die drei Frauen Japanerinnen waren, konnte ich nicht erkennen, aber aus Asien kamen sie, keine Frage, behängt mit Markenklamotten und hässlichen Handtaschen, nicht von *Chanel*, dafür die mit den begehrten braunen Buchstaben und Karos darauf. Die Amis auf der anderen Straßenseite stemmten sich mit ihren dicken Hintern nach einem kurzen Blick auf die Karte aus den kleinen Sesselchen und zogen lärmend weiter. Das alles wusste er, ohne zu sehen!

»Und Barbie frisst den Rest von einem Crêpe mit Nutella, den sie gerade unter der Bank gefunden hat …«

»Barbie!« Er hatte recht, schon wieder kaute dieses Tier auf irgendwas herum, den vorderen Teil des Körpers hatte sie zu diesem Zweck halb unter die Bank geschoben. Ich zerrte sie hervor und nahm ihr, was immer es war, aus dem Maul. »Bääh. Barbie. Pfui! Aus!« Beide schimpften wir mit ihr, doch dann bekam Ken wieder seinen komischen Tick mit den Augen, den er immer vor mir verbergen wollte. Seine Lider flatterten und ich hörte ihn »*mais non*« murmeln, »doch nicht jetzt!«.

»Was ist das immer, was hast du, wenn du das machst?«, fragte ich ihn, während er die Fäuste in seine Augenhöhlen presste. »Tut es weh?«

Doch er antwortete nicht, sondern blieb eine Minute lang bewegungslos sitzen, immer noch die Hände vor den Augen, sodass ich schon Angst bekam.

»Schon gut!«, sagte er, als er wieder zurück war. »Das sind nur kleine Krämpfe im Augenhintergrund … Tut nicht weh.«

Aber ich glaubte ihm nicht, seine Stirn war immer noch in Falten verzogen, als ob er Schmerzen hätte. »Geht es wieder? Spiel hier nicht den Helden, bitte!«

»Jaja, alles gut. Wollen wir weitergehen? Der Tag scheint noch einiges an Überraschungen parat zu halten.«

»Was? Was meinst du damit?«

»Na ja, es ist Paris! Hier weiß man nie.«

Ich lächelte, es war herrlich, mit Ken so in den Tag hineinzuschlendern, mit ihm wusste ich wirklich nie, was als Nächstes passierte.

Doch diesmal schien er eine genaue Vorstellung zu haben, er wollte den Berg hochgehen.

»Kommen wir da nicht zum Sacré-Cœur?«

»Auch. Aber auf jeden Fall hat der Bruder von van Gogh hier irgendwo sein Appartement gehabt. Vielleicht finden wir das.«

Wir gingen die nächste Straße links ab, und als ob der Name van Gogh abfärbte, standen alle paar Meter irgendwelche Künstler auf den Bürgersteigen, die ihre selbst gemalten Werke verkauften. Ich blieb stehen, um sie näher zu betrachten.

»Und? Was malen die?«, fragte Ken interessiert.

»Na ja, die Seine mit ihren Brücken«, antwortete ich leise, um niemanden zu beleidigen, »den Eiffelturm in allen Variationen, ziemlich bunt alles, die meisten Bilder sind schlimm. Lass uns weitergehen.«

Doch im nächsten Moment erstarrte ich. »Nein!« Ich sog scharf die Luft ein. »Das sind sie!«

»Wer?«

Ich konnte es nicht fassen: Ein paar Meter vor uns standen die beiden Mädchen, blond und selbst aus der Entfernung irgendwie schmuddelig, als ob es schon eine ganze Weile her wäre, dass sie geduscht hatten. Aufgeregt packte ich Ken am Arm: »Da vorne stehen die zwei *bitches*, die mich auf dem *Gare du Nord* beklaut haben!«

»Ach komm, das ist aber ein Zufall! Die verkaufen hier Bilder?«

»Scheint so. Sie haben irgendwas vor sich auf einer Decke auf dem Trottoir ausgebreitet und versuchen, die vorbeigehenden Touristen darauf aufmerksam zu machen, indem sie sie festhalten, um sie herumtanzen und irgendwelche Witze erzählen«, beschrieb ich Ken flüsternd die Lage und zog ihn und Barbie in eine Hofeinfahrt, damit die Mädchen uns nicht entdeckten. »Sie lachen jedenfalls ständig und werfen ihre übelst weißblond gefärbten Haare zurück.«

»Oh. Und jetzt?«

Barbie schaute aufmerksam zu mir hoch, offenbar sehr interessiert an meinem Vorschlag.

»Die schnappen wir uns und sagen es ihnen auf den Kopf zu, guck, ich habe sogar meine weite Latzhose an, wie damals auf dem Bahnsteig, sie werden mich wiedererkennen.« Ich fummelte an den Trägern der Latzhose herum.

»Damals! Das ist gerade mal zwei Wochen her. Was inzwischen alles passiert ist …« Er war so ruhig, gar nicht überrascht.

»Jaja, das ist toll, aber wir müssen da jetzt hin!« Ich lugte vorsichtig um die Ecke, doch dann fiel mir etwas ein und ich wandte mich wieder an Ken. »Was machen wir, wenn sie alles abstreiten?«

»Das werden sie!«

»Da waren 200 Euro in meinem Portemonnaie! Und mein Handy haben sie und meine Papiere.« Das Gespräch mit Papa fiel mir ein, wie sollte ich ihm erklären, dass mein Personalausweis nicht mehr da war?

»Wir brauchen einen Plan, Wanda.« Er betastete die Mauer neben sich und schnalzte mit der Zunge. »Wo sind wir eigentlich?«

»In einer Art Einfahrt, das Tor stand gerade offen, sorry, die sollten uns nicht sehen.«

»Schon gut. Wir müssen überlegen, wie wir vorgehen, besonders weil du mit mir nur bedingt rechnen kannst, wenn's Ärger gibt. Also körperlich.«

»Es sei denn, du kommst nah genug ran!« Ich grinste und rieb mir die Hände. »Wir sollten sie vorher beobachten, um zu sehen, wo sie ihr Geld haben.«

»Gute Idee, das müsstest du dann wohl übernehmen. Und wenn sie eine Kasse haben, dann schauen wir da doch einfach mal rein.«

Ich sah ihn von der Seite an und merkte, wie sehr ich ihn liebte. Er würde sich blind für mich mitten ins Getümmel stürzen.

Wieder schaute ich aus unserem Versteck. »Ihre Bilder scheinen nicht besonders gut anzukommen, bei dem Typ daneben gucken die Leute interessiert und halten an, bei den beiden gehen alle ziemlich schnell weiter«, berichtete ich wenig später.

»Vielleicht sind ihre ›Werke‹ nur ein Vorwand, um an die Wertsachen der Touristen zu kommen.« Ken nahm Barbies Leine etwas kürzer. »Bist du bereit, gehen wir hin?«

»Okay!« Ich kontrollierte die Reißverschlüsse des Rucksacks, in dem Kens Portemonnaie mit unserem Geld lag. Diese beiden Tussen würden mich nicht ein zweites Mal austricksen.

»Ach du meine Güte. Wer hat diese Bilder gemalt?«, fragte Ken freundlich, sobald wir vor dem Stand haltgemacht hatten, seine Hand auf meinem Arm.

»Wir! Wieso?« Blondie Nummer eins kam sofort näher. »Wollt ihr eins? Sind echte Unikate.«

Unikate! Ich schnaubte. Das war auch schon alles an Positivem, was man über die wahllos bunte Kleckserei sagen konnte.

»Danke!« Er zog mich näher und sog die Luft ein. »Mhmm, diesen Patschuliduft … mag ich ja immer noch«, murmelte er mir zu. Ich stieß ihm leicht in die Rippen.

»Äh, danke, ja geil, oder? Moment mal«, sie grinste ihn an. »Dich kenne ich doch, den Hund auch, wir sind uns doch schon mal begegnet … Ey, aber du siehst doch nichts?«

»Lilly!« Die, die nicht Lilly hieß, hatte unser Dreiergrüppchen sofort erkannt und wollte ihre Freundin offenbar warnen.

»Warum malt ihr? Um nicht weiter Leute beklauen zu müssen?«, fragte ich.

»Hääh?! Was hat *sie* denn auf einmal?«, fragte Lilly und warf ihrer Komplizin einen theatralischen Blick zu.

»Ihr habt mir auf dem *Gare du Nord* mein Portemonnaie und mein Handy geklaut, aus dieser Hose hier!«

»Oh, sorry, die Hose ist aber auch besonders übel, du hast wohl nur die eine!«

»Ach ja? Geklaut?«, mischte sich die andere ein. »So ein Quatsch! Das kann ja jeder behaupten, wer war denn bitte schön Zeuge?! ›Blindfisch‹ neben dir oder wer?« Die beiden brachen in Lachen aus. »*Great pictures, great price!*«, rief Blondie Nummer zwei einer Gruppe Asiaten zu, die mit umgehängten Kameras vorbeischlurfte.

»Wir haben euch angezeigt.« Kens Stimme war ganz ruhig. »Wenn ihr Handy und Portemonnaie zurückgebt, lassen wir die Anzeige fallen.«

»Handy? Das war ja noch nicht mal 'n *iPhone* und sofort leer, das Teil.«

»Ihr gebt es also zu!« Ich starrte sie wütend an.

»Oh, Lilly, du bist manchmal so was von blöd!« Blondie Nummer zwei schlug sich vor die Stirn.

»*Excuse-moi*, aber sie hätte es trotzdem gern zurück!« Ken gab mir Barbies Leine, machte einen kleinen Schritt in Richtung Patschuli-Lilly und befand sich nun dicht vor ihr. Wenn man ihn dort so stehen sah, den Blick flüchtig umherschwirrend, konnte man wirklich denken, er sei ziemlich hilflos. Doch ich wusste längst, was er vorhatte.

»Bitte.« Er trat noch näher.

»Mann, hau ab mit deinem ›Bitte‹! ›Bitte!‹, ›Bitte!‹!« Sie äffte ihn gekonnt nach, doch Ken wich nicht zurück. »Wir geben gar nichts zu, ihr könnt uns sowieso nix mit eurer Scheißpolizei.« Sie schubste ihn unsanft an der Schulter zurück, aber auf diese Berührung hatte er nur gewartet. Blitzschnell schnappte er ihre Hand und drehte sie mit einer fließenden Bewegung auf ihren Rücken. Um den Schmerzen auszuweichen, blieb ihr nichts anderes übrig, als sich umzudrehen. Im Nu hatte er von hinten seinen rechten Arm um ihren Hals geschlungen, ihre Kehle lag in seiner Ellbogenbeuge, mit dem anderen Arm bildete er einen Hebel, der ihr leicht die Luft abschnürte, sobald er seine linke Hand ein bisschen fester an ihren Hinterkopf drückte.

»So«, sagte er sehr leise. »Und nun das Handy her und das Portemonnaie! Wäre richtig scheiße für euch, wenn kein Geld mehr drin ist!«

Wow. Ken! Ich stemmte die Fäuste in die Taille und warf einen Blick auf Lilly, ich kannte diesen Würgegriff, er hatte ihn mir im Bett gezeigt, sehr wirkungsvoll, mit kaum nennenswertem Kraftaufwand. Man mochte sich nicht mehr rühren, wenn man darin steckte. Mitleid hatte ich nicht mit den Mädchen, ich streckte die Hand aus und kommandierte Blondie Nummer zwei zu ihren Stofftaschen und dem anderen Krempel, der zwischen den Plastiktüten mit noch mehr Kunstwerken lag. »Na los, her damit, wir haben schon zu lange gewartet oder willst du, dass sie keinen Sauerstoff mehr bekommt?«

»Bei dem Hirn vielleicht gar kein so großer Unterschied«, kam es von Ken und ich musste lachen, während Lilly zwischen Kens Armen erstickt grunzte.

»Ey, Alter, damit macht man keine Witze. Verdammt, wo ist das verfickte Handy?«

»Bitte keine Schimpfworte vor dem Hund!«, sagte Ken.

Endlich hatte sie es in einer der bunten Taschen gefunden und gab es mir; mein schönes Handy! Etwas verschmiert, doch immerhin war die weiße Hülle mit der Tänzerin noch daran.

»Die Geldbörse haben wir weggeschmissen. Echt!« Sie sah besorgt zu ihrer Freundin hinüber, die immer noch in Kens Spezialgriff ausharren musste. »Lass sie doch jetzt mal los!«

»Wohin?«

»In irgend so einen Mülleimer, draußen vor dem Bahnhof, ich schwör! Es war noch voll, also, äh, wir haben nur die Scheine rausgenommen.« Sie schaute auf den Boden. »Und ausgegeben. Nichts mehr da.«

Mit einem verächtlichen Laut stieß Ken seine Gefangene von sich: »Ihr seid die letzten Penner. Andere Leute beklauen, das ist echt 'ne tolle Leistung. Ich hoffe, sie schnappen euch beim nächsten Mal.«

»Fuck!«, röchelte Lilly und hielt sich den Hals. »Der hat mich gewürgt, ey!«

»Unterschätze nie einen blinden Menschen, denn er sieht mehr, als du dir in deinem kleinen *brain* jemals vorstellen kannst!«, sagte ich zu ihr und nahm Ken bei der Hand.

»Kommt«, sagte der. »Überlassen wir die Künstlerinnen ihrem aufregenden Leben auf der Straße.«

Gemeinsam mit Barbie wanderten wir wieder abwärts, Richtung *Moulin Rouge*. »Die werden bald geschnappt, da bin ich sicher. Die *Flics* machen jetzt viel öfter Kontrollen in den Straßen, die ganzen Leute mit ihren gefälschten Handtaschen gibt es ja bereits nicht mehr.«

»Woher weißt du das?«

»Sind wir an welchen vorbeigekommen?«

»Nein.«

»Na also.«

»Aber mein Portemonnaie ist immer noch weg.«

»Wir fragen bei der Polizei und beim Fundbüro, manchmal wird so was tatsächlich abgegeben, wenn kein Geld mehr drin ist.«

Ich hatte Glück, denn Ken hatte recht! Nachdem wir bei der Polizeistation im *Gare du Nord* nachgefragt hatten, schickte man uns zu einem Ziegelsteingebäude ins 14. Arrondissement, dem Hauptfundbüro von Paris. Nachdem wir eine Nummer gezogen und ein bisschen Papierkram erledigt hatten, lag es tatsächlich wieder in meinen Händen: mein schönes türkisfarbenes Portemonnaie mit meinem Ausweis und all den Karten, die ich so besaß. Fahrkarte für die Bremer Verkehrsbetriebe, Rabattkarte für einen Sportklamottenladen, die Bibliothekskarte und die von der Krankenkasse.

Um zu feiern, fuhren wir ein Stück mit dem Bus, landeten in einem teuren Restaurant direkt an der Seine und tranken draußen, hinter Blumenkästen und halbhohen Plexiglasscheiben, ein Glas Champagner. Der Kellner fragte mich nicht nach meinem Alter, aber wenn, hätte ich jetzt wieder meinen Ausweis zeigen können: Ich war sechzehn und durfte das! Barbie bekam einen Napf Wasser hingestellt, ein silbernes Ding mit einem Tablett darunter. Sogar eine Serviette lag daneben.

»*Le Voltaire*«, sagte ich und schaute verträumt den sprudelnden Bläschen im Glas hinterher. »Sehr hip, teuer und verdammt elegant. Wieso wolltest du gerade hierhin?«

»Hier haben wir vor ein paar Jahren die erste Regiearbeit meines Vaters gefeiert. War so 'n kleiner Independent-Film, aber er war megastolz und hat mit uns seine klägliche Gage auf den Kopf gehauen.«

»Aha?« Es ging doch! Ken erzählte endlich freiwillig von seinem Vater.

»Es ist albern, ich weiß, aber ich wollte mir beweisen, dass ich das auch auf meine Kosten kann. Rumsitzen und den großen Herrn spielen.« Er glurkste eine Runde über sich selber.

»Kannst du, weil du alles riskiert und so unverschämt viel Glück beim Roulette gehabt hast!«

»Äh …« Er sah aus, als wolle er unbedingt etwas sagen. Ich grinste. Ja klar, hätte auch schiefgehen können, aber ich hatte ihm diese Verrücktheit verziehen. »Und siehst dabei noch nicht mal wie der letzte Zocker aus!«

»Na danke.«

»Aber weißt du, was mir besonders an dir gefällt?«

»Meine Hemden?«

»Nein.« Ich griff nach seiner Hand. Das hier sah von außen bestimmt nach einem *tête-à-tête* aus, dumm übersetzt, einem *Kopf-an-Kopf*, einem romantischen Treffen zweier Verliebter, was es ja auch war! »Dass du so cool bist, dass du so ruhig abwartest, bis dir irgendwas in die Quere kommt, was du wirklich machen willst. Du hast so viele Ideen und siehst alles so viel besser als Sehende, du wartest einfach ab, was kommt, und in der Zwischenzeit bist du ganz gechillt, beobachtest, sammelst.«

»Also, so habe ich das noch nie gesehen …«

»Ich wette, dein Vater weiß nicht, dass du in deiner Schule gemalt hast und sogar eine Ausstellung hattest, dass du Geschichten schreibst, von denen eine schon veröffentlicht wurde.«

Er seufzte. »Warum habe ich dir das bloß erzählt?«

»Weil wir im Bett ja auch ab und zu was anderes machen müssen als …« Ich lachte. »Also, weiß er es?«

»Nein. Weiß er nicht. Aber, ach, na ja, und die Veröffentlichung war ein Wettbewerb für Menschen mit Behinderung.«

»Egal! Er hat vermutlich auch keine Ahnung, dass du ein begnadeter Tänzer werden könntest.«

»Nein. Der kann mit mir nichts anfangen, mit einem Sohn, der seine Arbeit nicht mehr bewundern kann, weil er ja blind ist! Ich werde ihm bestimmt nicht mit meinen supertollen *Erfolgen* hinterherlaufen wie ein Hund mit seinem Stöckchen.« Barbie peitschte mit ihrem Schwanz auf den Boden, als sie das Wort »Stöckchen« hörte, blieb aber liegen.

Ich seufzte. Da war sie ja, die große Verletzung, die Ken offenbar immer noch mit sich herumschleppte. »Und wie wäre es, wenn du trotzdem hingehen würdest? Und ihm genau das zeigst, wer du *heute* bist, wie du klarkommst, ohne ihm etwas zu beweisen, nur dass du jemand anderes als ›Ken-der-nichts-sehen-kann‹ bist?«

Kens Augen schienen mich anzusehen. Er lächelte: »Jemand anderes als ›Ken-der-nichts-sehen-kann‹ … Das hast du schön gesagt!« Er hob sein Glas: »Auf die Kunst, trotz Vater sein eigenes Leben zu führen!«

»Das werden wir tun! Ohne zu lügen.«

»Und ohne vorher abzuhauen! Denn das hatte ich eigentlich vor …«

Wir stießen an und zahlten, ohne mit der Wimper zu zucken, die Rechnung von über 40 Euro.

Zu Hause wartete mein Vater in der Küche, er lachte mir entgegen. Sein T-Shirt war ziemlich eng und nun sah man doch, dass er nicht mehr so gut in Form war wie vor zwanzig Jahren. Sein dunkles Haar war voll und akkurat geschnitten, wie auf den Fotos zu seinen besten Turnerzeiten, aber mit feinen grauen Strähnen durchzogen, als ob jemand eine Prise Mehl über seinem Scheitel ausgeschüttet hätte, das war mir vorher noch nie aufgefallen. »Ich habe eine Überraschung für dich, dazu brauchen wir morgen aber den ganzen Tag«, sagte er.

Ich schaute zu Ken. Hoffentlich würde er jetzt nicht wieder protestieren. Ich hasste dieses Gefühl. Es fühlte sich so an, als ob beide an mir zogen, der eine rechts, der andere links. Aber Ken schien etwas anderes im Sinn zu haben.

»Okay, dann ist morgen mal Vatertag«, sagte er. »Ihr geht zusammen los und ich werde meinen besuchen.«

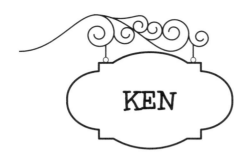

KEN

Ich fahre nur zu ihm, ich fahre nicht *nach Hause.* Er hat unsere schöne Wohnung an der Rue Boursault aufgegeben. Dass er damit meine Kindheit und meine Erinnerungen weggeschmissen hat, ist dem egoistischsten Vater der Welt natürlich nicht in den Kopf gekommen. Wie gerne wäre ich noch einmal die Stufen in den vierten Stock hochgelaufen oder hätte das klapprige Eisengitter des Fahrstuhlkäfigs hinter mir zugezogen. Oder den Duft der Eingangshalle nach nassem Marmor gerochen, wenn es regnete und ich mit durchweichten Schuhen hineinkam, nach den hölzernen, winzigen Briefkästen im Hausflur, wo die großen Umschläge mit den Drehbüchern, die an ihn zurückgeschickt wurden, nicht hineinpassten und deswegen bei Madame Poupou lagen, der Concierge damals. Was ist eigentlich aus Madame Poupou geworden und wie hieß sie richtig? Wie gerne hätte ich noch mal die Sirene der Feuerwehrautos der *sapeur-pompiers* gehört, die direkt vor unserer Haustür aus der Wache fuhren. Das sind meine wertvollsten Erinnerungsanker: Gerüche und Geräusche. Er hat sie mir genommen. Jetzt wohnt er in der Rue Réaumur, im 2. Arrondissement, hat Mama mir gesagt, bevor ich mich auf den Weg nach Paris machte. Vorher hat es mich nicht interessiert. Natürlich wohnt er bei den Reichen, kann er sich ja leisten.

Wir sind tatsächlich auf dem Weg zu ihm, ich glaube es

echt nicht! Barbie und ich bewegen uns durch Paris, ich stelle mir zwei rote Punkte auf der Karte vor, die sich langsam vorwärtsschieben. Sie ist meine Führung, meine Freiheit. Das Handy und Google Maps sind mein Kompass. Was ich ihm sage, weiß ich noch nicht, ob ich überhaupt die Klingel drücke, weiß ich auch noch nicht. Aber es könnte sein, dass ich mich vor ihn stelle und mit meinem Anblick beleidige, ja, vielleicht ist es an der Zeit. Keine Ahnung, was in ihm vorgeht. Ich kenne diesen Mann kaum, der immerhin zwölf Jahre mein Vater war. Sieben Jahre habe ich erfolgreich den Kontakt verweigert, als er sich nach ein paar Monaten, in denen wir schon wieder in Deutschland waren, an meine Existenz erinnerte.

Ich bin aufgeregt, als wir an der Métrostation *Arts et Métiers* aussteigen, Barbie führt mich die Treppen hoch. Ich bin nicht verloren, obwohl viele Menschen, die mich sehen, das denken. Im Gegenteil, ich mag das Gefühl, zwischen ihnen zu laufen, ich fühle mich dann bestens aufgehoben, ein kleiner Vogel in einem Riesenschwarm, wir machen alle dieselben Bewegungen, die uns zum selben Ziel bringen. Barbie weiß nicht, wo die Nummer ist, und auch auf Google Maps ist nicht hundertprozentig Verlass. Also frage ich, ich frage gerne. »*Numéro trente-deux?*«, fragt die Person zurück, es ist eine Frau, das habe ich schon erschnuppert. Wie so oft höre ich den Schreck in der Stimme, mein Gott, der Arme ist blind, denkt auch *sie* von mir und wird nervös, nun muss ich ihm unbedingt helfen. Es sind noch vier Häuser weiter, auf der richtigen Seite stehe ich schon mal, die Frau bringt mich hin.

Soll ich wirklich da raufgehen? Es ist vermutlich ein vornehmes Haus, die Klinke der Tür ist nur ein runder Knauf, glatt und kühl, wahrscheinlich vergoldet. Plötzlich habe ich überhaupt keine Lust mehr, ich merke, wie all meine Energie, die ich gestern beim Champagner mit Wanda noch gespürt habe, wie Luft aus einem Ballon entweicht. Da ist nur noch Wut, leise, in meinem Innersten vor sich hin brodelnde Wut. Aber ich will stark sein, ich möchte wie ein Erwachsener mit meinem Vater reden, nicht mehr wie ein Kind! Vielleicht kann ich das, indem ich ganz nahe an ihn herangehe und ihm *nichts* zeige, nur *mich* in meiner Unentschlossenheit, in meiner Freiheit, Ideen zu sammeln, in meinem eigenen Tempo. Erst Wanda hat mich gestern darauf gebracht, dass es so klappen könnte. Deswegen bin ich hier.

Ich bringe keine Erfolgsmeldungen mit, im Gegenteil. Als ich Kind war, habe ich gerne in aller Ruhe erst mal meine Legosteine sortiert, bevor ich mit dem Bauen anfing. Er wurde dann supernervös und hat das zack, zack, zack für mich erledigt, hektisch, doch gleichzeitig präzise. Heute bin ich noch langsamer als der kleine Junge, der ihn so wahnsinnig gemacht hat. Er wird es ertragen müssen.

Mit Wanda und unserem Väterschwur im Rücken ist mein Vorhaben viel leichter als bei meiner Ankunft. Ich frage einen weiteren Passanten auf gut Glück nach den Namen an der Klingel.

»*Pourquoi?* Wo wollen Sie denn hin?« Wer keine Namen sehen kann, hat auch kein Recht, irgendwo hineinzukommen.

»Zu Haussmann.«

»Ah, 'aussmann.« Mit dem Namen kann jeder Franzose etwas anfangen. Ein gewisser Baron Georges-Eugène Haussmann hat nämlich ab 1853 die Stadt umgekrempelt und in nur fünf Jahren helle, breite Boulevards angelegt, ungefähr wahnsinnige zweitausendeinhundert Kilometer Kanalisation und unterirdische Frischwasserkanäle gebaut und das stinkige, zugemüllte Paris wieder bewohnbar gemacht. Allerdings haben die Armen in den Elendsquartieren dran glauben müssen: Ihre Behausungen wurden nämlich abgerissen und niemand hat sich darum gekümmert, wo die etwa eine Million Menschen unterkamen. Tja. Lernt man alles in Geschichte, wenn man in Frankreich zur Schule geht.

»Ich kann Ihnen leider nicht helfen, hier stehen nur Nummern.«

Aha. Ganz schick und anonym, wie bei berühmten Leuten so üblich.

Ich rufe Mama an, sie weiß die Nummer der Wohnung tatsächlich. »Er war zwölf Jahre lang ein ziemlich guter Vater«, sagt sie. »Vielleicht hilft dir das.«

»Danke, dass wenigstens *du* keine Pause gemacht hast, Mama.« Sie lacht und schickt mir einen Kuss durch den Hörer. Schließlich drücke ich mithilfe einiger aufgeregt gackernder Italienerinnen auf den richtigen Knopf. »*Ouiiii?*«, fragt eine weibliche Stimme nach einiger Zeit durch die Sprechanlage. Die Tussi. Scheiße, ich bin immer noch wütend! Nix Erwachsener, ich bin wieder zehn! Zehn und sauer und enttäuscht. Ich nehme einen tiefen Atemzug. Du bist neunzehn, Ken, du bist ein behinderter, verliebter Spast, mit der tollsten Freundin der Welt, und du kriegst das hin! Ich räuspere mich, stelle mich vor, der Summer wird ohne Kommentar gedrückt, ich stoße die schwere Tür auf.

»Barbie, such Lift.« Barbie sucht und findet. »Feiner Hund!« Im Aufzug werden die Stockwerke neben den Knöpfen sogar in Brailleschrift angegeben. Ob mein Vater da etwa immer an mich denken muss, wenn er das sieht? Ich gönn dir das, Papa! Ohne große Mühe gelangen wir in den richtigen Stock.

»Barbie, such Eingang.« Barbie führt mich zu der Tür, die offen steht, ich spüre es an dem leichten Luftzug. Die Person in der Tür ist ziemlich sicher eine Frau, zu erkennen am teuren Geruch ihrer Handcreme. Seine Neue! Die Frau, die sich zwischen ihn und meine Mutter gedrängt hat. Und auch zwischen ihn und mich. Wenn sie meint, sie könnte sich bei mir einschleimen, hat sie sich getäuscht!

»*Bonjour!*« Richtig vermutet, Frau, Tussi und eine Französin ist sie auch, das höre ich sofort. Ich bin nicht mehr zehn, ich bin nicht mehr zehn, sage ich wie ein Mantra vor mich hin.

»Du musst Andrés Sohn sein. Kommt doch rein, ihr beiden.«

Oh natürlich! Was für ein Angeber. Er hat das deutsche Andreas in André geändert, André 'aussmann. Ich werde der neuen Frau meines Vaters trotzdem die Hand geben, wenn sie das will, wenn sie das *hinbekommt*, gehört sich ja wohl so, und lasse mich reinziehen in diese Welt, in der es nach Reichtum, Erfolg und Unversehrtheit riecht. Hier hat keiner ein größeres Problem. Ich bin blind, aber ich weiche nicht mehr zurück, ich werde diese Frau erst einmal gar nicht beachten, sondern mich vor ihn hinstellen, meinen Vater, und ihm zeigen, dass sein Sohn einfach nur sein Sohn ist und bereit, ihm ein paar unangenehme Fragen zu stellen.

14. KAPITEL

»Wir fahren ein bisschen raus, ich habe alles eingepackt.«
»Raus aus Paris?«

Es war seltsam, nach den Tagen mit Ken wieder mit Papa unterwegs zu sein. Dabei hatten wir die letzten Jahre doch praktisch *nur* auf diese Weise verbracht. Wir waren dauernd zusammen. Jeden Nachmittag auf der Fahrt zum Training, nur er und ich im Auto, dann gemeinsam abends wieder zurück. Auf den langen Reisen zu den Wettkämpfen und wenn er mich fast jedes Mal ins Trainingslager begleitete. Er kümmerte sich um alles, um meine glitzernden Anzüge, meine hautfarbenen Unteranzüge, um den Haarschmuck, die Schläppchen für die vorderen Fußballen, meine Ausrüstung, das heißt die Bälle, Keulen, Reifen, das Seil, das Band, ja selbst das Make-up. Wenn etwas kaputtging oder beklebt werden musste, war er zur Stelle gewesen und ich war dankbar dafür. Natürlich schaute ich auch selber danach, doch er wusch meine Trainingsklamotten (wir sollten auch im Training möglichst alle dasselbe tragen und gleich aussehen) und sorgte dafür, dass Hosen, Leggings, Trainingsjacken, Stulpen und weiße Socken zum Aufwärmen (damit die Schläppchen nicht so schnell kaputtgingen) trocken waren, wenn ich sie brauchte. Nie musste ich ihn an irgendetwas erinnern, das war wirklich toll.

Dennoch kam es mir in diesem Moment komisch vor,

als ich daran dachte. Natürlich hatten wir uns bei diesen Gelegenheiten auch unterhalten, ich wusste auswendig, was er gerne im Radio hörte, wann er anfing, über Politik zu schimpfen, welche Lieder er wegdrückte, weil sie ihn nervten. Ich kannte ihn besser als meine Freundinnen. Um ehrlich zu sein, ich hatte nicht viele gute Freundinnen, eigentlich nur Carina und die sah ich nur beim Training, nie zu Hause, weil sie auf eine andere Schule ging. Seitdem ich mein Handy wiederhatte, hatte ich niemandem geschrieben und der Eingang meiner WhatsApps war auch überschaubar. Zehn Nachrichten von Leuten aus meiner Klasse, in zwei Wochen ... da würden andere über zweitausend haben. Erst durch Ken hatte ich gemerkt, wie wenig ich mich mit Gleichaltrigen über Dinge unterhielt, die über »Hast du Mathe? Morgen schreiben wir Bio« hinausgingen. Immer nur mit meinem Vater. Ich ließ mein Kopfgelenk beim Gehen kreisen, es knackte. Es war Tage her, dass ich mich das letzte Mal richtig gedehnt hatte. Nur ab und zu, wenn ich mit Ken danach noch herumlag. *Danach.* Ach, es war so wunderschön, mit ihm zu schlafen! Er war so zärtlich und dann wieder so fordernd, so männlich und zugleich abwartend und vorsichtig, wenn er spürte, dass ich noch nicht so weit war ... Ein bisschen Dehnen tat einfach gut und meine Sehnen und Muskeln brauchten die Streckungen. Das hatte aber mit dem schweißtreibenden, stundenlangen, täglichen Training nichts mehr zu tun.

Mit einer kleinen Sporttasche bepackt, gingen wir zur Métrostation. Wahrscheinlich hatte Papa etwas zu essen mitgenommen, um mich zu überraschen. Wenn er wüsste, wie viele Picknicks ich schon mit Aurélie und Ken veranstaltet hatte ... zuletzt in dem Park mit dem Freiluftballon, der uns, zwar sicher an ein Seil gekettet, doch über hundert Meter hoch in die Luft hob. Wir hatten schwebend einen so fantastischen Ausblick über Paris wie nie zuvor und ich klammerte mich an Ken und beschrieb ihm alles mit den besten Worten, die sich dafür überhaupt finden ließen. Danach saßen wir im Gras und aßen mit Ziegenfrischkäse, Rucola und eingelegten Tomaten gefüllte Croissants, ein Rezept, dass ich mir von Aurélie hatte aufschreiben lassen, denn es waren die besten Croissants, die ich jemals probiert hatte. Und wir küssten uns und ich spielte mit Aurélie und drei weißhaarigen Männern Boule, während Ken uns »zuschaute« – einer dieser wunderschönen Nachmittage eben, von denen es so viele gegeben hatte ... »Was gibt es da zu grinsen?«, fragte Papa, mich von der Seite beobachtend.

»Nichts, ich bin nur gut drauf.« Ich wollte ihm mit seiner etwas lahmen, angestaubten Picknick-Idee nicht die Freude nehmen. »Wohin fahren wir?«

»Du wirst sehen.«

»Zu deiner alten Trainingshalle?«

»Woher weißt du das?« Er verzog enttäuscht das Gesicht.

»Ach, Papa, du bist doch so stolz da drauf – aber das ist okay.«

Er lächelte. »Vielleicht werde ich aber irgendwann noch viel stolzer auf *dich* sein als jemals auf mich.«

Ich schüttelte den Kopf. Schon auffällig, wie er mein Leben zu seinem machte. Ich würde ihm sagen müssen, dass ich zwar unbedingt tanzen, aber die RSG aus meinem Leben entlassen wollte. Nicht sofort, aber sehr bald, na ja, eigentlich doch sofort, keine Ahnung, wie ich das anstellen sollte.

»Und deine Nase? Die ist doch wieder ganz in Ordnung? Mensch, ich hab dich gar nicht richtig gefragt ...«

»Ja.«

»Bist du zur Kontrolle beim Arzt gewesen?«

Der Einfachheit halber sagte ich wieder nur Ja. »Mit Aurélie.«

Wir fuhren in der Métro und auch nachdem wir zweimal umgestiegen waren, wusste ich nach einem kurzen Blick auf dem Métrofahrplan immer noch, wo wir uns befanden. Wir fuhren Richtung Südwesten, hinaus aus Paris. Wollte er mit mir nach Versailles? Das wäre typisch für ihn, man durfte – bei allem Spaß – bloß nicht die Bildung vergessen. Dabei hatte ich viel mehr gesehen, gehört, gerochen und gespürt als jemals zuvor in meinem Leben – und mehr *verstanden* sowieso. Und wem hatte ich das zu verdanken? Meinem liebsten, *sweetesten* Ken natürlich! Ach, Ken. Ich vermisse ihn, seine witzigen Sprüche und seine warmen Hände. Und auch Barbie fehlte mir.

»Du grinst schon wieder so wissend, was ist los?«

Wissend? Nein, nur verliebt … »Nichts. Wie findest du eigentlich Ken?«

»Ähm. Nett? Okay. Guter Junge!«

Mehr nicht? Ich hielt die Luft an. Ich wollte unbedingt, dass Papa ihn toll fand. »Wir sind zusammen.«

»Jaja. Na ja. Aber bald bist du doch wieder in Deutschland, was dann? Wohnt er hier in Paris, was macht er eigentlich? Was hat er vor? Was will er mit seinem Leben anfangen?«

Nichts! Ken ist der beste, kreativste Nicht-Anfänger, Nicht-Vorhaber, den ich kenne, hätte ich am liebsten geantwortet. Stattdessen sagte ich: »Vielleicht will er tanzen lernen.«

»Ja? Hmm, mit seiner Behinderung kann er natürlich nicht alles machen, obwohl diesen jungen Menschen heutzutage ja auch einiges bezahlt wird und sie Unterstützung bekommen, damit sie am Leben teilnehmen können ...«

Bla, bla, bla und so weiter. Ich fand Papas Art, über Ken zu reden, ziemlich doof. Er hatte doch keine Ahnung von ihm, er sah nur die *Behinderung*. Hatte ich Ken zu Anfang eigentlich auch so falsch eingeschätzt? Im Zug hatte ich mich kaum getraut, ihm ins Gesicht zu sehen, fiel mir wieder ein. Dabei konnte Ken fast alles! Und mehr Dinge erspüren, als Sehende jemals kapieren würden. Ich seufzte, aber leise, damit Papa mich nicht hörte. Was Ken jetzt wohl machte? Ob er es bis zu seinem Vater geschafft hatte oder vorher doch irgendwo spontan abgebogen war? Ich kannte niemanden, der so viel Verschiedenes auf seinem Weg entdeckte und dem nachging. Immer neugierig, immer mit Leuten im Gespräch, immer mit allen Sinnen dabei, bis auf den Sehsinn, auf den musste er verzichten, und selbst das nicht ganz, es war erstaunlich, was er sich allein mit seiner Fähigkeit, hell von dunkel zu unterscheiden, alles erschließen konnte. Okay, er saß im Stockdunklen auf der Toilette und machte das Licht nicht an, wenn er duschen ging. Was hatten wir schon gelacht, als er in leere Zimmer redete, weil ich zwischendurch kurz in die Küche gegangen war, ohne ihm Bescheid zu sagen. »Wanda? Danke, dass ich hier mit dem Sessel rede!«

Manchmal vergaß ich das noch, aber nicht mehr oft. Neulich wollte er *Chili con Carne* kochen, ein Rezept seiner Mutter, natürlich das beste *Chili con Carne* überhaupt, an Selbstbewusstsein mangelte es ihm nicht, und keiner von uns durfte in die Küche. Obwohl wir ihm alles hingestellt haben, hat er statt der dunklen *Kidney Beans*, die da nun mal reingehören, Ananas genommen. Dose auf, nicht probiert, spät, sehr spät erst gemerkt. Wir hatten so gelacht! Hackfleisch, Tomatensoße, schön scharf und dazwischen gelbe Ananasstückchen …

Wir waren angekommen und stiegen aus. Betonbauten, modern, aber hässlich, ein großer Komplex, dazwischen eine Turnhalle, hatte ich es doch gewusst. Hier hatte Papa also früher trainiert und ich wusste genau, welche Bedeutung dieser Ort in seinem Leben hatte. Alles war ziemlich grau und streng bewacht, hier kam man nicht mal eben so rein, nein, wir wurden kontrolliert und erhielten einen Passierschein. Ich schaute Papa fragend an, während wir durch niedrige Betongänge liefen und dann den Aufgang zur Tribüne erstiegen. Draußen war das schönste Sommerwetter und wir tauchten freiwillig in diesen typischen Turnhallengeruch ein, der überall auf der Welt gleich ist, egal, wie modern die Hallen auch sind.

Von oben überblickten wir die ganze Fläche. Doch es waren keine Geräte aufgebaut, stattdessen vier Mattenquadrate, dreizehn mal dreizehn Meter, mit roten Rändern. Sehr vertraut, sehr familiär.

»Also ist das doch nicht deine alte Halle …«

»Nein!« Papa hob triumphierend die Augenbrauen. »Das ist die Trainingsstätte der *Fédération nationale de Gymnastique rythmique*.«

»Echt?« Ich erstarrte vor Ehrfurcht. Hier hatte er mich also hingebracht!

Das Haupttraining hatte noch nicht angefangen, wahrscheinlich erhielten die Gymnastinnen gerade in einer anderen Halle ihren täglichen Ballettunterricht, doch als sie einen Moment später eintraten und auseinanderstoben wie ein Schwarm schwarzer Vögel, wurde ich ganz sehnsüchtig und aufgeregt. Ich sah die großen Aufnäher der französischen Flagge an ihren Sporttaschen, die sie jetzt an einer Seite der Halle abstellten. Blau-Weiß-Rot, die Trikolore. Sie trugen schwarze Anzüge und trotz der Wärme weiße Stulpen. Und natürlich ihren Dutt, *le chignon*, auf dem Kopf, keine Ausnahme. Sie dehnten, bogen und streckten sich.

»Die sehen aber alle *sehr* professionell aus«, murmelte ich. Wow, die da unten waren so alt wie ich und manche von ihnen schon in der Nationalmannschaft. Ich beneidete sie, sie turnten für Frankreich, dessen Hauptstadt das wunderschöne Paris war!

Gleichzeitig war ich aber auch froh über meine Entscheidung, mit allem aufzuhören.

Ja, was denn nun? Es war echt ein komischer Gefühlsmix, der da in mir hochkam, den ich natürlich am liebsten sofort einer gewissen Person beschrieben hätte. Aber Ken war ja nicht bei uns. Ich liebte die RSG immer noch, doch in den letzten beiden Wochen hatte ich gemerkt, dass ich viel mehr Zeit damit verbracht hatte als gut für mich war. Kontrolle und Perfektion, sehr gewissenhafte Vorbereitung und Leidenschaft waren Bedingung, denn halbherzig konnte man diesen Sport nicht betreiben, wenn man Erfolg haben wollte. Es blieb keine Zeit für etwas anderes.

Ich atmete tief ein, als jetzt aus einem Lautsprecher Musik erklang. Diese wunderschöne Musik und ihr freies Interpretieren hatten mir immer am besten gefallen. Ich sog tief die Luft ein. Wieder kribbelte es in mir. Gehörte ich noch dazu oder war ich schon raus, aus dieser Welt, die ich so gut kannte?

Nach einer Weile fragte Papa, ob ich mit nach unten kommen wollte, er habe jemanden entdeckt, den er begrüßen wolle. »Echt, du kennst hier jemanden? Von früher?« Er nickte geheimnisvoll.

Die Trainerin gab mir die Hand und lächelte. Sie war ganz anders als die Iwanowa, sie erinnerte mich eher an die Choreografin aus der Opéra. Lange graue Haare, die sie offen trug, ein unbestechlicher, doch freundlicher Blick, schwarze Klamotten, zierlich. Eine Französin wie aus dem Bilderbuch. »Hallo, Wanda«, sagte sie, »ich bin Suzanne Dupont.«

Wow, was für eine warme, tiefe Stimme, davon würde ich Ken erzählen müssen. »Schön, dass du uns besuchen kommst.«

»Ich finde es toll, hier zu sein, es ist eine große Ehre«, antwortete ich, ohne groß nachzudenken, auf Französisch und spürte Papas stolzes Lächeln neben mir.

»Ich weiß, du hast wegen deiner Verletzung lange nicht trainiert, aber fühl dich eingeladen, ein bisschen mitzumachen, die Mädchen würden sich freuen.«

»Aber …« Ich habe doch keine Sachen dabei, dachte ich und fuhr mir durch mein offenes Haar. Seitdem ich mit Ken zusammen war, hatte ich es nicht mehr in einem Knoten getragen, nur manchmal, bei allergrößter Hitze, in einem hochgesteckten, geflochtenen Zopf. Papa hob die Tasche hoch. »Alles drin, aus Bremen mitgebracht«, sagte er.

»Woher wusstest du …«, begann ich, doch dann brach ich mitten in der Frage ab. Er hatte es vorbereitet, alles war geplant, das war also seine Überraschung für mich. »Meinst du wirklich, ich soll mitmachen?«, murmelte ich ihm auf Deutsch zu. »Ich bin doch völlig raus!«

»Keine Sorge«, sagte Madame Dupont, die meine besorgte Miene richtig gedeutet hatte. »Wir trainieren heute keine

Kür, nur Bewegung nach der Musik. Um unsere Seelen etwas auszuschütteln.«

Ich schaute die Trainerin bewundernd an. *Bien secouer l'âme …* schöner hätte sie es nicht ausdrücken können und ich wusste genau, was sie damit meinte.

Nachdem ich mich am Rand aufgewärmt und dabei die Mädchen um mich herum in Augenschein genommen hatte, dehnte ich mich intensiv und stand danach ein bisschen verloren herum. Weder Papa noch die Trainerin waren zu sehen. Was machte ich hier? Nach fast zehn Wochen hatte ich das erste Mal wieder meine vertrauten Trainingssachen an. Schwarze Gymnastikhose, eng anliegendes Top, kuschelige Trainingsjacke, damit die Muskeln nicht kalt wurden, die hautfarbenen Schläppchen. Sogar eine einzelne, leichte Keule, bunt und glänzend beklebt, hatte sich in die von Papa gepackte Sporttasche verirrt, Haargummis und -spangen waren auch darin, sodass ich auch wieder den Pflichtknoten auf dem Kopf trug. Die Mädchen um mich herum schienen nett zu sein, vier waren es, die sich gemeinsam dehnten, sie lachten mich an und tuschelten ein wenig, aber nicht abweisend. Durch Ken hatte ich gelernt, auf die Töne zu achten. Die Musik hörte auf. Plötzlich zeigte die eine auf ihr Gesicht und dann auf meins und die der anderen und alle kicherten leise, dann bemerkte auch ich es: Wir sahen uns sehr ähnlich, dieselben schmalen Gesichter, dasselbe mehr oder weniger dunkelblonde Haar, auch Statur und Größe waren fast identisch, wie Fünflinge. Sie stellten sich vor: Nadine, Pauline, Natalie und noch eine Nadine. *»Tu es française?«*, fragte die doppelte Nadine.

»Ja und nein, ich habe einen französischen Pass, wohne aber in Deutschland. Ich habe beide Nationalitäten.«

»Welche ist die bessere?«, fragte eins der Mädchen.

»Na, die französische natürlich!«, antwortete ein anderes. Wir lachten, dann standen Papa und Madame Dupont wieder neben mir und führten mich ein Stück beiseite. »Das hier ist kein Test, Wanda«, sagte die Trainerin. »Ich glaube, du solltest nicht sofort wieder voll einsteigen, doch wenn du uns etwas zeigen möchtest, eine kleine Kür, etwas Tanz, *très légère*, ganz leicht, ohne großen Schwierigkeitsgrad, nur zu.«

Ich wollte schon den Kopf schütteln, als die Musik wieder einsetzte. Es war ein Lied, was ich von irgendwoher kannte, etwas mit Akkordeon, traurig, herzziehend schön und dennoch so lebendig, es erinnerte mich sofort an die Parklaterne im *Jardin des Tuileries*, vor der ich mit den schweren Holzkeulen jongliert hatte. An die Karussellmusik, an den lauwarmen Wind und unseren Hand-in-Hand-Sprint über die Brücke, an den Duft des Parfüms, das Ken mir geschenkt hatte … ich griff mir im Vorübergehen zwei Keulen, betrat wie gewohnt auf Zehenspitzen die Matte und fing einfach an zu tanzen. Sprünge, Pirouetten, weit ausholende Schritte, als ob ich mit Ken an meiner Seite wieder über die Brücke lief, langsamere Elemente, wie unseren Tanz im Park, zwischendurch warf ich die Keulen nach oben, drehte mich in der Waage auf einem Bein, aber ich dachte nicht darüber nach, ich musste nichts beweisen, die Sportgymnastik war jahrelang mein Leben gewesen, und das zeigte ich mit diesem hüpfenden Liebestanz. In meinem Verein hatte man mich immer um meine leichte Beinarbeit beneidet, selbst die Iwanowa hatte mich manchmal mit zusammengebissenen Zähnen dafür gelobt, und die hatte eigentlich immer etwas zu motzen. Doch heute war alles noch unbeschwerter als zu meinen besten Zeiten, ich flog, ich sprang, ich wirbelte herum, warf die Keulen gezielt an den Rand, etwas, was bei einem Wettkampf undenkbar wäre, und drehte mich ein letztes Mal wieder und wieder auf der Fußspitze, bis die Musik zu Ende war und ich zum Stehen kam. Ich war ein bisschen außer Atem, als ich Applaus vom Rand hörte. »*Merci!*«, sagte ich einfach und verbeugte mich. »Es hat Spaß gemacht.« Auf Zehenspitzen verließ ich die Matten.

»Gehen wir?«, fragte ich Papa. Er nickte, ein breites Lächeln im Gesicht.

»Danke für die tolle Möglichkeit, die Seele auszuschütteln«, sagte ich zu Madame Dupont und machte eine Art Verbeugung, senkte meinen Blick dabei aber nicht.

»Ich danke *dir*«, antwortete sie und schaute mir lange in die Augen. Ich fand sie cool!

Die vier Mädchen bogen sich schon wieder konzentriert in alle Himmelsrichtungen, nur eine winkte mir vom Rand der Matte zu. »Willst du nicht noch sehen, was sie machen?«, fragte Papa.

»Nein. Ich weiß, sie sind sehr gut. Tanzen sie auch in der Einzeldisziplin?«

»Nein, nur Mannschaft.«

»Aha? Und wo war die Fünfte? Und die Reservemädels?«

»Die waren heute nicht da.«

»Ich zieh mich eben um und dann lass uns in die Sonne gehen.« Ich habe schon genug Zeit meines Lebens in Turnhallen verbracht, dachte ich, doch das sagte ich nicht laut.

»Das war eben so locker und spielerisch wie nie!«, rief Papa mir durch die geschlossene Tür der Umkleide zu. »So kenne ich dich gar nicht!«

»Tja, Papa, das macht Paris!«

Sein Handy klingelte, er ging ran, denn ich hörte seine Stimme: »*Oui? Ah, oui?! Oui, oui.*«

Ich verdrehte die Augen, ließ mich auf die Bank sinken und zog mir langsam das halbe Schläppchen vom linken Fuß.

»*Fantastique!*«, hörte ich Papa hinter der Tür. Es war komisch, hier zu sein, und vielleicht war es das letzte Mal, dass ich …

»Wanda! Wanda? Darf ich reinkommen?« Er klopfte, öffnete aber nicht die Tür.

»Ja. Bin noch im Trainingszeug.« Papa war immer sehr diskret, seitdem ich in die Pubertät gekommen war, das mochte ich an ihm ganz gerne.

Sofort stürmte er herein und auf mich zu. »Sie wollen es mit dir versuchen, sie wollen dich prüfen, ob du für die Mannschaft infrage kommst! Für den Kader! Ja, ist das denn zu glauben!«

»Was? Wer?« Ich stand auf. Er schlug mir leicht auf die Schulter und umarmte mich dann. »Du warst großartig, *formidable,* locker, verspielt, Madame Dupont war beeindruckt, die Pause hat dir so gutgetan!«

Ich löste mich verwirrt aus seiner Umarmung. »Aber Papa, wenn ich im französischen Kader … Das hieße ja, wir müssten nach Paris ziehen! Wir bleiben in Paris!?«

»Ich denke, das würde es bedeuten.«

Ich schlug die Hände vor den Mund, dann jubelte ich und umarmte ihn wieder. Paris? Weg aus Bremen? Die Leute aus meiner Klasse verlassen? In eine französische Schule gehen? Irgendwie machte mich das nicht ängstlich, sondern nur ein bisschen durcheinander und zugleich superglücklich! Wir würden bei Aurélie wohnen, ich würde mit Ken zusammen sein … das Leben ginge so wunderschön weiter wie bisher, hier in Paris. »Paris!«, sagte ich immer wieder. »Ich glaub's ja nicht, Paris!«

Es klopfte an der Tür und jemand trat herein. Die Mädchen, NaNaNaPa, Nadine, Nadine, Natalie, Pauline. Auf Zehenspitzen kamen sie hinein, so wie man eben in Formation geht und den Wettkampfort betritt. Sie trugen etwas in der Hand, ich erkannte die Sporttasche mit dem französischen Emblem, die sie mir, noch ganz neu und zusammengefaltet in einer durchsichtigen Plastiktüte, überreichten: »Für dich, wo du doch jetzt Anwärterin für das Team bist. Morgen um 10 Uhr ist Training, sollen wir dir ausrichten.« Sie küssten mich der Reihe nach auf die Wange, rechts, links, rechts, links. Auch Papa bekam etwas ab. So schnell und lautlos, wie sie gekommen waren, verschwanden sie auch wieder. Ich stand mit der Tasche in der Hand reglos da. Morgen um zehn, das muss ich unbedingt Ken … ach, Ken, dachte ich und betastete nervös meinen Haarknoten. Das ist das erste Mal, dass ich dir etwas nicht erzählen will.

»Woher wussten die das? Ich hatte doch noch gar nicht … Hattest *du* schon zugesagt?«

»Wanda! Bei dieser Chance, auf die wir jahrelang gewartet haben? Sollte ich da der Nationaltrainerin am Handy etwa ›ja Moment, wir überlegen es uns noch‹ antworten?« Er sah mich mit hochgezogenen Augenbrauen an: »Und es ist ja auch noch nicht sicher, ob es klappt.«

Aber ich hörte nur: wir. *Wir. Wir* überlegen es. *Wir* haben dadrauf gewartet. Kein Zweifel, mein Vater hatte in meinem Lebensfilm wieder die Regie übernommen.

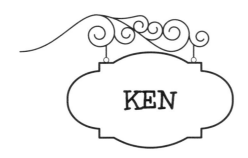

KEN

Einen Vorteil hat das Blindsein wirklich, viele Sachen sind dir scheißegal. Du konzentrierst dich auf das, was du hörst, riechst, fühlst. Du interpretierst Worte und, viel wichtiger, die dazugehörige Stimmlage, also die Stimmung hinter der Stimme – keine Tattoos, Piercings, Mittelscheitel oder brave Blusenkragen lenken dich ab. Du hast keine vorgefertigten Urteile mehr, wie Menschen zu sein haben, die diese Dinge lieben und tragen. Denn du siehst sie schlicht nicht mehr.

Bei der neuen Frau meines Vaters ist das allerdings egal, egal, wie sie aussieht und ob ich das nun sehe oder nicht, ich finde sie sowieso scheiße.

Sie gibt mir die Hand, indem sie sagt »ich geb dir mal die Hand« und sie mir hinstreckt, damit ich sie ergreifen kann. Viele Sehende scheitern allein daran. Ich mag es kaum zugeben, aber sie hat's raus. Hat sie einen Kurs gemacht? Wahrscheinlich nicht, sie wusste ja nicht, dass sie mir jemals im Leben begegnen wird. Ich selber wusste das auch nicht, ich hatte es zumindest nicht vor.

Sie heiße Camille, sagt sie und führt mich durch die Eingangshalle, die hoch und geräumig sein muss, das höre ich am Klicken von Barbies Pfoten und meinen Schritten, deren Schall von den Wänden widerhallt. Ihre Stimme ist sanft, nicht besonders tief, aber selbstsicher. Sie ist meinem Vater, dem großen André Haussmann, nicht unterlegen, sie macht irgendwas am Gericht, hat meine Mutter gesagt. Anwältin? Richterin? Noch ein Grund, sie doof zu finden und gar nicht erst mit dem Jurastudium anzufangen. »Ich gehe mal vor, in den kleinen Salon.«

Also gibt es mehrere Salons. Danke für den Hinweis.

»Vor dir steht links ein Sessel, rechts daneben ein Sofa. Wo möchtest du sitzen?«

Alle Achtung, ich will sie nicht mögen, auf keinen Fall, doch sie kann sich gut in einen Menschen wie mich hineinversetzen und wirkt überhaupt nicht verlegen. »Barbie, such Bank«, sage ich. Barbie hat sich für das Sofa entschieden, merke ich, als ich mich setze, natürlich in der Hoffnung, obendrauf und neben mir zu sitzen, aber das darf sie heute nicht.

»Kenneth, was kann ich dir zu trinken bringen? Möchte dein Hund vielleicht Wasser?«

Nur weil sie so nett und höflich ist, bedanke ich mich, ja, Wasser für Barbie wäre toll, frage nach einem Milchkaffee, aber nur, wenn es keine Umstände macht. Bin ich zu freundlich, frage ich mich, gebe mir aber gleich die Antwort. Ich kann sie jetzt nicht einfach anraunzen, das hätte keinen Stil, ich hebe es mir für später auf. Mein Vater ist vermutlich nicht da, sonst wäre er schon längst mit einem albernen Spruch hereingestürmt gekommen. Nicht nur bei mir und den Legos war es so, er ist immer ungeduldig gewesen und superschnell in allem; seinem Reden, seinem Handeln, alles musste er *vite, vite* mal eben selber machen. Kein Wunder, dass ich als blinder Junge für ihn in seiner blitzschnellen Welt zum Horror geworden bin. Mit Blinden geht nichts schnell und das wenigste »eben mal so«, wir können uns orientieren, anpassen, kommen mit allem am Ende klar, sind aber definitiv nicht *schnell.*

Camille riecht verdammt gut. Das ärgert mich. Die Haut auf ihrem Handrücken, die ich eben gespürt habe, ist sehr dünn und weich, darunter feine Knochen. Vermutlich ist sie auch am restlichen Körper dünn, ich stelle sie mir blond vor, obwohl ich sie mir am liebsten *gar nicht* vorstellen will. Meine Mutter ist auch blond, langsam werde sie grau, sagt sie. Ich sehe das nicht und warum sollte ich das neue Bild in meinen Kopf einfügen? Für mich wird Mama immer so bleiben wie in meinen Erinnerungen. Schön, patent, über die Nähmaschine gebeugt, mit Nadeln im Mund, ihre Hände, die über Stoff streichen und ihn dabei prüfen … Heute ist sie Einkäuferin bei *Off-Supply,* sie ist eine coole Businessfrau und verdient richtig gut Geld, näht aber nicht mehr viel. Schade eigentlich, ich mochte das Surren der Nähmaschine … als ich klein war, habe ich immer unter dem Tisch, auf dem sie die Schnitte anzeichnete, mit den Knöpfen spielen dürfen.

»Wie geht es dir, Kenneth? Ich finde es schön, dich kennenzulernen, das ist ein echter Zufall.«

»Dass Sie zu Hause sind?«

»Zu Hause?«

Sie zögert irgendwie. Ich werde hellhörig.

»Ich bin noch gar nicht lange in Paris und werde bald wieder fahren.«

Kein Wort über meinen Vater, will sie mich möglichst lange festhalten, bis er eintrifft? »Nein? Warum nicht? Wohnen Sie denn nicht hier?«

»Nein, ich bin aus Rennes, wir kennen uns noch nicht sehr lange. Ich habe nur kurz nach dem Rechten geschaut und noch ein paar Dinge für ihn zusammengepackt. Morgen fliege ich zu ihm, nach Dublin!«

»Er ist in *Dublin*?«

»Ja. Er dreht da. Wir sind erst frisch zusammen.«

Es hört sich sehr glücklich an, aber auch, als ob sie mir mit diesem Geständnis nicht auf die Nerven gehen will.

»Dann sind Sie also nicht die Frau, mit der er … abgehauen ist.«

»Nein. Und ich bin sehr froh, dass das so ist.«

»Ich auch!«

»Also, Kenneth, was hast du bisher in Paris gemacht?«

Ehe ich mich versehe, fange ich an, von Wanda zu erzählen. Natürlich. WandaWandaWanda. Auch ich bin frisch mit jemandem zusammen, wie sie, und so höre ich mich auch an, ich kann es nicht ändern, ich will es nicht ändern.

»Du bist sehr verliebt, oder?«

Ich nicke nur. Ich weiß, dass sie mir jetzt in mein Gesicht starrt, aber das ist okay.

»Ich auch«, haucht sie. »Darf ich das dir, als seinem Sohn, überhaupt sagen?«

»Darfst du!« Ich duze sie plötzlich, das ist ein Kompliment und sie weiß es. Das liegt an der Liebe, die mir einfach so passiert ist. Und ihr auch. Wir sind zwei Abhängige, zwei Süchtige. Außerdem kann sie zuhören wie ein stiller See, mit einem unterirdischen Abfluss, alles scheint in sie hineinzufließen, ich möchte immer mehr erzählen, weil ihre Fragen wirklich interessiert sind, weil sie mich versteht und sich ehrlich mit mir freut, das höre ich.

»*L'amour* …«, sagt Camille nur, als mein Redefluss endlich verklingt, ohne noch einen schlauen Spruch oder irgendetwas dranzuhängen. Dafür mag ich sie. »Und Wanda?«

»Wanda ... auch.«

Sie stößt leise die Luft durch die Nase und ich weiß, jetzt lächelt sie, als sie sagt: »Man kann sich nicht dagegen wehren, oder?«

»Nein.« Seitdem ich Wanda kenne, weiß ich, dass das stimmt. Ich bin froh, Camille ist nicht diejenige ... sie ist eine andere und ich darf sie so nett und sympathisch finden, wie sie nun mal ist. Obwohl sie mit meinem Vater zusammen ist. *Obwohl?* Ich kann nicht sagen, warum, aber ich merke, ich gönne meinem Vater diese Frau. Ein sehr seltsames Gefühl. Ein sehr erwachsenes Gefühl. »Hast du keine Kinder?«

»Nein, leider nicht. Ich habe nicht den richtigen Mann getroffen, und als es so weit war, war es zu spät.« Sie räuspert sich. »Ich kenne André erst seit sechs Monaten. Ich bin Kamerafrau.«

Aha. Kein Jura. Umso besser.

»Wir haben bei *La vie sans toi* zusammengearbeitet.«

Sein letzter Film. In Frankreich ein ziemlicher Erfolg, in Deutschland schnell wieder raus aus den Kinos. »Ich habe die Hörfassung gesehen. Ich bin vielleicht nicht der zuverlässigste Kritiker, aber deine Bilder, die du mit der Kamera eingefangen hast, *hörten* sich gut an!«

»Danke!« Sie schiebt irgendwas auf dem Tischchen vor uns herum, als ob sie für etwas Anlauf nehmen möchte, was sie jetzt gleich sagen wird.

»Von Kollegen habe ich gehört, dass er früher anders gewesen sein soll, hektisch und vielleicht ein bisschen jähzornig, aber heute ist er ein toller Regisseur – und ein einfühlsamer Mann.«

»Kann ich mir kaum vorstellen.« Ich grinse in ihre Richtung, doch das ist gefakt. Eben war die Wut auf ihn weg, doch nun kommt sie wieder hoch. »Er war ein Arsch! Ich konnte jeden Tag weniger sehen, Mama rannte mit mir von einem Arzt zum anderen, um herauszufinden, was es war, und er ist einfach gegangen. Mama sagte damals, er hätte sich in eine andere Frau verliebt.«

»Das ist für dich natürlich superschlimm gewesen und ich will ihn nicht verteidigen. Aber …«

Aber … Ich will diesen Gedanken nicht weiterdenken, doch er ploppt erneut in meinem Gehirn auf und geht nicht wieder weg: Gegen Liebe ist man manchmal echt nicht gewappnet.

»Ich wollte dich unbedingt kennenlernen, er hat schon so oft von dir erzählt, obwohl wir uns noch nicht so gut kennen, er fühlt sich schuldig, und das macht ihn fertig.«

»Soll es ihn fertigmachen.«

Sie antwortet nicht, sondern geht raus, um den Kaffee zu holen, und bleibt ein bisschen weg. Gegen Liebe ist man manchmal echt nicht gewappnet – der aufdringliche Satz wiederholt sich in meinem Kopf wie in einer Endlosschleife. Seitdem ich Wanda kenne, weiß ich, dass das stimmt. Ich denke nur noch an sie, möchte ihr nahe sein und alles erzählen, was mir durch den Kopf geht, alles andere tut weh und ist irgendwie sinnlos. Ging es ihm etwa auch so? Habe ich meinen Vater zu früh verurteilt? Camille kommt wieder rein, irgendwas klirrt bei jedem ihrer Schritte ein bisschen, wahrscheinlich trägt sie ein Tablett.

»Er war verliebt, das war die eine Sache«, sagt sie, während sie es absetzt und alles auf dem Tisch vor mir anordnet. »Aber das sei kein Grund gewesen, in Panik wegzulaufen, sagt er heute. Er dachte, er müsse neu anfangen, mit seinem Leben, und sich stärker um seine Karriere kümmern. Der

Erfolg, der zufällig zu diesem Zeitpunkt einsetzte, gab ihm recht. Er glaubte, er bekäme das später, wenn er so berühmt wäre, dass er sich seine Filmprojekte aussuchen könnte, schon wieder hin. Also, die Sache mit dir. Heute weiß er, dass er damit total falschlag.«

Ja, total falsch, will ich ihm entgegenrufen, doch ich merke, wie meine Wut auf ihn schwindet. Ein bisschen jedenfalls. Durch meine Liebe zu Wanda kann ich ihn nicht mehr einfach so verurteilen.

»Ich habe ihn kurz angerufen, als ich eben draußen war. Er ist fast ausgeflippt, als er hörte, dass du mir gegenüber auf dem Sofa sitzt, er wollte sofort den Film für zwei Tage unterbrechen und von Dublin herfliegen. Oder ob du vorbeikommen könntest? Er wird sich freinehmen, für dich. Obwohl das in so einer Produktion eigentlich unmöglich ist, ich weiß ja, wie so was läuft. Da siehst du, wie wichtig du für ihn bist.«

Ich taste nach meinem Milchkaffee.

»Deine Freundin soll mitkommen, hat er gesagt.«

Deine Freundin … sofort wird mir warm im Brustkorb. »Hast du ihm ihren Namen verraten?«

»Nein. Ich dachte, das möchtest du lieber selber tun.«

Camille ist ziemlich feinfühlig, das Wort ist zwar komisch, passt aber bei ihr. Meinem Vater Wandas Namen zu sagen, ist wie ein Geschenk, eine Aufforderung, an meinem Leben wieder teilzunehmen. Das muss er sich erst einmal verdienen. Das hat Camille verstanden. Für eine Frau ohne Kinder kapiert sie erstaunlich viel über Söhne, deren Freundinnen und deren Väter.

»Er wohnt in Dublin in einem schönen Hotel und würde für euch ein Zimmer buchen.«

»Ein schönes Hotel, jetzt wo er ein berühmter Regisseur ist, wohnt er bestimmt nur noch Luxusklasse … Er hat mich immer spüren lassen, dass ich als Sohn zu langsam für ihn war und als *blinder* Sohn dann sowieso.«

»Oh nein, das hört sich furchtbar unsensibel an.«

»Später hat er versucht, sich mit seinem Scheißgeld zu entschuldigen.« Beinahe schmeiße ich meine Tasse um. »Wenn er so weitermacht, wenn er mir die Zeit nicht lässt, die ich mir nehmen möchte, kann ich auch ganz drauf verzichten.«

Sie schweigt einen Moment lang. »Ich kenne ihn ja nicht von früher, so wie du, aber ich denke, er hat sich wirklich geändert. Er will dich nicht beeindrucken, nicht mehr, und auch du musst ihm nichts beweisen, glaube ich. Du würdest ihn ziemlich glücklich machen, einfach indem du da bist, hat er gesagt.«

Ich hänge meine Nase über den Kaffee und atme den Duft ein. Einfach indem ich da bin – hat Wanda nicht einen ganz ähnlichen Satz benutzt? Kann ich es mir vorstellen, ihn in Dublin zu treffen? Ich probiere den Gedanken aus und lasse ihn in mir wachsen. Nein, er macht mir keine Bauchschmerzen, lässt nicht mehr alles in mir explodieren. Im nächsten Moment bin ich auf einer Fähre, ich spüre den salzigen Wind und die Reling an meinen Rippen, Barbie an meinen Beinen, sie mag es nicht zu fliegen, Wanda, die sich ganz dicht an mich schmiegt, ich lege ihr einen Arm um die Schulter, ihre Haare flattern in mein Gesicht. »Warum eigentlich nicht? Besuchen wir den Alten, was, Barbie?!«

Kaum habe ich den Satz ausgesprochen, scheint irgendwas in mir einzurasten, wie ein gut geöltes Teil einer Maschine, das zurückgleitet und sich plötzlich wieder an der richtigen Stelle befindet. Väter sind vielleicht doch wichtiger, als ich immer dachte. Ich will ihm die Meinung sagen, aber ohne ihn anzuschreien. In Dublin könnte mir das vielleicht gelingen. »*Merci,* Camille«, sage ich. »Ich weiß zwar nicht, wie du aussiehst, aber du bist von innen schön, so viel steht fest.«

15. KAPITEL

»Warum?«

»Ach, Ken.«

»Sag mir einen Grund, warum!«

»Weil das meine große Chance ist!«

»Die du wirklich wahrnehmen willst?«

»Ken, mein Vater hat echt jahrelang …«

»Dein Vater, okay, dein Vater, aber *du*?«

»Ich stand da heute in dieser Halle, das war echt toll, die französische Fahne war überall und ich wusste, hier trainiert die Nationalmannschaft, ich hatte Gänsehaut.«

Er sagte nichts, verdammt, warum nicht? War es denn so schwer zu kapieren, was ich meinte? »Und die Trainerin war ziemlich cool, die hätte dir auch gefallen, allein ihre Wahnsinnsstimme. Warum winkst du jetzt so doof ab, ich finde das echt bescheuert von dir!«

»Ich bin müde, kannst du bitte gehen? Ich glaube, ich schlafe heute mal allein. Danke.«

»Was? Warum *das* denn?«

»Weil ich müde bin?«

»Nur weil ich jetzt … Ist vielleicht sonst noch was passiert? Wie war es denn bei deinem Vater? Ich habe dich noch gar nicht richtig gefragt.«

»Habe ich gemerkt.«

»Oh Mann, Ken. Warum streiten wir jetzt?« Ich wollte ihn

umarmen und küssen, doch wie ging das bei einem Blinden, der dazu so überhaupt nicht bereit war? Man konnte ihn nicht einfach ganz lieb anschauen und sich dann ohne Weiteres in seine Arme schmuggeln. »War er da?«

»Nein.«

»Aber du warst in seiner Wohnung.«

»Ja.«

Okay, danke für die ausgiebige Information. Ich seufzte und schaute auf mein Handy. Es war erst neun und Ken wollte schlafen! Wir hatten noch nicht mal gegessen, die Tafel im Hof war verwaist, weil Papa heute unbedingt mit uns essen gehen wollte, zur Feier des Tages. Doch Aurélie war bei Édouard, dem Galeristen, eingeladen und bereits unterwegs und mein Freund Ken hatte keine Lust. War müde! »Ach, komm doch mit! Oder ich nehme Barbie mit! Falls du mal allein sein willst.« Barbie wuffte leise bei der Erwähnung ihres Namens.

»Barbie bleibt hier!«

»Immerhin ist sie mein Patenkind, äh, …hund.«

»Na ja.«

»Wie, na ja? Zählt das jetzt nicht mehr? Du kannst so gemein sein!« Mein Vorschlag war blöd. Ken von seiner Barbie zu trennen, war, als ob man einem Rollstuhlfahrer seinen Rollstuhl wegnehmen würde, mit dem Argument, er könne sich dann mal von der ewigen Rollerei erholen. Aber alleine mit Papa wollte ich erst recht nicht gehen.

Wütend lief ich vor seinem Bett auf und ab, doch eigentlich war ich nur sauer auf mich selbst. »Ich probiere das mit der RSG doch nur mal aus und außerdem würde ich dann für ziemlich lange in Paris sein, denk da doch mal dran! Wenn ich nicht in den Kader gehe, ist meine Zeit hier um und ich fahre in vier Tagen wieder nach Hause!«

»Du probierst das aus? Oh ja, dein Vater wird dir bestimmt ganz cool die Wahl lassen. Ach, meine liebste Tochter, du meinst, im Trikot der Nationalmannschaft herumzuspringen, ist doch nichts für dich? Nicht schlimm, ziehst du es eben wieder aus …«

Ich schüttelte den Kopf. *Herumzuspringen* … Er hatte nichts von der RSG verstanden und auch den Rest von mir nicht, nichts von dem, was mich ausmachte, was ich fühlte! War das wirklich so? Oder redete ich mir das bloß ein, weil ich nicht wusste, wie ich mit meinem Vater umgehen sollte? Ich war verwirrt und schaute zu ihm hinüber. Barbie robbte auf allen vieren über den dünnen Teppich, bis sie zwischen Kens Beinen und dem hölzernen Bettrahmen feststeckte. Sehr solidarisch, *merci bien!*

»Wir reden morgen weiter, gute Nacht«, sagte ich und bemühte mich, meine Stimme bloß nicht weinerlich klingen zu lassen.

Pff, das wäre ja noch schöner. Aber auf dem Weg zur Tür wartete ich mit ängstlich klopfendem Herzen, dass er mich zurückrief. Doch das tat er nicht.

Erst, als ich die Tür schon von außen schließen wollte, hörte ich ein leises »Wandá?«.

»Ja?« Erleichterung machte sich in mir breit und sofort ging ich zurück.

»Mein Vater lädt uns nach Dublin ein, in ein Hotel, Doppelzimmer für uns drei! Kommst du mit?«

»Ja klar!« Ich lächelte über beide Wangen und wollte mich endlich in seine Arme werfen. So eine blöde Streiterei, völlig unnötig. »Wann?«

»Na bald. Morgen? Übermorgen? Ich schau mal nach einer Fähre, von Cherbourg gehen die ab. Siebzehn Stunden

Überfahrt, das ist doch super. Es gibt ein Hundedeck, aber Barbie ist ja ein Hilfsmittel.« Er rubbelte ihr zärtlich über den Kopf. »Nicht wahr, mein kleines Hilfsmittel, du darfst mit mir überallhin. Auf Friedhöfe, in Parfümmuseen, auch in die Kabine, wenn Wanda und ich uns eine buchen. Geld haben wir ja noch genug hinter dem Schmetterlingsrahmen.« Barbie stellte ihre Pfoten auf die Bettkante und leckte ihm vor Begeisterung über das Gesicht.

»Aber da kann ich doch nicht!«

»Mensch, Wanda. Vergiss den Kader.«

»Aber das kann ich doch nicht!« Ich wiederholte mich, das hörte ich selber.

»Du willst das nicht mehr! Das hast du selbst gesagt.«

Mann! Da warf er meinem Vater dauernd vor, mich zu gängeln und unter Druck zu setzen, machte aber ganz genau dasselbe mit mir! Merkte er das denn gar nicht?

»Ich weiß eben noch nicht so genau, was ich will. Ist das verboten?«

»Siehst du, ich hab's ja gewusst, einmal in den Klauen deines Vaters, kommst du nicht mehr weg.«

»Na ja, du wolltest deinem Vater ja auch eigentlich die Meinung sagen, oder? Und jetzt winkt Papi mit einem Doppelzimmer in Dublin und alles ist wieder gut?«

Er presste die Lippen zusammen und rückte für Barbie beiseite, die es sich direkt neben ihm bequem machen wollte. Ich hatte ihn verletzt, und zwar absichtlich. Es dauerte eine ganze Weile, bis er wieder anfing zu reden: »Ich wollte mit dir zu ihm hinreisen, Wanda. Ich wollte dich dabeihaben, wenn ich ihm begegne, weil du mir Mut gemacht hast, weil mich die Sache mit dir weicher gemacht hat und ich ihm diese neue Frau damals schon fast verzeihen kann. Aber jetzt merke ich gerade, dass du keine Ahnung von mir hast und alles verdrehst. Vielleicht lassen wir das also besser.«

»Lassen? Was? Alles?«

»Ich weiß eben noch nicht so genau, was ich will. Ist das verboten?«

Na toll, er versuchte, mich mit meinen eigenen Argumenten anzugreifen. Ich rannte aus dem Zimmer und knallte die Tür hinter mir zu. Am liebsten wollte ich mich in mein Bett legen und heulen. Aber Papa sollte mich nicht mit verweinten Augen sehen, außerdem musste ich morgen früh raus. Training war um zehn, mit der Métro dauert die Fahrt gute vierzig Minuten. Wenn ich pünktlich umgezogen in der Halle stehen wollte, musste ich mindestens um Viertel vor neun das Haus verlassen. Disziplin war alles. Mit Ken weiterzureden, machte im Moment keinen Sinn. Ich wollte nicht wieder fies zu ihm werden und er würde sich schon wieder beruhigen, morgen nach dem Training gäbe es bestimmt eine Gelegenheit, mit ihm zu sprechen. Ich ging zu Papa in die Küche und behauptete, ich wäre müde und hätte keinen Hunger. In meinem Zimmer legte ich mich aufs Bett. Ich war sauer und traurig und gleichzeitig tat mir alles weh. Was war denn nun richtig? Wofür sollte ich mich entscheiden? Für Ken und damit gegen Papa und meinen Sport? Es war, als ob die beiden jeweils an einem Arm von mir zerrten wie an einer Puppe. Mein Magen knurrte, ich wälzte mich herum und konnte lange nicht einschlafen.

Am nächsten Morgen verließen wir die Wohnung, ohne Aurélie, Ken oder Barbie zu sehen. »Schlafen die immer alle so lange?«

Ich seufzte. »Wir haben Ferien und Aurélie arbeitet gerne bis spät in die Nacht.« Warum verteidigte ich die beiden überhaupt, Papa hatte doch sowieso keine Ahnung von unserem Leben hier. Ohne viel zu reden, brachten wir das zweimalige Umsteigen in der Métro hinter uns, auch Papa war etwas nervös, das merkte ich.

In der Halle herrschte eine andere Stimmung als gestern, es war viel mehr Betrieb, niemand beachtete mich, als ich mich umzog, ich sah keins der bekannten Gesichter von gestern, wo zogen sich NaNaNaPa denn um? Das musste ich noch herausfinden und auch, wo der Ballettunterricht stattfand.

Das Training wurde von einer kleinen, knochigen Frau geleitet, die uns nach der Aufwärmphase an die Stangen scheuchte. Erst senkte ich den Blick, doch dann schaute ich ihr ins Gesicht. Ich habe so ein Glück, denn ich habe Augen, dachte ich dankbar, also nutze ich sie auch! Ach, Ken, das traurige Gefühl, das mich die ganze Nacht begleitet hatte, stieg wieder stärker in mir hoch. Es war furchtbar, nicht miteinander zu reden, doch am Abend, wenn der Tag hier erst mal überstanden war, würde ich alles wieder einrenken. Dies war meine einzige Chance, in Paris zu bleiben, er sollte sich doch wenigstens ein bisschen freuen, dachte ich. Er könnte sich irgendwann für ein Studium entscheiden und wir würden einen ganz normalen Alltag haben. Vielleicht konnte er bei Aurélie wohnen bleiben, die Wohnung war doch groß genug, auch wenn Papa hierblieb ...

»*Concentration, mesdames!*«, rief die kleine Lehrerin und warf mir einen vorwurfsvollen Blick zu. Sie hatte recht, ich sollte mich auf das besinnen, was jetzt gerade dran war, und mit meinen Gedanken weder in die Vergangenheit noch in die Zukunft abschweifen.

Ich streckte meine Beine und begab mich in den *Pas de*

bourrée. Ich tanzte wieder Ballett. In Frankreich, in Paris! Unser Besuch in der Oper fiel mir ein, ich würde Ken in eine Vorstellung einladen und ihm alles beschreiben. *Un-deux-trois, un-deux-trois,* automatisch befolgte ich die Kommandos. Ich sah mein Gesicht im Spiegel und lächelte mir kurz zu, aus den Augenwinkeln sah ich die anderen Gesichter, alle ernst und konzentriert, niemand verzog auch nur einen Mundwinkel nach oben. Alles wird gut, dachte ich, man muss nur daran glauben!

Madame Dupont war nett, wie am vorherigen Tag; sie kam zu mir, gab mir die Hand und sagte, dass sie sich sehr freue, mich in der *équipe* zu haben, doch das Training war ganz anders als in Bremen. Papa wurde hinauskomplementiert, selbst auf die Zuschauerränge durfte er nicht mehr, und ich wunderte mich, dass er das einfach so zuließ. Was würde er jetzt den ganzen Tag machen? In Bremen hatten wir uns selber und eigenverantwortlich aufwärmen dürfen, wir hatten immer ein bisschen miteinander gequatscht und Spaß gehabt, unsere Übungen aber dennoch diszipliniert durchgezogen. Hier wurden wir auf Schritt und Tritt beobachtet und es wurde genau gesagt, was wir machen sollten. Zum Beispiel sollten wir uns im Spagat dehnen, indem wir einen Fuß ungefähr auf dreißig Zentimeter Höhe in die breiten Sprossenwände klemmten. Nicht gerade spektakulär. »Das heißt, das Aufwärmen dauert zwei Stunden, jeden Tag nach demselben Programm?«

»*Bien sûr,* glaubst du, die wissen nicht, was gut für uns ist?«, hatte eines der französischen Mädchen schulterzuckend auf meine Frage geantwortet. Danach bekamen wir Knieschoner und übten in einer Ecke der großen Halle einzelne Elemente der Kür, die Gott sei Dank neu war, sodass die anderen keinen Vorteil hatten. Allerdings gab es noch zwei Mädchen, die Anwärterinnen oder Ersatz für unser nur fünfköpfiges Team waren. Sie beachteten mich nicht und warfen mir böse Blicke zu, sobald sie dachten, ich merke es nicht.

Beim Mittagessen in der Kantine des Sportkomplexes bekam ich kaum etwas hinunter. Alles war so groß, so automatisiert, so fremd. Wir standen mit Tabletts an und nahmen das, was uns zugeteilt wurde. Eine Gemüsepfanne, die nach nichts schmeckte, Reis mit komischen Pünktchen drin und als Nachtisch einen Apfel! Na super. Gut, dass ich nach zwei Wochen in Paris wusste, dass die hochgelobte französische Küche auch noch etwas anderes zu bieten hatte. Wir saßen an einem langen Tisch, doch recht weit weg voneinander. Die Anspannung war den Mädchen anzusehen, jede schob die Gemüsestücke auf ihrem Teller herum. Ich nahm meinen Mut zusammen, rückte mit meinem Stuhl näher an eine von den Nadines heran und fragte, was los sei, warum alle so still waren. Sie zuckte zunächst nur mit den Schultern, erzählte dann aber doch: »Wir wissen ja noch nicht, wer in der Mannschaft ist. Laurence und Muriel haben erst heute erfahren, dass du nun auch als Kandidatin dabei bist, und können sich ausrechnen, dass eine von ihnen höchstwahrscheinlich nicht mal mehr als Reserve infrage kommt.«

»Oh.« Deswegen die bösen Blicke.

»Aber sicher können wir *alle* nicht sein. Madame Dupont ändert die Aufstellung bis zur letzten Sekunde und wird sich sowieso erst nach den Wochen im Trainingslager festlegen. Das wird hart, du wirst ein paar Tage richtig viele Tests machen müssen, Gerätetechnik, Körpertechnik, aber so was kennst du ja auch?«

Ich nickte. Trainingslager kannte ich zur Genüge.

»Keine Angst, in Straßburg ist das Essen besser als in Paris und die Unterkünfte sind richtig schön. Du bist echt gut«, setzte sie schüchtern hinzu. »Ich mag deine Beinarbeit.«

»Äh, Straßburg?«

»Ja. In vier Tagen geht es los, bis September, wenn wieder Schule ist, müssen wir drei neue Küren einstudiert haben.«

Straßburg?! Das lag doch im Elsass. Wie weit war das weg von Paris? Vierhundert Kilometer mindestens. Bis September? Warum hatte mir niemand etwas davon erzählt … Ich hatte gedacht, den Rest des Sommers in der Stadt zu verbringen, und nun würde ich abends noch nicht einmal nach Hause kommen. Verdammt. Ich wollte aber nach Hause kommen, ich wollte in meiner knappen freien Zeit wenigstens bei Ken sein. Den Nachmittag verbrachte ich damit, die schwarzen Gedanken wegzuschieben, die sich immer wieder in meinen Kopf schleichen wollten. Wir übten Sprünge, Stände und Gerätetechniken, Madame Dupont korrigierte mich bei den Drehungen und ich hatte das Gefühl, sie nie so hinzubekommen, wie sie es wollte. Als das Training gegen fünf endlich zu Ende war, war ich nass geschwitzt und blieb wie betäubt eine ganze Weile unter der prasselnden Dusche stehen.

Kaum angezogen, schickte ich Ken eine WhatsApp: *Ich muss dich unbedingt sehen, bin gegen sechs zu Hause. Bitte sei da!* Dahinter ein Herz, das er ja nicht sehen konnte, aber auch das würde ihm von der Handystimme mitgeteilt werden: *Zeichen für rotes Herz.* In der Métro schlief ich, halb an Papa gelehnt, vor Erschöpfung ein.

Als wir ausstiegen und ich noch auf der Rolltreppe mein Handy checkte, war ich erleichtert. Er hatte zurückgetextet.

Ich warte ab sechs auf der geheimen Wiese auf dich! Ein riesiger Stein fiel mir vom Herzen, meine Müdigkeit war verschwunden und ich lief so schnell durch die Straßen, dass Papa kaum mitkam. »Ich muss noch mal in den Park«, sagte ich, kaum dass ich meine Tasche in der Küche hingeworfen und Aurélie begrüßt hatte, die gerade bis zu beiden Ellenbogen in einer Teigschüssel steckte.

»Alles in Ordnung bei dir?«, fragte sie, doch ihr zerstreuter Blick wurde klarer, als sie mich mit den Armen von sich abhielt, die Finger gespreizt und voller Mehl. »Bei *euch*, besser gesagt? Ken wartet schon auf dich.«

»Schon wieder Ken?«, fragte Papa mit gewollt gleichgültiger Stimme. »Das ist ja schön und löblich, dass du dich so um ihn kümmerst, aber diese Menschen können auch sehr fordernd sein und dein Mitleid ausnutzen.«

»Mitleid?!« Ich zuckte mit dem Kopf zurück. »*What the …* Du hast echt keine Ahnung, Papa!« Mit diesen Worten rannte ich auch schon aus der Tür, die Treppe hinunter und über den Hof, beinahe wäre ich mit Bertrand zusammengestoßen. »Wohin denn, wohin?«, rief er. »Essen wir gemeinsam? Meine Frau hat einen ganz hervorragenden *Cassoulet* gemacht.«

»Weiß noch nicht, später, mit Ken!«

»Ihr jungen Leute«, brummelte er, doch ich wusste, er würde auf uns warten, die ganze Hausgemeinschaft würde auf uns warten.

Ich kam an der Kirche vorbei, lief am grünen Gitterzaun des Parks entlang bis zum Eingang und schlug den Weg zu unserer Wiese ein.

»Ken!« Ich schlug mich durch das Gebüsch und da war er neben Barbie auf einer Decke. »Wanda!« Er stand sofort auf. »Es tut mir leid! Ich war so ein Idiot!«

»Nein, ich war eine Idiotin, sorry für das, was ich über deinen Vater gesagt habe!«

»Ich sollte dich nicht vom Trainieren abhalten. Wenn es das ist, was du willst, habe ich kein Recht dazu.«

Auch Barbie hatte sich erhoben und leckte mir einmal über mein rechtes Schienbein bis zum Knie. Danke, liebste Patenhündin!

»Das ist schon okay!« Ich umarmte ihn und hielt ihn richtig, richtig fest, strich ihm über das Gesicht, den Rücken, wuschelte in seinen kurzen Haaren herum und natürlich küssten wir uns im nächsten Moment und hörten eine ganze Weile nicht wieder auf. Er küsste hervorragend, also nicht, dass ich einen Vergleich gehabt hätte, aber ich wusste einfach, dass es keine bessere Mischung aus zärtlich und vertraut und dann wieder heiß und immer wieder neu entdeckend geben konnte

»Ich möchte einfach nur bei dir sein und muss es wohl akzeptieren, dass du tagsüber trainierst, meine Güte, ich werde hier in Paris irgendwo an der Uni sein – oder vielleicht sogar meine Tanzausbildung machen.« Er lachte auf. »Stell dir das vor, das wird total cool! Hauptsache, wir sind zusammen!«

»Ja.« Nur werde ich die nächsten Wochen in dieser Stadt im Elsass sein, in diesem verdammten Straßburg! Sag es ihm, du musst es ihm sagen, dachte ich, doch da küsste er mich schon wieder und der richtige Moment war vorbei.

Der falsche Moment kam dann mit Papa, als wir abends gemütlich nach dem Essen im Hof saßen. »Ich muss mir überlegen, ob ich in Paris bleibe oder nach Bremen zurückkehre, im Trainingslager möchte man mich ja nicht dabeihaben.« Er lachte, aber es hörte sich nicht lustig an.

Ich hielt die Luft an und machte etwas echt Fieses: Ich gab Papa quer über den Tisch ein Zeichen, indem ich die Augen aufriss und mit dem Kopf schüttelte: Stopp! Er weiß es noch nicht! Gleichzeitig versuchte ich, Ken abzulenken, indem ich ihn in der nächsten Sekunde fragte, ob er noch Wasser wolle. Meine Stimme klang sehr künstlich. Papa nickte, er habe verstanden. »Nun ja«, sagte er, »das kann alles sehr schön werden!« Seine Stimme klang ebenfalls sehr künstlich. Was war nur los mit mir? Jahrelang war doch alles gut gewesen mit Papa. Er hatte sich echt total lieb um mich gekümmert, hatte meistens ja auch ziemlich genau gewusst, was das Beste für mich war. Aber nun, als ob eine Tür zugegangen war, konnte er einfach nichts mehr richtig machen, konnte *mir* nichts mehr recht machen. Wie ich ihn kannte, würde er es nicht kapieren, sondern seine Papa-Tour weiter durchziehen wollen wie bisher, aber wie sollte ich ihm das Gefühlschaos in meinem Kopf und die Ablehnung gegen ihn erklären, ohne ihn zu verletzen? Ich kapierte ja selber nicht, was da in den letzten Wochen passiert war.

Ken schien nichts von meiner Grimasse gemerkt zu haben und ich atmete erleichtert auf, doch dann sah ich, wie mein Vater sich zu Aurélie beugte und ihr etwas zuflüsterte. Fuck. Auch ohne Ken anzuschauen, wusste ich, dass er alles verstehen und auch den Namen der Stadt heraushören würde. Seinen Satz im Zug hatte ich nie vergessen: »So leise kann kein Sehender reden, dass ein Blinder es nicht hören würde.«

Ken sagte nichts, doch mein schlechtes Gewissen ließ mich verdammt unsicher werden. Weil ich es nicht länger am Tisch aushielt, stand ich auf, wobei ich den Stuhl so heftig nach hinten stieß, dass er umfiel. Alle schauten mich an, bis auf Ken natürlich. »*Excusez-moi!*« Ich hob ihn wieder auf und machte mich daran, die Boxen des Plattenspielers ein Stück weit aus dem Atelier in den Hof zu tragen. Ich brauchte jetzt Akkordeonmusik und Walzer, ich wollte mit Ken tanzen, wir würden in diesem Sommer nicht mehr oft die Gelegenheit dazu haben. Richtig, genau dreimal noch, rief eine Stimme in mir, dann bist du schon weg, und er? Keine Ahnung, vielleicht werde ich ja auch gar nicht genommen. Mensch, Wanda, was für eine billige Ausrede.

Ken stand auf, ich wollte ihn schon an eine geeignete Stelle im Hof führen, doch er wehrte meine Hände ab. »Sag einfach nichts, okay?«, murmelte er in mein Ohr. Er tastete nach Barbies Geschirr unter seinem Stuhl, legte es ihr an und ging aus dem Hof. Niemand sagte ein Wort, wir alle schauten ihnen nach.

»Sie haben es ja wirklich nicht einfach, diese Menschen«, sagte Papa, als beide verschwunden waren. Ich rollte mit den Augen und wollte gerade etwas erwidern, da redete er schon weiter: »Aber zu viel Mitleid nützt denen ja auch nichts. Das muss einem klar sein.«

»Ich kenne viele Leute, die blind durchs Leben laufen«, sagte Aurélie. »Aber Ken gehört nicht zu denen.«

Danke, Aurélie, dachte ich. Ich stand immer noch bewegungslos im Hof und hatte noch nicht mal die Kraft, meinen Vater für seine Sprüche zu beschimpfen. Die miese Verräterin des Abends war ganz allein ich.

16. KAPITEL

»Wir bleiben heute etwas länger, weil es unserem deutschen Neuzugang nicht schnell genug gehen kann, den Raum zu verlassen!« Die dürre Madame Rose klatschte in die Hände.

Einige der Mädchen stöhnten auf, manche lachten leise. Na toll, habe ich es doch tatsächlich geschafft, etwas gute Laune hier hineinzubringen, dachte ich, hätte diesen Satz aber nie laut gesagt. Rose hatte mich schon genug auf dem Kieker.

»Vielleicht möchte unser Neuzugang uns gleich *ganz* verlassen?«, fragte sie und sagte im gleichen Atemzug »*Très bien!*« zu Laurence, die wegen mir nun wohl nicht mehr in der Riege turnen würde und mich deswegen hasste. Ich verzog meinen Mund zu einem kleinen Grinsen, nein, wollte ich nicht.

Also biss ich die Zähne zusammen und zwang mich, keinen Blick mehr auf die Uhr über der Spiegelwand zu werfen, sondern weiterzumachen.

Zwischen den Spiegeln hing etwas in der Luft, die Beleuchtung konnte noch so grell sein, ich sah es dennoch. Hier im Ballettsaal, im *studio de ballet,* mischten sich Angst, Hoffnung, Ehrgeiz und ehrfürchtiger Respekt zu einem grünlich grauen Nebel. Besser sein! Konzentriert sein! Angespannt sein! Kein Lächeln, kein Fünkchen Spaß drang durch die wunderschön perlende Klaviermusik vom Band in die glatten Gesichter der Mädchen. Auch nicht in meins, wie der Spiegel mir zeigte.

In der Halle wurden wir zu einem Team zusammengestellt, um die neue Kür einzuüben. Nur zur Probe. Fünf Mädchen und ich war dabei! NaNaNaPaWa hieß es also jetzt. Es war beängstigend, wie ähnlich wir uns sahen. In der Größe unterschieden wir uns nur um ein, zwei Zentimeter, das dunkle Blond unserer Haare wich nur in kleinsten Nuancen voneinander ab, selbst unsere Augenbrauen und Wangenknochen, die Form der Münder, alles war erschreckend gleich.

»Les Cinq«, nannte Madame Dupont uns. Die Fünflinge. »Nun bringen wir sie nur noch dazu, auch so identisch zu tanzen!«

Hatte ich mich je über die Iwanowa beschwert? Das, was wir in Bremen machten, war Kindergartenprogramm, verglichen mit dem hier! Noch intensiver dehnen, schneller sein, leichter wirken, mehr Kontrolle haben, noch mehr Perfektion beim Fangen und Werfen der Reifen, Bälle, Keulen und Bänder. Jeder kleine Fehler wurde sofort aufgespürt, besprochen, analysiert. Ich hatte das Gefühl, in allem nicht gut genug zu sein, und verließ entsprechend frustriert am späten Nachmittag die Halle. Nach einer Stunde war ich zu Hause, aber Ken war nicht da, also ging ich sofort ins Bett und schlief auch gleich ein.

Kurz vor Mitternacht erwachte ich. Mein Zimmer ging zum Hof raus und ich hörte das vertraute Murmeln und Gelächter. Ich setzte mich auf, alles tat mir weh, meine Muskeln waren verspannt und ich begann, mich zu dehnen. Aber ich wusste: Meinen Herzmuskel, den wichtigsten Muskel in meinem Körper würde ich auch durch alles Dehnen dieser Welt nicht wieder geschmeidig bekommen. Ich trat ans Fenster und mein Magen begann zu kribbeln, dort unten saß Ken, der sich ganz locker mit Aurélie und meinem Vater unterhielt. Er lachte, warum lachte er? Wir hatten über vierundzwanzig Stunden nicht miteinander geredet, warum war er nicht so traurig wie ich? Und warum spürte er nicht, dass ich hier oben stand? Unter seinem Stuhl sah ich einen hellen Hundekopf hervorragen. Sie schienen alle Spaß zu haben in dieser kleinen Runde, nur ich war nicht dabei. Mir wurde ganz flau, vor Hunger, vor Einsamkeit, vor Kummer. Ich drehte mich um, zeigte dem beleidigten Erdbeermädchen mit dem T-Shirt über dem Kopf den Stinkefinger, zog mir etwas über und ging hinunter.

»*Ah, alors,* Wanda, wir wollten dich nicht wecken!« Mein Vater sprach Französisch mit mir und sah ausgesprochen gut gelaunt aus.

Ich setzte mich auf den Stuhl neben Ken, ohne etwas zu sagen.

»Willst du noch etwas Tomatensalat? Hier ist eine saubere Gabel.« Aurélie schob mir eine Schüssel zu. »Iss direkt daraus, Teller gibt es nicht mehr. Hier ist Brot.« Sie lächelte mich an, auch sie wirkte sehr zufrieden. Kein Wunder, sie arbeitete wieder, ihre Bilder verkauften sich gut, und ob da was mit Édouard, dem Galeristen, lief? Sie duschte jeden Tag und zog sich auch ab und zu etwas anderes an als einen ihrer bunten Kimonos.

»Wanda, gute Neuigkeiten …« Papa warf mir einen verschwörerischen Blick zu, mit einem Seitenblick auf Ken. Ich hasste ihn für diese heimliche Art, die Ken ausschloss und mich unfreiwillig zu seiner Verbündeten machte. »Ich werde mich bewerben, vielleicht kann ich beim Geräteturnen der Junioren als Trainer einsteigen, zunächst natürlich nur als Assistenz, aber man weiß ja, wie so was geht, wenn man gut ist, kommt man weiter, beharrliche Leistung zahlt sich immer aus, da muss man auch mal unentgeltlich oder für kleine Münze etwas machen, das rentiert sich später …«

»Aha«, sagte ich und hoffte nur, dass er mit den doofen Sprüchen aufhörte, aber den Gefallen tat er mir nicht. Er sieht immer nur sich selbst, nie mich, dachte ich plötzlich. Und wenn, dann nur als Tochter, die funktionieren sollte.

»Und Aurélie startet jetzt auch durch, sie soll eine Ausstellung in Berlin bekommen und eine in Barcelona, ist das nicht großartig? Sehr bekannte Galerien, beste Lage, ganz andere Kundenkreise, die sich da öffnen!« Ich sah, wie Aurélie ihrem Bruder eine Hand auf den Arm legte, um ihn zu beruhigen, und mir gleichzeitig zulächelte. Alles nicht so wild, sollte das heißen. Obwohl mir nicht danach war, lächelte ich zurück. Aurélie und ich verstanden uns auch ohne Worte.

Und du, Ken, was machst du, dachte ich und schaute ihn von der Seite an. Ich wusste, ich hatte das mit uns kaputtgemacht, deswegen brachte ich kein Wort hervor, was hätte ich auch sagen sollen? Ich hab dich nicht angelogen, sondern nur ein bisschen Wahrheit weggelassen? Ich bin jetzt im Kader und stolz darauf oder auch nicht, woher soll ich das wissen, wenn ihr alle an mir herumzerrt? … Doch Ken schien zu merken, dass ich ihn ansah, denn er wandte sich mir zu. »Und bei mir gibt es auch Neuigkeiten, Wanda.«

»Echt?«, krächzte ich. Meine Gabel fiel klirrend in die Schüssel.

»Ich nehme übermorgen die Fähre nach Irland. Habe heute gebucht!«

»Oh.«

»Freitag früh, die Fähre geht um neun, aber ich muss vorher den Zug nach Cherbourg erwischen. Der geht um sechs. Punkt sechs verlassen wir Paris, Barbie und ich!«

Mein Herz zog sich vor Schmerz zusammen. Er klang furchtbar, so aufgeräumt und voller Energie. »Aber dann …«

»… bleibt uns also nur noch morgen Abend, ich weiß!« Er grinste mich so süß an, seine Augen knapp über meiner Stirn, als ob nichts zwischen uns vorgefallen sei. Er sah glücklich aus. Worüber? Über die bevorstehende Reise?! Verdammt, das war doch nur gespielt, oder?

»Nur morgen Abend? Nein!«, sagte ich. »Dann gehe ich morgen nicht zum Training!«

»Wanda?« Papas Stimme klang bedrohlich, er schüttelte den Kopf. »Ich glaube, du solltest da schon erscheinen.« Er räusperte sich. »Aber vielleicht kann ich erreichen, dass du etwas später kommen darfst. Ist ja eine besondere Situation!«

Ja, *bien sûr*, dachte ich und spürte, wie mein Hals eng wurde, mein erster richtiger Freund, der es jetzt nicht mehr sein will, verlässt die Stadt.

»Wie wäre es mit 12 Uhr statt 9? Das bekomme ich bei Madame Dupont bestimmt durch.«

»Das wäre schön«, sagte Ken und irgendwie hasste ich ihn für diesen artigen Ton und mich auch und meinen Vater und die ganze Welt sowieso.

Am nächsten Morgen war Papa schon weg, als wir aufstanden. Er hatte eine Verabredung im *Centre national pour le développement du sport*, wie er mir gestern noch stolz mitgeteilt hatte, würde aber um 12 Uhr vor dem Eingang zu meiner Halle auf mich warten. Die Küche war leer, Aurélie schraubte die Espressokanne zusammen und summte vor sich hin, es war fast wie vorher, als Papa noch nicht da war, doch ich traute mich nicht, diesen Gedanken vor den anderen auszusprechen. Matthieu war mein Vater, irgendwie hatte ich das blöde Gefühl, die Verantwortung für sein Benehmen zu haben.

Obwohl es bewölkt war, frühstückten wir im Hof. Es ist idiotisch zu versuchen, alles noch einmal aufleben zu lassen, ging es mir durch den Kopf. Es ist einfach nicht mehr so.

Mit zusammengepressten Lippen hörte ich Aurélie zu, die von ihren Plänen redete: »Ich muss heute noch ein paar Auftragsarbeiten im Labor erledigen, aber bald gehe ich wieder mit der Kamera los, es wird nämlich eine neue Serie geben!« Ihr Strahlen machte mich aggressiv. »Das nächste Thema wird wieder etwas mit Menschen zu tun haben, ich spüre, ich bin bereit dafür. Hausboote auf der Seine und Straßenfluchten lasse ich für den Moment hinter mir. Ich suche noch, aber ich werde es finden, es ist schon hier.« Sie kreiste mit der flachen Hand über ihrem Kopf, als ob sie sich einen Heiligenschein malen wollte.

Ich schaute in den grauen Himmel, die Luft war dunstig. Vielleicht würde es regnen. »Kinder, seid ihr so lieb und räumt ab? Ich verzieh mich.« Aurélie hatte es eilig, in ihr Atelier zu kommen. Mit einem Mal wusste ich, warum ich so sauer auf sie war. Es war Neid! Ich beneidete sie um das brennend gute Gefühl, unbedingt etwas arbeiten, etwas tun zu wollen.

»Und? Was wollen *wir* machen?«, fragte ich Ken mit belegter Stimme.

»Barbie muss raus.«

Was für ein toller Vorschlag! »Wir können es auch lassen, etwas zu unternehmen, wenn du keine Lust hast«, zischte ich.

»Ist ja sowieso kaum Zeit.«

Ich biss die Zähne zusammen. Keinesfalls würde ich ihn darum anbetteln, die letzten Stunden mit mir zu verbringen. Schweigend räumten wir die Sachen in den Korb. Barbie folgte uns nach oben. Sie schnupperte an meiner Hand, leckte kurz darüber, ging dann zu Ken, doch der beachtete sie nicht weiter. Ich zog den Korb nach oben, räumte ihn aus, dann ging ich in mein Zimmer und packte meine Sporttasche. Wenn Ken etwas von mir wollte, konnte er ja Bescheid sagen. Es war bereits zehn, spätestens um kurz nach elf sollte ich mich auf den Weg machen. Ich hängte die Tasche um und setzte mich auf mein Bett, in meinem Magen lag ein eisiger Klumpen aus Wut, Mitleid (für mich) und Unverständnis (für Ken). Und du hältst die Klappe!, sagte ich unhörbar zu Erdbeermädchen, das still unter meinem T-Shirt verharrte. Die Minuten vergingen, eine Tür schlug zu. Noch nicht einmal weinen konnte ich.

Ich saß immer noch in genau derselben Position, als ich eilige Schritte über den Flur kommen hörte. Mein Herz flackerte auf, fiel dann aber wieder in sich zusammen. Ken konnte es nicht sein, der ging nie schnell.

»Wanda!« Es klopfte an meine Tür, dann wurde sie aufgerissen, er war es doch. »Barbie ist weg!«

»Was?« Ich sprang auf. Sein Gesicht sah sehr besorgt aus, seine Augen waren gesenkt, er hatte seinen weißen Stock in der Hand.

»Sie ist vor mir in den Hof hinunter, wie so oft, doch diesmal stand das Tor auf, keine Ahnung, warum, ich habe sie schon draußen auf dem Platz gerufen, aber sie kommt nicht! Das hat sie nie gemacht! Nie!«

»Hast du Aurélie gefragt?«

»Ja sicher. Sie ist nicht bei ihr. Auch nicht bei Madame Leroc in ihrer Hausmeisterkabine. Außerdem würde sie doch sofort gelaufen kommen, wenn ich sie rufe.«

»Wir finden sie!« Ich griff nach seinem Arm, meine Tasche schlug gegen seine Beine.

»Scheiße«, sagte er nur und machte sich mit einer kleinen Bewegung los. »Sie ist doch zu jedem freundlich, geht mit dem mit, der ihr ein Käsebrötchen vor die Nase hält!«, rief er. »Wenn man sie nun entführt hat! Ich kann ohne sie nicht leben!«

Ich ohne dich auch nicht – und Barbie will ich auch bei mir haben, dachte ich. Ich würde dich so gerne in den Arm nehmen, um dich zu beruhigen und zu trösten, aber das geht ja seit dem gestrigen Tag nicht mehr. Ich hatte Mühe, nicht loszuweinen.

Zu allem Überfluss bestand Ken darauf, dass wir uns trennten. So hätten wir mehr Reichweite, sagte er und ich hoffte, dass er wie so oft recht hätte. Als wir aus dem Hof traten, ging ich nach links, er nach rechts. »Barbie!!«, riefen wir beide wie aus einem Mund, als ob uns jemand ein geheimes Zeichen gegeben hätte. »Barbie!« Eine Zeit lang hörte ich seine Rufe noch, irgendwann nicht mehr. Ich rannte durch die Straßen, verdammt, warum hatte ich die blöde Tasche eigentlich dabei, und fragte jede Person, die mir entgegenkam: »Haben Sie einen Hund gesehen, eine helle Labradorhündin? Hört auf den Namen Barbie, hat einen guten Appetit, ist sehr freundlich?«

Non, überall nur ein Schulterzucken, ab und zu ein »Oh, tut mir leid …«.

Sie war verschwunden! Ich lief zurück und noch einmal schnell hoch in die Wohnung. Vielleicht waren sie ja beide schon wieder …? Keine Spur. Auch unten, bei Aurélie im Labor, hatte sich nichts Neues ergeben. Wie auch? »Ich kann hier nicht weg, habe gerade ein riesiges Format in der Wanne, aber sobald ich fertig bin, helfe ich euch!«, rief sie durch die geschlossene Tür.

»*Merci!*«

»Ruft mich an, sobald ihr Neuigkeiten habt!«

Immer wieder ihren Namen rufend, schlug ich ganz automatisch den Weg zum *Square des Batignolles* ein. »Barbie!« Ich zermarterte mir den Kopf, wo konnte sie hingelaufen sein?

Die Wiese! Vielleicht war sie zur geheimen Wiese gelaufen und wartete da auf uns. Ich spurtete los. Ob Ken auch auf diese Idee gekommen war? Der Park sah verlassen aus, das Karussell war stumm hinter einer blauen Plane gefangen, der Himmel über den Baumkronen immer noch grau.

Schon war ich am Gewächshaus, schlug mich durch die ausladenden Zweige der Rhododendronbüsche und sah bereits etwas Blaues dahinter leuchten. Eine Jeansjacke. »Ken!«

Er schaute nicht auf, na klar, er hatte mich längst gehört und an meinen Schritten erkannt. Keine Barbie. Er kniete auf dem Gras und starrte vor sich hin. Er hatte geweint, das sah ich an seinen nassen Wangen. »Ich kann es nicht. Wenn ich es mal brauche, kann ich es nicht, verdammt!«

»Was? Was kannst du nicht? Komm, steh auf, wir suchen weiter, es ist doch nicht hoffnungslos, wir finden sie, wir dürfen einfach nicht aufgeben! Wir rufen die Polizei an und melden das …« Mehr fiel mir auch nicht ein, doch er stand auf und breitete seine Arme aus, ich warf mich hinein. Es tat so gut, seine Arme waren stark wie immer, er war so warm und roch so gut, aber dann begann sein Körper zu zittern. Weinte er wieder? »Es tut mir so leid, Ken!«, sagte ich an seinem Hals.

Er räusperte sich. »Mir auch. Ich verstehe das nicht, es ist zum Ausrasten, ich schaffe es einfach nicht, mich zu konzentrieren, um sie zu finden.«

Ich hielt ihn ein wenig von mir ab, um ihn besser ansehen zu können. »Wie meinst du das? Denkst du, du kannst sie durch Nachdenken zu dir holen?«

»Ach, das ist so schwierig …« Er fuchtelte mit den Armen und ließ mich dabei ganz los, sofort vermisste ich seine Wärme. »Ich muss dir etwas sagen, Wanda.« Oh. Was kam denn jetzt? Aber was immer es war, es klang verdammt ernst.

»Ich habe die Fähigkeit, in die Zukunft zu schauen, nur fünf Minuten weiter, keine Ahnung, warum ausgerechnet fünf Minuten. Aber jetzt sehe ich nichts! Ich sehe Barbie nicht, ich sehe gar nichts!«

War er jetzt völlig durcheinander? »Wie? Zukunft?«, konnte ich nur stammeln.

»Glaub mir einfach oder lass es, für mehr ist gerade keine Zeit. Es ist so! Vertrau mir doch mal!« Seine Stimme klang fast böse.

»Ach komm! So was gibt es doch nicht!«

»Doch. Ich kann das.«

»Ja klar. Und ich kann zaubern.« Ich wollte auflachen, aber es kam nur ein genervtes Meckern heraus.

»Meinst du, ich lüg dich an?«

»Mensch, Ken! Musst du ausgerechnet jetzt solche Witze machen?«

»Oh Mann! Ihr Sehenden seid manchmal so dermaßen arrogant, ich könnte kotzen!«

Was?! Was war denn mit meinem Ken passiert? So kannte ich ihn ja gar nicht – und was sollte der Scheiß mit der Zukunft?

»Ich versuche, dir was zu erklären, und das Einzige, was dir einfällt, ist: So was gibt es doch nicht.« Er imitierte meine Stimme, sodass sie hoch und piepsig klang.

Ich merkte, wie die Wut in mir hochstieg und die Sätze aus mir herausplatzen ließ: »Aha. Wir sind doof und stolpern nur herum, während ihr Sehbehinderten die feinfühligsten Menschen der Welt seid, vollgestopft mit Blindenweisheit?«

»Ihr glaubt nichts, weil ihr es ja nicht sehen könnt, aber es ist eben nicht alles *sichtbar*. Die Blinden auf dieser Welt seid *ihr*!«

»Danke, dass du mich mit allen anderen in einen Topf schmeißt!« Ich ballte die Fäuste und fühlte, wie mir das Blut ins Gesicht stieg.

»Na und? Ich hatte gedacht, dass du etwas kapiert hast, aber du bist und bleibst Blindfisch Nummer eins, Wanda!«

Wie hatte er mich da gerade genannt?! Ich hob die Hand und klatschte ihm eine, es war laut, dann drehte ich mich um und rannte so schnell durch das Gebüsch, dass die Zweige auf meine Arme peitschten. Bloß weg hier! Blindfisch Nummer eins, was für ein Arsch! Vorher immer: Vertrau mir doch mal. Vertrau mir doch mal. Wie oft hatte er das schon zu mir gesagt in den letzten Tagen und ich hatte ihm vertraut, aber mit welchem Ergebnis? Damit er mich jetzt so fertigmachen konnte?

»Blindfisch Nummer eins!«, rief ich laut, als ich weit genug weg war, und schlug mir an die Stirn. Die Worte brannten mir in der Kehle. »Danke, Ken! Das hältst du also wirklich von mir!« Sollten mich die wenigen anderen Spaziergänger doch für verrückt halten, es war mir so was von egal. Ja, Ken war nervös und völlig fertig wegen Barbie, aber … musste er deswegen so gemein werden? Immerhin hatte ich ihm eine gehauen. Einem Blinden! Der sich noch nicht mal wegducken konnte. Ich war so fies, er war so fies, aber was hatte er da auch für einen Scheiß erzählt von wegen in die Zukunft schauen?! Zukunft, Zukunft? Bei jedem Schritt klang das Wort in meinen Ohren, ich ging vermutlich im Kreis, denn ich überquerte schon zum zweiten Mal die kleine Brücke. Enten kamen mir frech in den Weg gewatschelt, sofort musste ich an Barbie denken. Ach, Barbie. Wenn du bei Ken am Geschirr warst, hast du nicht auf Enten reagiert. Warst du dagegen an der Leine, belltest du sie an und jagtest sie. Ich schüttelte den Kopf und wischte mir die Tränen ab. Mein Gott, ich benutzte schon die Vergangenheitsform für sie, als ob sie tot wäre. Ich weinte. So ging also unser Pariser Sommer zu Ende … Barbie war tot, Ken war komisch und ein gemeiner Lügner, der sowieso nach Irland abhauen wollte, und ich war wieder allein!

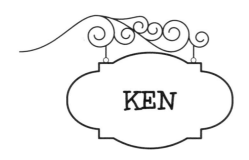

KEN

Ich habe es gewagt, wollte alles auf die berühmte eine Karte setzen – aber sie hat mich gar nicht zu Wort kommen lassen, sondern hat mir eine gehauen und ist weggelaufen. Glückwunsch, Ken. Das beste Ergebnis überhaupt, bis jetzt. Ich hätte erst *vorher*sehen sollen, was passiert, bevor ich es ihr erzähle. Aber dafür war keine Zeit mehr. Mein Hund ist weg, entführt, überfahren, spurlos verschwunden. Barbie! Wo bist du denn? Wie soll ich dich finden, wenn du mich nicht hörst? Du bist meine Augen, meine wiedergewonnene Freiheit, mein Alles! Komm zurück zu mir!

Ich weine. Weine um meine liebste Hundefreundin, mein süßes Tier, mein kleines, verfressenes Barbie-Mädchen, und auch um ein anderes Mädchen weine ich. Ich habe es mal wieder vermasselt, dabei war Wanda die Richtige, ist die Richtige, wäre die Richtige gewesen! Ich weiß es. In den Stunden unserer Trennung habe ich sie so vermisst, es tat richtig weh und auch jetzt spüre ich, dass ich unbedingt mit ihr zusammen sein will, aber ich war verdammt noch mal zu stolz, ihr das zu sagen. Stattdessen erwarte ich, dass sie mir das mit dem In-die-Zukunft-Sehen sofort glaubt, und bin dann laut und fies beleidigend geworden, als sie das vom Zaubern gesagt hat. Ich bin so verdammt empfindlich, bin eine Mimose und habe es nicht anders verdient.

Manchmal frage ich mich, ob alles, was ich so für die Welt

da draußen halte, sich nicht nur in meinem Kopf abspielt. Sollte ich den Menschen, die ich mag, oder ja … sagen wir ruhig, die ich liebe, vielleicht direkter sagen, was mit mir los ist? Was ich denke? Fühle?

Ich weiß nicht, was ich tun soll. Ich muss zur Polizei. Aber dazu müsste ich aufstehen und von der Wiese weggehen. Und ich will nicht aufstehen, bevor Barbie nicht wieder da ist. Aber wenn ich nicht aufstehe, wird die Chance, sie zu finden, immer kleiner. Und Wanda ist auch weg. Verdammt. Ich habe mich noch nie so verloren gefühlt wie jetzt.

17. Kapitel

Ich lief und lief und lief weiter, doch ich traute mich nicht aus dem Park hinaus. Im Gehen warf ich die neue Sporttasche, die ich immer noch mitschleppte, über die andere Schulter. Blau, weiß, rot blitzte es vor meinen Augen auf. Immerhin, ich war jetzt im französischen Kader, also so gut wie, hatte ich mir das nicht immer gewünscht? Ach shit, ja schon, aber doch nicht so! Wenn ich ehrlich war, hatte ich keinen Plan, was ich mit einem Leben ohne Ken anfangen sollte – oder mit einem Leben inklusive RSG und einem blöden Vater, der nicht kapierte, dass ich mich irgendwie verändert hatte.

Vor mir saß jemand auf einem Hocker am Wegesrand, ein alter Mann mit grauen Bartstoppeln, einen umgedrehten Hut vor sich, das Gewicht des dunkelroten Akkordeons auf den Knien schien ihn tief in den sandigen Weg zu drücken. Sein Anblick machte mich noch trauriger. Als er mich sah, fing er an zu lächeln und zog das Instrument mit einem ersten Akkord auseinander, sodass *Non, je ne regrette rien* erklang. Ich bereue nichts. Ja klar, etwas so Kitschiges muss jetzt passieren, dachte ich gereizt und dann rollten mir wieder Tränen über das Gesicht. Ich ließ sie einfach laufen und ging weiter auf den Musikanten zu, bloß nicht schniefen oder schluchzen, ich wollte nicht, dass der Alte etwas merkte. Natürlich bereute ich etwas, fast alles, von dem Moment an, in dem ich Ken im Zug begegnet war! Doch dann blieb ich ruckartig stehen. Es war nicht wahr, ich bereute es nicht, Ken sollte bloß wieder normal und liebevoll sein und nicht jemand, der mich verarscht! Barbie sollte bei uns sein, damit es wie früher war, als wir so glücklich über Brücken gerannt waren ... Ich bekam keine Luft mehr und musste einen tiefen Atemzug nehmen, ein ersticktes Geräusch kam aus mir heraus. Jemand rief etwas, weit weg, ein Hund bellte.

»Wandá!«

Blitzschnell drehte ich mich um, da stand aufrecht, hell und lämmchenfarben ein Labrador ohne Leine auf dem Weg. Hinter ihm, weit entfernt, sah ich Ken mit seinem Stock. »Barbie!« Ich lief auf die Hündin zu, die sich jetzt auch noch hinsetzte, die Pfoten brav nebeneinander, obwohl Ken sie rief. Als ob sie will, dass wir uns bei ihr in der Mitte treffen, dachte ich. »Barbie, du gutes Mädchen, wo kommst du denn her, wo warst du denn!?« Ich lief auf sie zu, warf mich auf die Knie und umarmte sie, was sie sich gnädig gefallen ließ. »Wo hast du sie gefunden?«

Ken war mit seinem Stock herangekommen. »Sie kam plötzlich auf die geheime Wiese gelaufen und rannte sofort wieder davon.«

Ich erhob mich, ich stand nur eine Armlänge von ihm entfernt, wenn ich jetzt die Hand ausstreckte ... aber sollte ich? Langsam wischte ich mir die nassen Wangen ab und starrte auf Barbies hübschen Hundekopf. Warum war die Welt so schwierig, warum wusste ich nicht, was ich Ken in diesem Moment sagen sollte? Alles ging in meinem Kopf durcheinander: das Ding mit dem Sport, mit meiner Zukunft, mit Paris und mit ihm, Ken? Denk nicht so viel nach, sagte eine kleine Stimme in mir. Mach es wie er, hör lieber hin, spür lieber nach, fühle hinein. Das hilft dir mehr, als hektisch der Frage hinterherzulaufen, was tun, was tun. Dein Kopf kennt meistens nur die falschen Antworten.

Auf einmal spürte ich seine Hand an meiner, nur eine kleine Berührung, aus Versehen … oder doch nicht ganz unabsichtlich? Können Blinde überhaupt etwas »aus Ver-sehen« tun? Zögernd fanden sich unsere Hände, sie fingen sich, begannen, sich miteinander zu verflechten. Ich schaute ihn immer noch nicht an – und er? Er muss mich ja nicht sehen, dachte ich, denn er *sieht* mich besser als jeder andere Mensch bisher in meinem Leben. Unsere Finger drehten sich umeinander, unsere Hände begannen zaghaft, miteinander zu tanzen, noch immer sagte keiner von uns ein Wort; ich ließ die Tasche von meiner Schulter gleiten und achtlos auf den Weg fallen.

»Es tut mir leid!«, murmelte Ken. »Du bist kein Blindfisch, und wenn, dann nur manchmal, und der süßeste, den ich kenne!«

Ich konnte nicht antworten, sonst hätte ich angefangen zu weinen, aber diesmal vor Erleichterung, also drückte ich nur seine Hand und hielt sie jetzt ganz fest.

Ohne ein weiteres Wort zog Ken mich an sich, wir fingen an zu tanzen, zunächst ein paar Schritte Walzer, doch bald standen wir nur noch eng umschlungen da und hielten uns fest und versanken schließlich ins Küssen. Kinder gingen an uns vorbei und lachten, »*Regarde! Regarde!*«, guck mal, die knutschen, doch das war uns egal, wir küssten uns, immer und immer wieder, bis Barbie sich schließlich winselnd beschwerte.

»Ich glaube, sie muss mal austreten und ist zu höflich, hier auf den Weg zu machen«, sagte Ken.

Nachdem wir unser gesamtes Kleingeld im Hut des Mannes versenkt hatten, ungefähr 4,77 Euro, gingen wir weiter, ließen Barbie ihr kleines Geschäft unter einem Busch machen, um uns an der nächsten Bank gleich wieder zu setzen. Ken strich mir mit den Fingerspitzen sanft über das Gesicht, ich tat dasselbe bei ihm. Wenn ich meinen Kopf ausschaltete, war auf einmal alles so leicht. »Tut mir leid mit der Ohrfeige«, sagte ich leise.

»Schon vergessen. Mal 'ne andere Frage: Freust du dich auf Straßburg?«

Was? Ich schüttelte nur den Kopf. Hatte er denn gar nichts …?

»Du musst nicht antworten, Wanda, das war rein rhetorisch.« Er schnaubte mit geschlossenem Mund durch die Nase. Ich liebte dieses Glurksen so sehr!

»Danke. Du bist so ein Idiot – und ich auch!«

»*Formidable!* Besonders der zweite Teil des Satzes gefällt mir!«

Ich stieß ihn mit dem Ellbogen in die Rippen und dieses Mal hörte sich mein Lachen auch wirklich danach an. »Ich bin so froh, dass Barbie wieder da ist und dass wir alle drei wieder zusammen sind. Musst du morgen echt fahren?«

»Diese Frage war hoffentlich auch rein rhetorisch.«

Er wollte wirklich weg! Jetzt war es an mir zu seufzen.

»Es wird sich alles finden, Wanda. Vertrau mir.«

Ah. Da war es wieder, dieser Satz, der in mir bohrte wie ein winziger Stachel in der Handfläche. »Ich will dich nicht nerven, aber ich muss diese eine Sache wissen, sonst steht das immer zwischen uns«, sagte ich zu ihm. »Hast du eben auf der geheimen Wiese wirklich behauptet, dass du in die Zukunft sehen kannst?«

»Nee. War ein Witz.« Er schüttelte vehement den Kopf. »Vergiss das einfach.«

Doch das konnte ich nicht. »Du kannst es mir erzählen, ich werde es ernst nehmen!«

»Bist du sicher? Eigentlich habe ich mir geschworen, dass ich nie wieder einer Person davon erzähle. Nie wieder.« Er verschränkte die Arme vor der Brust. »Und nun gerade dir? Du musst zugeben, du schenkst deinem Kopf ständig mehr Glauben als deinem Gefühl.« Er lächelte nicht.

»Sorry, Ken, ich bin wirklich ziemlich skeptisch bei Dingen, die ich nicht sehe. Du hast ja recht, ich hake Listen ab, anstatt hinzuschauen, ich frage sofort nach und zweifle, anstatt zuzuhören, aber bin ich nicht schon ein kleines bisschen besser geworden?«

»Geringfügig. Mit Tendenz zur Steigerung.« Er wollte sich ein Grinsen verkneifen, aber es misslang.

»Danke! Sehr freundlich!« Ich küsste ihn auf den Mund, dass es knallte.

»Oh, ich verspüre, *Madame* ist immer noch gewaltbereit.«

»Nein! Ich hau dich nicht mehr. Versprochen.«

»Gut.« Ken lehnte sich an die grüne Lehne der Parkbank. »Tja, wie soll ich anfangen?«

»Irgendwo.«

»*Alors.* Da gab es so 'ne alte Frau hier im *Quartier des Batignolles*, na ja, das kennst du ja jetzt. Sie war blind und saß immer im Eingang vom *Cinéscope*, einem alten Kino, heute ist das längst geschlossen. Sie wohnte da jahrelang, es war ihr Stammplatz, sie hatte eine richtige Matratze, die Leute aus der Nachbarschaft brachten ihr Essen und im Winter wärmere Decken. Sie gehörte zum Inventar des Viertels, trotzdem habe ich mich als Kind ziemlich vor ihr gefürchtet. Ihre Pupillen waren ganz milchig, das sah echt nicht schön aus.«

»Und …?«

»Sie hat sich mir eines Tages in den Weg gestellt, bevor ich abhauen konnte, meine Nase wusste eher als meine Augen, dass sie es war, denn ich sah nur noch wenig, aber ich war nicht schnell genug. Sie hat mich festgehalten und mich gezwungen, ihr zuzuhören.«

»Echt? Das hört sich gruselig an.«

»Na ja, was sie sagte, auch. ›Du musst bereit sein, du musst dich öffnen für die andere Welt‹, und so Kram eben. Ich meine, ich war zwölf und hatte schon ganz gut kapiert, was mit mir geschehen würde, wenn die nächste OP keine Besserung brachte. Darum dachte ich erst, die Alte spinnt. Aber sie meinte gar nicht mein Erblinden, sondern meine *neue Gabe*, so nannte sie das. Die sollte ich annehmen und akzeptieren.« Er lachte. »Ich solle die Gabe nur für Gutes einsetzen. ›Ja okay‹, hab ich gesagt, ›kann ich jetzt gehen?‹ Sie hatte oben nur noch einen Zahn im Mund.« Er schüttelte sich. »Erst habe ich's verdrängt und vergessen, aber dann, als ich gar keine Sehkraft mehr hatte, passierte es. Meine Augenlider fingen wie wild an zu flattern und ich sah und hörte und *wusste* plötzlich etwas, das ich unmöglich wissen konnte. Da fiel mir die Alte wieder ein und wie sie oft dagesessen hat. Mit diesem weisen und zugleich leeren Blick.«

Ich wusste nicht, was ich sagen sollte. Wenn das wahr sein sollte …

Aber auch meine Gedanken schien Ken lesen zu können. »Es ist wahr, Wanda! Und ich hatte meine Gründe, es dir nicht zu erzählen, du siehst ja, was dabei rauskommen kann.«

»Ohrfeigen.« Ich schaute verlegen auf meine Füße.

»Kein Problem, die hatte ich verdient.«

»Es tut mir leid!«

»Schon okay. Mir *keine* zu ballern, das wäre diskriminierend gewesen.«

Ich musste lachen, aber er redete weiter: »Ich will mich ja nicht rechtfertigen, es ist *un*glaublich, im wahrsten Sinne des Wortes. Aber ich muss damit *leben*.«

»Gib mir mal ein Beispiel.« Mir war ganz flau im Magen.

»Ein Beispiel? Gerne. Im Zug. Weißt du noch, was ich da alles über dich wusste? Hyperflexibel, Nasenbeinbruch, nein, da war ich wirklich nicht mit meiner, wie nanntest du es doch so schön …? Mit meiner *Blindenweisheit vollgestopft*.«

»Sorry … ich bin so gemein.«

»Nein, bist du nicht. In der Galerie habe ich gewusst, dass du weinen wirst, bevor du es getan hast, auch mein Zusammentreffen mit der Tänzerin am Seiteneingang der Opéra habe ich erahnt und mich extra davor hingesetzt, im Casino sah ich die schwarze 28 voraus und die beiden Mädchen, die dich beklaut haben, habe ich auch vorher mit ihren Bildern auf dem Bürgersteig gesehen, bevor wir zufällig in sie hineingelaufen sind. Ich habe uns dahin geführt, weil ich wollte, dass du sie triffst.«

Er hatte das alles absichtlich getan, weil er es vorausgesehen hatte?! Nein, oder? Oder doch? Woher hätte er das sonst alles wissen können? Und der Gewinn im Casino wäre ein absolut unwahrscheinlicher Glücksfall gewesen. Doch dann fiel mir etwas ein und ich wurde so aufgeregt, dass ich von der Bank sprang. »Aber wenn das stimmt, dann weißt du ja auch, wie ich aussehe! Du hast mich gesehen!!«

Ich lachte ein bisschen hysterisch. Ein großer Wunsch von mir ging gerade in Erfüllung …!

»Na ja, nicht ganz. Ich sehe, wie man in Fantasien oder Träumen sieht. Es ist cool, ich weiß die Dinge, aber wenn ich mich frage, wie hat das Mädchen eigentlich ausgesehen, was für eine Haarfarbe hat es, dann verschwimmt alles und weicht zurück, wie in einem Traum, an den man sich unbedingt erinnern will.«

»Stimmt, das kenne ich auch mit den Träumen. Die verschwinden dann irgendwie.« Ich war enttäuscht, auch mit dieser fantastischen »Gabe« konnte er mich nicht sehen. Doch sofort tauchte eine bestimmte Szene in meinem Kopf auf und schon sprudelte es aus mir heraus: »Aber wenn du die Mädchen mit den Bildern vorhergesehen hast, oder wie immer man das nennen soll, hast du dann nicht auch vorhergesehen, was auf dem Bahnsteig passieren würde? Ich meine, *bevor* sie mich beklaut haben!?« Kannst du ihm trauen, meldete sich mein Kopf trotz aller guten Vorsätze wieder. Hat er es etwa zugelassen?! Du warst so verzweifelt und er hat nichts dagegen getan, obwohl er es gekonnt hätte? Wehe, er lügt jetzt.

Er öffnete leicht den Mund, diesen Mund, den ich so oft geküsst hatte, der *mich* so oft geküsst hatte, überall …

»Ja. Habe ich.«

»Du hast …?« Das war ein echter Hammer. »Echt? Du hast es vorhergesehen und mir trotzdem alles wegnehmen lassen? *What the fuck*, Ken?!«

»Ja okay, es stimmt, ich habe dich vor diesen Diebinnen nicht gewarnt. Aber ich hatte einen Grund dafür.«

»Ach ja?«

»Ich wollte dich am Bahnhof nicht gehen lassen, ich hatte

uns auch zusammen vor der Polizeistation gesehen, durfte mich also nicht einmischen, wenn ich alles so passieren lassen wollte. Ich dachte, sonst bist du weg und ich treffe dich nie wieder! Das war der Grund, ich konnte nicht anders.« Er tastete nach meiner Hand und küsste sie. »Auch wenn du denkst, dass das unverzeihlich ist, eins ist klar: Ohne mein Zögern wären wir jetzt nicht hier.«

Ich überlegte einen Augenblick. »Ich finde ziemlich cool, dass wir dadurch zusammen sind, aber irgendwie ist es auch echt unheimlich.«

»Es tut mir so leid, Wanda, ich hätte dich eher einweihen sollen, aber ich hatte Angst, durch die Wahrheit alles zwischen uns zu zerstören.«

»Hättest du ja beinahe geschafft, indem du es mir vorhin nur so schnell und seltsam hingeworfen hast.«

»Du hast recht.« Er seufzte. »Manchmal habe ich das Gefühl, egal, wie ich es mache – es ist falsch. Glaub mir, ich habe echt schon viel Mist erlebt, während ich vorhatte, die Welt zu retten! Aber auch wenn ich es wollte, es kommt manchmal einfach über mich, ich kann es nicht abstellen.«

»Du machst bestimmt nicht alles falsch. Ich stell es mir verdammt schwierig vor, entscheiden zu müssen, welche Version der Zukunft man wählt. Mischt man sich ein oder verschlimmert sich dadurch alles nur?« Ich schaute in den Himmel, der sich langsam aufhellte. »Man kann Menschen damit auch manipulieren …«, sagte ich mit ernstem Ton.

»Gut erkannt.«

Ich schaute Ken an. »Und das hast du getan! Mich!« Ich tippte ihm mit dem Zeigefinger auf die Brust. »»Du machst es sowieso‹, hast du zu mir gesagt und ich habe es gemacht. An der Laterne im Park zum Beispiel.«

»Stimmt.«

»Oh, du bist furchtbar!«

Ich sprang auf. »Was mache ich nur mit dir?«

»Ins Bett gehen?«

Ich schnalzte mit der Zunge, ich konnte ihm einfach nicht böse sein. »Später vielleicht.« Mir war noch nicht nach Aurélies Wohnung. Womöglich tauchte mein Vater da noch auf … nein, auf den konnte ich gerade gut verzichten. »Wollen wir ein bisschen laufen?«

Ken nickte und nahm Barbie an die Leine.

»Es kommt manchmal, ohne dass du es abwehren kannst, aber ab und zu kannst du es auch selbst verursachen?«, fragte ich, als wir den Weg entlanggingen.

»Ja. Manchmal klappt es, aber nicht immer. Gerade auf der Wiese zum Beispiel nicht. Obwohl ich absichtlich mit den Lidern herumflatterte, meinen Kopf schön leer gemacht und an gar nichts gedacht habe, hat es nicht funktioniert.«

»Und das ist die Wahrheit?« Ich blieb stehen.

»Nichts als die Wahrheit! Glaubst du mir?«

»Ja, ich glaube dir«, sagte ich ernst, doch dann musste ich loslachen: »Es ist zwar völlig verrückt, aber es kam mir doch gleich so komisch vor! Hyperflexibilität errät man nicht einfach mal so. Und einen Nasenbeinbruch auch nicht.«

»Ich hörte schon vorher, was du mir fünf Minuten später erzählen würdest, das wollte ich abkürzen und, na ja … dir auch ein bisschen imponieren.«

Ich schüttelte nur noch den Kopf, aber meine Empörung war gespielt. »Das ist so ein typisches Jungending. Immer wollt ihr uns irgendwie beeindrucken.«

»Stimmt. Und das würde ich jetzt gerne ganz in Ruhe

noch einmal versuchen …« Er umarmte mich. »Wir könnten doch … zur Versöhnung?«

Ich lachte: »Oh, Ken, jetzt drängel nicht! Ich bin so durcheinander, ich weiß gar nicht, was ich machen soll. Ich will nicht, dass du gehst, ich will dich nicht allein nach Dublin fahren lassen, aber ich will auch nicht … Ich will nicht mehr zum Training. Ich bin da nur noch eine von Fünflingen. Das ist so spooky, wie ich da verschwinde, in dieser Gruppe … gestern habe ich mich von Weitem gar nicht mehr im Spiegel erkannt, wir sehen uns alle so ähnlich. Gleiche Haarfarbe, gleiche Frisur, gleiche Größe, Körperbau, gleiches Tanzturnier-Strahlelächeln. Ich musste eine Hand heben, um zu sehen, welche von denen aus der Reihe ich eigentlich bin. Was soll ich tun, Ken? Ich kann doch jetzt nicht absagen? Wie werde ich das alles hinbekommen?«

»Soll ich es dir sagen?«

»Nein! Du Manipulator!«

Ken legte einen Arm um meine Schulter. »Ich bin sicher, dir fällt eine Lösung ein!«

»Die hast du aber nicht längst *vorhergesehen*?«

Er zuckte mit den Achseln und steuerte den Weg Richtung Gewächshaus an. Barbie lief an der Leine voraus. »Nein. Und auch wenn es so wäre: Mein Mund bleibt ab jetzt verschlossen.«

Die Gedanken ratterten durch meinen Kopf. Was, wenn ich meinen Vater anriefe? Aber würde ich mich trauen …? »Ich könnte Papa natürlich sagen, dass ich aufhöre, bämm, einfach so. Aber dann wird er ausrasten!«

»Er wird es an deinem Ton erkennen, wie ernst du es meinst. Und sein Ausrasten musst du dir ja nicht anhören.« Hinter dem Karussell hielt Ken an. »Von hier aus sehen wir auf die Gleise.« Das war eine Feststellung und keine Frage. Von früher wusste er sicher, dass der Park an dieser Seite von einem hohen Zaun aus Maschendraht begrenzt wurde.

»Ja. Ganz schön tief.« Ein paar Meter unter uns lag eine breite Schneise aus grau glitzernden Weichen und Gleisen. »Jetzt spiegelt sich die hervorkommende Sonne in ihnen. Merkst du, wie sich das Licht verändert?«

»Ja«, sagte er nur und drehte sein Gesicht den vereinzelt durch die Wolken brechenden Strahlen zu.

»Ich mag dieses Gleisgewimmel, es sieht nach Freiheit aus, nach vielen Wegen, die möglich sind.« Ich versuchte zu lächeln, aber meine Lippen wollten nicht.

»Stimmt, ich kann mich noch genau an die vielen Schienen erinnern. Früher dachte ich, ich müsste mich für eine Sache entscheiden. Aber durch mein Blindsein habe ich kapiert, dass es nicht nur ein Entweder-oder, sondern meistens auch ein Sowohl-als-auch gibt ...« Er stellte sich hinter mich, umarmte mich und legte mir ganz sanft das Kinn auf die linke Schulter. Er war mir so nah wie noch nie ein Mensch in meinem Leben. Gemeinsam *schauten* wir eine Weile durch den Zaun. Ohne Eile, ohne etwas machen oder denken zu müssen. Und wenn ich nichts denken musste, kamen mir die besten Ideen, das war schon immer so.

Ken ist blind, manche sagen auch *behindert*, dachte ich, ohne zu denken, dennoch lässt er sich von niemandem *behindern*, das zu tun, was er will, ihm stehen viel mehr Wege offen als mir! Plötzlich tat ich mir selber leid, aber nur kurz, denn dann wurde ich wütend. Warum durfte man mir, der Sehenden, »Normalen«, überhaupt befehlen, was ich machen sollte, wohin ich auf meiner Lebensreise ging? Und wer tat das? Mein Vater. Na klar. Aber Ken – süß, wie er war – hatte es manchmal auch ganz gut drauf, mich unter Druck zu setzen. Ich sollte mich aber frei entscheiden können, wusste ich mit einem Mal. Niemand sollte mich beeinflussen.

Entschlossen nahm ich mein Handy aus der Hosentasche. Ich erklärte Ken nichts, er wusste sowieso, was ich vorhatte. Ohne ein einziges Hallo vorauszuschicken, bellte mein Vater sofort ins Telefon: »Ich stehe hier seit zehn Minuten vor der Halle, wo bist du?!«

Er klang jetzt schon megasauer und meine Wut bekam Angst und verzog sich. »Äh, ich bin noch nicht da.«

»Na, das sehe ich.«

»Also, na ja …«, stotterte ich vor mich hin, bis ich Kens Atem an meinem Hals spürte und mir einfiel, was er gesagt hatte. Plötzlich war ich so müde von der ständigen Angespanntheit, dem ganzen Stress, der Hektik, dem Müssen und Sollen, das mein Leben vor diesem Sommer in Paris, mein Leben *vor Ken*, schon sehr lange beherrschte. Ich wollte das nicht mehr und würde mich nicht länger für Papa verstellen. Ich atmete einmal tief ein und aus, wurde ganz ruhig und sagte langsam, mit fester Stimme, was ich sagen wollte.

»Du willst aufhören?! Nach all dem, was ich für dich getan und erreicht habe?!«, schrie mein Vater, nachdem er gehört hatte, was ich zu sagen hatte. »Nein, Wanda, nein!!«

Ich hielt das Handy von meinem Ohr weg und krallte meine Finger in Kens Arm.

»Ich höre ihn«, flüsterte er. »Soll *er* doch in den Kader gehen und Fünfling spielen.«

Ich hatte Mühe, nicht nervös loszulachen. »Äh, Papa«, sagte ich dann wieder ins Handy. »Es ist toll, was du alles für mich gemacht hast, echt, aber ich habe mich verändert, das

Training und dieser ganze Stress ist nichts mehr für mich. Ich habe das Gefühl, ich mache das nur noch, um dich nicht zu enttäuschen.«

»Verändert! Verändert! Das ist doch nur eine Laune, du wirst mir noch dankbar sein. Komm jetzt sofort hierher! Wenn du in einer halben Stunde nicht vor der Halle stehst, gehen wir wieder zurück nach Bremen. Aus! Ende! Nichts mehr mit Paris, *c'est fini!* Überleg dir das gut!«

»Okay«, sagte ich mit ernster Stimme, »ich überleg mir das gut.«

Ich legte auf, drehte mich um und warf mich in Kens Arme. Er hielt mich einfach nur fest, dafür liebte ich ihn, ach, ich liebte ihn in diesem Moment für so viele Dinge, für alles, was er war!

»Oh Gott, ich habe es wirklich getan, oh, fuck!« Mein Herz klopfte laut, ich war irgendwie außer Atem. »Aber es war gut!« Ich schüttelte mich. »Ich habe es geschafft.« Wieder umklammerte ich Ken mit aller Kraft, bis ich mich schließlich von ihm löste. »So!« Ich klatschte in die Hände und rieb sie aneinander. »Und jetzt gehen wir nach Hause, zu Aurélie. Ich habe eine *idée fantastique!* Und gleichzeitig ein kleines Geschenk für dich!«

»Wir brauchen eine scharfe Schere!«

»Hängt hier über dem Herd«, sagte Aurélie auf Französisch und reichte sie mir, dann ging sie in die Hocke und schaute durch das Fenster des Backofens. Die Tarte, die darin vor sich hin backte, duftete schon sehr lecker. »Noch zehn Minuten«, verkündete sie. »Was hast du vor?«

»Etwas Wichtiges.«

»Mir sagt sie auch nichts, Aurélie, vielleicht tröstet dich

das …« Ken saß am runden Tisch, Barbie hockte neben ihm, ebenfalls auf einem Stuhl, und überblickte mit erhobener Nase die Küche. Sie darf auch stolz auf sich sein, dachte ich, diese schlaue Hündin hat uns wieder zusammengebracht!

Aurélie lehnte sich an den Kühlschrank und schaute mir bei den Vorbereitungen zu. Stuhl, Schere, ein Handtuch, der kleine Spiegel aus dem Flur. »Fertig!«, rief ich. Mit einer Bewegung löste ich den *chignon* auf meinem Kopf, scheitelte die Haare und nahm sie zu zwei tief angesetzten Zöpfen zusammen.

»Oh nein …« Aurélies Gesicht wurde besorgt. »Bist du sicher, Wanda?«

Ich nickte. »Und es wird von einer gewissen Person ausgeführt werden.«

»Wie? Aber nicht von …?« Aurélie kam näher.

»Doch!«

»Was? Könntet ihr die Güte haben, mich einzuweihen?«

»Ich erklär's dir gleich, Ken.«

»Na gut«, rief Aurélie, »aber warte noch eine Sekunde. Ich hole nur eben meine Kamera.«

Als sie wiederkam, saß ich schon auf dem Stuhl, den Spiegel auf dem Schoß, über meiner Schulter hing das Handtuch, auf dem Tisch lag ein Kamm. Ken stand hinter mir und hielt die Schere in der Hand.

»Moment, ich lege eben den Film ein«, rief Aurélie. »Dann kann es losgehen!«

»Bis kurz unter das Gummiband?« Ich spürte, dass seine Hand leicht zitterte, als er den rechten Zopf hochnahm.

»Ja, bis dahin, danach machst du noch kleinere Korrekturen, wenn nötig!«

»Ich schneide Haare! Ach, wenn mein Lieblingscoiffeur

Fronk mich jetzt sehen könnte!« Ken setzte die Schere an, Auréliesé Objektiv richtete sich auf uns, doch dann ließ er seine Hand wieder sinken. »So ein *chignon* ist dann aber kaum mehr möglich.«

»Deswegen ja. Niemand im Team darf kurze Haare haben, alle müssen komplett gleich aussehen, wir sollen in der Gruppe unsichtbar werden, eins werden. Wir sollen so synchron tanzen, dass wir als Individuum verschwinden. Ich will aber da sein, ich selbst sein, ich will anders sein dürfen!«

Immer noch zögerte er. »Wenn ich das jetzt mache, *bist* du anders und mit dem Kader ist es dann vorbei. Nicht dass du es nachher bereust.«

»Ich werde es nicht bereuen! Niemals. *Jamais!* Vertrau mir!«

»Ha.« Er glurkste auf seine unnachahmliche Art. »Das ist eigentlich mein Spruch.«

»*Ah, oui!* Das ist es!«, rief Aurélie plötzlich so laut, dass wir beide zusammenzuckten.

»Vertrauen! *Confiance!* Ich werde meine neue Serie *Confiance* nennen! Ich spüre, dass dazu noch ganz viele Ideen in mir lauern!«

»Puuh, Aurélie, erschreck uns doch nicht so! Stell dir vor, Ken hätte schon angefangen …«

»*Attention, mesdames et messieurs!*« In meinem Spiegel konnte ich sehen, dass Ken die Schere hinter mir in die Höhe hielt und wie einen Taktstock herumschwang. »Ich beginne.« Er ließ die Hand sinken, atmete für alle hörbar ein und einen Moment später fraßen sich die Scherenklingen mit leisem Knirschen durch meine Haare, während das Objektiv der Kamera klickte und Aurélie uns auf nackten Füßen umkreiste. Ich schloss die Augen, in meinem Nacken kribbelte es, doch ich mochte das Gefühl.

Als ich das Zopfgummi löste, fielen mir meine Haare ganz ungewohnt leicht nur noch bis auf die Schultern, Ken legte den zwanzig Zentimeter langen Rest vorsichtig auf den Tisch und strich noch einmal darüber. »Die sind so schön weich und riechen nach dir!«

Ich nahm den dicken Strang abgeschnittener Haare und schlang das Gummiband darum. »Vielleicht kann ich sie an eine Organisation spenden, die Echthaarperücken für kranke Kinder macht.«

»Das ist eine wunderbare Idee«, sagte Aurélie. Ihre Kamera war wieder still.

»Und nun Zopf Nummer zwei! Danach kannst du überall noch einen Zentimeter abschneiden«, sagte ich zu Ken. Wieder fräste sich die Schere durch meine Haare und dann waren sie ab! Ich genoss das Gefühl, wie leicht mein Kopf plötzlich war und wie zärtlich Ken mit dem Kamm durch die kurze, übrig gebliebene Haarpracht fuhr. Er teilte einzelne Strähnen ab und schnitt begeistert drauflos, dass die kleinen Schnipsel nur so durch die Luft flogen. Ein Blinder, der Haare schneidet, dachte ich und musste einfach grinsen, mehr Vertrauen geht wirklich nicht!

Als wir die Tarte gegessen hatten, hielt es Aurélie nicht mehr auf ihrem Platz. »Entschuldigt mich, aber ich muss sofort ins Labor, Kinder. Das Licht war optimal, die Schatten auf deinem entspannten Gesicht gaben tolle Kontraste, Wanda, dazu Kens konzentrierter Ausdruck … Das könnten sehr, sehr gute Bilder geworden sein.« Sie ließ uns allein.

»Komm mal zu mir!«

Ich tat Ken den Gefallen, schob die Teller beiseite und setzte mich rittlings auf seinen Schoß.

»Ich liebe deinen Körper, Wanda, und deinen Humor und wie du denkst, und ich liebe das, was du jetzt schon wieder mit mir anstellst.« Er presste sich an mich und strich über meine Haare. »Super Schnitt, sehr modern ausgefranst an den Spitzen, schätze ich mal.«

»Danke!« Ich küsste ihn zart auf beide Augenlider, doch dann stand ich auf, denn ich musste etwas tun, sonst würde ich noch verrückt vor lauter Adrenalin, das in meinen Adern kreiste. »Ich gehe gleich zu Fronk und lasse sie begradigen, mir vielleicht sogar noch etwas kürzer schneiden. Wenn schon, denn schon! Aber vorher muss ich duschen, mich juckt es überall von den kleinen Haaren.«

Was würde Papa zu meinem Nichterscheinen vor der Halle sagen? Und zu meiner neuen Frisur? In der Zwischenzeit hatte er natürlich versucht, mich zu erreichen. Fünf Anrufe in Abwesenheit zeigte mein Handy. Ich wollte nicht daran denken, was passieren würde, wenn er zurück in die Wohnung kam.

Ich hatte mich entschieden! Er sollte das doch einfach nur akzeptieren!

»Beruhig dich, Wandá! Alles wird so, wie du es dir wünschst!« Ken zog mich wieder hinunter und wir verloren uns in einem langen, sehr langen Kuss.

»Bis hier?«, fragte ich ihn, nachdem wir wieder daraus aufgetaucht waren. Ich nahm seine Hand und deutete ihm die Höhe an. »Bis kurz unter die Ohren? Und einen Pony?«

»Das ist radikal!«

»Irgendwann lasse ich sie vielleicht wieder wachsen, aber

gerade fühlt es sich super an. Nach Aufbruch, nach was Neuem, ich will eine ganz andere werden!«

»Ich glaube auch, es muss sein. Fronk wird sich freuen, dich wiederzusehen, und außerdem habe ich mir die perfekte Freundin immer so vorgestellt, wunderschön und mit dieser Frisur wie Amélie in ihrer fabelhaften Welt.«

»Aawww. Du bist so süß! Das heißt, du hast den Film noch sehen können?«

»Klar, der kam 2001 raus, da war ich gerade ein Jahr alt. Darf ich übrigens mitkommen?«

»Zu Fronk oder unter die Dusche, *Monsieur*?«

»Beides!«

»Ich bestehe darauf.«

Wir waren gerade vom Friseur wieder zurück und saßen im Innenhof am Tisch, als er mit seinen langen, aufrechten Schritten in den Hof geschossen kam. Papa! Er sah so was von wütend aus. *Alors*, dachte ich und stieß die Luft aus, wie kurz vor Beginn eines Wettkampfs. Jetzt geht's los.

»Hier bist du also, Wanda! Was denkst du eigentlich, was du …« Er erstarrte. »*Mon dieu!* Wer war das?!«

Ken lächelte, sagte aber zum Glück nichts.

»Nein, das hast du nicht getan! Dein schönes Haar!« Mein Vater beugte sich über den Tisch.

»Doch.« Ich zuckte mit den Schultern. »Du hast ja gesagt, ich soll es mir überlegen, und ich hab's mir überlegt.«

»Wanda! Ich stehe dort vor der Halle wie ein Depp und warte auf dich, während du … du! Dieser Schnitt ist eine Katastrophe!«

»Also eine Katastrophe würde ich das nicht nennen«, bemerkte Ken. »Mein solider Grundschnitt ist von einem Profifriseur noch mal richtig *élégant* in Form gebracht worden und fasst sich gut an! Fühlen Sie mal!«

»Hör mal, Sportsfreund! Du lebst gerade äußerst gefährlich und bist jetzt am besten ganz still!«, brüllte Papa ihn an.

Was war das?! Mir blieb der Mund offen stehen. Hatte er meinen Freund gerade echt so angebrüllt? Ich sprang auf. »Hast du sie noch alle?«

»Wir fahren sofort zurück nach Bremen, *Mademoiselle!*«

Ich verschränkte die Arme. »Nein!«

Er sah mich an und sackte dann auf einem Stuhl zusammen. Nun griff er sich ans Herz und machte auf großes Leiden: »*Mon dieu!* Meine Tochter ruiniert gerade ihr Leben!« Seine Stimme war kaum zu hören.

»Du meinst wohl eher, *dein* Leben, Matthieu …«, sagte Tante Aurélie, die unbemerkt aus dem Labor gekommen war und nun zu uns auf den Hof trat. »Beruhige dich!«

Er legte sein Gesicht in seine Hände. Weinte er jetzt etwa? Er würde doch nicht weinen! Mein Hals wurde ganz eng, er tat mir leid, was hatte ich gemacht?

»Pack deinen Koffer«, flüsterte er. »Paris ist für dich gestorben!«

18. KAPITEL

Wir müssen hier weg! Papa spinnt total! Ich bleib keine Minute länger mit dem in einer Wohnung!«

»Ich will ihn ja nicht verteidigen, aber du musst ihn auch seinen Schock verarbeiten lassen.« Ken folgte mir mit seinen Augen, als ob er mich sehen könnte, während ich kreuz und quer durch sein Zimmer lief, in das wir uns verzogen hatten. »Er hat immerhin lange dafür gearbeitet, dich in diesen Kader zu bekommen.«

»Pff. Er verplant da leider nur mein Leben, ohne mich zu fragen.« Das bisschen Mitleid mit meinem Vater war längst wieder weg.

»Stimmt. Aber nun hast du ihm ja gesagt, dass damit Schluss ist, und er muss sich daran erst mal gewöhnen.«

»Aber er will sofort mit mir zurückfahren!«, rief ich. »Als ob ich ein Gegenstand wäre, den man sich einfach unter den Arm klemmt und mitnimmt.« Dass er nachher nur noch so leise war, anstatt zu brüllen, war am Schlimmsten gewesen. Ich hatte ihn gar nicht anschauen können.

»Du bist noch nicht volljährig.«

»Aber Mama kommt doch! Ich kann sie nicht erreichen, ihr Handy ist aus, wahrscheinlich spielt sie gerade ihr letztes Konzert, in San Diego war das, glaube ich. Aber ich lass mir das nicht gefallen, lieber haue ich vorher ab. Lass uns zusammen nach Irland fahren!«

»Er wird dich nicht gehen lassen.«

»Natürlich nicht, also müssen wir das eben heimlich machen.«

Barbie sprang auf. »Barbie, was ist los«, fragte ich. »Sie setzt sich direkt vor die Tür und wedelt mit dem Schwanz«, erklärte ich Ken.

Ken legte einen Finger auf den Mund. »Könnte mir vorstellen, dass er da draußen steht und zuhören will«, flüsterte er.

»Oh, fuck, echt jetzt?«

Leise schlich ich mich hinter Barbie, riss mit einem Ruck die Tür auf und schaute hinaus auf den dämmrigen Flur. Eine Gestalt entfernte sich schnell. »Geht's noch, Papa? Überwachst du mich jetzt komplett?!«, rief ich. »Wie bist du denn drauf?«

Ich stieß verächtlich die Luft aus und kehrte wieder zu Ken zurück. »Steht der vor deinem Zimmer und spioniert uns aus! Noch ein Grund, hier so schnell wie möglich wegzukommen! Aber jetzt hat er vermutlich von unserem Plan gehört. Mist!«

»Ich stehe ja in Filmen auf heimliche Fluchten und wilde Verfolgungsjagden, gebe aber zu bedenken, dass Barbie und ich nicht die idealen Partner sind, um so etwas in Wirklichkeit durchzuziehen.«

»Ich wollte mit euch auch nicht aus dem Fenster klettern.«
»Sondern?«
»Ähm. Keine Ahnung, morgens um vier aus der Wohnung schleichen?«

»Mit Gepäck und mir und Hund? Da musst du deinem Vater aber vorher ein Schlafmittel einflößen.«

»Warum nicht …«
»Willst du ihn vielleicht gleich vergiften?«

»Sehr witzig. Was sollen wir tun?« Ich schaute in sein Gesicht. Er sah so toll aus, so schlau, so besonnen und mit seinen schönen braungrünen Augen so einzigartig! Aber hatte er eine Lösung?

»Ruf Aurélie unten im Labor an. Die ist unsere einzige Chance!«

Eine Stunde mussten wir warten, doch dann klopfte meine liebe, durchgeknallte Tante an Kens Tür. Über ihrem bunten Kimono trug sie einen weißen Kittel zum Schutz vor den Chemikalien und in ihren Händen einige großformatige Abzüge.

»*Regardez!* Schaut mal hier! Das sind die Bilder, sind sie nicht kraftvoll, sind sie nicht ruhig und episch und tief? So viel Vertrauen, so viel Geduld und Hingabe! So viel …« Ich verstand nicht jedes ihrer Worte, den schwärmerischen Ton dafür umso mehr. Sie war verliebt in ihre Motive, sie brannte für ihre Bilder, die uns beide zeigten, Ken und mich. Meine Augen waren geschlossen, auf meinem blassen Gesicht lag ein zarter Schatten, das Kabel der Hängelampe über dem Tisch teilte das Grau im Hintergrund in zwei Hälften, in der einen, unscharf, aber deutlich zu erkennen: Barbies heller Kopf. Ken hielt die Schere in der Luft, seine Finger umfassten einen meiner langen Zöpfe, als ob er etwas sehr Kostbares wäre, auch seine Augen waren zu. »Wir wirken wie ein Paar, das sich unter Wasser befindet und träumt oder schläft«, beschrieb ich ihm leise auf Deutsch die fünf Fotos der Serie. »Sie sind wunderschön!«

In kurzen Sätzen erzählte ich Aurélie dann von unserem Fluchtplan beziehungsweise von dem Plan, den wir nicht hatten. »Und Papa stellt sich vor die Tür und belauscht uns einfach! Was soll der Scheiß denn?!«

Aurélie hielt sich einen Finger vor den Mund. »Er hat sich auf die Flur eingerichtet, mit Polstern von die Sofa *et un sac de couchage*«, flüsterte sie.

»Das glaube ich jetzt nicht«, zischte ich zurück. »Er liegt da draußen mit einem *Schlafsack* und bewacht uns?«

Aurélie fand es unmöglich, aber typisch für ihren Bruder. »Er war schon als Kind so.« Nun sprach sie wieder Französisch. »Immer ein bisschen fürsorglicher, immer ein bisschen kontrollierender als nötig! Hach, aber wir werden ihn überlisten! Und ich weiß auch schon, wie!«

Ich zog die Augenbrauen hoch. Das war die neue Aurélie, voller Ideen und Tatendrang, und das ganz ohne Weißwein, obwohl es schon abends nach acht war. Ihre Ich-bin-traurig-ich-brauche-Alkohol-Phase hatte sie definitiv überwunden.

»Wir werden ihn in Sicherheit wiegen! Indem du brav in deinem Zimmer übernachtest und auch nicht herauskommst, wenn Ken mit Barbie und Gepäck am frühen Morgen das Haus verlässt, weil er zur Fähre muss.«

»Ja und dann?!« Ich schaute sie entsetzt an. »Wie komme ich dann hinterher?«

»Das zeige ich dir gleich, aber Vorsicht, wahrscheinlich müssen wir erst über ihn drübersteigen ...« Sie lachte leise und öffnete die Tür. Tatsächlich: Mein Vater hatte sich ein Lager gebaut, genau zwischen unseren Zimmern, die sich gegenüberlagen. Die Polster waren verlassen, aber heute Nacht würde er bestimmt von dort aus Wache halten. Wie bescheuert! Wie alt war er denn?

»Dass ihm das nicht zu blöd ist«, flüsterte ich mit rauer Stimme und auch Aurélie zuckte nur mit den Schultern.

Ken und Barbie blieben zurück, während ich mit Aurélie in mein Zimmer ging.

»Schau, dieses umwerfende Bild hier!« Sie stellte sich davor und stemmte die Hände in die Hüften.

»Was ist damit?« Immer noch sprachen wir sehr leise. Mit einer unauffälligen Handbewegung zupfte ich das T-Shirt vom goldenen Rahmen. Nun konnte Erdbeermädchen endlich wieder leicht angepisst aus ihren auseinanderstehenden Augen auf uns herablächeln. »Sollst du das sein?«

»Ja, François – heute ein berühmter Künstler – hat es damals von mir gemalt.«

Ich versuchte zu lächeln. Auch wenn François tausendmal berühmt geworden war, Erdbeermädchen war und blieb der Horror. »Schöner Rahmen«, flüsterte ich, um wenigstens etwas Nettes darüber loszuwerden.

»Ja, der muss weg. Hilf mir bitte mal!«

Mit vereinten Kräften hoben wir das Bild von der Wand, es war nur halb so schwer, wie es aussah, und nun verstand ich, warum das goldene Ungetüm dort hing ... dahinter kamen ein schmaler, ziemlich niedriger Durchgang und eine Tür zum Vorschein! Ich grinste. Eine Tür für Zwerge, man würde den Kopf einziehen müssen. »Und die führt wohin?«

»In den Hausflur des Nachbarhauses. War mal der Dienstboteneingang, vor Jahren hat man den zugemauert, aber ich habe ihn wieder öffnen lassen.« Aurélies Französisch war schnell, doch das meiste verstand ich. »Es gab eine Zeit, da hatte ich viele Freunde, die mit Drogen experimentierten. Na ja, falsche Freunde, das muss ich heute zugeben. Aber damals dachte ich, ein geheimer Fluchtweg im Haus kann nicht schaden.«

»*Ah, oui!* Das heißt, ich marschiere morgen in aller Frühe durch diese Tür raus, während Papa auf dem Boden vor meiner Zimmertür Wache hält.« Während ich daran dachte, krampfte sich irgendetwas in mir zusammen. Er wollte auf mich aufpassen, er hatte einfach noch nicht mitbekommen, dass ich seine Fürsorge von früher nicht mehr brauchte.

»Ja, so habe ich mir das vorgestellt.«

»Aurélie!«, hörten wir ihn in diesem Moment auf dem Flur rufen. Es klang ziemlich kleinlaut. »Bist du dadrin?«

Wir schauten uns an. »Oder willst du lieber versuchen, noch mal mit ihm zu reden?«, flüsterte Aurélie.

»Glaubst du wirklich, er lässt sich von mir umstimmen? Wir würden uns garantiert nur streiten.«

Aurélie nickte resigniert. »Ich befürchte, du hast recht. *Oui, j'arrive!*«, rief sie dann, während wir Erdbeermädchen schnell wieder an Ort und Stelle hievten.

Wir hatten leider beide recht. Aus einem langsam und vernünftig begonnenen Gespräch wurde schnell ein immer lauter werdender Schlagabtausch voller gegenseitiger Anschuldigungen. »Ich verstehe dich nicht, Papa!«, sagte ich.

»Ich verstehe *dich* nicht, du benimmst dich wie eine komplett andere Person!«

»Ich bin nicht mehr die Wanda, die aus Bremen losgefahren ist. So viel steht fest.« Fest stand auch, dass das hier keinen Sinn machte. Bevor er wieder nur stumm und vorwurfsvoll am Tisch sitzen würde, schnappte ich mir zwei Flaschen *Limonade au citron* und ein Bier aus dem Kühlschrank und verzog mich in Kens Zimmer. Wir lagen auf dem Bett, Ken streichelte über mein Haar und spielte mit den kurzen Strähnen, die mein Gesicht einrahmten, wir tranken Bier mit Limonade, knutschten ein bisschen halbherzig herum, denn ich war doch nervöser, als ich dachte, und schmiedeten Pläne für Dublin.

Kurz nach elf verließ ich das Zimmer, nach einem gefakten Streit, schön laut, die Türe schlagend. Wir hatten uns vorher einen Dialog für unser Küchen- oder Flurpublikum ausgedacht: »Dann vergiss es doch!«

»Jetzt komm mal wieder runter, Wanda!«

»Du kannst mich mal!«

»Du mich auch!«

Kurz, aber ausdrucksstark. Ich schaffte es sogar noch, ein Schluchzen anzudeuten, als ich den Flur überquerte. Seine WhatsApp kam sofort. »Du warst toll, hörte sich echt an!«

Ich lächelte. Wenn das nicht der perfekte Zeitpunkt war, ihm meine Geräuschsammlung zu schicken. Dann hatte er etwas ganz Persönliches von mir, während er da drüben alleine im Bett lag. Vorher hörte ich mir die Aufzeichnung noch einmal an. »*Zehn Geräusche, die ich liebe. Beliebige Reihenfolge.*« Meine Stimme vibrierte schön tief, als ich das erste Geräusch ansagte: »*1. Fotopapier, das in den Entwickler gleitet.*« Dann hörte man es, leise, aber ganz unverkennbar, wenn man schon einmal dabei gewesen war. »*2. Hand, die in einem Eimer mit Linsen herumwühlt.*« – »*3. Ken, wenn er meint, einen guten Witz gemacht zu haben.*« (Auf den heimlichen Mitschnitt seines Geglurkses war ich besonders stolz.) »*4. Regentropfen an einem Tag im Juli auf der Markise des Cafés am Place Saint-Georges.*« Man hörte es gemütlich pladdern. »*5. Das Brodeln der Espressokanne in Aurélies Küche.*« – »*6. Das spezielle ›Ping‹, das nur bei einer Sprachnachricht von Ken erklingt.*« – »*7. Wasser, das im Bach über Steine springt.*« Es war natürlich der kleine Bach aus dem *Square des Batignolles*, den ich auf dem Band verewigt hatte. »*8. Barbie, wenn sie sich die Schnauze leckt.«* – *»9. Kronkorkenzischen beim Öffnen einer* Limonade au citron.« *– »10. Kens Atem, wenn er schläft.«* Welcher Mensch hatte das von sich denn schon gehört? Ich schickte ihm die Sammlung als Sprachmemo.

Die Antwort ließ etwas auf sich warten, na klar, er musste alles ja erst mal anhören, aber dann kam sie: *Ach, Wanda! Tu es douce!*

Ja, ja, ja! Ich war *douce!*

Es war halb zwölf, als ich völlig aufgedreht im Bett lag und mir den Wecker auf 4 Uhr morgens stellte. Um diese Zeit würde Ken aufstehen und sich auf den Weg machen. Auch wenn er sich die allergrößte Mühe geben würde, leise zu sein, Papa würde es in jedem Fall mitbekommen. Bei Blinden waren manche Dinge nicht nur langsamer, sondern eben auch lauter. Meine Tür würde verschlossen bleiben. Er würde losgehen und erst eine halbe Stunde später, wenn Papa längst wieder schlief, würde ich mich hinter Erdbeermädchen in den Hausflur nebenan schleichen, die Treppen runtergehen und aus der Tür des Nachbarhauses treten. Ken und Barbie warteten dann schon an der Métrostation Brochant auf mich. Um sechs ging der Zug nach Cherbourg, die Fähre nach Dublin um neun. Wir würden reichlich Zeit haben. Ich schrieb an Ken und stellte mir vor, wie er sich meine Nachricht von seinem Handy vorlesen lassen würde. Inklusive »rotes Herz« und »Gesicht, das einen Kuss sendet«. Mir wurde ganz warm, als ich seine Antwort las. *Wanda, das waren die besten zweieinhalb Wochen meines Lebens. Wir schaffen das morgen! Ich küsse dich!*

Ken war zwar blind, aber mit ihm war alles möglich. Er war mutiger und cooler als die sehenden Jungen, die ich kannte. Manchmal gab er ein bisschen an, aber er machte sich selbst darüber lustig. Ich lächelte. Wegen unserer Reise war ich überhaupt nicht nervös; wenn ich an meinen auf dem Flur liegenden Vater dachte, allerdings schon. Ich hörte ihn tatsächlich herumgrunzen und sein Schlafsack raschelte dicht vor meiner Tür. Einerseits fand ich das abartig, irgendwo tat er mir aber auch wieder leid. Warum benahm er sich so? Wieso sah er nicht, dass ich mich auch innerlich verändert hatte, wieso sah er nicht, wer ich jetzt war?

Mein Blick streifte durch das halbdunkle Zimmer, die Glühlampen vom Hof warfen bunte Schatten an die Decke und erinnerten mich an unsere Essen mit den Nachbarn. Ob wir jemals wieder so etwas Schönes im Haus organisieren würden? Wahrscheinlich nicht, Papa hatte alles kaputtgemacht! Ich schaute zur Tür. Ich hatte nicht abschließen wollen, doch Aurélie meinte, das wäre sonst verdächtig, jede wütende Tochter würde vor ihrem Vater die Tür abschließen. »Mach dir keine Sorgen, er wird sie nicht aufbrechen, dafür ist er viel zu vernünftig, er weiß nämlich, wo die Ersatzschlüssel hängen.«

Meinen gepackten Koffer hatte ich trotzdem versteckt, man wusste ja nie, auf was für Ideen Papa kommen würde; der kleine Rucksack lag unauffällig auf dem Stuhl.

Ich machte mir noch ein paar Gedanken über meinen Vater. War es gemein, ihn so zu behandeln? Hätte ich ihm nicht lieber die Wahrheit sagen sollen? Oder öfter mal erwähnen sollen, dass es in den letzten Jahren echt gut mit ihm gelaufen war, mit dem Training und so … Ich fühlte mich schlecht, aber dann muss ich wohl eingeschlafen sein, denn als mein Handy gefühlte zwei Sekunden später unter dem Kissen summte, fuhr mir der Schreck bis tief in meine Zehenspitzen. 4 Uhr! Sofort hatte ich ein ungutes Kribbeln im Bauch, wie vor einer Klausur, für die ich nicht genug gelernt hatte. Ich lauschte in die Dunkelheit, bis es in meinen Ohren rauschte. Endlich, das erste Geräusch: Kens Zimmertür. Sein leises »*Bonjour*«, das wohl Papa auf dem Boden galt, jetzt hieß es nur noch abwarten. Ken ging ins Bad, kam wieder, sprach zärtlich zu Barbie, auch Aurélie hörte ich über den Flur schlappen, gähnend fragte sie ihn, ob er einen Kaffee wolle. Ein völlig normaler, nur eben sehr früher Abreisemorgen. Ich stellte mir vor, wie mein Vater argwöhnisch meine Zimmertür im Auge behielt. In Zeitlupe und völlig geräuschlos zog ich mich an. Waschen und Zähneputzen mussten heute ausfallen. Ich packte gerade die letzten Dinge ein, da klopfte es an der Tür! Mein Herz wummerte los. Wer war das? Mein Vater etwa?

»Wandá?« Nein, das war Ken!

»Was?« Meine Stimme klang hoch und genervt vor Schreck.

»Ich wollte nur kurz Tschüss sagen.«

Fuck, warum machte er das? Das war nicht verabredet gewesen. Doch seine Stimme klang tieftraurig, das konnte nur Absicht sein. »Tschüss!«, gab ich durch die Tür zurück. Und etwas leiser. »Tu mir den Gefallen und hau einfach ab.«

»Nimm es ihr nicht übel.« Das war Aurélie, die Stimmen wurden leiser, jetzt waren sie in der Küche.

Wow, der Auftritt hatte Bühnenreife gehabt! Meine Knie zitterten trotz unserer großartigen schauspielerischen Leistung. Ich legte mich wieder auf mein Bett und stoppte die Zeit auf meinem Handy. Dreißig Minuten musste ich noch warten, bevor ich die Geheimtür benutzte. Schlaf bloß nicht ein, sagte ich mir, war aber viel zu aufgeregt dazu. Endlich war es 4.50 Uhr. Es konnte losgehen!

Ich erhob mich und nahm mit einem beherzten Schwung den Bilderrahmen von der Wand. Meine Oberarmmuskeln waren zwar nicht fitnessstudiogestählt, aber stark war ich durch meinen Sport trotzdem, kein Problem. Mit angehaltenem Atem stellte ich den Rahmen langsam ab. Bloß kein Geräusch machen! Ich setzte den Rucksack in Zeitlupe auf und hob den Koffer hoch, alles völlig geräuschlos, dafür klopfte mein Herz umso lauter, als ich einen letzten Blick auf das Zimmer und auf die verschlossene Tür warf, hinter der mein Vater lag. Ich war nicht mehr sein kleines Mädchen, das schienen alle verstanden zu haben, nur er nicht. Es kribbelte mir in den Fingern, Ken eine Nachricht zu schreiben. Ob er schon an der Métrostation war? Aber dafür war auch noch Zeit, wenn ich erst draußen war. Ich bückte mich, schlich auf Zehenspitzen in den Durchgang und stand vor der seltsam schmalen Tür. Arme Dienstboten, dachte ich, für euch hat das damals reichen müssen. Ich drückte die Klinke hinunter.

Was?! Ich drückte noch einmal und zog daran. Nichts. Sie ließ sich nicht öffnen! Sie war abgeschlossen und kein Schlüssel steckte im Schloss. Dass Aurélie und ich darauf gestern nicht geachtet hatten, aber wir waren ja auch von meinem Vater gestört worden. In meinem Magen wurde es eiskalt, ich kam hier nicht raus, Ken und Barbie würden vergeblich auf mich warten! Meine Hände zitterten. Hatte Aurélie das etwa absichtlich gemacht?! Ganz ruhig, sagte ich vor mich hin, sie hat es einfach nur vergessen. Versetz dich lieber in sie hinein, wie tickt sie? Wo hat sie den Schlüssel hingehängt?

Meine Augen scannten die gesamte Nische ab, den Türrahmen, ich kippte den Bilderrahmen vorsichtig und inspizierte die Rückseite, doch ich sah nichts, hier gab es nichts, hier hing nichts, außer ein paar verlassenen Spinnweben. Ken! Warum bist du jetzt nicht bei mir! Hilf mir doch! Verdammt, ich brauch dich! Ich biss mir auf die Lippen und dachte nach. Es würde nichts bringen, ihm eine panische Nachricht zu schreiben. Okay. Aber was würde er, was würde ein blinder Mensch jetzt machen?

Tasten! Obwohl meine Augen es besser wussten, fuhr ich mit den Händen über die Wand, nein, das war lächerlich. Der Türrahmen, die altmodischen, dick überstrichenen Scharniere an der Seite, Fehlanzeige. Die Rückseite des Bildes? Aber auch da hatte ich doch schon nachgeschaut. Tasten! Ich spreizte meine Fingerkuppen weit auseinander und hörte Kens unterdrücktes Geglurkse in meinen Ohren … Diese zehn kleinen Gesellen sind die besseren Augen! Ja, mach dich nur lustig über mich, ich bin eben ein Blindfisch, denn richtig, ich finde nichts, oder … aber ja!! Sie waren wirklich die besseren Augen! Mit braunem Klebeband war etwas auf dem braunen Holz zu einem kaum sichtbaren Buckel verschmolzen. Du kleiner Bastard! Mit fliegenden Fingern befreite ich den Schlüssel und ließ ihn in das Schloss gleiten. Leise drehte ich ihn um und dann war der Weg in die Freiheit offen. Ich nahm meinen Koffer und stand nach zwei Schritten im Treppenhaus nebenan. Behutsam schloss ich die Tür hinter mir. *Salut, mon père*, dachte ich ganz automatisch auf Französisch, vielleicht verstehst du mich irgendwann mal!

Langsam ging ich die etwas ausgetretenen Stufen hinab, hoffentlich saß keine neugierige Concierge an der Haustür, es war zwar erst drei Minuten nach fünf, aber den aufdringlichen Pariser Hausmeisterinnen traute ich mittlerweile alles zu. Doch diesmal hatte ich Glück, die Hausmeisterloge war leer und auch die Haustür unverschlossen. »Nicht erschrecken!«

Ich erschrak trotzdem: »Was macht *ihr* denn hier!?«

Da stand das beste Blindenführhund-Mensch-Gespann der Welt im Hauseingang und begrüßte mich. Ken breitete die Arme aus, ich umarmte ihn; es kam mir vor, als ob Monate seit gestern Nacht vergangen wären. »Das ist ja eine Überraschung! Ich dachte, wir treffen uns unten in der Métro?«

»Ich weiß nicht, ich hatte das Gefühl, ich sollte hierbleiben.«

»Und da wartest du die ganze Zeit in der Kälte?«

»Ach, es hat sechzehn Grad, das geht schon.«

Ich dagegen fröstelte. »Du hast aber nicht in die Zukunft geschaut?«

Er antwortete nicht.

»Hast du?!«

»Manchmal kann ich das nicht vermeiden.«

»Du hast doch versprochen, du machst es nicht mehr!«

»Entspann dich, Wanda, alles wird cool! Ich habe mich einfach auf mein Bauchgefühl verlassen. Hast du deinen Koffer? Komm, wir schippern nach Dublin rüber!«

Ich küsste ihn und lächelte das erste Mal, seitdem ich aufgewacht war. »Ich bin bereit. Barbie, bester Patenhund *ever*, du auch?«

Barbie war zwar im Geschirr, wedelte aber trotzdem mit dem Schwanz. Ich fühlte mich geehrt. Ich rückte die Riemen meines Rucksacks zurecht und umfasste den Griff des Rollkoffers. Ken schulterte seine Reisetasche. »Moment!«, sagte ich und hielt ihn an der Schulter zurück. Vorsichtig lugte ich um die Ecke des Hauseingangs, hoch zum Nachbarhaus.

Die Fenster im ersten Stock gehörten zu Aurélies Wohnung, auch Kens Zimmer zeigte zu der Straße. Alles ruhig, alles …

»Fuck!« Schnell zog ich den Kopf wieder zurück. »Da sitzt er, im offenen Fenster, und raucht!«

»Wer?!«

»Papa. Der raucht nie! Er war Sportler!«

»Der nervt ein bisschen, dein Alter!«

»Das kannst du laut sagen. Aber … er sitzt da so traurig, ich glaube, er hat sogar meine bunte Plastikkeule im Arm. *Merde*, warum ist der nur so?«

»Keine Ahnung. Er will eben, dass du keinen Blödsinn machst.«

»Er will, dass ich das mache, was *er* für das Beste hält. Aber das geht eben nicht, nicht *mehr!* Was machen wir jetzt?«

»Hat er dich gesehen?«

»Keine Ahnung.«

»Versteh ich nicht. *Du* bist doch die mit den Augen!« Ken grinste, im Gegensatz zu mir schien er ganz ruhig zu sein. »Wir gehen einfach und drehen uns nicht um.«

»Er wird uns sehen.«

»Aber nur von hinten. Moment, ich setz mir meine Tarnkappe auf«, er zog eine Schirmmütze hervor, die ich noch nicht kannte, »und du hast kurze Haare!« Belustigt glurkste er vor sich hin.

Ich schaute ihn verwirrt an, so witzig fand ich das alles gar nicht. Papa saß da oben mit der Plastikkeule und hielt sie wie ein Baby fest. Er schien echt fertig zu sein und brachte mich damit ganz schön durcheinander. »Aber Barbie in ihrem Geschirr wird er erkennen!«

»Was schlägst du stattdessen vor? Unser Zug fährt in einer Stunde, wir können hier nicht ewig stehen bleiben.«

»Wir warten!«

Nach geschlagenen zehn Minuten linste ich wieder um die Ecke, ohne dass er mich sah. Mein Vater hockte mitsamt Keule immer noch auf dem Fensterbrett und schien sich auch in nächster Zeit nicht wegbewegen zu wollen. Fünfzehn Minuten. Zwanzig. Es war zum Verrücktwerden. Eltern konnten echt 'ne Zumutung sein! Jetzt wurde es höchste Zeit, wenn wir pünktlich am *Gare Saint-Lazare* sein wollten.

»Okay.« Ich zuckte mit den Schultern, doch mein Mund war ganz trocken vor Aufregung. »Tun wir so, als ob nichts wäre.«

Wir machten uns auf den Weg, zwei Meter, drei Meter, mein Koffer rumpelte unerträglich laut, nichts geschah und ich dachte schon, dass er vielleicht gar nicht mehr am Fenster saß, als eine leise Stimme rief: »Wanda! Wo willst du hin?«

»Nicht umdrehen«, sagte Ken. Mein Magen zog sich vor Schreck zusammen. Wenn Papa gebrüllt hätte, dann hätte ich es vielleicht geschafft, aber so, mit diesem enttäuschten Stimmchen ... ich konnte nicht anders und drehte mich um. Da hing er aus dem offenen Fenster, in einer Hand schon wieder eine Kippe, in der anderen die hübsch beklebte Plastikkeule.

»Wir fahren nur kurz nach Dublin, Papa!«, rief ich hoch und winkte. Er sagte nichts, nur der Mund stand ihm offen. »Reg dich nicht auf, wir sind bald wieder da.«

Er zeigte mit dem Finger auf irgendetwas hinter mir, sein Mund immer noch aufgerissen, sein Gesicht voller Sorge. Ich drehte mich um, sah aber nur Ken. Ken, der wild mit den Augen plinkerte. Oh nein, musste das gerade jetzt kommen? Er rieb sich die Augen, ließ die Reisetasche fallen, ging dabei in die Knie und krümmte sich. Barbie blieb dicht neben ihm, schnüffelte an seinen Haaren.

»Er hat einen Anfall! Moment, ich komme!«

Mit einem Satz schwang mein Vater sich über die Fensterbank, die Beine gestreckt. Einmal Turner, immer Turner. Die Keule fiel hinunter und landete laut klappernd auf dem Pflaster, während er noch am Fenstersims hing. Er stützte sich kurz an der Wand ab, um die Höhe abzuchecken, und ließ sich dann fallen. Vorbildlich federte er sich ab, gleich würde er auch noch die Arme hochreißen und auf die Wertung der Kampfrichter warten ... aber nein, er schnappte sich nur die Keule und war in einer Sekunde bei mir.

»Das ist ein epileptischer Anfall, schnell!« Mit einem Griff hatte er Ken auf den Rücken gelegt und ihm den dünnen Hals der Keule zwischen die Zähne geschoben. »Sonst beißt er sich auf die Zunge!«

Zu meiner Verwunderung protestierte Ken nicht, sondern schloss nun auch noch die Augen.

»Papa! Das ist etwas anderes, es geht ihm gut!« Nervös tätschelte ich Barbie, die nicht von Kens Seite wich. Irgendwie war es ja auch süß, dass Papa Ken das Leben retten wollte.

»Wie kommst du darauf, dass es ihm gut geht?! Er ist doch völlig weggetreten!«

Das stimmte, er bewegte sich nicht.

»Wir brauchen einen Krankenwagen! Was macht ihr denn für Blödsinn? In diesem Zustand will er mit dir verreisen, das ist unverantwortlich!« Papa holte sein Handy hervor, doch bevor er irgendwo anrufen konnte, schlug Ken die Augen auf und grinste in den Himmel. Dann ließ er die Keule zwischen seinen Zähnen los, wischte sich den Mund ab und setzte sich auf. »Alles klar«, sagte er. »Hab ja gesagt, ich kann es nicht abstellen ... War nicht meine Absicht, *Madame*.«

»Wen meint er? Er fantasiert!«

»Er meint mich damit, Papa.« Ich umarmte Ken lachend, obwohl er noch immer auf dem Bürgersteig saß. »Alles wieder gut bei dir, können wir jetzt los?«

»Ihr wollt doch nicht im Ernst losfahren? Und du schon mal gar nicht, Wanda!«

»Natürlich!« Ich sprang auf und stemmte die Hände in die Taille. Wir waren zwar nicht weit gekommen, aber aufgeben würde ich noch lange nicht. »Ich komme nicht mit nach Bremen. Das kannst du vergessen!«

»Das werden wir noch sehen! Jetzt gehen wir erst mal alle nach oben und stellen Kens körperlichen Zustand fest. Vielleicht braucht er ja doch ärztliche Hilfe.«

»Wir fahren! Oder, Ken? Das war doch nur …? Dir geht es doch gut!«

»Lass uns lieber reingehen, Wanda.«

»Was?«

»Ich muss mich setzen und ein Kaffee wäre nicht schlecht.«

Ich beugte mich über ihn und flüsterte: »Wir nehmen ein Taxi, da kannst du dich setzen, und einen Kaffee trinken wir am Bahnhof.« Ich wollte partout nicht zurück in die Wohnung, nicht mit Papa jedenfalls. Ich hätte ausrasten können, warum war das ausgerechnet jetzt passiert? Dieses komische Geklimper mit den Augen, dieses blöde Zukunftsding. Wir hätten schon längst in der Métro sitzen können!

»Es ist besser, wir gehen hoch. Vertrau mir.«

Verdammt, da ist es wieder, dachte ich. Vertrau mir. Vertrau mir. Na danke, Ken, das habe ich immer von dir gehört, wenn du mir etwas verheimlicht hast.

Am liebsten hätte ich meinen Koffer genommen und wäre allein weitergegangen. Doch was tat ich? Wie der letzte

Loser stolperte ich hinter meinem Vater her, der Ken sogar mit seinem Hilfestellungsgriff stützte, zurück in die Wohnung.

»Such Bank, Barbie.« Oben in der Küche ließ Ken sich schwer auf den Stuhl fallen, den Barbie ihm anzeigte. Und nun? Aurélie kam gähnend in die Küche hineingetappt. »Hallo, Ken, du bist wieder da?! Was ist denn los?«

»Ach komm, nun tu nicht so«, wurde sie sofort von Papa angepampt. »Du wusstest doch genau, was hier läuft!«

Ich versuchte, sein Gemotze auszublenden, und schaute nur Ken an. Ich liebte ihn, aber ich verstand ihn nicht. Warum war er manchmal so weit weg von mir? Nur weil seine dunkelgrünen Augen mich nicht wahrnahmen? Ich setzte mich dicht neben ihn und nahm seine Hand. »Hey! Geht es dir besser? Soll ich dir schnell einen Kaffee machen?« Er nickte, er sah wirklich etwas fertig aus.

»Wenn wir ein Taxi zum *Gare Saint-Lazare* nehmen und einen späteren Zug erwischen, schaffen wir es immer noch zur Fähre!«

Er winkte ab. »Wir sollten hierbleiben.«

»Aber warum«, wollte ich schon ärgerlich rufen, als wir Lärm auf der Treppe hörten, Schritte von mehreren Menschen, die anscheinend etwas Schweres trugen. Barbie kam unter dem Tisch hervor und spitzte die Ohren.

»Du hast keine Ahnung, Aurélie«, sagte Papa gerade und klang dabei verdammt müde, »oder hast du etwa Kinder?« Dann verstummte auch er.

»*Bonjour tout le monde!*« Die Eingangstür flog auf und plötzlich stand eine elegant angezogene Dame mit blonden Locken und einer Papiertüte von der *boulangerie* vor uns.

Hinter ihr wuchtete ein Mann ein riesiges, in eine schwarze Hülle verpacktes Cello die letzten Stufen hinauf.

»Mama!«

»Lara!«

»Schatz?«

Nur Ken sagte nichts, na klar, er hatte das alles schon vorhergesehen! Ich küsste ihn schnell auf seinen Kopf und flog in Mamas Arme, die in einem *fancy* orangen Sommermantel steckten. Sie sah so toll aus, sie roch so gut, sie war so weich, Mama war wieder da!

»Oh, ich hab dich soo vermisst, meine Maus!« Sie hielt mich ein wenig von sich ab. »Wow, deine Haare! Wunderschön! Steht dir supergut!« Sie schaute sich um. »Aber warum seid ihr denn überhaupt alle schon wach? Ich dachte eigentlich, ich schleich mich hier ungesehen rein? Es ist doch erst halb sechs!«

»Mama, was machst du denn schon in Paris? Wolltest du nicht erst in zwei Tagen kommen? Ich bin so froh, dass du da bist!« Ich wollte sie gar nicht mehr loslassen.

»Setz dich doch erst mal«, sagte Aurélie. »Ich mache Kaffee.«

»Gut siehst du aus, Aurélie! Danke, dass du Wanda so liebevoll aufgenommen hast.« Mama umarmte auch sie und dann erst meinen Vater, der immer noch ein erstauntes Gesicht zog. »Was ist los, Matthieu?« Sie schaute sich um. »Was macht denn das Gepäck hier? Will jemand von euch verreisen? Ach, entschuldige, du musst Ken sein!« Sie ging zu ihm, der sich erhoben hatte, und gab ihm die Hand. »Und das hier ist natürlich Barbie! Was für ein schönes Tier.« Sie streifte ihre hochhackigen Schuhe von den Füßen und stöhnte: »Ich bin völlig übernächtigt, der Rückflug von L. A. ist mit drei

Stunden Verspätung gestartet und ich konnte kaum schlafen. Ich wollte euch überraschen!«

»Das ist dir gelungen.« Papa verschränkte die Arme vor der Brust und zog die Mundwinkel nach unten. »Allerdings hättest du diese beiden Kandidaten beinahe nicht mehr angetroffen, sie waren schon auf dem Weg nach Irland! Ich konnte sie gerade noch stoppen. Irland, stell dir vor!«

»Was? Wohin?« Mama setzte sich neben Ken an den großen, runden Tisch, ihre Blicke switchten zwischen ihm und mir hin und her. »Aber für wie lange denn? Du bist doch jetzt im französischen Kader, Wanda!«

»Hast du meine ganzen Nachrichten denn nicht bekommen?«

»Ich habe mein Handy im Hotelzimmer in San Diego liegen lassen. Sie schicken es mir nach, aber das kann dauern.«

Das gab es doch nicht! Mama hatte noch nichts von dem großen Streit zwischen Papa und mir mitbekommen.

»Ich verstehe gar nichts mehr, klärt mich doch bitte auf. *Merci!*« Dankbar nahm sie mit beiden Händen von Aurélie eine Schale Milchkaffee entgegen und strahlte uns über den Rand an. »Aber zunächst, ganz kurz, tolle Neuigkeiten von mir! Ich habe ein Angebot vom *Orchestre de Paris* erhalten, gleich einen Zweijahresvertrag, eigentlich wollte ich es ausschlagen, aber jetzt, wo Wanda doch im französischen Team aufgenommen ist und hier in Paris leben wird …?«

»Tja! Ganz großartig hat man sie da aufgenommen!« Papa stapfte in der Küche auf und ab, Aurélie verdrehte die Augen und Ken fuhr mit den Fingern über die Tischplatte, als ob er sie auswendig lernen wollte. Selbst Barbie schaute mich an und wedelte erwartungsvoll mit dem Schwanz. Es gab keinen Aufschub mehr, jetzt war *ich* an der Reihe.

Ich räusperte mich und schluckte damit die »Äähs« und »Hmms« herunter, die sich in meiner Kehle bereithielten. *Er wird es an deinem Ton erkennen, wie ernst du es meinst,* hörte ich Kens Satz in meinem Kopf. Ja, alle sollten erkennen, dass ich es ernst meinte.

»Ich habe mich gegen den Kader entschieden. Ich höre mit der RSG auf.« Ich erklärte Mama meine Entscheidung, so gut man eben etwas erklären konnte, wenn neben einem der eigene Vater vor Wut zu platzen schien.

Mama blieb wie erwartet ganz ruhig. »Und wie soll es jetzt weitergehen, was hast du dir vorgestellt?«

»Ja genau, das würde mich auch mal interessieren!«, bollerte mein Vater dazwischen. »Ganz sicher hat *Mademoiselle* sich gar nichts vorgestellt! Außer sich die Haare verstümmeln zu lassen und in der Weltgeschichte herumzugondeln mit ihrem, ihrem …«

»Matthieu!« Das waren Aurélie und Mama gleichzeitig.

»Ich mein ja nur … so eine Chance in den Wind zu schlagen …« Beleidigt schnaufend verzog er sich in die Ecke neben den Kühlschrank.

»Ich habe mir vorgestellt, in Paris zu bleiben, ich würde gerne die letzten beiden Schuljahre hier verbringen, bei Aurélie, wenn das geht.« Ich sandte ihr einen kurzen, verschämten Blick, ich hatte sie noch nicht einmal gefragt! Doch zu meiner Erleichterung lächelte sie und blinzelte mir zu. Papa dagegen lächelte natürlich nicht, er beobachtete mich und starrte gleichzeitig durch mich hindurch. *Seine* Träume, *seine* Enttäuschung, dachte ich, nicht meine, und wunderte mich, wie wenig mir das ausmachte. »Und dann möchte ich Tanz studieren. Um selber zu tanzen, aber auch, um es anderen beizubringen.«

»Vielleicht auch Typen wie mir!«, bemerkte Ken. »Der gerade übrigens seinen Zug nach Cherbourg und damit auch die Fähre verpasst, aber das war es mir wert.«

Ich lachte und nahm seine Hand, dann küsste ich ihn vor Mama und auch vor Papa auf den Mund. »Danke, dass du darauf bestanden hast hierzubleiben«, sagte ich leise. »Für seine Meinung einzustehen, ist ein viel besseres Gefühl, als wegzulaufen.«

Wie vorherzusehen, regte mein Vater sich noch eine Weile auf, doch so mochte ich ihn irgendwie lieber, als wenn er so still und traurig war, und auf Mama und ihre herzlich hervorgebrachte Logik hatte ich mich schon immer verlassen können.

»Ich finde Wandas Pläne eigentlich sehr schlüssig und denke, dass ihr zwei Jahre in Paris guttun werden. Uns übrigens auch, als Familie.« Sie lehnte sich zufrieden zurück. »Endlich weniger reisen, endlich mal länger bleiben können, mal einen geregelten Alltag haben! Fragt sich nur, wo wir eine Wohnung herbekommen, aber da finden wir schon eine Lösung …«

»*Mais oui*, ihr wohnt alle 'ier und ich gehe endlisch mit mein Kamera auf Weltreise.« Aurélie breitete die Arme ihres bunten Schlafkimonos wie Fledermausflügel aus und verfiel wieder ins Französische: »Das hatte ich schon lange vor und nun, übrigens auch dank Wanda und Ken, bin ich bereit!«

»Aha. *Très bien!* Ihr habt also alle schon einen Plan gemacht!« Mein Vater nickte mit dem Kopf, doch seine Augenbrauen waren eine einzige dunkle Linie. »Prima, da kann ich ja zurück nach Bremen gehen! Ich habe dort nämlich noch Verpflichtungen und halte mich daran!«

»Ach komm, auf den Kinderkram hast du doch auch keine Lust mehr, Papa! Gönn dir! Du hast selbst gesagt, du kannst das, was du in Bremen machst, nicht mehr sehen.« Ich wollte in diesem Moment einfach nur Frieden mit ihm, ihn aber trotzdem mit seinen eigenen Sätzen ärgern. Das hatte er sich aufrichtig verdient, fand ich. »Du wolltest dich als Trainer im französischen Team bewerben! Schon vergessen?«

»Wirklich, ach das ist doch eine phänomenale Idee!« Mama stand auf und fing meinen herumtigernden Vater mit ihren Armen ein. »Das *Orchestre de Paris* wartet nur auf meine Zusage, Schatz! Lasst uns das alles in Ruhe zusammen besprechen!«

Papa motzte noch etwas vor sich hin, doch man merkte, dass die Idee ihm gefiel. »Na ja, ob die mich nehmen? Aber warum nicht? Immerhin bin ich ja ausgebildet, ich habe den Trainerschein und den Schiedsrichterschein …«

Jaja, Papa. Ab »Schiedsrichterschein« hörte ich schon nicht mehr hin, denn erst musste ich Ken küssen und dann Aurélie dabei helfen, den Korb am Fenster für ein großes Frühstück im Hof zu befüllen. Auch Ken half uns; vor sich hin grinsend saß er am Tisch und presste in aller Ruhe Orangen aus. Ich sah ihn an und mir wurde ganz warm vor Glück. Wie kam ich eigentlich zu diesem hübschen Jungen hier in dieser französischen Wohnküche mitten in Paris?

»Eine Frage, Madame Lara«, sagte der hübsche Junge in der französischen Wohnküche mitten in Paris in diesem Moment und lächelte in die Richtung, in der er meine Mutter vermutete.

»Ach, Ken«, sagte Mama, »wir duzen uns doch!«

»Okay, danke!« Er goss den ausgepressten Saft in eine Karaffe, ohne übrigens einen Tropfen zu verschütten. Sie haben viele Tricks auf Lager, diese Blinden.«Heute würde ich es nicht mehr schaffen, aber morgen werde ich noch mal versuchen, die Fähre nach Dublin zu nehmen. Ich werde dort meinen Vater treffen. Hört sich komisch an, aber nach langer Zeit werden wir uns auf *Augenhöhe* begegnen. Das hoffe ich jedenfalls. Meinen Sie, äh, meinst du, Wanda könnte mich begleiten?«

Ich schnappte nach Luft, mit dieser Frage hatte ich ja nun gar nicht gerechnet! War er verrückt? Mama war erst eine knappe Stunde wieder da, wir hatten uns Wochen nicht … da würde sie mir doch nicht gleich erlauben … Schon morgen?

»Ha! Auf einmal kann er höflich fragen!« Das war Papa. »Heute Morgen wärt ihr heimlich durchgebrannt, wenn ich euch nicht …« Doch Mama stoppte ihn mit der Hand auf seinem Unterarm. »Was sagst du dazu, Wanda?«

Ich strahlte sie an, sogar Papa bekam etwas davon ab, er würde schon noch kapieren, dass ich erst einmal gehen musste, um wiederzukommen.»Ich würde mir Dublin und die Dubliner supergerne anschauen, mit Kens und Barbies Hilfe geht das viel besser.«

»Danke.« Seine Hände tasteten nach meinem Gesicht, er hielt mich zärtlich fest und küsste mich auf die Wange.»Und ich würde Wanda einfach gerne bei mir haben, mit ihr zusammen sein, obwohl sie manchmal natürlich mehr Mühe macht …«

»Oh, wie gnädig …« Papa konnte es nicht lassen.»Unsere Wanda ist äußerst selbstständig, dafür habe ich gesorgt!«

»Das war ein Witz!«, riefen Mama und ich gleichzeitig.

»*Une blague, Matthieu, une blague!*«, wiederholte Aurélie kopfschüttelnd.

»Mehr Mühe, als wenn ich alleine unterwegs wäre.« Ken grinste in die Runde, die er nur spürte, nicht sah, und dennoch schaffte er es, dass alle ihn anschauten. Er erhob sich: »*Excusez-moi*, Barbie muss raus, glaube ich.«

Mühelos fand er bis zur Tür, an der Barbie schon schwanzwedelnd stand, und ging hinaus.

»Lass den Korb runter, Aurélie, ich geh in den Hof und decke den Tisch!«, rief ich und schnappte mir die Tüte mit den Croissants, die Mama mitgebracht hatte. Genau wie Ken brauchte ich eine kleine Auszeit von den Erwachsenen. Und richtig, da stand er schon unten an der schmalen Treppe und wartete auf mich. »Ich wollte alleine mit dir sein, bevor ich es dir sage«, flüsterte er.

»Was denn?«

»Es ist mir egal, ob du als Sehende manchmal ein bisschen anstrengend bist.« Er tastete nach mir, fand meine Hände, meinen Körper, mein Gesicht, meinen Mund. »Denn durch dich weiß ich erst, wie echte Liebe aussieht!«

ENDE

DANKSAGUNG

Ein ganz großes Dankeschön geht an die Abiturienten Florian, Kim, Anna und Jalea von der BLISTA (Blindenstudienanstalt) in Marburg, die dort, wie unser Ken im Buch, zur Schule gegangen sind. Sie haben uns erzählt, was alles möglich ist, auch wenn man nichts sieht. Und wie das bei Ken mit Beziehungen, Freundschaften und der Liebe funktionieren könnte.

Danke, dass ihr so offen wart, uns alle Fragen zu beantworten, und auch das fertige Manuskript gegengelesen und so wunderbar kommentiert habt!

Danke auch an die BLISTA und ihren Pressesprecher Torsten Büchner, der uns herumgeführt und noch mehr Fragen beantwortet hat.

Danke an Marisa Sommer aus Köln, die so lebhaft über sich und ihren geliebten Blindenführhund Paul erzählte.

Vielen Dank auch an Laura Roge, Vampirschwesterzwilling von Marta und hyperflexible RSG-Expertin! Was hätten wir ohne dein Insiderwissen gemacht?

Und an Yara Busse, unsere Erstleserin der ersten Stunde! Danke für deine tollen, immer hilfreichen Kommentare!

Danke auch an Kenneth, den echten. Ohne dich würde es dieses Buch nicht geben!

* * *

Marta und ich haben während des Schreibens gemerkt, wie toll Blinde mit ihrem Leben klarkommen, aber auch, wie dankbar wir sind, sehen zu können. Deswegen wollten wir etwas von unserem Honorar spenden, um Kindern in Afrika zu helfen, die ohne eine Operation blind werden würden!

Wir haben das Projekt Lichtblicke/SightFirst gefunden, bei dem das geht.

Falls ihr auch etwas spenden wollt, hier ein paar Informationen über das Projekt:

Eine Operation, um beim Grauen Star das Augenlicht zu retten, kostet etwa 30 Euro für einen Erwachsenen. Weil Kinder in Vollnarkose operiert werden müssen, kostet bei ihnen eine OP etwa 120 Euro. In Entwicklungsländern könnte bei acht von zehn Betroffenen eine Erblindung oder Sehbehinderung bei rechtzeitiger Vorsorge und Behandlung verhindert werden. Die Lichtblicke für Kinder-Projekte von Lions Deutschland haben zum Ziel, dass jedes betroffene Kind Hilfe findet, wenn es sie braucht.

Mehr unter: *www.lions-hilfswerk.de/spenden*.

Vielen Dank sagen
Marta und Stefanie

Stefanie Gerstenberger / Marta Martin

Zwei wie Zucker und Zimt

Charlotte, genannt Charles, ist einfach nur wütend! Wie kann man nur so nachgiebig sein wie ihre Mutter Marion? Da passiert es: Am Morgen nach einem Streit wacht Charles plötzlich in Marions Jugendzimmer auf. Charles ist in der Zeit zurückgesprungen und sieht sich ihrer fünfzehnjährigen Mutter gegenüber! Charles ist erst fassungslos – und dann fasziniert. Wird sie jemals zurück in die Zukunft gelangen? Und will sie das überhaupt?

344 Seiten • Klappenbroschur
ISBN 978-3-401-51013-2

Muffins und Marzipan

Ella will das große Glück. Da passiert es: Sie wird für eine Hauptrolle bei einem Kinofilm gecastet! Dabei bekommt sie Unterstützung von unerwarteter Seite: Familienhund Ewan spricht plötzlich mit ihr! Er hilft Ella mit trockenen Kommentaren durch den Alltag am Set und bewahrt sie vor peinlichen Szenen mit Hauptdarsteller Jeremy, in den sie sich verliebt hat. Doch was beim Dreh gelingt, führt noch lange nicht zum Happy End.

376 Seiten • Klappenbroschur
ISBN 978-3-401-51101-6
www.arena-verlag.de

Stefanie Gerstenberger / Marta Martin

Summer Switch

Ava und der Junge in Schwarz-Weiß

Bei der schlanken Felicia und der rastazöpfigen Catta ist es Krieg auf den ersten Blick. Schon am ersten Ferientag am Hotelpool auf Elba geraten die beiden aneinander. Und dann passiert es: Durch einen magischen Switch finden sich die beiden am nächsten Morgen im Körper der jeweils anderen wieder! Die coole Catta liegt im Bett von Felicia, in einem schmalen Körper und mit einem Kleiderschrank voll langweiliger Klamotten. Die brave Hoteliers-tochter Felicia hingegen erwacht im klapprigen VW-Bus von Cattas Familie. Der Horror!

Schmetterlinge im Bauch, so richtig über beide Ohren verliebt? Ava ist 16 Jahre alt und hat keinen blassen Schimmer, wie sich das anfühlt. Während der Sommerferien soll sie im alten Kino ihrer Oma Luise aushelfen, ihr Schicksal als Ungeküsste scheint also ein für allemal besiegelt. Da taucht im »Titania Palast« dieser seltsame Junge in Lederjacke und mit komischer Schmalzfrisur auf. Ava ist fasziniert von Horst, denn er ist anders als alle Jungs, die sie kennt. Doch er verbirgt ein Geheimnis.

376 Seiten • Klappenbroschur
ISBN 978-3-401-60324-7

384 Seiten • Gebunden
ISBN 978-3-401-60411-4
www.arena-verlag.de

June Perry

White Maze
Du bist längst mittendrin

Mit einem Schlag endet Vivians sorgenfreies Leben: Ihre Mutter Sofia wurde ermordet! Die erfolgreiche Game-Entwicklerin stand kurz vor dem Release eines bahnbrechenden Computerspiels. »White Maze« wird mit neuartigen Lucent-Kontaktlinsen gespielt – dank ihnen erleben die Spieler virtuelle Game-Welten mit allen Sinnen. Aber warum zerstörte Vivians Mutter kurz vor ihrem Tod die Prototypen der Linsen? Zusammen mit dem schulbekannten Hacker Tom will Viv den Mord an Sofia aufklären. Dazu muss Viv selbst Lucent-Linsen einsetzen und tief in die virtuelle Welt eintauchen. Doch dort ist es für den Mörder ein Leichtes, die falsche Realität nach seinen Spielregeln zu manipulieren. Kann Vivian ihren eigenen Gefühlen vertrauen, wenn alles, was sie sieht, hört, riecht und schmeckt, bloße Lüge ist?

Auch als E-Book erhältlich

Arena

376 Seiten • Gebunden
ISBN 978-3-401-60372-8
www.arena-verlag.de